NAUT

fant

Colecţie coordonată de Ana Nicolau

ANDRZEJ SAPKOWSKI s-a născut pe 21 iunie 1948 în Łódź, Polonia. A studiat economia și a lucrat ca agent de vânzări pentru o companie străină. A tradus literatură science fiction și în 1986 a scris prima povestire în glumă, dar textul a fost publicat imediat în revista *Fantastyka*. A devenit apoi scriitor full time, cucerind și publicul larg, și criticii literari. Vorbind despre începuturi, scriitorul povestea: „Când m-am apucat eu să scriu, Polonia nu avea scriitori de fantasy. Eu am fost un pionier. Nu e lipsă de modestie, e adevărul: a trebuit să inventez literatura fantasy în Polonia. A trebuit să las în urmă lecturile mele din domeniu, tot ce știam despre fantasy, căci cititorul polonez, care e pretențios, nu voia să accepte hibrizi, cărți la mijlocul drumului dintre fantasy și alte genuri sau pur și simplu o imitație după Tolkien. Căuta ceva nou, ceva special. Nerăbdarea lui de a descoperi ceva nou, ceva special m-a făcut să scriu." Literatura pe care o scrie de peste două decenii are mare succes în țara natală și în străinătate, iar cărțile sale se vând în milioane de exemplare, Andrzej Sapkowski fiind unul dintre cei mai cunoscuți și îndrăgiți autori polonezi de azi, cărțile sale fiind traduse în multe limbi. Faima i-a adus-o seria *Wiedźmin*, cunoscută sub titlul *The Witcher* și popularizată la scară largă datorită jocurilor video cu același nume, care se bucură și ele de un succes răsunător. Saga care l-a consacrat cuprinde trei volume de povestiri, publicate în mai multe ediții și sub mai multe titluri. *Ostatnie życzenie* – 1993 (*Ultima dorință,* Editura Nemira, 2015) a apărut inițial sub titlul *Wiedźmin* în 1990. Au urmat volumele *Miecz przeznaczenia* – 1992 (*Sabia destinului,* Editura Nemira, 2016) și *Krew elfów* – 1994 (*Sângele elfilor,* Editura Nemira, 2017). Seriei i s-au adăugat, în timp, și alte cărți, iar autorul a semnat și alte volume de proză scurtă și romane, printre care, cel mai recent, *Żmija* (2009), a cărui poveste se petrece în Afganistan. Autorul a câștigat numeroase premii prestigioase. A primit două distincții de la The European Science Fiction Society și cinci premii Zajdel. În anul 2012 i s-a decernat Medalia de Merit pentru Cultură Gloria Artis în Polonia.

VREMEA DISPREȚULUI

ANDRZEJ SAPKOWSKI

Traducere din limba poloneză
Mihaela Fiscutean

NEMIRA

Coperta: Cristian FLORESCU, Ana NICOLAU
Ilustrația copertei: Tudor POPA

Descrierea CIP a Bibliotecii Naționale a României
SAPKOWSKI, ANDRZEJ
Vremea disprețului / Andrzej Sapkowski; trad. din lb. poloneză: Mihaela Fiscutean, - București: Nemira Publishing House, 2018
ISBN 978-606-43-0228-1
Fiscutean, Mihaela (trad.)

821.162.1

Andrzej Sapkowski
CZAS POGARDY

Redactor: Cristina CRĂCIUN
Lector: Dușa UDREA-BOBOREL, Viorica DUMITRENCO
Tehnoredactor: Magda BITAY

ISBN 978-606-43-0228-1

CNI CORESI
Tipărit la C.N.I. „CORESI" S.A.

Ai sânge pe mâini, Falka,
Ai sânge pe rochie,
Arzi, Falka, arzi și crapă,
Crapă în chinuri pentru ticăloșiile tale!

***Vidmele**, așa-numitele vrăjitoare din tagma misterioasă și elitistă a preoților războinici din Nordling (ob.), probabil o fracțiune a druizilor (ob.). Fiind înzestrate în plăsmuirile populare cu o iscusință magică și cu puteri supraomenești, e de la sine înțeles că se luptau cu duhurile rele, cu monștrii și cu toate forțele întunecate. De fapt, dovedind dibăcie în mânuirea armelor, **v.** au fost folosite de căpeteniile de la miazănoapte în încăierările lor tribale. V. se avântau în luptă într-o transă indusă, din câte se bănuia, prin autohipnoză sau dopaj, luptau cu furie oarbă, total insensibile la durere și chiar la răniri grave, întărind astfel prejudecățile cu privire la puterile lor supranaturale. Teoria conform căreia **v.** ar fi trebuit să fie rodul mutațiilor sau al ingineriei genetice nu a fost demonstrată. Aceste **v.** sunt personajele principale ale numeroaselor legende din Nordling (F. Delanhoy,* Miturile și legendele popoarelor de la miazănoapte).

EFFENBERG și TALBOT,
Enciclopedia Maxima Mundi, Tomul al XV-lea

1

Ca s-o duci bine ca olăcar, îi povățuia Aplegatt adesea pe flăcăi, ai nevoie de două lucruri: un cap de aur și un cur de fier.

Capul de aur e neapărat trebuincios, le explica el ucenicilor săi, pentru că sub haine, în tășcuța de piele de la piept, călărașul poartă doar veștile mărunte, care pot fi încredințate fără teamă pergamentului ori hârtiei trădătoare. Veștile secrete, cu adevărat însemnate, de care atârnă multe, olăcarul trebuie să le țină minte și să le spună doar cui trebuie. Cuvânt cu cuvânt, câteodată nu erau chiar simple cuvinte. Greu de rostit, darămite de ținut minte. Ca să nu le uiți și ca să nu le încurci, nu-ți trebuie decât un cap de aur.

Cât despre popoul de fier, văleleu!, fiecare olăcar o să simtă nevoie de așa ceva pe pielea lui, și cât de curând. După trei zile și trei nopți de stat țeapăn în șa, hurducat o sută sau două sute de mile pe drumuri de țară și, câteodată, când n-ai încotro, chiar de-a dreptul pe câmp. Oho, fără doar și poate că nu petreci chiar tot timpul în șa, te mai dai jos de pe cal pentru câte un mic răgaz. Căci omul rezistă mult, dar calul nu prea. Însă, când se termină popasul și trebuie să te urnești din nou, popoul parcă ar urla: „Ajutor, mă omoară!“

Oare cine mai are însă nevoie de olăcari în vremurile noastre, coane Aplegatt? îl întreba câte un flăcău. De la Vengerberg la

Wyzima, de exemplu, n-ai cum să ajungi în mai puțin de patru sau cinci zile, nici cu cea mai iute iapă. Iar unui magician din Vengerberg cât îi trebuie ca să-și trimită mesajul magic la un magician din Wyzima? O jumătate de oră sau nici măcar atât. Calul poate să-și scrântească un picior. Poate fi înjunghiat de tâlhari sau de Veverițe, poate fi sfâșiat de lupi sau de grifoni. Uite olăcarul, nu e olăcarul. Însă mesajul magic ajunge la destinație, nu se rătăcește, nu întârzie și nici nu dispare. La ce sunt buni olăcarii, dacă există magicieni la tot pasul, la fiecare curte regală? Nu mai sunt de folos olăcarii, coane Aplegatt.

O vreme și Aplegatt crezuse că nu mai e de folos nimănui. Avea treizeci și șase de ani, era mic, dar voinic și îndesat, nu se temea de muncă și avea, firește, un cap de aur. Și-ar fi putut găsi altceva de lucru ca să aibă de-ale gurii pentru el și soața lui, ca să pună ceva bani deoparte pentru zestrea celor două fiice încă nemăritate și ca să poată să-i mai dea o mână de ajutor celei măritate, al cărei soț, un nătâng fără speranță, se zbătea în tot soiul de negustorii. Dar Aplegatt n-a vrut nici în ruptul capului și nici nu și-ar fi închipuit că ar putea face altceva. Era olăcar regal.

Și iată că dintr-odată, după o lungă perioadă de uitare și umilință, Aplegatt era iar de folos. Pe drumurile de țară și pe cele forestiere au început din nou să răsune copite. Ca în vremurile bune, olăcarii străbăteau iar țara în lung și-n lat, purtând vești de la o cetate la alta.

Aplegatt știa de ce fusese așa. Văzuse foarte multe și auzise și mai multe. Se așteptau ca el să-și șteargă de îndată din amintire toate mesajele, să le uite complet, să nu și le mai amintească nici măcar sub tortură. Dar el și le amintea. Și știa de ce regii încetaseră brusc să comunice prin magie și magi. Conținutul mesajelor purtate de olăcari urma să rămână un mister pentru magicieni. Regii renunțaseră dintr-odată la sprijinul magilor, nu le mai încredințaseră secretele.

Care fusese motivul răcirii bruște a prieteniei dintre regi și magicieni Aplegatt nu știa și nici nu-i prea păsa. Și regii, și magii erau, după el, creaturi de neînțeles, de la care nu știi la ce să te aștepți, mai ales în vremuri de restriște. Și n-ai cum să nu observi că sunt vremuri de restriște, străbătând țara din cetate în cetate, din castel în castel, din regat în regat.

Drumurile erau împânzite de soldați. La fiecare pas dădeai peste coloane de infanterie sau de cavalerie și fiecare căpetenie întâlnită în cale era nervoasă, preocupată și-și dădea atâta importanță, de parcă de ea ar fi depins soarta întregii lumi. Cetățile și castelele erau, de asemenea, înțesate de oameni înarmați, zi și noapte era acolo o alergătură febrilă. Invizibili de obicei, guvernatorii și castelanii acum zburau întruna prin curți și în jurul zidurilor ca viespile furioase înainte de furtună, urlând, blestemând, poruncind, împărțind șuturi în stânga și-n dreapta. Zi și noapte se îndreptau spre garnizoane și fortificații coloanele mătăhăloase de căruțe doldora, întâlnindu-se cu coloanele care se întorceau iute, ușoare și goale. Nori de colb se iscau pe drum de la hergheliile de cai de trei ani năvăliți direct din grajduri. Nedeprinși cu deplasările fără săgeți și fără călăreți înarmați, se bucurau de ultimele zile de libertate, dându-le de lucru îngrijitorilor și mari bătăi de cap celorlalți care foloseau drumul.

Pe scurt, războiul plutea în aerul fierbinte și sufocant.

Aplegatt s-a uitat de jur împrejur. Jos, la poalele dealului, scânteia o curgere de apă, șerpuind subțire printre poieni și pâlcuri de copaci. Mai departe, spre sud, se întindeau păduri. I-a dat pinteni calului. Nu mai avea timp.

Era pe drum de două zile. Comandamentul regal, aflat la baza misiunii lui, îl ajunsese la Hagge, unde se odihnea la întoarcerea sa de la Tretogor. Părăsise cetatea noaptea, galopând de-a lungul malului stâng al văii Pontarului, trecuse granița de la Temeria înainte de ivirea zorilor, iar acum, pe la prânz, era deja pe malul Ismenei. Dacă regele Foltest s-ar fi aflat în Wyzima, Aplegatt i-ar fi înmânat misiva încă din noaptea aceea. Din păcate însă, el nu se afla în Capitală – era în sudul țării, la Maribor, la aproape două sute de mile de Wyzima. Aplegatt știa, așa că în apropiere de Podul Alb a ieșit din drumul principal, s-a îndreptat spre vest și a luat-o de-a dreptul prin pădure, spre Ellander. A cam riscat. Veverițele bântuiau prin pădure, vai și-amar de pielea celui ce cădea în mâinile lor sau era răpus de săgețile lor! Dar mesagerul regelui n-avea încotro, trebuia să riște. Asta-i era slujba.

A traversat râul ușor – nu mai plouase din iunie, Ismena scăzuse mult. Ținând marginea pădurii, a ajuns la drumul principal care duce de la Wyzima spre sud-est, spre fierăriile, cuptoarele și așezările piticanilor, în Masivul Mahakam. A întâlnit în cale o puzderie de cărute, depășite adesea de străjeri călare. Aplegatt a oftat ușurat. Unde era lume, n-avea ce să caute Scoia'tael. Campania împotriva elfilor care se luptau cu oamenii ținea de aproape un an în Temeria, cohorte de Veverițe prigonite prin păduri se împărțiseră în grupuri mai mici, care se țineau departe de drumurile aglomerate și nu puneau la cale nicio ambuscadă.

Înainte să se înnopteze, se afla deja la frontiera apuseană a ducatului Ellander, la o răscruce de drumuri în apropiere de satul Zavada, de unde avea un drum drept și sigur spre Maribor – patruzeci și două de mile de drum circulat și bine îngrijit. La răscruce era un han. S-a hotărât să se odihnească și el, și calul. Știa că, dacă o ia din loc în zori, chiar și fără prea multă osteneală, înainte de apusul soarelui o să zărească fanioanele argintiu cu negru pe acoperișurile roșii ale turnurilor castelului din Maribor.

A scos șaua de pe iapă și a țesălat-o el însuși, alungându-i pe îngrijitorii de la han. El era curierul regelui, iar curierul regelui nu lăsa pe nimeni să-i atingă calul. A mâncat o parte consistentă din omleta cu cârnați și un sfert de pâine la tavă, a băut un litru de bere. Asculta bârfele. Fel și chip. La han poposeau călători din toate colțurile lumii.

În Dol Angra, a aflat Aplegatt, se petrecuse un nou incident, la frontieră, un detașament al cavaleriei lyriene încercase să șicaneze din nou o patrulă nilfgaardiană, din nou Meve, regina Lyriei, a acuzat cu surle și trâmbițe Nilfgaardul de provocare și a cerut ajutor la regele Demawend din Aedirn. În Tretogor avusese loc execuția publică a unui baron redanian, care se aliase în secret cu emisarii împăratului Emhyr al Nilfgaardului. În Kaedwen trupele reunite într-un detașament de mare forță al Scoia'tael comiseseră masacrul din fortul Leyd. Ca răzbunare pentru această vărsare de sânge, oamenii din Ard Carraigh săvârșiseră un pogrom, curmând aproape patru sute de vieți în capitala neoamenilor.

În Temeria, povesteau negustorii veniți dinspre miazăzi, domneau doliul și tristețea printre emigranții din Cintra, adunați sub steagul mareșalului Vissegerd. Vestea cumplită că murise Leuța, prințesa Cirilla, ultima din stirpea reginei Calanthe, numită Leoaica din Cintra, fusese confirmată.

Umblau și zvonuri mai îngrozitoare și mai sumbre. Cică în satele din apropiere de Aldersberg din ugerele vacilor la muls țâșnea sânge, iar în zori de zi s-ar fi arătat în ceață Fecioara Mora, vestitoarea celor mai înspăimântătoare nenorociri. În Brugge, în vecinătatea codrului Brokilon, în împărăția interzisă a driadelor de pădure, se arătase Gonul Sălbatic, alaiul de stafii galopante pe cer, iar Gonul Sălbatic, după cum știe toată lumea, prevestește întotdeauna război. Apoi din Capul Bremervoord se observaseră o navă fantomatică, iar la bordul ei, o stafie – cavalerul negru, cu coiful garnisit cu aripi de păsări răpitoare...

Olăcarul nu mai asculta de-acum, era prea obosit. S-a dus în sala comună, s-a prăvălit pe laviță și a adormit buștean.

S-a trezit în zori. Când a ieșit în curte, a fost puțin descumpănit – nu era primul care pleca la drum, fapt destul de rar. Ei bine, la fântână era înșeuat un armăsar, iar lângă jgheab o femeie îmbrăcată bărbătește se spăla pe mâini. La auzul pașilor lui, s-a întors și, cu palmele umezite, și-a aruncat pe spate părul negru luxuriant. Olăcarul s-a înclinat. Femeia a dat ușor din cap.

Intrând în grajd, aproape că s-a ciocnit cu o altă pasăre matinală, o tânără cu o baretă de catifea trăgându-și de căpăstru iapa sură. Se freca la ochi și căsca, sprijinindu-se de flancul iepei.

– Of... a murmurat, trecând pe lângă olăcar. O să dorm pe cal... dorm pe mine...

– O să te învioreze răcoarea când o să urci pe iapă, i s-a adresat amabil Aplegatt, trăgându-și șaua de pe poliță. Drum bun, domniță!

Fata s-a întors și s-a uitat la el ca și cum abia atunci l-ar fi observat. Ochii ei erau mari și verzi ca smaraldul. El și-a pus șaua pe cal.

– Drum bun ți-am urat, i-a repetat.

De obicei nu era prea exuberant, prea guraliv, însă acum simțea nevoia să schimbe o vorbă cu aproapele lui, chiar dacă aproapele era somnoros. Poate că din pricina zilelor lungi de singurătate pe drum sau poate că puștoaica îi amintea de fiica lui mijlocie.

– Zeii să vă ocrotească, a adăugat el, de accidente și de alte nenorociri! Sunteți doar două persoane și, pe deasupra, femei... Iar vremurile nu sunt prea bune. Peste tot ne paște câte o primejdie...

Fata a deschis ochii ei verzi și mai larg. Olăcarul a simțit o răcoare în spate, l-a trecut un fior pe șira spinării.

– Primejdia... a zis ea brusc, cu o voce stranie, schimbată. Primejdia este tăcută. N-o auzi când vine în zbor cu penele cenușii. Am avut un vis. Nisipul... Nisipul era fierbinte de la soare...

– Ce? a încremenit Aplegatt cu șaua pe burtă. Ce tot spui, domniță? Ce nisip?

Ea tremura din răsputeri, se freca la față. Iapa cea sură clătina din cap.

– Ciri! a strigat-o aspru femeia cu părul negru din curte, îndreptând chinga și aranjând desagile. Hai, grăbește-te!

Fata a căscat, s-a uitat la el, a clipit, surprinsă de prezența lui în grajd. Olăcarul tăcea.

– Ciri, a repetat femeia, ai adormit acolo?

– Vin îndată, coniță Yennefer!

După ce și-a înșeuat calul, Aplegatt l-a dus de căpăstru în curte, însă acolo nici urmă de femeie sau fată. Cocoșul cucurigea răgușit, câinele lătra, cucul cânta printre copaci. Olăcarul a sărit în șa. Și-a amintit brusc ochii verzi ai fetiței somnoroase, precum și cuvintele ei bizare. *Primejdie tăcută? Pene cenușii? Nisip fierbinte? Pesemne că fata nu era în toate mințile*, s-a gândit în sinea lui. *Multe tulburări poți vedea în zilele noastre acum, multe fete o iau razna, mânjite în zilele de război de tot soiul de dezertori și huligani... Da, sărită, e limpede. Ori poate că nu era sărită. Poate că doar visase, doar era buimacă de somn? Ciudat ce pot scoate pe gură oamenii în zori, când încă nu s-au dezmeticit și se află în starea dintre somn și veghe...*

A simțit din nou un fior și i s-a cuibărit o durere între omoplați. Și-a frecat spatele cu pumnul.

Cum a ajuns la drumul spre Maribor, a dat pinteni calului și la galop. Nu mai era timp.

În Maribor nu s-a odihnit prea mult – nici nu s-a scurs bine o zi, că vântul i-a și șuierat din nou în urechi. Calul lui nou, un armăsar cenușiu de la grajdul din Maribor, galopa înălțându-și gâtul și fluturându-și coada. Sălciile de la marginea drumului rămâneau în urmă. Tășcuța cu misiva diplomatică îl apăsa pe piept. Îl durea fundul.

– Pfuui, rupe-ți-ai gâtul, zmeul naibii! i-a strigat căruțașul din spate, strunindu-și caii înspaimântați de galopul armăsarului în depășire. Iote-l cum gonește, de parcă-l urmărește moartea! Ia-o la goană, nenorocitule, că tot nu scapi de ea!

Aplegatt s-a șters la ochiul înlăcrimat de la galop.

În ajun îi înmânase misiva regelui Foltest, apoi i-a recitat mesajul secret al regelui Demawend.

– Demawend către Foltest. În Dol Angra totul e pregătit. Mascații așteaptă poruncile. Data estimată: a doua noapte după luna nouă a lui Cuptor. Bărcile trebuie să acosteze pe malul celălalt peste două zile.

Un stol de ciori zbura deasupra drumului, croncănind asurzitor. Se îndreptau spre răsărit către Mahakam și Dol Angra, spre Vengerberg. Călare, olăcarul repeta în gând cuvintele mesajului secret pe care regele Temeriei i-l trimisese regelui Aedirnului.

Foltest către Demawend. *Primo:* întrerupeți acțiunea. Șmecherii au organizat un fat, trebuie să se întâlnească și să se sfătuiască pe insula Thanedd. E posibil să se schimbe foarte multe. *Secundo:* căutarea Leuței se poate opri de-acum. S-a confirmat. Leuța a murit.

Aplegatt și-a îmboldit armăsarul cu călcâiul. Nu mai era timp.

Drumul forestier îngust era sufocat de căruțe. Aplegatt a încetinit, a mers alene până la ultima căruță din coloana lungă. Și-a dat seama imediat că nu poate trece de obstacol. Nici vorbă să se mai întoarcă, ar fi fost o pierdere de timp prea mare. Să se afunde în mlaștină ca să ocolească obstacolul nu i-ar prea fi surâs, mai ales că de-acum amurgea.

– Ce s-a întâmplat aici? i-a întrebat pe cei doi bătrânei din ultima căruță din coloană, dintre care unul părea adormit, iar celălalt mort. Jaf? Veverițele? Spuneți-mi! N-am vreme...

Înainte să-i răspundă unul dintre bătrânei, s-au auzit însă țipete din capătul îndepărtat al coloanei, ascuns după copaci. Căruțașii au sărit în căruțe, și-au biciuit caii și boii cu înjurături deocheate. Coloana greoaie s-a pus în mișcare. Bătrânelul adormit s-a trezit, a dat din cap, și-a scuturat barba, a plescăit și a dat bice catârilor. Bătrânelul care părea mort a înviat, și-a tras pălăria de paie de pe ochi și s-a uitat la Aplegatt.

– Io-ti, mă, la el! i s-a adresat. N-are vreme. Ai avut noroc, bădie. Ai ajuns la țanc.

– Chiar așa, a adăugat celălalt, mângâindu-și barba și biciuind catârii. La țanc. Dacă ai fi ajuns la prânz, ai fi stat cot la cot cu noi, așteptând să se facă loc. Nici noi n-avem vreme, dar așteptăm, că n-avem ce face. Cum să fi mers, dacă drumul a fost închis?

– Drumul a fost închis? Dar de ce?

– Nu știu, zău, ce dihanie care mănâncă oameni a apărut prin preajmă. A atacat un cavaler, care nu era însoțit decât de un valet. Din câte se pare, monstrul i-a rupt capul cu tot cu coif, iar pe cal l-a golit de mațe. Valetul a izbutit să scape ca prin minune și a povestit grozăvia fără margini, tot drumul era scăldat în sânge...

– Și cine e monstrul? l-a întrebat Aplegatt, strunindu-și calul ca să poată vorbi cu bătrâneii din căruța târâtoare. Un balaur?

– Nu, ce balaur? a zis celălalt bătrânel cu pălărie de paie. Cică-i mandygoră sau cam așa ceva. Valetul spunea că era o fiară sălbatică zburătoare, enormă. Și crudă! Am crezut că-l mănâncă pe cavaler și ne lasă-n pace, da' de unde! S-a proțăpit în mijlocul drumului drăcovenia, ședea și șuiera rânjind... Ei bine, a astupat drumul ca dopul într-o sticlă; care cum venea și vedea monstrul își lăsa baltă căruța și făcea cale-ntoarsă. S-au adunat căruțele pe vreo jumătate de milă, căci în jur, vezi bine, bădie, numai desișuri și smârcuri, n-ai cum nici să ocolești, nici să te întorci. Așa că am rămas...

– Atâția flăcăi! s-a indignat olăcarul. De râsul curcilor! Au stat ca momâile, în loc să pună mâna pe o suliță, pe un topor și să dea la o parte jivina sau s-o omoare.

– Au încercat unii, a spus bătrânelul cu frâiele în mână, îndemnându-și catârii, întrucât coloana se mișca mai repede. Trei piticani din garda negustorului și li s-au alăturat patru recruți, care se duceau în fortul Carreras, la armată. Pe piticani i-a făcut zob într-o clipită, iar recruții...

– Au luat-o la sănătoasa, a completat celălalt bătrânel, scuipând zdravăn și departe, nimerind spațiul liber dintre crupele catârilor. Au rupt-o la fugă cum au văzut mandygora. Unul s-a căcat pe el. O, uite-l, el e! Acolo!

– Ce-i cu tine? s-a înfuriat Aplegatt. Vrei să-mi arăți un căcăcios? Nu mă interesează...

– Ba nu! Monstrul! Monstrul mort! Oștenii îl pun în car! Îl vedeți?

Aplegatt stătea în etrieri. În ciuda beznei care se întețea și a gloatei de gură-cască, a zărit uriașa căpățână ridicată de soldați. Aripile de liliac și coada de scorpion a monstrului atârnau neputincioase la pământ. Strigând în cor, soldații au ridicat leșul și l-au trântit în car. Caii înhămați la car, speriați de duhoarea de sânge și de hoit, nechezau și trăgeau de oiște.

– Nu mai stați! i-a strigat bătrânelului comandantul. Luați-o din loc! Nu blocați trecerea!

Bătrânelul și-a îmboldit catârii, căruța a sărit peste șanț. Aplegatt și-a îmboldit calul cu călcâiul, l-a ajuns din urmă.

– Se pare că oștenii i-au venit de hac jivinei până la urmă?

– Da' de unde! i-a replicat bătrânelul. Oștenii, cum au venit, cum au început să dea ordine, să înjure și să înghiontească lumea. Stai pe loc, ia-o din loc, mișcă-te, du-te-ncolo, vino-ncoace. Nu se sinchiseau de jivină. Au trimis după vrăjitor.

– După vrăjitor?

– Da, a confirmat celălalt bătrânel. Careva şi-a amintit că l-a văzut pe vrăjitor prin sat, aşa că au trimis după el. A trecut pe lângă noi. Avea părul alb, moaca furioasă şi o spadă grea în spate. N-a trecut niciun ceas, că s-a şi apucat să strige careva de-acolo din faţă că putem să ne ducem de-acum, pentru că vrăjitorul a răpus fiara. Chiar acu' am luat-o din loc şi-ai răsărit şi tu, bădie.

– Ha! spuse Aplegatt gânditor. Atâţia ani am umblat pe drumuri, şi totuşi nu m-am întâlnit cu niciun vrăjitor. L-a văzut cineva cum l-a doborât pe monstru?

– Eu am văz't! a strigat un băiat de cealaltă parte a căruţei, cu părul vâlvoi.

Călărea o mârţoagă fără şa, ţinând-o de căpăstru.

– Am văz't tot! a continuat el. Că eram lângă soldaţi, chiar în faţă!

– Ia uită-te şi la el, de colo, mucosu'! a replicat bătrânelul căruţaş. Are caş la gură, dar se crede tare deştept. Poate vrei un bici pe spinare?

– Lasă-l în pace, tataie! a intervenit Aplegatt. Vă las îndată, mă duc încolo, spre Carreras, şi aş vrea să ştiu mai întâi ce s-a întâmplat cu vrăjitorul. Hai spune, micuţule!

– O fost aşa, a început băiatul pe nerăsuflate, mergând la pas lângă căruţă, că vrăjitoru' o venit la comandantu' militar. O spus că-l cheamă Gerant. Comandantu' i-o spus că poate să-l cheme cum vrea el, numa' să se apuce mai iute de treabă. Şi i-o arătat unde şedea javra. Vrăjitoru' s-o apropiat şi s-o uitat de la depărtare. Până la ea erau vreo sută douăzeci de paşi sau chiar mai mult, da' i-o aruncat o privire şi o spus îndată că-i o manticoră uriaşă şi că o s-o nimicească, dacă îi dă două sute de coroane.

– Două sute de coroane? a bâiguit celălalt bătrânel. Da' i ţicnit de-a binelea?

– Asta i-o spus şi comandantu', numa' oleacă mai urât. Iar vrăjitoru' i-o spus că ăsta-i preţu', că lui îi e totuna, că are treabă, n-au decât să lase javra să şadă-n drum până în ziua judecăţii de apoi. Comandantu' o ţinea întruna că nu-i dă atâtea parale, că mai bine aşteaptă până-şi ia dihania lumea-n cap singură într-o bună zi. Vrăjitoru' i-o spus că dihania n-o să-şi ia prea degrabă lumea-n cap, pentru că-i lihnită de foame și-i mânioasă. Și, chiar dacă pleacă, o să se întoarcă în curând, pentru că ăsta-i te... teri... terri... territo...

– Haide, măi, țâncule, lasă trilurile! s-a înfuriat bătrânelul, încercând, fără rezultate vizibile, să-și bage degetul în nas în timp ce ținea frâiele. Hai, spune mai iute!

– Spun acu'! Vrăjitoru' o zis așa: monstru' n-o să zboare prea departe, iar noaptea o să mănânce câte-oleacă din cavaleru' sfârtecat, că-i tare greu de mâncat cavaleru' pe sub armura pe care-o are. Când o auzit, negustorii s-o pus pe capu' vrăjitorului și o-nceput să-l înduplece că așa și pe dincolo, că o să strângă ei laolaltă și o să-i dea o sută de coroane. Iar vrăjitoru' o spus că pe dihanie o cheamă manticoră, că e foarte primejdioasă și că n-au decât să-și bage-n cur cele o sută de coroane, că numai pentru atâta el nu-și bagă pielea la saramură. Atuncea, comandantu' s-o mâniat și i-o zis că asta-i soarta oilor și-a vrăjitorilor, să-și bage pielea la saramură, pentru asta-s făcuți, așa cum curu-i făcut ca să se cace. Și-atuncea negustorii s-au temut că vrăjitoru' o să se supere și o să-i lase baltă și i-o spus că-i dă o sută cincizeci. Și vrăjitoru' și-o scos spada și s-o dus la locu' unde ședea monstru'. Și comandantu' o făcut un semn ca de farmec în urma lui, o scuipat în țărână și o spus că nu știe cum de mai rabdă pământu' asemenea ființe pe suprafața lui. Iar un negustor o spus că, dacă armata, în loc să facă tumbe prin boscheți în căutarea elfilor, ar vâna monștri, n-ar mai fi nevoie de vrăjitori pe lumea asta și că...

– Lasă, l-a întrerupt bătrânelul, mai bine spune-ne ceva ce ai văzut cu ochii tăi.

– Păi, s-a umflat în pene băiatul, eu o trebuit să văz de calul vrăjitorului, o iapă cafenie cu o vrâstă albă.

– Câinele a dansat cu iapa! Da' cum l-a răpus vrăjitoru' pe monstru ai văzut?

– Eee... s-a răsucit băiatul. N-am văz't... M-o împins în spate. Toată lumea răcnea și caii o făcut spaimă, apăi...

– Nu v-am spus eu, a vorbit disprețuitor bătrânelul, că mucosul n-a văzut niciun căcat?

– Ba l-am văz't pe vrăjitor când s-o întors, s-a înflăcărat băiatul. Iar comandantu', care o văz't tot, era palid la față și le-o spus în șoaptă soldaților că astea sunt vrăji sau trucuri elfești, că omu' de rând nu e în stare să mânuiască cu atâta iscusință spada... Vrăjitoru' și-o luat banii de la negustori, o încălecat pe iapă și o luat-o din loc.

– Pe unde? a murmurat Aplegatt. Spre Carreras? Atunci, l-aș putea ajunge din urmă, aș putea să-l văd cum arată.

– Nu, a răspuns băiatul. La răscruce a luat-o spre Dorian. Era grăbit.

Vrăjitorul nu prea visa, dar, chiar și când se întâmpla, rar, nu-și amintea deloc când se trezea. Nici măcar coșmaruri, iar de cele mai multe ori erau coșmaruri.

Și de data asta avusese un coșmar, dar de data asta și-a amintit măcar anumite secvențe. Din vârtejul de siluete vagi, tulburătoare, de scene bizare, de rău augur și de sunete și cuvinte de neînțeles, dar înfricoșătoare a apărut brusc o imagine clară și bine definită. Ciri. Diferită de cea cunoscută de el la Kaer Morhen. Părul ei cenușiu, zbârlit din cauza galopului, era mai lung – așa cum îl purta atunci când o întâlnise prima oară în Brokilon. Când trecea călare, voia s-o strige, dar vocea nu-l asculta deloc. Voia să alerge după ea, dar avea impresia că de la brâu în jos e prins în smoală întărită. Și Ciri parcă nu-l vedea, galopa departe în noapte, între arini grotești și sălcii, cu crengile zbătându-se de parcă ar fi avut viață. Și a văzut că sunt urmăriți. Că în spatele ei galopa un cal negru, cu un cavaler în armură neagră, cu un coif cu aripi de păsăre de pradă.

Nu se putea mișca, nu putea să strige. Putea doar să vadă cum călărețul cu aripi a ajuns-o pe Ciri, a prins-o de păr, a scos-o din șa și a galopat mai departe, ținând-o în față. Putea doar să vadă chipul lui Ciri congestionat de durere și strigătul încremenit pe buzele ei.

– Trezirea! și-a ordonat, nemairăbdând să suporte coșmarul. Trezește-te! Trezește-te imediat!

S-a trezit.

A zăcut mult neclintit, rememorând visul. Apoi s-a sculat. A scos o pungă din pernă și a numărat iute monedele de câte zece coroane. O sută cincizeci pentru mandygora de ieri. Cincizeci pentru negura pe care a ucis-o la cererea primarului satului de pe lângă Carreras. Și cincizeci de la vârcolacul pentru care îl tocmiseră coloniștii Burdorff.

Cincizeci pentru un vârcolac. Mult, pentru că nu se ostenise prea mult. Vârcolacul nu s-a apărat. Mânat într-o peșteră din care nu avea ieșire, a îngenuncheat și a așteptat lovitura spadei. Vrăjitorului îi era milă de el.

Dar avea nevoie de bani.

În nicio oră, deja umbla haihui pe străzile din Dorian, căutând o alee cunoscută și o plăcuță cunoscută.

Cuvintele inscripționate pe plăcuță anunțau: „Codringher și Fenn, consultanță și servicii juridice“. Geralt știa prea bine însă că ce fac Codringher și Fenn nu prea are nimic în comun cu justiția, cei doi parteneri având destule motive să evite orice contact atât cu justiția, cât și cu reprezentanții ei. De asemenea, avea îndoieli serioase că vreunul dintre clienții care le călcau pragul știe ce înseamnă cuvântul „consultanță“.

Nu exista nicio intrare la parterul micii clădiri, erau doar niște porți ferecate zdravăn, care duceau probabil la grajduri sau la șoproane. Pentru a ajunge la ușa de la intrare, trebuia să înconjori imobilul, să te aventurezi în partea din spate a acestuia, să intri într-o curte mocirloasă, plină de rațe și de găini, de acolo să urci niște trepte și apoi să străbați o galerie strâmtă și un coridor întunecat. Numai așa ajungeai la ușa de mahon garnisită cu fier forjat, prevăzută cu un ciocan de aramă, în formă de cap de leu.

Geralt a ciocănit și s-a retras iute. Știa că mecanismul montat în ușă ar putea declanșa spițele de fier de douăzeci de țoli din orificiile ascunse de fitinguri. Teoretic, spițele ieșeau din ușă numai când încercai să o forțezi sau când Codringher ori Fenn acționau dispozitivul de declanșare, dar Geralt constatase în mod repetat că nu există mecanisme infailibile și că unele pot funcționa uneori, deși nu ar trebui. Și invers.

În ușă era probabil un dispozitiv care-i identifica pe oaspeți, ceva magic. După ce ciocăneai, nimeni dinăuntru nu te întreba niciodată nimic și nici cum te cheamă. Se deschidea ușa și apărea Codringher. Întotdeauna Codringher, niciodată Fenn.

– Bună, Geralt! l-a întâmpinat Codringher. Intră! Nu trebuie să te ferești. Am demontat sistemul de siguranță. Acum câteva zile s-a rupt ceva. S-a dereglat și a străpuns un negustor ambulant. Hai, mai cu curaj! Ai o problemă cu mine?

– Nu.

Vrăjitorul a intrat în coridorul larg și întunecat, unde, ca de obicei, mirosea a pisică.

– Nu cu tine. Cu Fenn, a adăugat.

Codringher a râs zgomotos, confirmându-i suspiciunea că Fenn era un personaj fictiv sută la sută, folosit pentru a-i induce în eroare pe executorii judecătorești, pe colectorii de taxe și impozite și pe alți musafiri neașteptați de Codringher.

S-au dus în cabinet, o încăpere ceva mai luminoasă, întrucât era mai înaltă – prin ferestrele prevăzute cu grilaj solid soarele pătrundea în cea mai mare parte a zilei. Geralt a luat loc pe scaunul destinat clienților. De partea cealaltă a biroului de stejar, s-a tolănit în fotoliul lui capitonat Codringher, autointitulat „avocat“, un om căruia nimic nu-i stătea în cale. Dacă cineva era la ananghie, avea vreun necaz, vreo problemă, nădejdea era la Codringher. De cum avea probe incontestabile pentru lipsa de onestitate a partenerului de afaceri și pentru deturnarea de fonduri de către acesta, primea un împrumut bancar, fără garanții și asigurări. Fiind singur pe o listă lungă de creditori, își recupera creanțele societății care tocmai fusese declarată în insolvență. Primea o moștenire, deși unchiul său bogat îl amenințase că nu va vedea nicio para chioară de la el. Câștiga procesele de succesiune, întrucât chiar și rudele cele mai înverșunate renunțau în mod neașteptat la revendicările lor. Fiul ieșea din temniță, fiind achitat pe baza unor dovezi incontestabile, sau era eliberat din lipsa acestora, pentru că, dacă existau, probele dispăreau misterios, iar martorii, unul după altul, își retrăgeau declarațiile anterioare. Pretendentul pârlit al fiicei unui vânător de zestre își îndrepta brusc afecțiunea spre altă domniță. Amantul soției sau seducătorul iubit al fiicei se trezea cu trei membre fracturate într-un accident stupid. Cât despre un dușman de moarte sau o altă persoană foarte incomodă, dintr-odată înceta zgândăreala – ca regulă generală, dispărea fără urmă. Așadar, dacă cineva avea necazuri, se ducea la Dorian, ajungea într-un suflet la firma „Codringher și Fenn“ și ciocănea la ușa de mahon. În ușă se proțăpea „avocatul“ Codringher, scund, slab și cărunt, cu tenul bolnăvicios, ca al oamenilor care nu prea stau în aer liber. Codringher îl conducea în cabinet, se așeza în fotoliu, își punea în poală motanul alb cu negru și îl mângâia. Amândoi, motanul și Codringher, îl măsurau pe client cu ochii galben-verzui, răutăcioși și tulburători.

– Am primit scrisoarea ta.

Codringher și motanul îl fixau pe vrăjitor cu privirea galben-verzuie.

– M-a vizitat și Jaskier, a continuat. A trecut prin Dorian acum câteva săptămâni. Mi-a povestit ceva despre nenorocirile tale. Dar puțin. Prea puțin.

– Într-adevăr? Mă surprindeți. Ar fi pentru prima dată când Jaskier nu spune prea mult.

– Jaskier – Codringher n-a zâmbit – nu mi-a spus prea mult, pentru că nu știa prea mult. Iar din ce știa mi-a spus și mai puțin, pentru simplul motiv că i-ai interzis să-mi vorbească despre anumite lucruri. De unde și până unde lipsa asta de încredere? Și tocmai într-un coleg de breaslă?

Geralt a tresărit ușor. Codringher s-ar fi prefăcut că n-a observat, dar nu i-a ieșit, căci și motanul a observat. Felina și-a rotit ochii larg, și-a dezvelit colții albi și a șuierat încet.

– Nu-mi sâcâi motanul! a spus avocatul, liniștindu-și animalul cu mângâieri. Te-a mișcat cuvântul „coleg“? E adevărat. Și eu sunt vrăjitor. Și eu îi descotorosesc pe oameni de monștri și de nenorociri monstruoase. Și eu o fac pentru bani.

– Există anumite diferențe, a murmurat Geralt, încă sub privirea neprietenoasă a motanului.

– Există, a fost de acord Codringher. Tu ești un vrăjitor anacronic, iar eu sunt un vrăjitor modern, în pas cu spiritul vremurilor. De aceea în curând vei fi șomer, iar eu voi prospera. Strigoii, balaurii, vyvernii și vârcolacii vor dispărea curând de pe fața pământului. Dar ticăloși se vor găsi mereu.

– Iar tu îi scoți din belele tocmai pe ticăloși, Codringher. Oamenii săraci, năpăstuiți nu-și permit serviciile tale.

– Săracii nu-și permit nici serviciile tale. Săracii nu-și permit nimic, tocmai de aceea sunt săraci.

– O logică de fier! Și o descoperire ce-ți taie respirația!

– Adevărul e că o taie de-a binelea. Și la fel de adevărat e că temeiul și suportul profesiei noastre este ticăloșia. Cu deosebirea că a ta e aproape opacă, iar a mea e vie și înfloritoare.

– Bine, bine. Să trecem la subiect.

– Era și timpul, a dat din cap Codringher, mângâindu-și motanul, care se întindea și torcea zgomotos, înfigându-și ghearele în genunchiul stăpânului. Să le luăm pe rând, în funcție de importanța lor. În primul rând, onorariul meu, colegule vrăjitor, este de două sute cincizeci de coroane novigradiene. Dispui de o asemenea sumă? Sau te numeri printre săracii năpăstuiți?

– În primul rând, să ne asigurăm că meriți această sumă.

– Asigurarea, a spus glacial avocatul, limitează-o la propria ta persoană, dar mai repejor, dacă se poate! Iar când te convingi, pui banii pe masă. Apoi trecem la următoarele chestiuni, mai puțin importante.

Geralt și-a desfăcut tășcuța de la brâu și a aruncat-o cu un zăngănit pe birou. Motanul a sărit brusc din poala lui Codringher și a fugit. Avocatul a pus tășcuța în sertar, fără să verifice ce e în ea.

– Mi-ai speriat motanul, i-a reproșat pe un ton acuzator, nedisimulat.

– Îmi pare rău. Am crezut că zornăitul banilor e ultimul lucru care ți-ar putea speria motanul. Spune-mi, ce-ai aflat?

– Rience ăsta, a început Codringher, care te interesează atât, e o figură misterioasă. Am reușit să aflu doar că a fost doi ani la școala de vrăjitorie din Ban Ard. L-au exmatriculat de acolo, prinzându-l cu un furtișag. Prin preajma școlii roiau, ca de obicei, agenții secreți din serviciile Kaedwenului. Rience a fost recrutat. Ce făcea pentru securitatea lui Kaedwen n-am izbitit să aflu. Dar vrăjitorii excluși de la școală sunt antrenați de obicei ca să ucidă. Se potrivește?

– Ca turnat. Continuă!

– Următoarea informație provine din Cintra. Conu' Rience a stat acolo în temniță. În timpul domniei reginei Calanthe.

– Pentru ce?

– Imaginează-ți că pentru datorii. Dar nu mult, pentru că l-a răscumpărat cineva, i-a achitat datoriile cu tot cu dobânzi. Tranzacția s-a făcut printr-o bancă, păstrându-se anonimatul binefăcătorului. Am încercat să văd de la cine erau banii, dar am renunțat după ce am verificat la patru bănci. Cel care l-a răscumpărat pe Rience era un profesionist. Și a dorit să rămână anonim cu orice preț.

Cuprins de un acces de tuse, Codringher s-a oprit și a dus batista la gură.

– Și deodată, imediat după război, conu' Rience a apărut în Sodden, în Angren și în Brugge, a continuat, apoi s-a oprit o clipă, și-a șters buzele și s-a uitat în batistă. Era schimbat total, de nerecunoscut, cel puțin în privința comportamentului și a banilor de care dispunea și pe care îi cheltuia fără măsură. Însă nenorocitul nu-și schimbase numele – îl păstrase pe Rience. Și ca Rience a început să caute intens o persoană sau mai bine zis o foarte tânără persoană. I-a vizitat pe druizii din Cercul Angren, cei care aveau grijă de orfanii de război. Trupul unuia dintre druizi s-a găsit după un timp într-o pădure din apropiere, desfigurat, purtând urme de tortură. Apoi Rience a apărut la Zarzecz...

– Știu, l-a întrerupt Geralt. Știu ce a făcut cu familia de țărani din Zarzecz. Pentru două sute cincizeci de coroane, mă așteptam la mai mult. Deocamdată singurele informații noi au fost cele despre școala de vrăjitorie și serviciile secrete din Kaedwen. Știam restul. Știu că Rience e un ucigaș nemilos. Știu că e un bătăuș arogant, care nici măcar nu se sinchisește să se ascundă sub nume false. Știu că lucrează în slujba cuiva. A cui, Codringher?

– În slujba unui magician. E vorba despre magicianul care l-a răscumpărat atunci din temniță. M-ai informat, iar Jaskier mi-a confirmat că Rience practică magia. Adevărata magie, nu trucuri de studențaș de la academie. Cineva îl sprijină, îi furnizează amulete, probabil îl instruiește în mare taină. Unii magicieni practicanți oficial au astfel de discipoli secreți și ucenici care se îndeletnicesc cu chestii ilegale sau murdare. În jargonul vrăjitorilor, se numește acțiune din umbră.

– Dacă ar acționa din umbra magică, Rience ar folosi magia camuflajului. Însă nu și-a schimbat nici numele, nici aspectul. Nu și-a înlăturat nici măcar cicatricile de la arsurile provocate de Yennefer.

– Tocmai asta confirmă că acționează din umbră, a tușit Codringher, ștergându-și buzele cu o batistă. Deoarece camuflajul magic nu e un camuflaj oarecare, folosit doar de diletanți. Dacă Rience s-ar ascunde după o cortină magică sau după o mască iluzorie, l-ar da de gol imediat orice alarmă magică, iar acum astfel de alarme sunt, practic, la fiecare poartă a castelului. Și magicienii pot să detecteze măștile iluzorii fără greș. Până și în cea mai mare gloată de oameni Rience ar atrage atenția oricărui magician, ca și cum i-ar ieși flăcări din urechi și nori de fum din cur. Repet: Rience acționează în contul unui magician astfel încât să nu atragă atenția altor magicieni.

– Unii îl iau drept spion nilfgaardian.

– Știu. Așa crede, de exemplu, Dijkstra, șeful departamentului de informații al Redaniei. Dijkstra s-a înșelat foarte rar, deci se poate presupune că de data asta are dreptate. Dar una nu o exclude pe cealaltă. Un magician poate fi și spion nilfgaardian în același timp.

– Ceea ce ar însemna că un magician practicant oficial spionează pentru Nilfgaard printr-un factotum secret.

– Aiurezi! a răspuns Codringher, uitându-se cu atenție la batistă. Un magician să spioneze pentru Nilfgaard? De ce ar face-o? Pentru bani? Ar fi caraghios. Ca să obțină mari puteri sub conducerea victorioasă a împăratului Emhyr? Și mai caraghios. Nu e un secret că Emhyr var Emreis ține magicieni în subordine pentru scurt timp. Magicienii din Nilfgaard sunt tratați ca funcționarii – ca să spunem așa –, ca grăjdarii. Și nici nu au putere mai mare decât aceștia. Ar fi vreunul dintre magicienii noștri înflăcărați dispus să lupte pentru victoria unui împărat care îl tratează ca pe un grăjdar? Filippa Eilhart, care-i dictează lui Vizimir mesajele și edictele regale din Redania? Sabrina Glevissig, care îi întrerupe discursul lui Henselt din Kaedwen, lovește cu pumnul în masă și îi poruncește regelui să tacă și să asculte? Vilgefortz din Roggeveen, care i-a răspuns recent lui Demawend din Aedirn că nu are timp pentru el?

– Pe scurt, Codringher, ce se întâmplă cu Rience?

– Ca de obicei. Serviciile secrete din Nilfgaard încearcă să ajungă la magician, să-l atragă într-o cooperare totală. Din câte știu, Rience n-ar disprețui florinii nilfgaardieni și pentru ei și-ar trăda stăpânul fără tăgadă.

– Acum tu aiurezi! Până și magicienii noștri infatuați și-ar fi dat seama dacă ar fi fost trădați, iar Rience ar fi atârnat de mult în ștreang. Dacă ar fi avut noroc.

– Ești copil, Geralt! Spionii descoperiți nu sunt spânzurați, ci folosiți. Li se aplică dezinformarea, sunt transformați în agenți dubli...

– Nu mă duce cu preșul, Codringher. Nu mă interesează nici spionajul și nici politica. Rience e pe urmele mele, vreau să știu de ce și în numele cui. S-ar părea că e vorba despre un magician. Cine este acest magician?

– Nu știu încă. Dar voi afla curând.

– Curând, a spus răspicat vrăjitorul, e prea târziu pentru mine.

– Se poate, a răspuns grav Codringher. Ai intrat în mare bucluc, Geralt. Bine măcar că ai venit la mine, eu pot să te scot din el. De fapt, te-am și scos.

– Serios?

– Serios.

Avocatul și-a dus batista la gură și a tușit.

– Vezi tu, colega, a continuat, pe lângă magician și poate pe lângă Nilfgaard, există și o terță parte în joc. M-au vizitat, imaginează-ți, agenți ai serviciilor secrete ale regelui Foltest. Aveau o problemă. Regele le poruncise să caute o prințesă dispărută. Când și-au dat seama că nu-i atât de simplu, agenții au decis să angajeze un specialist în chestiuni dificile. Expunându-i problema, i-au sugerat specialistului că un anumit vrăjitor ar putea ști mai multe despre prințesa căutată. Ba ar putea chiar să știe unde se află.

– Și cum a reacționat specialistul?

– În prima fază, și-a exprimat nedumerirea. Era că pomenitul vrăjitor nu fusese aruncat într-o temniță, unde să i se fi aplicat metodele tradiționale ca să scoată de la el toate cele știute și chiar multe neștiute, dar pe care le-ar fi născocit numai pentru a-i satisface pe anchetatori. Agenții l-au lămurit că șeful lor le interzisese. Vrăjitorii, i-au explicat agenții, au un sistem nervos atât de sensibil, încât, sub influența torturii, mor imediat, deoarece, așa cum foarte plastic s-au exprimat, le plesnesc venele din creier. Prin urmare, au fost sfătuiți să-l urmărească pe vrăjitor, dar și această sarcină s-a dovedit dificilă. Specialistul i-a lăudat pe agenți pentru înțelepciunea lor și le-a cerut să revină peste două săptămâni.

– Și au revenit?

– Fără doar și poate. Și apoi, specialistul, care te considera deja clientul său, le-a furnizat agenților dovezi solide cum că vrăjitorul Geralt nu avusese, nu avea și nici nu ar putea avea nimic de-a face cu prințesa căutată. Specialistul a găsit și martori oculari de la moartea prințesei Cirilla, nepoata reginei Calanthe, fiica prințesei Pavetta. Cirilla murise în urmă cu trei ani în lagărul de refugiați din Angren. De difterie. Copila suferise enorm înainte de a muri. N-o să mă crezi, dar pe agenții temerieni i-au podidit lacrimile ascultând poveștile martorilor mei.

– Și pe mine m-au podidit lacrimile. Agenții temerieni n-au putut sau n-au vrut să-ți ofere mai mult de două sute cincizeci de coroane?

– Sarcasmul tău îmi zdrobește inima, vrăjitorule. Te-am scos din belea, și tu, drept mulțumire, mă rănești.

– Mulțumesc și iartă-mă. Dar de ce le-a poruncit regele Foltest agenților s-o caute pe Ciri, Codringher? Ce le-a spus să-i facă atunci când o găsesc?

– Nu prea mă duce capul. S-o omoare, bineînțeles! Era recunoscută ca pretendentă la tronul din Cintra, însă în jurul tronului s-au urzit și alte planuri.

– N-are niciun sens, Codringher. Tronul din Cintra a ars odată cu palatul regal, cu orașul și cu întreaga țară. Acum acolo guvernează Nilfgaard. Foltest știe foarte bine, și ceilalți regi la fel. Cum poate pretinde Ciri un tron care nu mai există?

– Hai! s-a ridicat Codringher. Încercăm să găsim împreună răspunsul la întrebare. Apropo, îți dau o dovadă de încredere... Ce e interesant la acest portret?

– Este ciuruit, de parcă l-ar fi ciocănit o ciocănitoare câteva anotimpuri la rând, a spus Geralt, uitându-se la tabloul cu rame aurii agățat pe peretele din fața biroului avocatului. Și că reprezintă un idiot excepțional.

– E răposatul meu tată, a zis Codringher, aplecându-se ușor. Un idiot excepțional! I-am atârnat portretul aici ca să-l am tot timpul în fața ochilor. Ca avertisment. Haide, vrăjitorule!

Au ieșit pe hol. Motanul, tolănit în mijlocul covorului, își lingea frenetic o labă din spate îndoită într-un unghi ciudat și, la vederea vrăjitorului, a zbughit-o în bezna coridorului.

– De ce nu-ți plac pisicile, Geralt? Are de-a face cu...

– Da, i-a retezat-o el. Are.

Panoul de mahon a alunecat fără zgomot, scoțând la iveală o intrare secretă. Codringher a intrat primul. Panoul, activat evident prin magie, s-a închis în spatele lor, dar nu i-a lăsat în întuneric. Din adâncurile coridorului secret venea lumină.

În odaia de la capătul coridorului era aer rece și uscat și plutea un miros greu și sufocant, de praf și lumânări.

– O să ți-l prezint pe colegul meu, Geralt.

– Pe Fenn? a zâmbit vrăjitorul. Nu se poate!

– Ba se poate. Hai, spune drept, ai bănuit că Fenn nu există, nu-i așa?

– Da' de unde!

Dintre dulapurile și rafturile pline cu cărți, înălțate până în tavan, s-a auzit un scârțâit și după un timp s-a ivit un vehicul ciudat. Era un scaun înalt, prevăzut cu rotile. În scaun stătea piticul, fără gât, cu un cap imens, plantat pe niște umeri disproporționat de înguști. Piticul nu avea nici picioare.

– Faceți cunoștință! le-a spus Codringher. Jakub Fenn, un avocat erudit, partenerul și colaboratorul meu neprețuit. Iar acesta este oaspetele și clientul nostru...

– Vrăjitorul Geralt din Rivia, a încheiat cu un zâmbet piticul. Lesne de ghicit. Doar am lucrat la această chestiune câteva luni. Urmați-mă, domnilor!

S-au deplasat în urma scaunului scârțâitor printr-un labirint de rafturi îndoite sub greutatea volumelor cu care bibliotecii universității din Oxenfurt nu i-ar fi fost rușine. Incunabulele, după cum estima Geralt, trebuie să fi fost colecționate de mai multe generații din neamurile lui Codringher și Fenn. Se bucura de dovada încrederii, și era încântat să-l cunoască, în sfârșit, pe Fenn. Nu se îndoia totuși că personajul, deși sută la sută real, era parțial și mitic. Fenn cel mitic, *alter-ego* infailibil al lui Codringher, fusese adesea văzut pe stradă, în timp ce avocatul erudit nu părăsise niciodată nici scaunul, nici clădirea.

Odaia era foarte bine luminată la mijloc, iar pe biroul îngust, accesibil de pe scaunul cu rotile, erau înghesuite cărți, suluri de pergament, hârtii, documente, călimări cu cerneală și cu tuș, mănunchiuri de pene și o mie de ustensile enigmatice. Nu toate erau enigmatice. Geralt a recunoscut matrițele pentru falsificarea sigiliilor și un răzuitor cu diamante pentru îndepărtarea înregistrărilor din documentele oficiale. În mijlocul biroului se afla o biluță ce pendula într-o arbaletă în miniatură, iar alături ieșea dintr-o catifea un pahar mare cu lupă șlefuit dintr-un cristal de munte. Astfel de cristale erau o raritate și costau o avere.

– Ceva nou, Fenn?

– Nu prea, a zâmbit infirmul. Avea un zâmbet foarte frumos și atrăgător. Am redus lista de potențiali maeștri ai lui Rience la douăzeci și opt de magicieni...

– Să lăsăm asta acum, a replicat Codringher repede. Deocamdată ne interesează altceva. Explică-i lui Geralt motivele pentru care prințesa dispărută a Cintrei este obiectul unei explorări extinse a agenților celor Patru Regate.

– Fata are sângele reginei Calanthe în vene, a spus Fenn, parcă nedumerit de necesitatea de a explica lucruri atât de evidente. Este ultimul urmaș pe linie regală. Cintra are o mare semnificație strategică și politică. Dispărută, aflată în afara zonei de influență, succesoarea la tron e incomodă și poate fi primejdioasă dacă se află în mâini nepotrivite. De exemplu, în mâinile Nilfgaardului.

– Din câte îmi amintesc, a spus Geralt, în Cintra, legea succesiunii le exclude pe femei.

– Da, a confirmat Fenn și a zâmbit din nou. Dar o femeie poate deveni oricând soție și apoi mamă a unui urmaș de sex masculin. Serviciile de informații ale celor Patru Regate au aflat de căutarea frenetică a prințesei de către Rience și au presupus că despre asta este vorba. Astfel, s-au hotărât să facă așa încât prințesa să nu devină soție și mamă. Într-un mod simplu, dar eficient.

– Dar prințesa a murit, a adăugat Codringher repede, observând schimbările de pe chipul lui Geralt la auzul vorbelor rostite de piticul zâmbitor. Agenții au aflat și au sistat căutările.

– Pentru moment au sistat, a răspuns vrăjitorul calm și rece. Minciuna are picioare scurte. În plus, agenții regali reprezintă doar una dintre părțile implicate în acest joc. Agenții, așa cum spuneați și voi, au urmărit-o pe Ciri ca să contracareze planurile altor urmăritori. Aceștia din urmă ar putea fi mai puțin receptivi la dezinformare. V-am plătit pentru a găsi o modalitate de a asigura securitatea copilei. Ce propuneți?

– Avem o mică idee, i-a aruncat Fenn o privire partenerului său, dar nu a găsit niciun îndemn la tăcere pe chipul lui. Răspândim discret, dar în cât mai multe locuri zvonul că nu numai Cirilla nu poate deveni prințesă, că nici măcar eventualii ei urmași de sex masculin nu ar avea niciun drept la tronul Cintrei.

– În Cintra linia feminină nu moștenește nimic, a explicat Codringher, luptând cu un alt acces de tuse. Moștenește doar spada.

– Exact, a confirmat eruditul avocat. Așa a spus și Geralt puțin mai devreme. Aceasta este o lege veche, nici măcar diavolița de Calanthe n-a reușit s-o abroge, oricât s-a străduit.

– S-a străduit s-o abroge prin tot felul de intrigi, a completat Codringher convingător, ștergându-și buzele cu o batistă. Intrigi ilicite. Explică-i, Fenn!

Calanthe era singura fiică a regelui Dagorad și a reginei Adalia. După moartea părinților săi, s-a opus nobilimii, care o vedea doar ca pe soția noului rege. Voia să domnească de una singură, cel mult pentru păstrarea formei și susținerea dinastiei, a acceptat instituția prințului consort alături de ea, dar pe post de marionetă. Familiile vechi s-au împotrivit. Calanthe a avut de ales între războiul civil, abdicarea sau căsătoria cu Roegner, prințul Ebbingului. A ales căsătoria. A condus țara, dar alături de Roegner. Evident, nu s-a ocupat de cratițe și nici de legănat bebeluși. Era Leoaica din Cintra. Dar, oficial, a domnit Roegner, deși nimeni nu i-a spus Leul.

– Iar Calanthe, adăugă Codringher, s-a străduit cu înverșunare să rămână însărcinată și să dea naștere unui fiu. În zadar. A născut o fată, Pavetta, apoi a pierdut două sarcini și s-a lămurit că nu va mai avea copii. Toate planurile i s-au dus de râpă. Soarta femeii, ce să-i faci? Marile ambiții au fost zădărnicite de un uter zdrobit.

Geralt s-a încruntat.

– Ești dezgustător de vulgar, Codringher!

– Știu. Și adevărul este vulgar. Căci lui Roegner începuseră să i se scurgă ochii după câte-o tânără prințesă lată-n șolduri, de preferință dintr-o familie care-și demonstrase fertilitatea încă din generația străbunicii. Lui Calanthe îi cam fugea pământul de sub picioare. Orice mâncare, orice pahar de vin putea conține moartea, fiecare vânătoare se putea încheia cu un accident mizerabil. După cum stau mărturie multe, Leoaica din Cintra a preluat inițiativa. Roegner a murit. În țară făcea ravagii variola și astfel moartea regelui n-a trezit suspiciuni.

– Cred că m-am prins, a spus vrăjitorul, aparent impasibil, pe ce temei se va sprijini zvonul pe care intenționați să-l răspândiți discret, dar în cât mai multe locuri. Ciri va fi pusă la zid ca fiind nepoata celei care și-a otrăvit soțul?

– Să nu ne pripim, Geralt! Hai, Fenn!

– Calanthe, a zâmbit piticul, și-a salvat viața, dar nu și coroana, care i se tot scurge printre degete. După moartea lui Roegner, când Leoaica a încercat să pună mâna pe toată puterea, nobilimea s-a opus din nou încălcării legilor și tradițiilor. Cintra trebuia să aibă un rege, nu o regină. S-a stabilit clar: de îndată ce micuța Pavetta va fi o femeie în toată firea, va trebui să fie încredințată spre căsătorie celui care va deveni noul rege. Despre recăsătoria reginei sterpe nici nu putea fi vorba. Leoaica din Cintra a înțeles că poate aspira, în cel mai bun caz, doar la rolul de regină-mamă. Colac peste pupăză ar fi fost ca viitorul soț al Pavettei să fie cineva care să-și înlăture definitiv soacra de la guvernare.

– Voi fi din nou vulgar, a avertizat Codringher. Calanthe a făcut tot ce i-a stat în putință ca să tărăgăneze măritișul lui Pavette. A distrus primul proiect de căsătorie când fetița avea zece ani, iar pe al doilea, când avea treisprezece ani. Nobilimea s-a prins de planurile lui și, ca să i le zădărnicească, i-a cerut lui Pavette să-și sărbătorească a cincisprezecea aniversare pentru ultima dată ca fecioară. Calanthe n-a avut încotro și a consimțit. Dar, înainte de toate, a încercat să profite de situație. Pavetta era fecioară de prea mult timp. Așa că nu s-a mai putut abține și i s-a oferit primului venit care, culmea, era și transformat într-un monstru. Erau nu știu ce împrejurări supranaturale, anumite profeții, vrăji, făgăduieli... Nu știu ce Drept la Surpriză? Nu-i așa, Geralt? Ce s-a întâmplat mai departe, probabil că-ți amintești. Calanthe a chemat un vrăjitor în Cintra, iar vrăjitorul a picat ca musca-n lapte. Neștiind că e folosit, el l-a dezlegat de blestem pe monstruosul Arici, permițându-i să se căsătorească cu Pavetta. Astfel, vrăjitorul i-a înlesnit lui Calanthe accesul la tron. Relația lui Pavette cu monstrul dezlegat de blestem i-a oripilat atât de tare pe nobili, încât au acceptat brusc căsătoria Leoaicei cu Eist Tuirseach. În ochii lor, iarlul de pe Insulele Skellige părea mai bun decât Ariciul. Și astfel, Calanthe a continuat să guverneze țara. Eist, ca toți insularii de altfel, o respecta pe Leoaica din Cintra prea mult pentru a o înfrunta, iar guvernarea îl plictisea pur și simplu. I-a încredințat ei regatul în întregime. Iar Calanthe, îndopându-se cu leacuri și elixire, își târa soțul în pat zi și noapte. Voia să guverneze până la sfârșitul zilelor. Iar dacă tot o face ca regină-mamă, atunci să fie mama propriului său fiu. Dar, așa cum spuneam adineaori, marile ambiții...

– Am auzit ce-ai spus adineaori. Nu-i nevoie să repeți.

Cât despre prințesa Pavetta, soția ciudatului Arici, a purtat la nuntă o rochie suspect de lejeră. Resemnată, Calanthe și-a schimbat planurile. Dacă n-a fost să fie fiul ei, s-a gândit ea, atunci să fie fiul Pavettei moștenitorul tronului. Dar Pavetta a adus pe lume o fată. Oare a fost un blestem sau ce naiba? Totuși, prințesa mai putea să rămână însărcinată. Adică, ar mai fi putut. Pentru că s-a petrecut un accident misterios. Ea și ciudatul ei Arici au murit într-un naufragiu.

– Nu insinuezi cam mult, Codringher?

– Încerc să lămuresc situația, atât. După moartea Pavettei, Calanthe și-a pierdut orice nădejde, dar nu mult timp. Ultima ei speranță îi era la nepoată. Fiica Pavettei, Cirilla. Ciri, o mică diavoliță, făcea numai nebunii prin burgul regal. Pentru unii era ca ochii din cap, mai ales pentru cei mai bătrâni, care îi vedeau asemănarea cu Calanthe când era copilă. Pentru alții... era o mutantă, fiica unui Arici monstruos, asupra căreia un anumit vrăjitor își aroga numeroase drepturi. Și acum ajungem în miezul lucrurilor: pupila lui Calanthe, crescută, în mod evident, ca succesoarea ei, era tratată ca o încarnare a ei, Leuța din sângele Leoaicei, era deja considerată de unii ca fiind exclusă de la dreptul tronului. Cirilla se născuse într-un ceas rău, dintr-o mezalianță. Pavetta amestecase sângele albastru, regal, cu sângele inferior al unui vagabond, de origine necunoscută.

– Câtă viclenie, Codringher! Dar nu se ține. Tatăl lui Ciri nu era deloc inferior. Era un prinț moștenitor.

– Ei, nu mai spune! Nu știam. Din ce regat?

– De prin Sud... Din Maecht... Da, chiar din Maecht.

– Interesant! a murmurat Codringher. Maecht a fost destul de multă vreme un marchizat nilfgaardian. Face parte din Provincia Metinna.

– Dar este un regat, a obiectat Fenn. Un rege domnește acolo.

– Domnește Emhyr var Emreis, i-a scurtat-o Codringher. Oricine stă pe scaunul de domnie stă prin harul și hotărârea lui Emhyr. Dar, dacă tot am adus vorba, să vedem cine l-a înscăunat pe Emhyr. Nu-mi aduc deloc aminte.

– Mă uit acum – infirmul și-a învârtit rotilele scaunului, s-a îndreptat cu un scârțâit în direcția unui raft, a scos un sul gros de pergamente, a început să se uite la ele și să le arunce pe rând pe podea. Uite! Regatul Maecht. Pe stemă: pești argintii și cu coroane pe un cvadripartit roșu cu albastru...

– Lasă heraldica, Fenn! Regele, cine-i rege?

– Hoët, zis Cel Drept. Ales prin vot...

– ...de Emhyr din Nilfgaard, a continuat sec Codringher.

– ...acum nouă ani.

– Nu el, a calculat rapid avocatul. Nu ne interesează el. Cine a fost înaintea lui?

– O clipă! Uite! Akerspaark. A murit...

– A murit de la o infecție pulmonară acută, străpuns de pumnalul omului lui Emhyr sau al celui zis Cel Drept, și-a demonstrat din nou perspicacitatea Codringher. Geralt, nu-ți sună cunoscut Akerspaark? Te pomenești că-i tăticul lui Arici?

– Da, a confirmat vrăjitorul după o clipă de gândire. Akerspaark. Îmi amintesc că așa îi spunea Duny tatălui său.

– Duny?

– Așa-l chema. Era prinț, fiul lui Akerspaark...

– Nu, l-a întrerupt Fenn, cu ochii în pergament. Aici sunt menționați toți. Fii legitimi: Orm, Gorm, Torm, Horm și Gonzalez. Fiice legitime: Alia, Valia, Nina, Paulina, Malvina și Argentina...

– Îmi retrag acuzațiile la adresa Nilfgaardului și a lui Hoët cel Drept, a zis serios Codringher. Akerspaark n-a fost ucis. El și-a făcut-o cu mâna lui. Pentru că probabil a avut și niște bastarzi, nu-i așa, Fenn?

– A avut. Destui. Dar nu văd aici niciunul cu numele Duny.

– Era și de așteptat. Geralt, Ariciul tău nu era nici pe departe prinț. Chiar dacă l-a zămislit prin cine știe ce cotlon nenorocitul de Akerspaark, de dreptul la un astfel de titlu îl ținea departe, în afară de Nilfgaard, un lung șir de Ormi, Gormi și alți Gonzaleși legitimi, precum și odraslele lor, destul de multe, probabil. Așadar, din punct de vedere formal, Pavetta a încheiat o mezalianță.

– Dar Ciri, copilul rezultat din mezalianță, nu are dreptul la tron?

– Bravo!

Fenn s-a îndreptat spre birou, împingând rotilele scârțâitoare ale scaunului.

– Ar fi un argument, a spus el, fluturându-și capul mare. Doar un argument. Nu uita, Geralt, noi nu luptăm pentru coroana prințesei Cirilla, nici ca s-o obțină, nici ca s-o piardă. Zvonurile răspândite trebuie să răspândească ideea că fata nu poate fi folosită pentru cucerirea Cintrei. Dacă cineva încearcă să facă asta, poate fi ușor de luat la întrebări. Fata nu va mai reprezenta o figură în jocul politic, va fi un pion minor. Prin urmare...

– O vor lăsa să trăiască, a încheiat nerăbdător Codringher.

– Sub aspect formal, l-a întrebat Geralt, cât de puternic e argumentul tău?

Fenn i-a aruncat o privire lui Codringher, apoi vrăjitorului.

– Nu prea puternic, a recunoscut el. Cirilla, la urma urmei, este sânge din sângele lui Calanthe, chiar dacă e ușor diluat. În condiții normale, ar putea fi îndepărtată de la tron, dar condițiile nu sunt normale. Sângele Leuței are semnificație politică...

– Sângele... Geralt și-a frecat fruntea. Ce înseamnă Copilul Sângelui mai Vechi, Codringher?

– Nu înțeleg. Cineva a folosit acest nume referindu-se la Cirilla?

– Da.

– Cine?

– Nu contează cine. Ce înseamnă?

– *Luned aep Hen Ichaer*, a îngânat brusc Fenn, plecând de la birou. Literalmente, nu ar fi Copilul, ci Fiica Sângelui mai Vechi. Sângele mai Vechi... Am mai întâlnit numele ăsta. Nu-mi amintesc exact... E vorba despre o profeție a elfilor. În vechile versiuni ale profeției Itlinei, presupun că este vorba despre Sângele Elfilor Vechi, adică Aen Hen Ichaer. Dar nu avem aici textul complet al acelei profetese. Trebuie să-i întrebăm pe elfi...

– Să lăsăm asta! l-a întrerupt glacial Codringher. Toate la timpul lor, Fenn, să nu fugim după mai mulți iepuri, după prea multe profeții și secrete. Mulțumesc, deocamdată. Spor la treabă! Geralt, hai! Să ne întoarcem în cabinet.

– Prea puțin, așa-i? l-a întrebat vrăjitorul de îndată ce s-au întors și s-au așezat în fotolii, avocatul în spatele biroului, iar el în față. Onorariul e prea mic, nu?

Codringher a luat obiectul metalic, în formă de stea, de pe birou și l-a rotit de mai multe ori printre degete.

– Prea mic, Geralt. Să cercetez în profețiile elfilor este o sarcină devastatoare pentru mine, o pierdere de timp și de resurse. Trebuie căutați elfi, pentru că în afară de ei nimeni nu e în măsură să le înțeleagă scrierile. Manuscrisele elfilor sunt, în cea mai mare parte, cazuri de simboluri întortocheate, acrostihuri, uneori chiar coduri cifrate. Graiul mai vechi are întotdeauna cel puțin două sensuri, iar în scris poate avea și zece sensuri. Elfii nu erau niciodată dispuși să-i ajute pe cei care voiau să se amestece în profețiile lor. Și în zilele noastre, când prin păduri nu se mai termină războiul sângeros cu Veverițele, când au loc pogromuri prin târguri, e periculos să te apropii de ele. Pericolul este dublu. Elfii te pot lua drept provocator, iar oamenii te pot acuza de trădare...

– Cât, Codringher?

Avocatul a tăcut o clipă, continuând să se joace cu steaua metalică.

– Zece procente, a spus în cele din urmă.

– Zece procente din ce?

– Nu-ți bate joc de mine, vrăjitorule! Cazul devine serios. Începe să fie din ce în ce mai puțin clar ce se întâmplă, iar când nu se știe ce se întâmplă, este vorba despre bani. Aș fi mai mulțumit cu procente decât cu un onorariu obișnuit. Îmi dai zece procente din ce vei avea tu, minus suma pe care ai plătit-o. Iscălim un contract?

– Nu. Nu vreau să te expun la pierderi. Zece procente din zero înseamnă zero, Codringher. Eu, dragul meu prieten, nu voi avea nimic de câștigat.

– Repet, nu-ți bate joc de mine. Nu cred că tu lucrezi dezinteresat. Nu cred că nu se ascunde în spatele...

– Nu-mi pasă ce crezi. Nu va exista niciun contract. Și niciun procentaj. Hotărăște-te asupra onorariului pentru colectarea informațiilor.

– Pe oricine altcineva, i-a spus Codringher, l-aș fi dat afară pe ușă, bănuind că vrea să mă tragă pe sfoară. Dar ție, vrăjitorule anacronic, ți se potrivește de minune altruismul ăsta nobil și naiv. E stilul tău, ești grozav și patetic de demodat... și gata să mori de pomană...

– Să nu pierdem vremea! Cât ceri, Codringher?

– De două ori pe-atât. În total, cinci sute.

– Îmi pare rău, a clătinat Geralt din cap, dar nu-mi permit suma. Cel puțin, deocamdată.

– Reînnoiesc propunerea pe care ți-am făcut-o odată, atunci când ne-am cunoscut, a spus lent avocatul, jucându-se în continuare cu steluța. Acceptă să lucrezi în slujba mea și îți vei permite. Informații și alte luxuri.

– Nu, Codringher.

– De ce?

– N-o să înțelegi.

– De data asta mi-ai rănit nu numai inima, ci și orgoliul profesional. Mă mândream crezând că în general înțeleg tot. Temeiul profesiilor noastre îl reprezintă ticăloșia, dar tu te înverșunezi să preferi anacronismul modernismului.

Vrăjitorul a zâmbit.

– Bravo!

Codringher a fost zgâlțâit de un nou acces de tuse, și-a șters buzele, s-a uitat în batistă, apoi și-a ridicat ochii galben-verzui.

– Te-ai uitat cu coada ochiului la magii și magicienii de pe lista aflată pe birou? Lista de potențiali angajatori ai lui Rience?

– M-am uitat.

– Nu-ți voi da lista până când n-o voi verifica cu atenție. Nu te baza pe ce-ai văzut! Jaskier mi-a spus că Filippa Eilhart știe mai mult ca sigur cine e în spatele lui Rience, dar ți-a ascuns. Filippa nu-și bate capul să protejeze pe neica-nimeni. În spatele nemernicului se află o figură importantă.

Vrăjitorul tăcea.

– Ferește-te, Geralt! Te paște o mare primejdie. Cineva se joacă cu tine. Cineva îți anticipează cu exactitate mișcările, cineva chiar ți le direcționează. Nu fi arogant și nu te culca pe-o ureche. Cel care se joacă cu tine nu este nici strigoi și nici vârcolac. Nu sunt frații Michelet. Nu este nici măcar Rience. Copilul Sângelui mai Vechi, la naiba! Ca și cum nu era destul tronul Cintrei, vrăjitorii, regii și Nilfgaardul, acum hop și elfii de colo. Întrerupe jocul, vrăjitorule, ieși din el. Dă-le planurile peste cap, făcând mișcări la care nimeni nu se așteaptă. Pune capăt acestei relații nebunești, nu mai permite să fii asociat cu Cirilla. Las-o în seama lui Yennefer și întoarce-te la Kaer Morhen și nu mai scoate nasul de-acolo. Ascunde-te în munți, iar eu mă duc și caut în manuscrisele elfești, cu calm, fără grabă, cu grijă. Și, până când voi avea informații despre Copilul Sângelui mai Vechi, până când voi afla numele vrăjitorului angajat, vei putea să strângi bani și să facem târgul.

– Nu pot să aștept. Fata e în primejdie.

– E adevărat. Dar știu că ești considerat un obstacol în calea ei. Un obstacol care trebuie eliminat fără scrupule. Prin urmare, și tu ești în primejdie. Vor putea ajunge la fată numai după ce scapă de tine.

– Sau când voi întrerupe jocul, mă îndepărtez și mă ascund la Kaer Morhen. Ți-am plătit prea mult, Codringher, ca să-mi dai un astfel de sfat.

Avocatul și-a plimbat printre degete steaua din oțel.

– Pentru cât mi-ai plătit-o astăzi, am fost activ o vreme, vrăjitorule, i-a spus el, reținându-și tusea. Sfatul pe care ți l-am dat este bine chibzuit. Du-te la Kaer Morhen, dispari! Și apoi cei care o caută pe Cirilla o vor găsi.

Geralt a mijit ochii și a zâmbit. Codringher s-a făcut palid.

– Știu bine ce vorbesc, a zis el, susținându-i privirea și zâmbetul. Urmăritorii lui Ciri a ta, o vor găsi și vor face tot ce vor cu ea. Între timp, atât ea, cât și tu veți fi în siguranță.

– Lămurește-mă, te rog! Cât mai repede!

– Am găsit o fată. O orfană de război dintr-o familie de nobili scăpătați din Cintra. S-a tot perindat prin tabere de refugiați, în prezent se ocupă de măsurarea și tăierea țesăturilor la un croitor din Brugge. Nu se remarcă prin nimic special. Cu o singură excepție. Seamănă cu imaginea unei miniaturi în care e reprezentată Leuța din Cintra... Vrei să-i vezi portretul?

– Nu, Codringher. Nu vreau. Și nu sunt de acord cu soluții de genul ăsta.

– Geralt, a închis ochii avocatul, ce-i cu tine? Dacă vrei s-o salvezi pe Ciri... Nu cred că-ți poți permite luxul disprețului acum. Nu, m-am înșelat. Nu-ți poți permite luxul de a disprețui disprețul. Vine vremea disprețului, colega, o vreme a disprețului groaznic și nemărginit. Trebuie să te adaptezi. Sugerez o alternativă simplă. Cineva va muri pentru a trăi altcineva. Cea pe care-o iubești va supraviețui. O altă fată, pe care n-o cunoști, pe care n-ai mai văzut-o până acum...

– Și pe care pot s-o disprețuiesc? l-a întrerupt vrăjitorul. Trebuie să plătesc pentru ce-mi place, cu disprețul pentru mine însumi? Nu, Codringher. Lasă copila în pace, las-o să măsoare pânza în continuare. Distruge-i portretul! Dă-i foc! Și dă-mi altceva pentru cele două sute cincizeci de coroane câștigate cu multă osteneală, pe care le-ai azvârlit în sertar. Informații. Yennefer și Ciri au plecat din Ellander. Sunt sigur că știi asta. Sunt sigur că știi încotro se duc. Sunt sigur că știi dacă e cineva pe urmele lor.

Codringher a bătut ritmic cu degetele în masă, a tușit.

– Lupul, ignorând avertismentele, vrea să vâneze, i-a spus. Nu vede că el însuși este cel vânat, că se strecoară printre capcanele puse la cale de adevăratul vânător.

– Nu fi banal! Fii concret!

– Cum dorești. E lesne să ne închipuim că Yennefer merge la congresul magicienilor, fiind chemată la Garstang, *pe* insula Thanedd, la începutul lunii iulie. Se furișează cu dibăcie ca o șopârlă isteață, fără să folosească magia, așadar este greu de urmărit. Cu o săptămână în urmă, era încă în Ellander, am socotit că în trei–patru zile ar ajunge în târgul Gors Velen, la o azvârlitură de băț de Thanedd. Până la Gors Velen, trebuie să treacă prin satul Anchor. Dacă pornești acum, poți avea norocul să-i prinzi pe cei care le urmăresc. Pentru că sunt urmărite.

– Sper că, a zâmbit Gerald strâmb, nu sunt agenți regali?

– Nu, l-a liniștit avocatul, uitându-se la steaua metalică pe care o învârtea între degete. Nici vorbă de agenți. Dar nici de Rience, care, fiind mai deștept decât tine, după răfuiala cu Michelet, s-a ascuns într-o grotă și nu și-a mai scos nasul. Yennefer e urmărită de trei zbiri.

– Crezi că îi cunoști?

– Îi cunosc pe toți. De aceea îți propun ceva: vezi-ți de treabă. Nu te duce la Anchor. O să-mi folosesc eu cunoștințele și antenele. Voi încerca să-i mituiesc pe bătăuși și să le inversez contractul. Cu alte cuvinte, îi asmut împotriva lui Rience. Dacă funcționează...

S-a oprit brusc. Steluța de oțel a șuierat în zbor și a intrat în portret, nimerind direct în fruntea lui Codringher tatăl, străpungând pânza și jumătate din grosimea peretelui.

– Bine, nu? a zâmbit avocatul. Se numește orion. O invenție de peste mări. M-am antrenat o lună și de-acum îmi iese, nu ratez niciodată ținta. E de folos. De la treizeci de pași, steaua e infailibilă și mortală și poate fi ascunsă într-o mănușă sau sub panglica de la pălărie. De un an orionii au intrat în dotarea serviciilor speciale ale Nilfgaardului. Ha, ha, dacă Rience spionează pentru Nilfgaard, va fi o ironie a sorții să aibă un orion în tâmplă când îl vor găsi... Ce spui?

– Nimic. E treaba ta. Două sute cincizeci de coroane zac în sertarul tău.

– Sigur, a confirmat Codringher. Înţeleg din cuvintele tale că-mi dai mână liberă. Hai să tăcem un minut, Geralt! Să comemorăm moartea bruscă a conului Rience cu un moment de tăcere. De ce te strâmbi? La dracu'! N-ai pic de respect pentru măreţia morţii?

– Ba am. Prea mult pentru a-i asculta pe idioţii care o iau în râs. Te-ai gândit vreodată la propria ta moarte, Codringher?

Avocatul a tuşit dureros, s-a uitat lung în batista cu care-şi acoperise gura, apoi a ridicat ochii.

– Sigur, a zis încet. M-am gândit. Şi încă cum. Dar asta nu-i treaba ta, vrăjitorule. Te duci la Anchor?

– Mă duc.

– Ralf Blunden, zis şi Profesorul. Heimo Kantor. Scurtul Yaxa. Îţi spun ceva?

– Nu.

– Toţi cei trei mânuiesc bine spada. Mai bine decât Michelet. Prin urmare, ţi-aş sugera o armă mult mai sigură şi cu rază mai lungă de acţiune. De exemplu, aceste stele nilfgaardiene. Vrei? Îţi vând câteva. Am multe.

– Nu cumpăr. Nu sunt practice. Prea zgomotoase.

– Şuieratul acţionează la nivel psihologic. Paralizează victima de teamă.

– Posibil. Dar la fel de bine poate şi s-o avertizeze. Eu aş avea timp de o eschivă.

– Dacă ai vedea-o când e lansată spre tine, da. Ştiu că poţi să eviţi o săgeată sau o suliţă... Dar din spate...

– Şi din spate.

– Pe naiba!

– Hai să punem rămăşag, a propus Geralt cu răceală. Mă întorc cu faţa la portretul idiotului tău tată, iar tu arunci un orion în mine. Dacă mă nimereşti, câştigi. Nu mă loveşti, pierzi. Dacă pierzi, îmi descifrezi manuscrisele elfeşti. Îmi culegi informaţii despre Copilul Sângelui mai Vechi. Urgent! Şi pe datorie.

– Şi dacă voi câştiga?

– Vei obține oricum acele informații și i le vei încredința lui Yennefer. Te va plăti. Nu vei ieși în pierdere.

Codringher a deschis sertarul și a scos alt orion.

– Contai pe faptul că n-o să accept rămășagul, a spus el, fără să întrebe.

– Nu, a zâmbit ucigașul. Sunt sigur c-o să-l accepți.

– E riscant pentru tine. Ai uitat? N-am scrupule.

– N-am uitat. Vine vremea disprețului, iar tu ești în pas cu progresul și cu spiritul vremurilor. Dar țin seama de acuzațiile de naivitate anacronică și de data aceasta nu risc, dacă nu sper la un profit. Deci? Punem rămășag?

– Punem.

Codringher a dus steaua de oțel la umăr și s-a ridicat în picioare.

– Curiozitatea mea a fost întotdeauna mai puternică decât rațiunea, ce să mai spun de mila neîntemeiată. Întoarce-te!

Vrăjitorul s-a întors. S-a uitat la fața plictisită din portret și la orionul înfipt în ea. Apoi a închis ochii.

Steaua a șuierat și s-a împlântat în perete la patru centimetri de rama portretului.

– La naiba! a urlat Codringher. Nici măcar n-ai tresărit, ticălosule!

Geralt s-a întors și a zâmbit. Deosebit de înfiorător.

– Și de ce să tresar? Am auzit cum l-ai aruncat în așa fel încât să nu mă nimerești.

În han nu era țipenie de om. Într-un colț, pe o bancă, stătea o tânără cu ochii încercănați. Răsucită pudic într-o parte, își alăpta bebelușul. Un flăcău lat în umeri, poate soțul, moțăia lângă ea, rezemat de perete. În penumbră, în spatele sobei, mai era cineva, pe care Aplegatt nu-l distingea clar.

Hangiul și-a ridicat capul, l-a observat pe Aplegatt, i-a văzut haina și stema Aedirnului pe piept, a încremenit. Aplegatt era obișnuit cu astfel de întâmpinări. Ca olăcar regal, avea dreptul necondiționat să înnopteze și să-și potolească setea. Decretele regale erau clare: în orice oraș, în orice sat, în orice han, în orice fermă, olăcarul avea dreptul să ceară un cal nou – și vai de capul celui care-l refuza. Desigur, mesagerul își lăsa propriul cal, iar pentru cel nou iscălea o chitanță – hangiul putea să se adreseze starostelui și să obțină despăgubiri. Dar lucrurile nu stăteau chiar așa de simplu. Prin urmare, olăcarii erau întotdeauna priviți cu reticență și teamă – o să ceară sau nu? O să ni-l ia pe veci pe Auraș? Pe Frumușica, pe care am hrănit-o de mică? Pe Corbul cel alintat? Aplegatt văzuse copiii zgâlțâiți de suspine agățați de prietenul de joacă înșeuat, adus din grajd, văzuse chipurile adulților palide, marcate de un sentiment de nedreptate și de neputință.

– N-am nevoie de cal nou, a zis el brusc.

I s-a părut că hangiul a scos un oftat de ușurare.

– O să îmbuc ceva, căci m-a sleit drumul, a adăugat. Ce-ai în oală?

– A mai rămas niște supă, îndată vă dau, ședeți colea. Înnoptați? Se lasă seara de-acum.

Aplegatt s-a gândit puțin. Acum două zile s-a întâlnit cu Hansom, olăcar vestit și, conform poruncii, au făcut schimb de mesaje. Hansom a preluat misiva și un mesaj pentru regele Demawend și a pornit în galop prin Temeria și Mahakam, către Vengerberg. Aplegatt, după ce a preluat poșta pentru regele Vizimir din Redania, a luat-o spre Oxenfurt și Tretogor. Avea de străbătut peste trei sute de mile.

– Mănânc și plec, s-a hotărât el. E lună plină, iar drumul e drept.

– Cum dorești.

Supa era subțire și fără gust, dar olăcarului nu-i păsa de fleacuri. Gustul era acasă, în bucătăria nevestei, pe drum mânca ce prindea. Sorbea încet, ținând stângaci lingura în pumn, cu degetele învinețite de strânsura hățurilor.

Un motan care torcea lângă sobă a ridicat brusc capul, a căscat.

– Olăcarul regelui?

Aplegatt s-a cutremurat. Întrebarea îi fusese adresată din penumbră, de unde ieșise cel care se și postase în picioare lângă el. Avea părul alb ca laptele, o curea din piele pe frunte, o jachetă neagră cu ținte de argint și cizme înalte. Montura sferică a spadei, care-i traversa spatele, strălucea deasupra umărului drept.

– Încotro ți-e drumul?

– Încotro e voia regelui, i-a răspuns Aplegatt sec. Nu răspundea niciodată altfel la asemenea întrebări.

Bărbatul cu părul alb a tăcut un răstimp, privindu-l interogativ pe olăcar. Avea chipul anormal de palid și ochii straniu de întunecați.

– Voia regelui, i-a spus el în cele din urmă, cu o voce aspră, ușor răgușită, te face să te grăbești, nu? Negreșit, ești nerăbdător s-o iei din loc.

– Ce te privește pe tine? Cine ești tu ca să mă zorești pe mine?

– Nu sunt nimeni, a zâmbit bărbatul cu plete înfiorător de albe. Și nu te zoresc. Dar, în locul tău, m-aș urni de-aici cât mai degrabă. N-aș vrea să pățești ceva rău.

Și pentru astfel de afirmații Aplegatt avea un răspuns pregătit. Scurt și la obiect. Calm și inofensiv, dar care amintea în mod explicit pe cine slujește olăcarul regal și ce riscă cel care îndrăznește să se atingă de un fir de păr de-al său. Dar în vocea celui cu părul alb era ceva care îl împiedica pe Aplegatt să răspundă.

– Trebuie să-i dau un răgaz calului, jupâne. O oră, poate două.

– Înțeleg, a consimțit el, apoi și-a ridicat capul, ascultând sunetele venite de afară. Aplegatt și-a ciulit și el urechea, dar n-a auzit decât greierii.

– Odihnește-te! i-a spus cel cu plete albe, fixându-și centura spadei pe piept, în diagonală. Dar nu ieși în curte. Orice s-ar întâmpla, nu ieși!

Aplegatt s-a abținut să pună întrebări. Instinctiv, a simțit că ar fi mai bine. S-a aplecat deasupra străchinii, reluând pescuirea bucățelelor de slănină care pluteau în supă. Când și-a ridicat capul, bărbatul cu plete albe nu mai era în încăpere.

După un moment s-au auzit din curte un nechezat de cal și un ropot de copite.

Trei bărbați au intrat în han. La vederea lor, hangiul a început să șteargă ulcica mai repede. Femeia cu bebelușul s-a apropiat de soțul somnolent, l-a trezit cu un strigăt. Aplegatt și-a tras ușor spre el scaunul pe care își ținea centura și arma.

Bărbații s-au apropiat de tejghea, aruncându-și ochii către mușterii și măsurându-i. Pășeau încet, zăngănindu-și pintenii și armele.

– Bine ați venit la noi, conașilor! și-a dres hangiul glasul și a tușit. Cu ce vă pot servi?

– Rachiu! a comandat unul mic și îndesat, cu brațe lungi de maimuță, înarmat cu două săbii zerrikane atârnate cruciș pe spate. Bine, Profesore?

– Bine, cum să nu? a fost de acord celălalt bărbat, fixându-și ochelarii cu cristale albăstrui, șlefuite, cu ramă de aur, pe nasul strâmb. Dacă nu e îndoită băutura cu niciun fel de ingrediente.

Hangiul le-a turnat. Aplegatt a observat că mâinile îi tremurau ușor. Bărbații stăteau în picioare, cu spatele rezemat de bar și sorbeau fără grabă din ulcelele de lut.

– Dragă cârciumarule, i s-a adresat brusc cel cu ochelari. Presupun că două domnițe au trecut pe-aici de curând, îndreptându-se cu mare zor spre Gors Velen?

– Pe-aici trece multă lume... s-a bâlbâit hangiul.

– Domnițele împricinate, a continuat el încet, nu puteau trece neobservate. Una are părul negru și e extraordinar de frumoasă. Călărește un armăsar negru. Cealaltă, mai tânără, cu părul deschis și cu ochii verzi, are o iapă sură. Au fost pe-aici?

– Nu.

Aplegatt i-a luat-o înainte hangiului, simțind dintr-odată un fior rece pe șira spinării. Primejdia cu pene cenușii. Nisipul fierbinte...

– Olăcar?

Aplegatt a dat din cap că da.

– De unde și încotro?

– După cum e voia regelui.

– Femeile, de care întrebam adineaori, nu ți s-au dat în cale?

– Nu.

– Prea iute-ai tăgăduit, a mârâit al treilea bărbat, un lungan uscat ca un par. Avea părul negru și strălucitor, de parc-ar fi fost uns cu untură. Nu prea cred că nu-ți amintești.

– Lasă-l, Heimo! și-a fluturat mâna a lehamite ochelaristul. E un olăcar. Nu ne încurcă pe noi cu nimic. Cum se cheamă popasul, cârciumarule?

– Anchor.

– La ce distanță e de Gors Velen?

– ?

– La câte mile?

– N-am stat să măsor în mile. Să tot fie vreo trei zile de mers...

– Cu calul?

– Cu căruța.

– Hei! l-a chemat în șoaptă îndesatul, îndreptându-se și privind prin ușa deschisă. Uită-te, Profesore. Cine-i? Te pomenești că...

Grădinarul s-a uitat în curte și i-a căzut fața.

– Da, a fluierat. El e, cum să nu! Până la urmă, am fost norocoși.

– Îl așteptăm să vină.

– N-o să vină. Ne-a văzut caii.

– Știe că noi...

– Taci, Yaxa! Parcă spune ceva.

– Aveți de ales, a răsunat din curte o voce ușor răgușită, puternică, pe care Aplegatt a recunoscut-o imediat.Unul dintre voi va ieși și-mi va spune cine v-a năimit, apoi veți pleca fără probleme. Sau ieșiți toți trei. Aștept.

– Nemernicul... a murmurat brunetul. Știe. Ce facem?

Cu o mișcare lină, ochelaristul a pus ulcica pe tejghea.

– Ce-am fost plătiți să facem.

Și-a scuipat în palmă, și-a mișcat degetele și și-a scos spada. Văzându-l, și ceilalți doi și-au scos spadele. Hangiul a deschis gura să țipe, dar a închis-o repede, în fața ochelarilor albăstrui străpunși de o privire glacială.

– Toată lumea stă jos, a mârâit ochelaristul. Și să n-aud nici pâs! Heimo, când începe, încearcă să-l ataci din spate. Hai, flăcăi, baftă! Ieșim.

A început imediat ce au ieșit. Icneli, șuturi, scrâșnete de spade. Și apoi un răcnet. Unul care îți face părul măciucă.

Hangiul s-a albit la față, femeia încercănată a scos un urlet mut, strângându-și bebelușul cu ambele mâini la piept. Motanul a sărit în picioare, și-a arcuit spatele, coada i s-a zburlit ca o perie. Aplegatt a sărit din scaun și s-a strecurat într-un colț. Pumnalul îi era pe genunchi, dar încă nu-l scosese din teacă.

Din curte se auzeau din nou tropăituri, șuierături, zăngănit de spade.

– A, tu... a urlat cineva sălbatic, iar în acel urlet, chiar dacă încheiat cu o înjurătură urâtă, era mai multă disperare decât furie. Tu...

Șfichiuit de spadă. Și imediat după, acel urlet imens, pătrunzător, care părea că sparge aerul din jur. O bubuitură, de parcă ar fi căzut un sac greu cu cereale pe podea. Apoi, ropot de copite și nechezat de cai înspăimântați.

Pe podea a bubuit din nou ceva, în curte alergau pași grei, rapizi. Femeia cu bebelușul s-a îndesat în soțul său, iar hangiul și-a rezemat spatele de perete. Aplegatt și-a scos pumnalul, ascunzându-și încă arma sub masă. Cel care alerga se îndrepta direct spre han și era de așteptat ca, dintr-un moment în altul, să apară în ușă. Dar, înainte să ajungă în ușă a șuierat lama unei spade.

Omul a țipat, apoi s-a strecurat înăuntru. A fost cât pe ce să cadă în prag, dar nu a căzut. A făcut câțiva pași ezitanți, apoi s-a prăbușit în mijlocul camerei, săltând colbul dintre podele. A căzut cu fața în jos, cu mâinile inerte și cu genunchii strânși sub el. Ochelarii de cristal i-au alunecat pe podea, s-au spart în mii de cioburi albăstrui. O băltoacă întunecată și strălucitoare s-a răspândit sub trupul său inert.

Nimeni nu s-a mișcat. Nimeni n-a scos un sunet.

Cel cu plete albe a intrat în încăpere.

Spada i-a alunecat ușor în teaca de la spate. S-a apropiat de tejghea, nesinchisindu-se de cadavrul care zăcea pe podea. Hangiul s-a aplecat.

– Oamenii răi... a spus cel cu plete albe, cu o voce spartă.

– Oamenii răi au murit. Când vine ispravnicul, s-ar putea să pună recompensă pe capetele lor. Lasă-l să facă ce crede de cuviință.

Hangiul a dat din cap cu nerăbdare.

– S-ar putea întâmpla, a continuat el după un moment, și ca niște camarazi să se intereseze de soarta acestor oameni răi. Să le spui pur și simplu că i-a mușcat Lupul. Lupul Alb. Și să le mai spui să privească din când în când în urmă. Într-o zi se vor întoarce și-l vor vedea pe Lup.

După trei zile, când a sosit la porțile Tretogorului, era trecut de miezul nopții. Aplegatt era furios pentru că se tot învârtise pe lângă șanț și răgușise de atâta strigat – gărzile dormeau buștean și abia se târau până la poartă. N-a pregetat să-i înjure copios, luând-o pe firul strămoșilor până la a treia generație. Mai târziu a fost încântat să-l audă pe comandantul paznicilor care, odată trezit, completa insultele la adresa mamelor, bunicilor și străbunicilor. Evident, nu încăpea nici vorbă să meargă la regele Vizimir la ora aceea din noapte. De fapt, și renunțase la idee, la urma urmei, s-a gândit că va dormi până în zori, când vor bate clopotele de dimineață. Se înșelase. În loc să i se indice un loc unde să se odihnească, a fost dus de îndată la corpul de gardă. Nu era așteptat de castelan, ci de altcineva, un uriaș grăsan. Aplegatt îl cunoștea – era Dijkstra, omul de încredere al regelui Redaniei. Dijkstra olăcarul știa asta – avea dreptul să audă mesajele destinate exclusiv urechilor regale. Aplegatt i-a înmânat misiva.

– Ai un mesaj prin viu grai?

– Am, jupâne.

– Să-l aud!

– Demawend către Vizimir, a recitat Aplegatt, închizând ochii. *Primo:* Mascații sunt gata pentru a doua noapte după luna plină din Cuptor. Vegheați să nu-și bage nasul Foltest. *Secundo:* n-o să onorez cu prezența congresul șmecherilor de pe insula Thanedd, ceea ce te sfătuiesc și pe dumneata. *Tertio:* Leuța e moartă.

Dijkstra s-a încruntat ușor, bătând cu degetele în masă.

– Iată misiva pentru regele Demawend. Și mesajul prin viu grai... Ciulește urechile și ia aminte! Vei repeta cuvânt cu cuvânt regelui tău. Numai și numai lui. Ai înțeles?

– Am înțeles, jupâne.

– Mesajul este următorul: Vizimir către Demawend. Mascații trebuie opriți cu orice preț. Cineva a trădat. Flacăra a strâns oastea în Dol Angra și așteaptă doar o scânteie. Repetă.

Aplegatt a repetat.

– Bine, a dat din cap Dijkstra. Vei pleca de îndată ce răsare soarele.

– De cinci zile sunt pe drumuri, jupâne – olăcarul și-a frecat șalele, să dorm măcar până la amiază... Îmi îngădui, jupâne?

– Oare regele tău, Demawend, doarme acum? Oare eu dorm? Numai pentru că ai îndrăznit să întrebi așa ceva ai merita un pumn în bot, măi. O să primești de-ale gurii, apoi îți îndrepți oasele în fân. Iar la răsăritul soarelui o iei din loc. Le-am poruncit să-ți dea un armăsar pursânge, o să vezi, gonește ca vântul. Și să nu sufli o vorbă! Ia de-aici o pungută cu un bacșiș, ca să nu spui că Vizimir e cărpănos.

– Mulțumesc, jupâne.

– Când treci prin pădurile Pontarului, fii cu băgare de seamă! Au fost văzute Veverițele pe-acolo. Și nici de tâlhari ordinari nu duce lipsă ținutul.

– Știu. Am văzut acum trei zile...

– Ce-ai văzut?

Aplegatt a povestit iute întâmplările petrecute la Anchor. Dijkstra l-a ascultat cu brațele puternice încrucișate pe piept.

– Profesorul, a spus el gânditor, Heimo Kantor și Scurtul Yaxa. Vânați de vrăjitor la Anchor, pe drumul care duce la Gors Velen, adică în Thanedd, la Garstang... Și Leuța a murit?

– Adică?

– Nu contează. Dijkstra a privit în sus. Nu te privește pe tine! Odihnește-te. Și în zori, la drum!

Aplegatt a mâncat ce i s-a adus, s-a întins imediat, de oboseală nici n-a mai clipit. Înainte de revărsatul zorilor, era ieșit pe poartă. Armăsarul era într-adevăr rapid, dar îndărătnic. Lui Aplegatt nu-i plăcea soiul ăsta de cal.

Pe spate, între șira spinării și umărul stâng, îl sâcâia ceva insuportabil. La fel îl pișcase un purice în timp ce dormea în grajd. Și n-avea cum să se scarpine.

Calul a dansat și a nechezat. Olăcarul l-a îmboldit din pinteni și au pornit în galop. Timpul se scurgea.

– *Gar'ean*, a șuierat Cairbre, aplecându-se printre crengile copacului din care pândea drumul. *En Dh'oine aen evall a stráede!*

Toruviel s-a ridicat, și-a apucat spada, și-a ajustat-o, l-a împuns cu vârful cizmei în coapsă pe Yaevinn, care moțăia rezemat de trunchiul unui copac doborât de vânt. Elful a sărit și a înjurat după ce s-a fript de la nisipul fierbinte, pe care pusese mâna.

– *Que suecc's?*

– Cal pe drum.

– Unul? Yaevinn ridica arcul și tremura. Cairbre? Doar unul?

– Unul. Se apropie.

– Să-i venim de hac! Să fie un *Dh'oine* mai puțin.

– Lasă-l în pace! l-a tras de mânecă Toruviel. La ce bun? Ar fi trebuit să mergem în recunoaștere și apoi să ne unim într-un comando. Ne-apucăm de ucis oameni la drumul mare? Asta-i lupta pentru libertate?

– Așa e. Să-l lăsăm.

– Dacă-l găsește mort, orice patrulă care trece dă alarma. Armata începe să ne vâneze. Fac filtre și baraje, apoi avem probleme la trecerea râului!

– Pe drumul ăsta nu vine nimeni. Până descoperă hoitul, o să fim departe.

– Călărețul e deja departe, a zis Cairbre din copac. În loc să trăncănești, trebuia să tragi cu arcul. De-acum nu-l mai nimerești. E la mai bine de două sute de pași.

– Cu cele șaizeci de livre ale mele? Yaevinn și-a mângâiat arcul. Cu săgeata mea de treizeci de inci? În plus, nu sunt două sute de pași. Numai o sută cincizeci. *Mire, que spar aen'le.*

– Yeavinn, las-o baltă...

– *Thaess aep,* Toruviel.

Elful și-a întors căciula să nu-l încurce coada de veveriță atârnată de ea, și-a încordat repede arcul, ferm, până la ureche, a ochit cu precizie și a eliberat coarda.

Aplegatt nu auzise săgeata. Era o săgeată „tăcută“, special pregătită, cu pene cenușii, lungi și înguste, cu coada canelată pentru a-i spori rigiditatea și pentru a-i diminua greutatea. Vârful cu trei lame extrem de ascuțite l-a lovit pe olăcar în spate, între șira spinării și umărul stâng. Lamele vârfului erau dispuse în unghi – ...penetrând trupul, vârful săgeții s-a răsucit ca un șurub, distrugându-i țesuturile, secționându-i vasele de sânge și zdrobindu-i oasele. Aplegatt s-a prăbușit cu pieptul pe grumazul calului și a alunecat la pământ, neputincios ca un sac de lână. Nisipul de pe drum era fierbinte, soarele ardea puternic. Însă olăcarul nu mai simțea. A murit pe loc.

Să spun că am cunoscut-o ar fi o exagerare. În afară de vrăjitor și de magiciană, nimeni n-a cunoscut-o cu adevărat. Când am văzut-o prima dată, nu mi-a făcut o impresie prea grozavă, deși era într-o situație neobișnuită! Îi știam pe unii care susțineau că la prima întâlnire au simțit imediat suflarea morții în urma fetei. Mie totuși mi s-a părut destul de obișnuită, chiar dacă știam că nu are nimic obișnuit – de aceea m-am străduit din răsputeri s-o observ, s-o descopăr, să-i simt unicitatea. Dar n-am văzut nimic și n-am simțit nimic. Nimic din ce ar fi putut fi un semnal, o premoniție sau o prevestire a întâmplărilor tragice de mai târziu. A celor din pricina cărora a avut de suferit și pe care le-a provocat ea însăși.

JASKIER, *O jumătate de veac de poezie*

2

Chiar la răspântie, la capătul pădurii, erau înfipți în pământ nouă stâlpi. În vârful fiecăruia era câte o roată de car așezată orizontal. Stoluri de ciori și corbi roiau croncănind deasupra roților, ciugulind și sfâșiind leșurile legate de roți. Înălțimea stâlpilor și puzderia de păsări permiteau, în realitate, doar să presupunem că pe roți lâncezeau rămășițe de nerecunoscut. Dar erau, fără putință de tăgadă, morți. Nu puteau fi nimic altceva.

Ciri a întors capul, scârbit din cale-afară. Vântul sufla din direcția stâlpilor, iar duhoarea cadavrelor descompuse năvălea peste răscruce.

– Splendid decor!

Yennefer s-a aplecat în șa și a scuipat pe pământ, uitând că nu demult o certase pe Ciri pentru un gest asemănător.

– Pitoresc și parfumat! a adăugat. Dar de ce aici, la marginea pădurii? De obicei, ceva de genul ăsta se înființează chiar lângă zidurile târgului. N-am dreptate, oameni buni?

– Sunt Veverițe, nobilă coniță, s-a grăbit să clarifice unul dintre negustorii ambulanți, care tocmai ajunsese la răscruce, ținând de hățuri calul înhămat la o cotigă goală.

– Elfi. Acolo, sus, pe stâlpi. De-aia sunt la poalele pădurii. Ca avertisment pentru celelalte Veverițe.

– Asta înseamnă, l-a privit magiciana, că toți Scoia'tael prinși vii sunt aduși aici...

– Scoia'tael, coniță, rar se prind vii, a întrerupt-o negustorul, iar atunci sunt duși în târg, pentru că e populat și de neoameni. Acestora, când văd cum sunt schingiuite Verevițele în piață, le piere cheful de a li se mai alătura. Dar, când elfii sunt uciși în bătălii, li se aduc hoiturile aici, la răspântie, și sunt atârnate pe stâlpi. Uneori le aduc de departe, murdare și putrede deja...

– Și când te gândești – a bombănit Yennefer – că ni s-a interzis practicarea necromanției sub pretextul respectului față de maiestatea morții și a rămășițelor trupești, cărora li s-ar cuveni onorare, odihnă și ritual de înmormântare...

– Ce vrei să spui, coniță?

– Nimic. Să plecăm cât mai departe de aici, Ciri! Tfu, am senzația că mi-a intrat în piele duhoarea.

– Și eu, eeeeeee... a spus Ciri, depășind cotiga negustorului. Mergem la galop, bine?

– Bine... Ciri! La galop, dar nu turbat!

Curând le-a apărut înaintea ochilor târgul, mare, înconjurat de ziduri, străjuit de turnuri cu acoperișuri ascuțite și strălucitoare. Iar dincolo de târg se vedea marea, verde-albăstruie, sclipitoare în razele soarelui de dimineață, stropită ici-colo cu picățelele albe ale velelor. Ciri a oprit calul la marginea unei coaste de nisip, s-a ridicat în etrieri, inhalând cu nesaț briza și mirosul mării.

– Gors Velen, i-a spus Yennefer, alăturându-i-se din urmă. Am reușit să ajungem. Să ne întoarcem la drumul principal.

Pe drum au mers din nou la un galop lejer, lăsând în urmă câteva care cu boi și oameni cu lemne în spinare. După ce au depășit pe toată lumea și au rămas singure, magiciana a încetinit și, cu un gest din cap, a oprit-o pe Ciri.

– Hai mai aproape! a îndemnat-o. Și mai aproape! Ia frâiele și condu-mi calul. Am nevoie de ambele mâini.

– Dar de ce?

– Ține frâiele, te rog!

Yennefer și-a scos o oglinjoară de argint din desagă, a șters-o, apoi a bălmăjit un farmec. Oglinjoara i-a ieșit din mână, s-a ridicat și a rămas atârnată deasupra grumazului armăsarului, chiar în fața chipului magicienei.

Ciri a suspinat admirativ, s-a lins pe buze.

Magiciana și-a scos un pieptene din desagă, și-a dat jos bereta și, în minutele următoare, și-a pieptănat energic părul. Ciri a rămas tăcută. Știa că, atunci când Yennefer se coafează, nu are voie să o deranjeze sau să o distragă. Dezordinea pitorească și aparenta neglijență a buclelor sale lucioase și luxuriante necesitau eforturi de lungă durată și multă răbdare.

Magiciana a pus iar mâna pe desagă. Și-a agățat cerceii cu diamante la urechi, apoi și-a fixat brățările pe ambele încheieturi. Și-a dat eșarfa de la gât, și-a desfăcut bluza, dezvăluindu-și gâtul și bentița de catifea neagră, împodobită cu o stea din obsidian.

– Ha, nu s-a mai putut abține Ciri, știu de ce-o faci! Vrei să arăți bine pentru că ajungem în târg! Am ghicit?

– Ai ghicit.

– Și eu?

– Ce-i cu tine?

– Vreau și eu să arăt bine! O să-mi aranjez părul...

– Pune-ți bereta! i-a zis aspru Yennefer, cu ochii încă în oglinjoara care atârna deasupra urechilor armăsarului. Pune-o la locul ei. Și ascunde-ți părul sub ea.

Ciri a pufnit furios, dar s-a supus imediat. De mult învățase să distingă tonurile și nuanțele din vocea magicienei. Știa când să încerce o discuție și când nu.

După ce și-a aranjat bretonul, Yennefer a scos din desagă un flaconaș de sticlă verde.

– Ciri, i-a spus cu blândețe, călătorim în secret. Călătoria nu s-a terminat încă. De aceea trebuie să-ți ascunzi părul sub beretă. La fiecare poartă a târgului există observatori plătiți ca să analizeze atent și rapid călători. Ai înțeles?

– Nu, a înfruntat-o Ciri, trăgând de frâiele armăsarului magicienei. Te-ai făcut atât de frumoasă, de-o să le iasă ochii din cap observatorilor! Secret, n-am ce zice!

– Ne îndreptăm, i-a surâs Yennefer, este Gors Velen. Nu trebuie să trec neobservată în Gors Velen, ba dimpotrivă, aş spune. Cu tine e altceva. Nu trebuie să-şi amintească nimeni de tine.

– Cei care se vor uita la tine mă vor observa şi pe mine!

Magiciana a desfăcut flaconaşul din care a ieşit un miros de liliac şi agrişe. După ce a băgat arătătorul în borcănel, şi-a întins un pic din alifie sub ochi.

– Mă îndoiesc, i-a replicat surâzând încă misterios, că te-ar observa cineva.

În fața podului era un şir lung de călăreți şi căruțe, iar trecătorii îşi aşteptau rândul la control. Ciri bombănea, supărată de perspectiva de a aştepta mult timp. Yennefer însă s-a îndreptat în şa şi a înaintat, privind mult deasupra capetelor călătorilor, ce se dădeau la o parte făcându-i loc, înclinându-se cu respect. Şi gardienii, cu mantale lungi, au observat-o imediat şi i-au făcut cale liberă, împungându-i cu sulițele pe cei care se opuneau sau se urneau prea lent.

– Pe-aici, pe-aici, stimată conită! a zis unul dintre gardieni, privind-o şi iradiind. Mergeți pe-aici, vă rog frumos, cu drag! Hei, pasul mai iute! Avansați mai repede! Hai, la o parte, golanilor!

Comandantul corpului de gardă striga la gardieni, era grăbit, nemulțumit şi supărat, dar, la vederea lui Yennefer, s-a luminat, şi-a deschis larg ochii şi gura, a făcut o reverență îndoindu-se într-un arc până la pământ.

– Bun venit la Gors Velen, preafrumoasă conită! a mormăit el, îndreptându-se şi privind-o. La ordinele dumitale... Oare-mi stă în puteri să-ți slujesc cu umilință? Cu ce te pot ajuta, cu o escortă? Cu o călăuză? Să chem pe cineva?

– Nu este nevoie – Yennefer s-a îndreptat în şa, l-a privit de sus, stau puțin în târg. Mă duc în Thanedd.

– Se-nțelege...

Soldatul sălta de pe un picior pe altul, fără să-și ia ochii de la chipul magicienei. Și ceilalți gardieni o priveau. Ciri s-a întins mândră și-a ridicat capul, dar și-a dat seama că nimeni nu se uita la ea. Ca și cum nici nu ar fi existat.

– Se-nțelege... a repetat comandantul. În Thanedd, da... La ieșire. Înțeleg, se-nțelege. Atunci, îți urez...

– Mulțumesc.

Magiciana și-a zorit armăsarul, neinteresată de urarea comandantului. Ciri a urmat-o. Gardienii s-au aplecat când Yennefer a trecut prin dreptul lor, fără să se sinchisească să-i arunce măcar o privire copilei.

– Nici măcar nu te-au întrebat cum te cheamă, a murmurat ea, conducându-și prudent iapa printre gropile de pe ulițele noroioase, alături de Yennefer. Nici unde mergem! L-ai fermecat?

– Nu pe ei. Pe mine.

Magiciana s-a întors și Ciri a suspinat zgomotos. Ochii lui Yennefer erau aprinși ca niște văpăi violet, chipul iradia din plin frumusețe. Orbitoare. Provocatoare. Amenințătoare. Și nefirească.

– Borcănelul verde! a ghicit Ciri imediat. Ce era?

– Glamarye. Un elixir sau mai degrabă o alifie pentru ocazii speciale. Ciri, chiar trebuie să calci prin toate bălțile de pe drum?

– Vreau să se spele copitele iepei!

– Nu a plouat de-o lună. Acestea sunt zoi și pișat de cai, nu apă.

– O... Spune-mi, de ce-ai folosit alifia? Ai vrut atât de mult...

– Acesta este Gors Velen, a întrerupt-o Yennefer. Un târg a cărui bunăstare se datorează în mare măsură magicienilor. Mai precis, magicienelor. Ai văzut cu ochii tăi cum sunt tratate magicienele aici. Și n-am vrut să mă prezint sau să demonstrez cine sunt. Am preferat să fie evident de la prima vedere. După casa aia roșie, facem la stânga. Mai încet, Ciri, strunește-ți iapa, să nu lovești vreun copil.

– Dar de ce-am venit noi aici?

– Ți-am mai spus.

Ciri a șuierat, și-a apăsat buzele, și-a înfipt puternic călcâiele. Iapa a dansat, aproape că era să intre în căruța care trecea.

Căruțașul s-a ridicat de pe capră, și-a încleștat fălcile ca s-o apostrofeze, dar, văzând-o pe Yennefer, s-a așezat rapid și a început o analiză aprofundată a stării galoșilor.

– Încă una ca asta, i-a spus Yennefer, și ne supărăm. Te comporți ca o capră neagră. Mă faci de rușine.

– Vrei să mă dai la nu știu ce școală, nu? Nu vreau!

– Mai încet! Se uită lumea la noi.

– La tine se uită, nu la mine! Nu vreau să merg la nicio școală! Mi-ai promis că vei fi întotdeauna cu mine și acum vrei să mă lași! Singură! Nu vreau să fiu singură!

– Nu vei fi singură. Sunt multe fete de vârsta ta la școală. Vei avea multe colege.

– Nu vreau colege. Vreau să fiu cu tine și cu... Eu credeam că...

Yennefer s-a întors brusc.

– Ce credeai?

– Credeam că mergem la Geralt, a dat din cap Ciri. Știu bine la ce te-ai gândit tot drumul. Și de ce-ai suspinat azi-noapte...

– Pân-aici! a izbucnit magiciana, iar văpăile din ochii ei au făcut-o pe Ciri să-și ascundă chipul în coama iepei. Ai mers prea departe. Îți reamintesc că timpul în care mi te puteai împotrivi a apus pe veci. Asta ți-a fost voia. Acum trebuie să mă asculți. Faci ce-ți poruncesc. Ai înțeles?

Ciri a dat din cap.

– Ce-ți voi porunci va fi cel mai bine pentru tine. Întotdeauna. Și de aceea mă vei asculta și vei face tot ce-ți spun. E limpede? Oprește calul! Am ajuns.

– E școala aceea? a mormăit Ciri ridicându-și ochii spre fațada magnifică a clădirii. Deja...

– Lasă vorba! Dă-te jos! Și să te comporți așa cum se cuvine. Nu e o școală, școala e în Aretuza, nu în Gors Velen. Aceasta este o bancă.

– Ce se face la bancă?

– Ia gândește-te! Dă-te jos! am spus. Nu în băltoacă! Lasă iapa, are cine să se ocupe de ea. Scoate-ți mănușile. Nu intrăm în bancă cu mănuși de călărie. Uită-te la mine. Îndreaptă-ți bereta.

Aranjează-ți gulerul. Îndreaptă-te! Nu știi ce să faci cu mâinile? Atunci, nu face nimic!

Ciri a oftat.

Personalul, care a ieșit de pe ușa clădirii în întâmpinarea lor, făcând reverențe peste reverențe, era format din piticani. Ciri îi privea curios. Deși la fel de scunzi, îndesați și bărboși, niciunul nu semăna cu prietenul ei Yarpen Zigrin și nici cu „flăcăii" lui. Toți erau cenușii, în aceeași uniformă, plictisitori. Și smeriți, ceea ce ar fi putut fi ultimul lucru care s-ar fi spus despre Yarpen și flăcăii lui.

Au intrat în clădire. Alifia magică mai acționa, astfel încât apariția lui Yennefer a provocat imediat mare agitație, forfotă, plecăciuni, mai multe felicitări și declarații de disponibilitate în furnizarea serviciilor, cărora a izbutit să le pună capăt doar apariția unui pitican incredibil de gras, îmbrăcat bine și cu barba albă.

– Stimată Yennefer! a tunat, balansându-și lanțul de aur ce-i atârna la gâtul imens, mult mai jos de barba sa albă. Ce surpriză! Și ce onoare! Te rog, te rog, hai în birou! Și tu nu mai sta, nu te mai holba atâta! La muncă, la numărătoare! Wilfli, repejor, o sticlă de Castel de Neuf, anul... Știi tu ce an. Pas alergător! Permite-mi, Yennefer! O adevărată bucurie să te văd. Arăți... Ei, la naiba, îți taie răsuflarea!

– Și tu, i-a zâmbit magiciana, te ții bine, Giancardi.

– Sigur. Te rog, te rog, hai în birou! Nu, nu, domnițele mai întâi. Știi drumul, Yennefer.

Biroul era întunecos și plăcut răcoros, în aer plutea un parfum ce-i amintea lui Ciri de scribul din turn, Jarre, un miros de cerneală, pergament și praf ce acoperea mobilierul din stejar, tapiseriile și cărțile vechi.

– Stai jos, te rog!

Bancherul a tras un fotoliu greu de la masă pentru Yennefer, i-a aruncat o privire curioasă lui Ciri.

– Dă-i o carte, Molnar! i-a zis magiciana, observându-i privirea. Îi plac cărțile. O să stea în capul mesei și n-o să ne deranjeze. Nu-i așa, Ciri?

Ciri a considerat că n-are rost să confirme.

– Carte, hî, hî... a repetat piticanul, apropiindu-se de comodă. Ce-avem aici? Cartea veniturilor și a cheltuielilor... Nu, nu asta. Taxe vamale și portuare... nici. Împrumuturi și rambursări? Nu. Ce caută asta aici? Naiba știe... Dar poate că e bună. Te rog, drăguță!

Cartea se intitula *Physiologus* și era foarte veche și jerpelită. Ciri a întors cu grijă coperta și câteva pagini. Lucrarea i-a captat imediat interesul, pentru că era despre monștri și fiare misterioase și era plină de gravuri. În clipele următoare, a încercat să-și împartă curiozitatea între carte și conversația magicienei cu piticanul.

– Ai vreo scrisoare pentru mine, Molnar?

– Nu.

Bancherul i-a turnat vin lui Yennefer, apoi lui însuși.

– N-au mai venit altele, a adăugat. Ți-am trimis-o pe ultima acum mai bine de-o lună, așa cum am stabilit.

– Le-am primit, mulțumesc. A fost, din întâmplare... cineva interesat de scrisori?

– Nu aici, zâmbi Molnar Giancardi. Dar te duci la ținta potrivită, draga mea. Banca Vivaldi m-a informat confidențial că scrisorile erau urmărite. Filiala din Vengerberg a detectat, de asemenea, o încercare de urmărire a operațiilor din contul dumitale privat. Unul dintre angajați s-a dovedit a fi necinstit.

Piticanul s-a oprit și s-a uitat la magiciană pe sub sprâncenele stufoase. Ciri a ciulit urechile. Yennefer tăcea, jucându-se cu steaua ei din obsidian.

– Vivaldi, a continuat bancherul, vorbind mai încet, n-a putut sau n-a vrut să ancheteze cazul. Lucrătorul nelegiuit și necinstit a căzut într-o groapă când era beat și s-a înecat. Un accident nefericit. Păcat! Prea rapid, prea grăbit...

– Pagubă-n ciuperci! și-a umflat buzele magiciana. Știu cine e interesat de scrisorile și de contul meu, ancheta lui Vivaldi nu ar fi adus nicio lumină.

– Dacă așa credeți... Giancardi și-a scărpinat barba. Te duci în Thanedd, Yennefer? La congresul mondial al magicienilor?

– Da.

– Pentru a hotărî soarta lumii?

– Să nu exagerăm!

– Umblă diferite zvonuri, a spus sec piticanul. Și se petrec diferite lucruri.

– Ce fel de lucruri, dacă nu sunt indiscretă?

– Începând de anul trecut, a explicat Giancardi, mângâindu-și barba, se observă mișcări ciudate în politica fiscală... Știu că nu-ți pasă...

– Vorbește!

– Impozitele personale și hibernale, precum și taxele percepute direct de autoritățile militare au fost dublate. Toți negustorii trebuie să plătească suplimentar pentru trezoreria regală „zeciuiala", o taxă de afacere, o zecime din fiecare profit. Piticanii, gnomii, elfii și hobbiții plătesc în plus taxe de vot și de fum mai mari. Dacă desfășoară o activitate comercială sau de producție, li se mai pune în cârcă o donație obligatorie „nonumană", care se ridică la zece la sută. În acest fel, plătesc mai mult de șaizeci la sută din venitul meu la trezorerie. Banca mea, inclusiv toate filialele oferă celor Patru Regate șase sute de grivne pe an. Pentru informare: este de aproape trei ori mai mare decât cotizația plătită regelui de un duce sau conte cu o avere uriașă.

– Oamenii nu plătesc donația către armată?

– Nu. Plătesc doar taxele hibernale și taxele de vot.

– Prin urmare, a dat din cap magiciana, piticanii și ceilalți neoameni finanțează campania desfășurată prin păduri împotriva Scoia'tael. Mă așteptam la așa ceva. Dar ce au a face impozitele cu congresul din Thanedd?

– După întâlnirile importante, a murmurat bancherul, întotdeauna se întâmplă ceva. De data asta, sper să fie altfel. Mă bazez pe congresul vostru pentru a opri asta. Aș fi foarte bucuros, de exemplu, dacă aceste creșteri ciudate de preț ar înceta.

– Vorbește mai clar!

Piticanul s-a aplecat în fotoliu așezându-și degetele pe burta acoperită de barbă.

– Lucrez în profesia mea de o bună bucată de timp, a spus el. Destul pentru a lega unele modificări de preț cu unele fapte. Iar recent prețul pietrelor scumpe a crescut. Pentru că a crescut cererea pentru ele.

– Banii gheață sunt transformați în giuvaieruri pentru a evita pierderile datorate fluctuațiilor cursului de schimb și parității monedelor?

– Într-adevăr. Pietrele au un mare avantaj. Într-un buzunar, o pungută de câteva uncii de briliante corespunde valorii de aproximativ cincizeci de grivne, pe când suma monedelor are o greutate de douăzeci și cinci de livre și ocupă mulți saci. Cu o pungută în buzunar fugi mult mai repede decât cu un sac în spinare. Și ai ambele mâini libere, ceea ce nu este de ici, de colo. Cu o mână poți să-ți ții nevasta, iar cu cealaltă, dacă e nevoie, o poți pârli pe alta.

Ciri a chicotit ușor, dar Yennefer a făcut-o să tacă imediat cu o privire amenințătoare.

– Așadar, a ridicat capul, sunt unii care se pregătesc deja să scape cu fuga. Și așa, de curiozitate, încotro?

– Nordul îndepărtat e cel mai popular. Hengfors, Kovir, Poviss. Pe lângă faptul că sunt mai departe, aceste țări sunt neutre și au relații bune cu Nilfgaardul.

– Am înțeles.

Zâmbetul malițios nu a dispărut de pe buzele vrăjitoarei.

– Deci, cu diamantele în buzunar, cu soția de mână și spre Nord, a continuat... Oare n-o fi prea devreme? A, ce mai contează? Ce se mai scumpește, Molnar?

– Bărcile.

– Ce?

– Bărcile, a repetat piticanul rânjind. Toți constructorii de ambarcațiuni de pe coastă fac bărci, comandate de intendenții armatei regelui Foltest. Ei plătesc bine și plasează constant comenzi noi. Dacă ai capital liber, Yennefer, investește în bărci. Afacere de aur. Faci canoe din stuf și scoarță de copac, dar întocmești factură pentru bărci din pin de cea mai înaltă calitate și împarți profitul jumi-juma' cu intendenții...

– Lasă gluma, Giancardi! Spune despre ce e vorba.

– Aceste bărci, a spus răbdător bancherul, privind în tavan, sunt transportate spre Sud. La Sodden și Brugge, pe Jaruga. Dar, din câte știu eu, nu se folosesc pentru pescuitul în râu. Sunt ascunse prin pădurile de pe malul drept. Se pare că armata se antrenează ceasuri întregi cum să se îmbarce și să debarce. Deocamdată pe uscat.

Yennefer și-a mușcat buza.

– Dar de ce unii se grăbesc să ajungă în Nord? Jaruga este în Sud.

– Există o teamă bine întemeiată, a mormăit piticanul, privind-o pe Ciri, că regele Emhyr var Emreis nu va fi încântat să audă că ambarcațiunile menționate mai devreme au fost lansate la apă. Unii oameni cred că o astfel de lansare îl va mânia pe Emhyr și atunci ar fi mai bine să se afle cât mai departe de granița nilfgaardiană... La naiba, doar până la recoltare! Când se termină recoltatul, pot răsufla ușurați. Dacă e să se întâmple ceva, să nu se întâmple înainte de recoltare.

– Să fie recoltele în hambare, a spus Yennefer încet.

– Așa e. E greu să duci caii la pășunat pe miriște, iar fortărețele cu hambare pline pot rezista unui asediu mai mult timp... Vremea e de partea țăranilor și recolta se arată bună... Da, vremea este cu adevărat minunată, ce mai la deal, la vale. Soarele încălzește, ciupercile în zadar așteaptă ploaia... Iar în Dol Angra Jaruga e foarte puțin adâncă... E ușor de trecut cu piciorul. În ambele sensuri.

– De ce în Dol Angra?

– Sper – bancherul și-a mângâiat barba, sfredelind-o pe magiciană cu o privire ascuțită și pătrunzătoare – că pot avea încredere în tine?

– Poți, întotdeauna, Giancardi. Nu s-a schimbat nimic.

– În Dol Angra, a zis piticanul încet, sunt Lyria și Aedirn, care se află într-o alianță militară cu Temeria. Doar nu-ți închipui că Foltest cumpără bărci și are de gând să le folosească de unul singur?

– Nu, a spus răspicat magiciana. Nu-mi închipui. Mulțumesc pentru informații, Molnar. Cine știe, poate că ai dreptate? Poate că la congres totuși vom putea influența soarta lumii și a oamenilor care trăiesc în această lume?

– Nu uitați de piticani! s-a înclinat Giancardi. Și de băncile lor.

– Vom încerca. Dacă o să vină vorba despre...

– Te ascult cu atenție.

– Am cheltuieli, Molnar. Și, dacă iau ceva din contul Vivaldi, poate din nou cineva o să sfârșească prin înec, așa că...

– Yennefer, a întrerupt-o piticanul, ai credit nelimitat la mine. Pogromul de la Vengerberg a avut loc cu mult timp în urmă. Poate că l-ai uitat, dar eu nu-l voi uita niciodată. Niciunul din familia Giancardi nu-l va uita. Cât îți trebuie?

– O mie cinci sute de oreni temerieni, transferați la filiala lui Cianfanelli în Ellander, pentru templul lui Melitele.

– S-a făcut. Un transfer simpatic, donațiile pentru temple nu sunt impozitate. Ce altceva?

– Cât costă taxele anuale de școlarizare la școala din Aretuza?

Ciri a ciulit urechile.

– O mie două sute de coroane novigradiene, a spus Giancardi.

– E și o taxă de înscriere, ceva în jur de două sute.

– S-a scumpit, la naiba!

– Toate s-au scumpit. Adeptelor nu le lipsește nimic, locuiesc în Aretuza ca niște prințese. Și pe seama lor trăiește jumătate din târg, croitori, pantofari, cofetari, furnizori...

– Știu. Să depui două mii în contul școlii. Anonim. Cu indicația că e plata pentru înscriere și pentru taxele de școlarizare... Pentru o adeptă.

Piticanul și-a scos tocul, a privit-o pe Ciri, a zâmbit cu înțelegere. Ciri, prefăcându-se că citește din carte, asculta cu atenție.

– Asta-i tot, Yennefer?

– Trei sute de coroane novigradiene pentru mine, bani gheață. Voi avea nevoie de cel puțin trei rochii pentru a merge în Thanedd.

– De ce ai nevoie de bani gheață? Îți dau un cec bancar. De cinci sute. Și prețurile țesăturilor importate au crescut, la naiba, doar tu nu porți lână sau in. Iar, dacă ai nevoie de ceva, pentru tine sau pentru viitoarea adeptă a școlii din Aretuza, magazinele și depozitele mele sunt deschise.

– Mulțumesc. La ce procent ne înțelegem?

– Procentul, a ridicat piticanul capul, l-ai plătit familiei Giancardi în avans, Yennefer. În timpul pogromului de la Vengerberg. Să nu mai vorbim!

– Nu-mi plac datoriile astea, Molnar.

– Nici mie. Dar eu sunt un negustor, un pitican de afaceri. Știu ce înseamnă un angajament. Știu valoarea lui. Repet, nu mai vorbim despre asta. Poți să consideri lucrurile pe care le-ai cerut ca și realizate. Precum și un lucru pe care nu l-ai cerut.

Yennefer a ridicat din sprâncene.

– Un vrăjitor care ți-e apropiat, a chicotit Giancardi, a vizitat recent Dorianul. Mi s-a spus că a împrumutat o sută de coroane de la un cămătar. Cămătarul lucrează pentru mine. O să-i șterg datoria, Yennefer.

Magiciana i-a aruncat o privire lui Ciri.

– Molnar, i-a spus ea rece, nu-ți băga nasul unde nu-ți fierbe oala! Mă îndoiesc că mă consideră în continuare apropiată, iar, dacă va afla despre ștergerea datoriei, mă va urî și mai mult. Îl cunoști doar, este obsesiv de cinstit. A fost în Dorian de mult?

– Să tot fie vreo zece zile. Apoi a fost văzut la Mały Łęg. De acolo, am aflat, s-a dus la Hirundum pentru că avea o comandă din partea fermierilor locali. Ca de obicei, să ucidă un monstru...

– Iar pentru ucidere, ca de obicei, îi vor plăti te-miri-ce, și-a schimbat vocea Yennefer și, ca de obicei, abia îi va ajunge pentru îngrijirile medicale, dacă monstrul îl rănește. Ca de obicei. Dacă vrei cu adevărat să faci ceva pentru mine, Molnar, bagă-ți nasul! Ia legătura cu țăranii din Hirundum și ridică valoarea răsplății. Atât cât să aibă din ce să trăiască.

– Ca de obicei, a oftat Giancardi. Și dacă află până la urmă?

Yennefer s-a uitat la Ciri, care privea și asculta, fără nici măcar să mai încerce să mimeze și interesul față de *Physiologus*.

– Și din gura cui să afle? a întrebat magiciana.

Ciri s-a uitat în jos. Piticanul a zâmbit cu subînțeles, și-a mângâiat barba.

– Înainte de a ajunge în Thanedd, te abați prin Hirundum? Din întâmplare, bineînțeles?

– Nu. Nu mă abat. Să schimbăm subiectul, Molnar, a zis magiciana și s-a uitat în zare.

Giancardi își netezea din nou barba și se uita la Ciri. Copila și-a lăsat capul în jos, a tușit ușor și s-a balansat în scaun.

– Așa este, a confirmat el. E timpul să schimbăm subiectul. Dar, din câte se vede, pupila ta s-a plictisit de carte... și de conversația noastră. Iar ce aș vrea să discutăm acum ar plictisi-o și mai mult, bănuiesc... Soarta lumii, soarta piticanilor din lumea asta, soarta băncilor lor sunt un subiect plictisitor pentru fete, viitoare absolvente de Aretuza... Las-o să zboare un pic de sub aripile tale, Yennefer. Las-o să facă o plimbare prin oraș...

– O, da! a strigat Ciri.

Magiciana s-a încruntat și a deschis gura să protesteze, dar s-a răzgândit. Ciri nu era sigură, însă părea că asupra hotărârii avusese putere o clipire lentă, care însoțise propunerea bancherului.

– Să arunce și fata o privire la minunile vechii cetăți Gors Velen, a adăugat Giancardi, zâmbind larg. Are nevoie de puțină libertate înainte de... Aretuza. Iar noi o să putem vorbi despre anumite chestiuni... personale. Stai liniștită, nu sugerez ca fata să meargă singură, chiar dacă este un oraș sigur. Îi voi da un tovarăș și protector. Unul dintre funcționarii mei mai tineri...

– Îmi pare rău, Molnar – Yennefer nu i-a răspuns la zâmbet –, dar nu cred că în zilele noastre, chiar și într-un oraș sigur, compania unui pitican...

– Nici măcar nu mi-a trecut prin minte, a vorbit Giancardi, că e un pitican. Scribul despre care vorbesc este fiul unui negustor respectabil, om pe de-a-ntregul, ca să mă exprim așa. Credeai că angajez doar piticani aici? Hei, Wifli! Cheamă-l pe Fabio aici, repejor!

– Fără tâmpenii de care să-ți fie rușine după aceea, Ciri, i-a șoptit magiciana, apropiindu-se și aplecându-se ușor. Iar în fața scribului, gura cusută, ai înțeles? Promite-mi că ai grijă la fapte și la cuvinte! Nu da din cap! Promisiunea se face cu glas tare.

– Promit, coniță Yennefer.

– Uită-te din când în când după soare. Te întorci la amiază. Întocmai. Și dacă... Nu, nu cred că cineva te va recunoaște. Dar, dacă ai să vezi că te privește prea lung cineva...

Magiciana s-a scotocit prin buzunar, a scos un mic crisopraz scrijelit cu rune, șlefuit în formă de clepsidră.

– Pune-ți-l în trăistuță! Să nu cumva să-l pierzi! Dacă trebuie... Îți amintești vraja? Dar, discret, activarea are ecou puternic, iar amuleta trimite vibrații la mare distanță. Dacă cineva din jurul tău este sensibil la magie, o să bați și mai tare la ochi în loc să te faci nevăzută. Aha... Ia și de-aici... Dacă vrei să-ți cumperi ceva.

– Mulțumesc, coniță Yennefer.

Ciri și-a pus amuleta și monedele în trăistuță, privindu-l atent pe băiatul care se grăbea să ajungă în birou. Era pistruiat, iar părul șaten, ondulat îi cădea pe gulerul înalt al uniformei cenușii de scrib.

– Fabio Sachs! l-a prezentat Giancardi. Băiatul s-a înclinat politicos.

– Fabio, aceasta este domnița Yennefer, venerabilul nostru oaspete și o clientă respectabilă. Iar această domnișoară, eleva dânsei, dorește să viziteze orașul. Vei însoți-o, îi vei servi drept îndrumător și protector.

Băiatul s-a înclinat din nou, de data aceasta în mod clar spre Ciri.

– Ciri, ridică-te te rog! i-a spus Yennefer rece.

S-a supus, ușor surprinsă, pentru că știa că politețea nu-i cere neapărat să se ridice. Dar a înțeles imediat. Scribul arăta ca de seama ei, dar era mai mic decât ea la statură.

– Molnar, a întrebat magiciana, cine trebuie să aibă grijă de cine? Nu puteți da această sarcină cuiva ceva mai răsărit?

Băiatului i-a năvălit sângele în obraz și l-a privit întrebător pe director. Giancardi a dat din cap aprobator. Scribul s-a înclinat din nou.

– Stimată coniță, i s-a adresat liniștit și fără timiditate, poate nu sunt răsărit, dar te poți baza pe mine. Cunosc bine orașul, cartierul și toată zona. Mă voi ocupa de această domniță cum voi ști eu mai bine. Iar când eu, Fabio Sachs Junior, fiul lui Fabio Sachs, fac ceva cum știu eu mai bine, atunci... nimeni nu mă întrece.

Yennefer l-a privit o clipă, apoi s-a întors spre bancher.

– Felicitări, Molnar! i-a spus. Te pricepi să-ți alegi angajații. În viitor, poți să stai liniștit cu scribul tău tânăr. Într-adevăr, clopotul sună bine când e lovit. Ciri, te încredințez lui Fabio, fiul lui Fabio, pentru că este bărbat serios și demn de încredere.

Băiatul s-a înroșit până la rădăcina părului șaten. Ciri a simțit că se îmbujorează și ea.

Piticanul a deschis o casetă și a răscolit printre monedele grele:

– Fabio, ai aici jumătate de nobel și trei... și două cincane, în cazul în care domnița ar avea vreo dorință. Dacă nu, le aduci înapoi. Gata, puteți porni.

– La amiază, Ciri, i-a amintit Yennefer. Niciun moment mai târziu.

– Știu, știu.

– Mă numesc Fabio, s-a prezentat băiatul, coborând pe scări și ieșind în stradă. Iar tu te numești Ciri, nu-i așa?

– Da.

– Ce vrei să vizitezi în Gors Velen, Ciri? Strada principală? Aleea Orfevrierilor? Portul maritim? Sau poate piața și iarmarocul?

– Toate.

– Avem timp doar până la prânz, s-a îngrijorat băiatul... Cel mai bine e să mergem în piață. Azi e zi de târg, vezi acolo o mulțime de lucruri interesante! Dar mai întâi urcăm până la zidul de pe care se zăresc tot golful și faimoasa insulă Thanedd. Ce zici?

– Să mergem.

Ulița era împânzită de căruțe trase de cai și boi, de butoaie rostogolite de dogari, peste tot zor și hărmălaie. Ciri a fost amețită de forfotă și agitație – a coborât trotuarul din lemn călcând strâmb și a intrat până la glezne în noroi și bălegar. Fabio a vrut să o ia la braț, dar s-a retras violent.

– Pot merge și singură!

– Să mergem, atunci! Acum ne aflăm pe strada principală a târgului. Se numește Kardo și leagă cele două porți, Principală și Maritimă. Pe aici se ajunge la primărie. Vezi turnul cu giruetă de aur? Aceea este primăria. Și acolo unde atârnă un semn colorat e cârciuma „Sub corsetul descheiat". Dar, uau... nu mergem acolo. Ne vom duce mai departe, pe-aici o să scurtăm drumul prin piața de pește, care se află pe strada Circulara.

Au ajuns pe o alee care i-a dus direct la o piațetă pătrată, sugrumată între zidurile caselor. Piațeta era înțesată de tarabe, putini și poloboace și duhnea tare pește. Tămbălău și viermuială, negustorii și mușteriii se târguiau în gura mare, încercând să acopere strigătele pescărușilor ce roiau deasupra capului. Pisicile lâncezeau la poalele zidurilor, prefăcându-se că nu sunt interesate câtuși de puțin de pește.

– Conița ta, a spus dintr-odată Fabio, făcând slalom printre tarabe, e foarte severă.

– Știu.

– Nu ți-e rudă apropiată, nu? Se vede de la o poștă!

– Ei, da? Și?

– E foarte frumoasă, a zis Fabio cu sinceritatea dezarmantă, crudă și dezinvoltă a unui tânăr.

Ciri s-a făcut arc, dar, înainte de a-l potopi pe Fabio cu remarci sarcastice la adresa pistruilor și înălțimii lui, băiatul a tras-o printre căruțe, butoaie și tarabe, explicându-i în același timp că turnul care domina piațeta era numit Turnul Hoților și că pietrele folosite la construirea lui provin de pe fundul mării, iar copacii care se cultivă sub el poartă numele de platani.

– Ești atât de zgârcită la vorbă, Ciri! i-a spus brusc.

– Eu? s-a prefăcut surprinsă. Deloc, nu! Doar ascult cu atenție ceea ce spui. Ai un mod de a povesti foarte interesant, știi? Voiam doar să te întreb...

– Ascult. Întreabă-mă!

– E departe... târgul Aretuza?

– E foarte aproape! De fapt, nici nu e târg. Să mergem la zid, ca să ți-l arăt. Sunt scări, fii cu băgare de seamă!

Fortificația era înaltă, iar scările erau abrupte. Fabio transpira și gâfâia, și nu era de mirare, pentru că vorbea întruna. Ciri a aflat că zidul din jurul târgului Gors Velen fusese construit recent, era mult mai recent decât așezarea în sine, că fusese înălțat încă de elfi, înalt de treizeci și cinci de picioare, era prevăzut cu așa-numite cazemate, din cărămizi din piatră cioplită, nu din cărămidă arsă, întrucât îi conferea o rezistență sporită la loviturile berbecilor.

În vârf au fost întâmpinați de briza răcoroasă a mării. Ciri respira adânc, cu bucurie, după atmosfera densă, amorțită a târgului. Și-a sprijinit coatele pe marginea zidului, privind de sus portul ticsit de vele colorate.

– Ce-i acolo, Fabio? Ce e muntele acela?

– Insula Thanedd.

Insula părea foarte aproape. Și nu arăta ca o insulă. Arăta ca un stâlp stâncos, gigantic, ieșit de pe fundul mării, un imens zigurat înconjurat de un drum spiralat, de un zigzag de scări și terase. Terasele erau pline de plantații și grădini verzi, iar din verdeață, agățându-se de stânci precum cuiburile de rândunică, se ițeau turlele albe și cupolele împodobite, încoronate de clădiri înconjurate de galerii. Edificiile parcă nici nu erau construite. Păreau sculptate în versanții muntelui maritim.

– Totul e construit de elfi, a explicat Fabio. Se spune c-au folosit magie elfească. Cu toate acestea, din timpuri imemoriale, Thanedd aparține magicienilor. Aproape de vârf, acolo unde se văd cupolele strălucitoare, se află Palatul Garstang. Acolo, în câteva zile, va începe o mare întâlnire a magicienilor. Iar acolo, uită-te, chiar în vârf, acel turn crenelat, foarte înalt, solitar, este Tor Lara, Turnul Pescărușului...

– Se poate ajunge acolo pe uscat? E foarte aproape.

– Se poate. Există un pod care leagă țărmul golfului cu insula. Nu se zărește de copaci. Vezi acoperișurile roșii de la poalele muntelui? Este Palatul Loxia. Acolo duce podul. Numai prin Loxia se poate ajunge la drumul ce duce la terasele superioare...

– Unde sunt galeriile și podurile alea drăguțe? Și grădinile? Cum stau agățate de stânci, nu cad... Ce este palatul acela?

– E Aretuza, de care m-ai întrebat. Acolo se află o școală faimoasă pentru tinerele magiciene.

– Ah, așadar, acolo... Fabio? s-a lins Ciri pe buze.

– Te ascult.

– Ai văzut vreodată tinerele magiciene care studiază la acea școală? În Aretuza?

Băiatul s-a uitat la ea, vizibil uluit.

– Niciodată! Nimeni nu le vede! N-au voie să părăsească insula și să meargă în târg. Și nimeni nu poate călca în școală. Chiar și primarul și executorul judecătoresc, dacă au un caz pentru magiciene, pot merge doar la Loxia. La cel mai mic nivel.

– Am crezut – Ciri a dat din cap cu privirea ațintită spre acoperișurile strălucitoare ale Aretuzei – că nu e școală, ci închisoare. Pe insulă, pe stâncă, deasupra prăpastiei. Închisoare, și nimic altceva.

– Cam așa e, a fost de acord Fabio după o clipă de reflecție. Este destul de greu de ieșit... Dar nu, nu e ca în închisoare. Adeptele sunt domnițe tinere, la urma urmei. Trebuie păzite...

– De cine?

– Ei bine... Băiatul s-a fâstâcit. Știi tu...

– Nu știu.

– Cred că... Oh, Ciri, nimeni nu le ține în școală cu forța. Ele însele își doresc...

– Sigur – Ciri a zâmbit cu mânie –, dacă-și doresc, n-au decât să zacă în închisoare. Dacă n-ar fi vrut, n-ar fi putut fi închise acolo. Nu-i mare scofală, dac-o iei la picior la timp. Înainte de a ajunge acolo, pentru că mai târziu ar putea fi mai dificil...

– Cum așa? Să evadeze? Și unde să...

– Ele, l-a întrerupt, mai mult ca sigur că n-au unde, sărmanele. Fabio? Unde e târgul... Hirundum?

Băiatul s-a uitat la ea surprins.

– Hirundum nu e un târg, a corectat-o. E o fermă imensă. Cuprinde livezi și grădini care fac legume și fructe pentru toate așezările din zonă. Sunt și iazuri unde se cresc pești precum crapul, de exemplu...

– Cât de departe e Hirundum? În ce direcție? Arată-mi!

– De ce vrei să știi?

– Arată-mi, te rog!

– Vezi drumul spre apus? Unde sunt căruțele? Duce la Hirundum. Sunt cam cincisprezece mile numai prin pădure.

– Cincisprezece mile, a repetat Ciri. Nu-i departe dacă ai un cal bun... Mulțumesc, Fabio.

– Dar pentru ce?

– Nu contează. Acum mă duci în piață. Mi-ai promis.

– Hai!

Așa îmbulzeală și hărmălaie ca în piața din Gors Velen Ciri nu mai văzuse niciodată. Piațeta tumultuoasă prin care trecuseră de curând dădea impresia unui templu liniștit în comparație cu aceasta. Piața era cu adevărat imensă și puteai, în cel mai bun caz, doar s-o privești de la distanță, căci s-o străbați era un miracol. Fabio, cu toate astea, a țâșnit cu îndrăzneală prin colcăială, trăgând-o de mână. Ciri își rotea capul în toate direcțiile.

Negustorii strigau, mușteriii țipau și mai tare, copiii pierduți în mulțime plângeau și urlau. Vitele mugeau, oile behăiau, păsările cotcodăceau și cârâiau. Artizanii piticani băteau cu ciocanul în plăci de metal și, când încetau să bată ca să-și stingă setea, începeau să înjure birjărește. Alămuri, gonguri și chimvale răsunau din mai multe locuri în piață, menestreli și trubaduri concertau prin căruțe. Ca să complice lucrurile și mai mult, cineva care nu se vedea în mulțime sufla încontinuu într-o surlă. Era limpede că nu e muzician.

Ciri a sărit ca să ocolească un porc care guița întruna și a dat peste niște cotețe cu găini. Poticnindu-se, a călcat pe ceva moale și mieunător. S-a dat într-o parte și a căzut sub copitele unei dihănii uriașe, scârboase, dezgustătoare și amenințătoare, ce-i împrăștia pe oameni cu părul său.

– Ce-a fost? a icnit ea, regăsindu-și echilibrul. Fabio?

– O cămilă. Nu te teme!

– Nu mă tem! Ce crezi?!

Privea în jur curioasă. Se uita cum făureau hobbiții în fața publicului obiecte artizanale, din piele de capră, era captivată de frumusețea păpușilor oferite spre vânzare de o pereche de semielfi. Admira obiectele de malachit și jasp expuse de un gnom plictisit. Cu interes și în cunoștință de cauză, se uita la spadele din atelierul armurierului. A observat câteva fete împletind coşuri de răchită şi a concluzionat că nu poate fi nimic mai rău decât munca.

Cel care zicea din surlă s-a oprit. Probabil fusese ucis.

– Ce miroase atât de bine aici?

– Gogoşi. Fabio şi-a pipăit tăşcuţa. Ai poftă să mănânci una?

– Am poftă să mănânc două.

Vânzătorul le-a dat trei gogoşi, a luat cincana şi le-a dat rest patru monede de cupru, iar pe una a rupt-o în două. Ciri, revenindu-şi încet din uluire, privea scena ruperii, înghiţind cu greu prima gogoaşă.

– Aha, de aici, a întrebat ea, luând-o pe cealaltă, vine zicala: „Nu merită decât jumătate de bănuţ“?

– De aici. Fabio şi-a înghiţit gogoaşa. Nu sunt monede aici decât de un ban. Nu folosiţi jumătate de ban de unde vii?

– Nu, s-a lins Ciri pe degete. De unde vin eu se folosesc ducate de aur. În plus, s-a chinuit s-o rupă de pomană.

– De ce?

– Pentru că am poftă să mănânc a treia gogoaşă.

Gogoşile umplute cu prune acţionau ca elixirul cel mai miraculos. Ciri s-a înveselit, iar viermuiala din piaţă n-a mai înspăimântat-o, chiar îi plăcea. Nu l-a lăsat pe Fabio s-o tragă în spatele lui, ci l-a tras ea în locul în care era cea mai mare îmbulzeală, unde cineva declama ceva de pe tribuna improvizată din butoaie. Era un om bătrân şi gras. După capul ras şi veşmintele cenuşii, Ciri l-a recunoscut ca fiind un preot rătăcitor. Mai văzuse ca el vizitând din când în când templul lui Melitele la Ellander. Maica Nenneke nu vorbea despre ei în alţi termeni decât „acei nebuni fanatici“.

– Există o singură lege în lume! răcnea preotul. Legea lui Dumnezeu! Toată natura este supusă acestei legi, întregul pământ şi tot ceea ce trăieşte pe suprafaţa acestui pământ! Magia şi vrăjile contravin legii! Prin urmare, vrăjitorii sunt blestemaţi, iar ziua mâniei se apropie, ziua în care focul din cer va distruge insula păcătoasă! Apoi zidurile Loxiei, Aretuzei şi Garstangului, în spatele cărora păgânii se adună pentru a-şi urzi intrigile! Aceste ziduri vor fi ruinate...

– Și le vor reconstrui, la naiba! a murmurat un zugrav de lângă Ciri, într-o cămașă pătată de var.

– Vă avertizez, oameni buni și credincioși, a vociferat preotul. Nu vă încredeți în vrăjitori, nu vă duceți la ei, nici pentru sfaturi, nici pentru rugăciuni! Nu vă lăsați înșelați de aspectul lor frumos sau de vorba lor mieroasă, căci într-adevăr vă spun că acești vrăjitori sunt ca niște morminte vopsite în alb, frumoase pe dinafară și oase putrede și mâncate de viermi pe dinăuntru!

– Ia uită-te la el! i-a spus o tânără cu un coș plin de morcovi. Ce tare se crede. El e împotriva magicienilor, pentru că îi invidiază.

– Bineînțeles, a fost de acord cu ea zugravul. Ia uite, e chel ca un huhurez, iar burdihanul îi atârnă până la genunchi. Vrăjitorii sunt drăguți, nici grași, nici pleșuvi... Ce să mai spun de magiciene, ha, câtă grație...

– Și-au vândut sufletul diavolului pentru această splendoare! a strigat individul cu un ciocan de pantofar la brâu.

– Ești tâmpit, derbedeule! Dacă n-ar fi fost domnițele bune din Aretuza, ai fi plecat cu traista-n băț! Mulțumită lor, avem ce să înfulecăm!

Fabio a tras-o pe Ciri de mânecă, plonjând din nou într-o îmbulzeală care i-a condus spre centrul pieței. Au auzit bătăile tamburului și strigătele răsunătoare care cereau liniște. Mulțimea nu avea de gând să tacă, dar pe cel aflat pe postamentul de lemn nu-l deranja. Avea o voce puternică și clară și știa să o folosească.

– Lume, lume, spre aducere la cunoștință! a urlat, derulând un sul de pergament. Hugo Ansbach, din neamul gnomilor, e scos în afara legii, pentru că elfii răufăcători, ziși și Veverițe, în casa sus-numitului au primit pat și de-ale gurii. La fel și Justin Ingvar, fierarul, din neamul piticanilor, care a forjat vârfuri de săgeți pentru ticăloșii răufăcători mai înainte pomeniți. Prin urmare, pe amândoi primarul îi declară în afara legii și poruncește urmărirea lor. Cine îi va prinde va primi această răsplată: cincizeci de coroane în monede. Dar, dacă cineva le dă hrană sau adăpost, va fi socotit vinovat și va fi pedepsit la fel ca ei. Și, dacă sunt găsiți la o fermă sau într-un sat, întregul sat sau întreaga fermă va plăti...

– Da' cine, a strigat cineva din mulțime, ar adăposti gnomi? Căutați-i prin gospodăriile lor și o să-i găsiți și băgați-i pe toți, toți neoamenii, în temniță!

– În ștreang, nu în temniță!

Oratorul a citit în continuare anunțurile primarului și ale consiliului local, dar Ciri și-a pierdut interesul. Era pe punctul de a părăsi mulțimea când dintr-odată a simțit o mână pe fund. Absolut deloc accidental, ciudat și extrem de abil.

Spațiul îngust se pare că făcea imposibilă întoarcerea, dar Ciri a învățat în Kaer Morhen cum să se miște în locuri dificile. S-a întors și a fost nedumerită. În spatele ei, un tânăr preot cu capul ras i-a zâmbit arogant. Și ce, părea să spună zâmbetul lui, ce ai de gând să faci acum? Te vei îmbujora drăgălaș, iar lucrurile rămân așa, nu?

Preotul, din câte se vedea, nu avusese de-a face niciodată cu protejata lui Yennefer.

– Ține-ți labele acasă, cheliosule! a izbucnit Ciri furioasă. N-ai decât să te piști pe tine de fund, tu... cioclu scârbos!

Profitând de faptul că preotul e prins în mulțime, că nu se putea clinti, a vrut să-l lovească cu piciorul, dar intenția i-a fost zădărnicită de Fabio, care a tras-o brusc departe de preot și de locul incidentului. Văzând că tremură de mânie, a încercat s-o calmeze, dându-i un pumn de floricele de porumb glazurate, în fața cărora Ciri a uitat imediat de incident. Stăteau lângă tejghea, într-un loc din care se vedea eșafodul cu stâlpul. Însă niciun personaj negativ nu era la stâlp, iar eșafodul era împodobit cu ghirlande de flori și servea drept scenă unei trupe de muzicanți ambulanți, îmbrăcați ca niște papagali, care cântau după ureche la țambal și cimpoi, la cobză și lăută. O tânără brunetă, cu un șal brodat și plin de paiete, cânta si dansa, scuturând tamburina și bătând ritmic în eșafod cu vârful și cu tocul pantofiorilor.

O magiciană strângea ierburi din poiană, viperele au venit,
Mușcând-o s-au otrăvit, iar ea nu că n-a murit, ci a și întinerit!

Mulțimea adunată în jurul eșafodului se prăpădea de râs și aplauda ritmic. Vânzătorul de clătite a aruncat o altă porție de aluat în uleiul încins. Fabio s-a lins pe degete și a tras-o de mânecă pe Ciri.

Era o puzderie de dughene și de peste tot le făcea cu ochiul ceva apetisant. Au mai mâncat câte o prăjitură cu smântână, apoi – pe din două – o anghilă afumată și, pe urmă, ca să-și dreagă gustul, au mâncat ceva foarte straniu, prăjit, în vârf de băț. După aceea, s-au oprit la butoaiele de varză și au pretins că vor să guste ca să cumpere mai mult. După ce au mâncat pe săturate și au spus că nu mai cumpără, vânzătorul ambulant le-a strigat că sunt niște căcăcioși.

Au mers mai departe. De restul banilor, Fabio a cumpărat un coș de pere bergamote.

Ciri s-a uitat spre cer, dar a socotit că nu e încă amiaza.

– Fabio? Ce-o fi în corturile și dughenele de-acolo, de lângă zid?

– Diferite distracții. Vrei să vezi?

– Vreau.

În fața primului cort erau numai bărbați, se sprijineau de pe un picior pe altul, vizibil excitați. Din interior răsunau acorduri de flaut.

– „Bruneta Leila... a descifrat cu greu Ciri inscripția strâmbă de pe prelată – își dezvăluie toate tainele trupului în dans"... Ce tâmpenie, ce taine...

– Hai să mergem mai departe, a îndemnat-o Fabio, îmbujorându-se ușor. O, uite, aici e interesant. Un clarvăzător prezice viitorul. Mai am doi groși, ne-ar ajunge...

– Nu merită, a spus Ciri. Ce mai profeție, pentru doi groși! Pentru a prezice, trebuie să fii profet. Clarviziunea este o mare artă. Chiar și în rândul magicienelor, cel mult una din o sută are astfel de puteri...

– Surorii mele mai mari, a contrazis-o băiatul, i s-a prezis că se va mărita și chiar așa a fost. Nu te bosumfla, Ciri. Hai să ne vedem viitorul...

– Nu vreau să mă mărit. Nu vreau să-mi știu viitorul. E năduşeală și vine miros de tămâie din cort, nu intru. Dacă vrei, du-te singur, eu te-aștept. Nu știu, zău, la ce-ți trebuie ghicit? Ce vrei să știi?

– Ei bine... s-a bâlbâit Fabio. Mai ales, dacă o să... Să călătoresc. Aş vrea să călătoresc. Să văd lumea...

O s-o vadă, s-a gândit Ciri, având senzația că se învârte tot cu ea. *O să navigheze pe corăbii mari, cu pânze... O să ajungă pe tărâmuri pe care nimeni nu le-a mai văzut în fața ochilor... Fabio Sachs, descoperitorul... Va boteza cu numele lui un cap, de la capătul continentului, care deocamdată nu are nume. La cincizeci și patru de ani, având o soție, un fiu și trei fiice, va muri departe de casă și de rude... Din cauza unei boli care azi încă nu are nume...*

– Ciri! Ce-i cu tine?

Și-a șters fața cu mâna. Avea impresia că e scufundată în apă, că iese la suprafață înotând de pe fundul unui lac adânc și înghețat.

– Nu-i nimic... a murmurat ea, privind în jur și recuperându-și cunoștința. Mi se-nvârtește capul... De la zăpușeală. Și de la tămâia din cort...

– Mai degrabă de la varză, a contrazis-o serios Fabio. Am mâncat atât de mult, nu trebuia. Și pe mine... îmi clocotește burta.

– Eu n-am nimic! și-a ridicat capul cu demnitate Ciri, simțindu-se, de fapt, mai bine. Gândurile care mi-au zburat prin cap ca un vârtej au dispărut în uitare. Hai, Fabio! Să mergem mai departe.

– Vrei o pară?

– Bineînțeles că vreau.

La poalele zidului, un grup de adolescenți jucau sfârleaza pe bani. Vârful era învelit cu grijă cu un șnur, trebuia tras cu îndemânare, ca o plesnitură de bici, pentru a-i imprima o mișcare de rotație, astfel încât să se rostogolească pe câmpurile trasate cu cretă. Ciri îi bătuse la sfârlează pe aproape toți băieții din Skellige, precum și pe toate adeptele din templul lui Melitele. Îi încolțise deja ideea de a se alătura jocului și de a le lua derbedeilor nu numai paralele, ci și pantalonii scurți peticiți și răspeticiți, când atenția i-a fost brusc atrasă de strigăte puternice.

La capătul șirului de corturi și dughene era înghesuită între zid și o scară de piatră o prelată întinsă pe niște pari dispuși în semicerc. Între doi pari era intrarea, păzită de un bărbat înalt, țeapăn, ciupit de vărsat de vânt, îmbrăcat într-o haină matlasată și pantaloni vărgați, cu ciubote de marinar. În fața lui se îngrămădea un grup de oameni. După ce îi aruncau plictisiți în mână câteva monede, oamenii dispăreau unul după altul în spatele prelatei. Ciupitul strecura banii într-o cutie mare, pe care o zornăia strigând aspru.

– La mine, oameni buni! La mine! Veți vedea cu ochii voștri cea mai groaznică ființă creată de zei! Groază și grozăvie! Un basilisc viu, spaima veninoasă a deșerturilor zerrikane, diavolul întrupat, mâncător nesătul de oameni! N-ați mai văzut încă așa un monstru, lume, lume! Proaspăt prins, adus cu corabia de pe marea Korab! Ia uitați-vă, ia uitați-vă cu ochii voștri la basiliscul viu și nevătămat, pentru că n-o să-l mai vedeți nicăieri și niciodată! Ultima ocazie! Aici, la mine, numai pentru trei cincane! Moșnegii și copiii numai pentru două cincane!

– Ha! a spus Ciri, îndepărtând o viespe de pe pară. Basilisc? Viu? Trebuie să-l văd. Până acum l-am văzut doar în gravuri. Haide, Fabio!

– Nu mai am bani...

– Am eu. Plătesc și pentru tine. Hai, fără frică!

– Șase, te rog. Ciupitul s-a uitat la cincanele aruncate în palmă. Trei cincane de căciulă. E mai ieftin pentru femeile cu copii.

– El – Ciri a arătat spre Fabio cu para în mână – este un copil. Iar eu sunt o babă.

– E mai ieftin pentru babele cu un copil în brațe, a mârâit. Fii drăguță și mai pune două cincane sau dați-vă la o parte și dați-le voie altora să treacă. Grăbiți-vă, oameni buni! Mai sunt doar trei locuri libere!

Dincolo de prelatele prinse de pari, oamenii se înghesuiau într-un inel dens care înconjura o platformă de scânduri, pe care se afla o cușcă acoperită cu un covor. După ce au intrat și ultimii spectatorii care au completat publicul, ciupitul a sărit pe platformă, a luat un baston și a ridicat covorul cu el. O duhoare scârboasă de reptilă a invadat aerul. Între spectatori s-a stârnit o rumoare, s-au îndepărtat ușor.

– Faceți bine, oameni buni, a spus ciupitul, și nu stați prea aproape, că e primejdios!

În cușcă, vizibil prea strâmtă pentru ea, zăcea o șopârlă mare, acoperită cu solzi de culoare închisă și cu desene ciudate. Când ciupitul a lovit cușca cu bastonul, reptila a început să se dea de ceasul morții, să-și hârșâie solzii de gratiile cuștii, să-și întindă gâtul lung și să șuiere pătrunzător, dezvelindu-și dinții conici ascuțiți, albi, în contrast puternic cu solzii închiși la culoare, pliați în jurul botului. Audiența a oftat zgomotos în cor. A fost acompaniată de lătratul strident al unui cățel lățos, ținut în brațe de o femeie cu alură de negustoreasă ambulantă.

– Uitați-vă bine, oameni buni! a strigat ciupitul. Și bucurați-vă că așa ceva nu trăiește prin părțile noastre! Acesta este un basilisc monstruos din îndepărtata Zerrikania! Nu vă apropiați, nu vă apropiați, pentru că, chiar și dintr-o cușcă închisă, vă poate otrăvi cu răsuflarea lui!

Ciri și Fabio și-au croit, în cele din urmă, drum prin inelul publicului, până în față.

– Basiliscul, a continuat ciupitul de la înălțime, sprijinindu-se în baston ca un gardian într-o halebardă, e cea mai veninoasă fiară din lume! Căci basiliscul este regele viperelor! Dacă ar fi mai multe basiliscuri, lumea s-ar duce de râpă! Din fericire, monstrul e foarte rar, deoarece este zămislit dintr-un ou clocit de cocoș. Cum știm cu toții, oameni buni, nu orice cocoș clocește ouă, ci numai cei scârnavi, care își pun târtița la bătaie, ca găinile.

Spectatorii au izbucnit în râs, ca un cor, la gluma anterioară sau mai degrabă posterioară. Doar Ciri nu râdea, ci urmărea tot timpul cum se zvârcolește ființa speriată de zgomot, lovind gratiile cuștii și mușcându-le, străduindu-se în zadar să-și desfacă membranele sfâșiate ale aripilor în cușca prea strâmtă.

– Ouăle fecundate de un asemenea cocoș, a continuat ciupitul, trebuie făcute de o sută unu șerpi veninoși! Iar când basiliscul eclozează...

– Nu e niciun basilisc! a zis Ciri, mușcând din bergamotă.

Ciupitul s-a uitat la ea pieziș.

– ...când eclozează basiliscul, după cum spuneam, a continuat el, atunci mănâncă toți șerpii din cuib, le absoarbe veninul, fără să pățească nimic. Înmagazinează atâta venin, încât poate ucide nu numai cu dinții sau numai cu atingerea, ci și doar cu răsuflarea! Iar dacă un cavaler călare străpunge basiliscul cu sulița, veninul urcă de-a lungul armei omorându-i pe loc și pe călăreț, și pe cal!

– Ba nu-i adevărat, l-a contrazis Ciri tare, scuipând o sământă.

– E adevărul gol-goluț! a protestat ciupitul. Omoară și calul, și călărețul!

– Exact!

– Taci din gură, fetițo! a apostrofat-o negustoreasa cu cățelul. Ia, nu-ți mai băga tu nasul! Vrem să ascultăm și să ne minunăm!

– Ciri, oprește-te! i-a șoptit Fabio, trăgând-o într-o parte.

Ciri a bombănit ceva întinzându-și mâna în coș după altă pară.

– Înaintea basiliscului – a ridicat vocea ciupitu, dornic să acopere rumoarea crescândă a spectatorilor – nici bine nu i se aude fâșâitul, că toate vietățile o iau la sănătoasa. Toate animalele, chiar și balaurul, da' ce spun eu, crocodilul chiar și crocodilul, pfui, e cel mai groaznic, cine l-a văzut știe. O singură vietate nu se teme de basilisc, și anume beica. Când dă peste monstru în deșert, beica fuge mâncând pământul prin pădure, unde caută niște ierburi cunoscute numai de ea și le mănâncă. Apoi veninul basiliscului n-o mai poate ataca, pe când mușcătura ei poate fi cauzatoare de moarte...

Ciri a pufnit în râs, a țuguiat buzele și a scos un zgomot prelung și neobișnuit.

– Hei, deșteapta pământului! n-a mai răbdat ciupitul. Dacă nu-ți place, valea! Nu ești obligată să asculți sau să te uiți la basilisc!

– Nu-i niciun basilisc.

– Serios? Și atunci, ce este, domniță Știetot?

– Un vyvern, a afirmat Ciri, aruncând codiţa perei şi lingându-şi degetele. Un vyvern obişnuit. Un pui mic, flămând şi murdar. Doar un vyvern şi-atât. În Graiul mai Vechi: wyvern.

– O, ia te uită! a strigat ciupitul. Cu ce fată isteaţă şi educată avem de-a face! Ia mai tacă-ţi fleanca, că de nu...

– Hei, gata! a intervenit un tinerel blond, cu o baretă de catifea şi cu o mantie fără stemă, ţinând după umeri o fată delicată şi fragilă, într-o rochie de culoarea caisei. Uşurel, dresorule! N-o ameninţa pe nobila domniţă, că faci cunoştinţă cu spada mea! Ca să nu mai spun că ceva pute a înşelătorie aici!

– Ce înşelătorie, tinere cavaler? a zis sugrumat ciupitul. Minte mucoasa asta... Adică am vrut să zic că se înşală domniţa nobilă din naştere! Acesta este un basilisc!

– Acesta este un vyvern, l-a contrazis iar Ciri.

– Cum să fie?! E un basilisc! Ia, uita-ţi-vă bine la el, cât e de aspru, cât e de şuierător, cum muşcă din zăbrelele cuştii! Ce dinţi are! Dantura, vă spun eu, o are ca...

– Ca un vyvern, a făcut Ciri o grimasă.

– Dacă tot te pricepi aşa de bine, a ţintuit-o ciupitul cu o privire cu care nu i-ar fi fost ruşine unui basilisc autentic, hai mai aproape! Vino, ca să-ţi sufle în faţă! Ca să vadă toată lumea cum o să te trântească la pământ dintr-o răsuflare! Hai, treci încoace!

– Cu dragă inimă!

Ciri şi-a tras mâna din mâna lui Fabio şi a făcut un pas înainte.

– Nu voi îngădui aşa ceva! s-a scandalizat junele bălai, abandonându-şi tovarăşa de culoarea caisei şi ţinându-i calea lui Ciri. Nu se poate! Te expui prea mult, drăguţă domniţă.

Ciri, căreia încă nu i se adresase nimeni aşa, s-a îmbujorat uşor, s-a uitat la tinerel, şi-a fluturat genele aşa cum încercase de multe ori cu scribul Jarre.

– Nu e niciun risc, nobile cavaler, i-a zâmbit seducător, în pofida avertizărilor lui Yennefer, care îi amintise de-atâtea ori parabola cu nebunul şi brânza. N-o să mi se întâmple nimic. Respiraţia veninoasă nu-i decât o născocire.

– Aș vrea – tinerelul și-a pus mâna pe montura spadei – să fiu lângă tine. Ca să te protejez și să te apăr... Îmi îngădui?

– Îți îngădui.

Ciri nu știa de ce expresia de furie a fetei în rochie de culoarea caisei îi dădea atâta satisfacție.

– Eu o protejez și o apăr! a ridicat Fabio capul și l-a privit sfidător pe scutier. Și-o să mă duc cu ea!

– Oameni buni, a înălțat Ciri capul, mai multă demnitate! Nu vă împingeți! E loc pentru toată lumea.

Inelul de spectatori se agita și murmura, în timp ce ea se îndrepta curajoasă spre cușcă, simțind în ceafă respirația ambilor băieți. Vyvernul furios șuiera și se zbătea, o duhoare de reptilă îi lovea nările lui Ciri. Fabio gâfâia zgomotos, dar Ciri nu s-a întors. S-a apropiat, și-a întins mâna, mai avea puțin și atingea cușca. Monstrul s-a năpustit asupra gratiilor, încercând să le roadă cu dinții. Mulțimea s-a unduit din nou, cineva a țipat.

– Ei bine, ce spuneți? s-a întors Ciri mândră, cu mâinile în șold. Am murit? Oare m-a otrăvit monstrul veninos? Este ăsta basilisc cum sunt eu...

S-a oprit, văzând paloarea de pe chipurile lui Fabio și al scutierului. S-a întors și a băgat de seamă că două gratii se îndoaie sub presiunea jivinei furioase, scoțând cuiele ruginite din cadru.

– Fugiți! a strigat ea din rărunchi. Se rupe cușca!

Spectatorii se buluceau țipând spre ieșire. Câțiva au încercat să treacă prin prelată, dar s-au încurcat unii pe alții, s-au prăvălit într-o colcăială zumzăitoare. Scutierul a apucat-o de braț pe Ciri chiar în momentul în care încerca să sară în lateral, drept urmare s-au dezechilibrat, s-au clătinat și, în cădere, i-au pus piedică lui Fabio. Cățelul lățos al negustoresei ambulante lătra, ciupitul de vărsat de vânt înjura, iar fata în caisiu țipa strident.

Gratiile de la cușcă s-au rupt cu un scrâșnet, vyvernul a țâșnit. Ciupitul de vărsat de vânt a sărit de pe platformă și a încercat să-l oprească cu bastonul, dar dihania l-a dezarmat dintr-o singură lovitură, s-a ghemuit pe labe și l-a biciuit cu coada spinoasă, transformându-i obrazul ciupit de vărsat de vânt într-un terci sângeros. Lighioana și-a desfăcut aripile sfâșiate și le-a fluturat, încercând să decoleze de pe platformă pentru a se năpusti asupra scutierului, lui Ciri și lui Fabio. Fata în caisiu a leșinat și a căzut lată, cu fața în sus. Ciri s-a încordat să facă un salt, dar și-a dat seama că nu are timp.

Au fost salvați de cățelul lățos, desprins din mâinile negustoresei, care se răsturnase și se înfășurase în fustele ei, vreo șase la număr. Lătrând subțire, cățelul s-a aruncat spre monstru. Vyvernul a șuierat, s-a ridicat, l-a sfâșiat cu ghearele, s-a arcuit spontan într-o mișcare șerpuitoare, și-a înfipt dinții în gâtul lui. Cățelul a schelălăit sălbatic.

Scutierul s-a ridicat în genunchi, și-a întins mâna, dar nu mai dădea de montura spadei, pentru că Ciri fusese mai rapidă. A scos spada din teacă cu o mișcare fulgerătoare, sărind în semirotație. Vyvernul s-a ridicat, capul sfârtecat al câinelui îi atârna din botul dințos.

Toate mișcările învățate în Kaer Morhen, după cum se părea, Ciri le executa de la sine, aproape fără voința și participarea ei. A înjunghiat în burtă vyvernul năucit și imediat s-a rotit în eschivă, dar lighioana năpustită asupra ei a căzut pe nisip, țâșnindu-i sângele. Ciri a sărit peste ea, evitându-i cu maximă dexteritate coada tremurândă și, cu fermitate, acuratețe și forță a înjunghiat-o la gât, după care a sărit în lateral din reflex, mișcare care s-a dovedit inutilă, aplicându-i o ultimă lovitură, de această dată zdrobindu-i șira spinării. Vyvernul s-a răsucit și a încremenit, numai coada spinoasă se mai unduia și se mai zbătea, împrăștiind nisipul în jur.

Ciri i-a strecurat repede scutierului spada însângerată în mână.

– Primejdia a trecut! Le-a strigat ea mulțimii puse pe fugă și spectatorilor care încă se mai chinuiau să iasă din împleticeala prelatei. Monstrul a fost ucis! Acest cavaler curajos l-a pus la pământ...

Dintr-odată, a simțit o senzație de sugrumare și de vârtej în stomac, ochii i s-au întunecat. Ceva cu o forță teribilă o lovise atât de tare din spate, încât îi clănțăneau și dinții. S-a uitat în jur dezorientată. În zadar, fusese ceva din pământ.

– Ciri... i-a șoptit Fabio îngenunchind lângă ea. Ce-ai pățit? Pe toți zeii, ești albă ca varul...

– Păcat, a îngăimat ea, că nu te vezi pe tine însuţi!

Oamenii roiau în jurul ei. Unii loveau vyvernul cu bastoane şi obiecte contondente, alţii îl pansau pe ciupit, alţii îl aplaudau pe scutierul eroic, curajosul ucigaş de monştri, singurul care-şi păstrase luciditatea şi împiedicase masacrul. Scutierul o îmbrăţişa pe domniţa în caisiu, uitându-se uluit la lama spadei, murdărită cu dâre de sânge care începeau să se usuce.

– Eroul meu... Domniţa în straie de culoarea caisei s-a trezit, şi-a aruncat braţele în jurul gâtului lui. Salvatorul meu! Iubitul meu!

– Fabio, i-a zis Ciri cu un glas stins, văzându-i pe gardienii oraşului împingând mulţimea, ajută-mă să mă ridic şi să ne luăm tălpăşiţa! Repede!

– Bieţii copii... o femeie corpolentă, cu pălărie, s-a uitat la ei când se strecurau din mulţime. Aţi avut noroc. O, dacă nu era cavalerul curajos, ochii mamelor voastre ar fi lăcrimat de mama focului!

– Ia vedeţi cine e tânărul curajos! a strigat un meşter cu şorţ de piele. Merită o centură şi pinteni pentru fapta sa!

– Iar dresorul să fie dus la stâlp! Bastoane, bice! Un asemenea monstru în târgul nostru, printre oameni...

– Apă, mai repede! Domniţa a leşinat din nou!

– Sărăcuţa mea Musculiţă! – negustoreasa ambulantă a zbierat, aplecată peste ceea ce mai rămăsese din căţeluşa lăţoasă. Căţeluşa mea, sărăcuţa! Lumeeee! Prindeţi fata, nenorocita, care a înfuriat balaurul! Unde-o fi? Puneţi mâna pe ea! Nu dresorul e de vină, ci numai din cauza ei s-a petrecut totul!

Gardienii târgului, sprijiniţi de numeroşi voluntari, au reuşit să străbată mulţimea şi să se uite în jur. Ciri şi-a stăpânit vertijul.

– Fabio, a şoptit ea, ne despărţim. Ne întâlnim într-un moment pe străduţa pe care am venit. Du-te! Şi, dacă cineva te opreşte şi te întreabă de mine, nu mă cunoşti şi nu ştii cine sunt.

– Dar... Ciri...

– Du-te!

A strâns în pumn amuleta de la Yennefer şi a murmurat vraja de activare. Vraja a acţionat rapid, exact la timp. Gardienii, care deja se împingeau spre ea, se opreau debusolaţi.

– Ce naiba? s-a mirat unul dintre ei uitându-se, aparent, direct în ochii lui Ciri. Unde-i? Tocmai am văzut-o, la naiba...

– Acolo, acolo! a strigat altul, arătând în partea cealaltă.

Ciri s-a întors și s-a îndepărtat, încă tulburată și slăbită de creșterea adrenalinei și de activarea amuletei. Amuleta a funcționat exact așa cum ar fi trebuit: absolut nimeni nu a văzut-o și nimeni nu a băgat-o în seamă. Absolut nimeni. Ca urmare, înainte de a ieși din mulțime, a fost lovită, călcată și îmbrâncită de nenumărate ori. Miraculos, a evitat să-i fie zdrobit pieptul de o lădiță de lemn, căzută dintr-un car. Ochiul ei mai avea puțin și era împuns cu o furcă. Vrăjile, așa cum constatase, aveau și ele părțile lor bune și rele – și la fel de multe avantaje, ca și dezavantaje.

Amuleta n-a mers mult. Ciri nu avea suficientă putere s-o controleze și să prelungească durata vrăjii. Din fericire, vraja a încetat să mai acționeze la momentul potrivit: când a ieșit din mulțime și l-a văzut pe Fabio așteptând-o pe străduță.

– O! i-a spus băiatul. Of, Ciri. Ești. Mi-am făcut griji...

– De pomană. Să mergem, mai repede. E trecut de amiază, trebuie să ne întoarcem.

– Te-ai descurcat destul de bine cu monstrul, se uita admirativ băiatul la ea. Te-ai descotorosit repede de el! De unde ai învățat?

– Ce? Vyvernul a fost ucis de scutier.

– Ba nu. Am văzut...

– N-ai văzut nimic! Te rog, Fabio, nu sufla niciun cuvânt nimănui. Nimănui. Și mai ales domniței Yennefer. Ce-mi face, dacă află...

A tăcut.

– Cei de acolo, a arătat ea înapoi, către piață, aveau dreptate. Eu l-am înfuriat pe vyvern... Din cauza mea...

– N-ai nicio vină, a negat Fabio. Cușca era putredă, vai de ea! Se putea rupe în orice moment, peste un ceas, mâine, poimâine... E mai bine că s-a întâmplat acum, pentru că i-ai salvat...

– Scutierul i-a salvat! a strigat Ciri. Scutierul! Să-ți intre bine în cap! Îți zic, dacă mă spui, te voi preschimba în... Ceva groaznic! Știu farmece! Te voi vrăji...

– Hei! s-a auzit din spatele lor. Gata!

Una dintre femeile din urma lor avea părul închis la culoare, lins, ochii strălucitori și buzele subțiri. Purta pe umeri o mantie scurtă, din satin purpuriu, împodobită cu blană de pârș.

– De ce nu ești la școală, adepto? a întrebat-o pe Ciri rece, măsurând-o cu o privire pătrunzătoare.

– Stai puțin, Tissaia! a intervenit cealaltă femeie, mai tânără, cu părul deschis și înaltă, într-o rochie verde, cu decolteu adânc. N-o cunosc. Poate că nu este...

– Este, a întrerupt-o femeia cu părul închis. Sunt sigură că e una dintre fetele tale, Rita. La urma urmei, nu le știi pe toate. O fi una dintre cele care au scăpat de la Loxia în debandada din timpul mutărilor. Să vezi cum ne recunoaște de îndată. Ei bine, aștept.

– Ce? s-a încruntat Ciri.

Femeia și-a strâns buzele subțiri, ajustându-și manșetele mânecilor.

– De la cine ai furat amuleta de camuflaj? Sau poate ți-a dat-o cineva?

– Ce?

– Nu-mi pune răbdarea la încercare, adepto! Numele, clasa, numele preceptoarei! Repejor!

– Ce?

– O faci pe proasta, adepto? Numele! Care ți-e numele? Ciri își încleșta dinții, iar în ochi i se aprinsese o vâlvătaie verde.

– Anna Ingeborga Klopstock, a îngăimat rușinată.

Femeia a ridicat mâna, iar Ciri a înțeles imediat gravitatea greșelii. O singură dată, Yennefer, sătulă de mofturile ei, i-a demonstrat cum funcționează farmecul paralizant. Senzația era groaznică. Și acum a fost la fel.

Fabio a scos un strigăt mut și s-a repezit la ea, dar cealaltă femeie, cu părul deschis, l-a apucat de guler și l-a anihilat. Băiatul a încercat să opună rezistență, dar brațul femeii era tare ca fierul. Ciri nu putea să-și miște nici măcar un deget. Simțea că-i cresc încet rădăcini în pământ. Femeia cu părul închis s-a aplecat înspre ea pironindu-și ochii strălucitori în cei ai fetei.

– Nu sunt o susținătoare a pedepselor corporale, a spus cu o voce de gheață, aranjându-și din nou manșetele mânecilor. Dar voi face tot ce-mi stă în putință ca să fii pedepsită. Nu pentru neascultare, nici pentru furtul amuletei și nici pentru chiul. Nici că porți haine civile, că mergi cu un băiat și că vorbești cu el anumite lucruri despre care ți s-a atras atenția să nu pomenești. Vei fi biciuită că n-ai fost în stare s-o recunoști pe marea maestră.

– Nu! a strigat Fabio. Nu-i faceți niciun rău, nobilă domniță! Sunt un scrib la banca domnului Molnar Giancardi, iar fata e...

– Ciocul mic! a strigat Ciri. Cio...

Farmecul a fost aruncat rapid și brutal. A simțit sânge în gură.

– Ei bine? l-a îndemnat cea cu părul deschis pe Fabio, eliberându-l din strânsoare și aranjându-i gulerul răsucit. Hai, vorbește! Cine-i domnița asta grozavă?

Margarita Laux-Antille a ieșit plescăind apa din piscină și stropind în jur. Ciri nu s-a putut abține să n-o urmărească. O văzuse goală pe Yennefer de mai multe ori și nu-i trecea prin cap că cineva ar putea avea o siluetă mai frumoasă. Se înșelase. La vederea trupului Margaritei Laux-Antille ar fi crăpat de invidie până și statuetele de marmură ale zeițelor și nimfelor.

Magiciana a luat ciubărul cu apă rece și l-a turnat peste bust, înjurând obscen și scuturându-se.

– Hei, fetițo! i-a făcut un semn lui Ciri. Fii drăguță și dă-mi un prosop! Ei, ia nu te mai holba atât la mine!

Ciri a oftat ușor, încă ofuscată. După ce Fabio le-a dezvăluit cine era ea, magicienele au târât-o prin jumătate de târg, făcând-o de râs. În banca lui Giancardi, problema s-a lămurit pe loc. Magicienele și-au cerut iertare de la Yennefer, justificându-și atitudinea. Ideea era că adeptele de la Aretuza fuseseră temporar transferate la Loxia, pentru ca spațiile școlare să fie transformate în săli pentru participanții la congresul magicienilor. Profitând de învălmășeala din timpul mutării, mai multe adepte fugiseră din Thanedd și începuseră să cutreiere târgul. Margarita

Laux-Antille și Tissaia de Vries, alarmate de activarea amuletei lui Ciri, o luaseră drept o adeptă hoinară.

Magicienele și-au cerut iertare de la Yennefer, dar niciuna nu s-a gândit să-și ceară iertare și de la Ciri. Yennefer, ascultându-le, se uita la Ciri, care își simțea urechile arzând. Dar cel mai rău o pățise Fabio - Molnar Giancardi îl săpunise pe băiat, de-i dăduseră lacrimile. Lui Ciri îi era milă, dar în același timp era mândră de el - Fabio se ținuse de cuvânt și nu scosese nici măcar un cuvânt despre vyvern.

Yennefer, după cum se dovedise, le cunoștea foarte bine pe Tissaia și pe Margarita. Magicienele au invitat-o la „Stârcul de Argint", cel mai bun și mai scump han din Gors Velen, unde trăsese Tissaia de Vries când ajunsese, întârziind astfel, din motive cunoscute doar de ea, plecarea spre insulă. Margarita Laux-Antille, care, după cum s-a aflat mai târziu, era rectorul Aretuzei, a acceptat invitația magicienei mai vârstnice și au împărțit o odaie un timp. Hanul era cu adevărat luxos - avea o baie proprie la subsol, pe care Margarita și Tissaia au închiriat-o pentru uzul lor exclusiv, plătind o sumă frumușică. Yennefer și Ciri, bineînțeles, au fost îmbiate să se bucure de baie, așa că au alternat tuspatru săriturile în piscină cu sauna, bârfind ore în șir.

Ciri i-a dat prosopul magicienei. Margarita i-a mângâiat ușor obrazul. Ciri a oftat din nou și a sărit în piscină, în apa cu parfum de rozmarin.

– Înoată ca o foculiță, a râs Margarita, întinzându-se lângă Yennefer pe șezlongul de lemn. Și e grațioasă ca o naiadă. Mi-o dai, Yenna?

– De aceea am adus-o aici.

– În ce clasă trebuie să o înscriu? Știe elementele de bază?

– Le știe. Dar să înceapă ca toate celelalte, cu pregătitoarea. Nu-i strică.

– Bine gândit! a fost de acord Tissaia de Vries, ocupându-se cu aranjarea ulcelelor pe masa de marmură, acoperită cu un strat de vapori condensați. Bine gândit, Yennefer! Îi va fi mai ușor dacă va începe odată cu celelalte novice.

Ciri a țâșnit din piscină, s-a așezat pe marginea acesteia, și-a răsucit părul, plescăind apa cu picioarele. Yennefer și Margarita bârfeau leneș, din când în când își ștergeau fețele cu cârpe înmuiate în apă rece. Tissaia, înfășurată modest într-un prosop, nu s-a alăturat conversației, dând impresia că e complet absorbită de ordonarea lucrurilor de pe masă.

– Cu umilință îmi cer iertare, stimabile domnițe! a exclamat de sus brusc stăpânul invizibil al hanului. Vă rog să mă iertați că îndrăznesc să vă întrerup, dar... Un ofițer vrea s-o vadă urgent pe domnița de Vries! Spune că nu suferă amânare!

Margarita Laux-Antille a chicotit și i-a făcut cu ochiul lui Yennefer, apoi și-au lăsat să le alunece prosoapele de pe sâni ca la comandă, dezvelindu-și șoldurile, și au adoptat o poză destul de sofisticată și foarte sfidătoare.

– Lasă ofițerul să intre! a strigat Margarita, reținându-și râsetele. E bine venit! Suntem gata!

– Ca niște copii, a suspinat Tissaia de Vries, scuturând din cap. Acoperă-te, Ciri!

Ofițerul a intrat, dar glumele magicienelor au avut parte de un fiasco. Ofițerul nu s-a zăpăcit când le-a văzut, nu s-a înroșit, n-a rămas cu gura căscată, nu s-a zgâit cu ochi rotunzi. Pentru că ofițerul era o femeie. O femeie înaltă, subțire, cu o cosiță neagră groasă și o spadă pe spate.

– Coniță, i s-a adresat femeia uscată, arcuită ușor spre Tissaia de Vries, și astfel zornăindu-și zalele. Dați-mi voie să raportez îndeplinirea poruncii. Vă cer îngăduința să mă întorc la garnizoană.

– De acord, i-a răspuns Tissaia scurt. Mulțumesc pentru escortă și pentru ajutor. Drum bun.

Yennefer s-a așezat pe șezlong, uitându-se la cocarda de pe brațul ofițerului, cu negru, roșu și auriu.

– Oare nu cumva te cunosc?

Ofițerul s-a înclinat cu rigiditate, și-a șters fața transpirată. Baia era fierbinte și purta armură de zale și un caftan de piele.

– Am fost de multe ori la Vengerberg, a spus ea, coniță Yennefer. Mă cheamă Rayla.

– Judecând după cocardă, te afli în slujba trupelor speciale ale regelui Demawend?

– Da, coniță.

– Rangul?

– Căpitan.

– Foarte bine, a râs Margarita Laux-Antille. În armata lui Demawend, după cum constat cu satisfacție, au început în cele din urmă să-i ridice la rangul de ofițer pe soldații care au ouă.

– Pot să plec? s-a îndreptat ofițerul, sprijinindu-și mâna pe montura spadei.

– Poți.

– Ți-am simțit dușmănia din glas, Yenna, i-a spus Margarita după o clipă. Ce ai cu duduia căpitan?

Yennefer s-a ridicat și a luat două cești de pe masă.

– Ai văzut stâlpii de la răscruci? a întrebat-o. N-aveai cum să nu-i fi văzut, n-aveai cum să nu fi simțit duhoarea leșurilor în putrefacție. Stâlpii ăștia sunt ideea și munca lor. Ai ei și ai subalternilor ei din detașamentele speciale. O bandă de sadici!

– E război, Yennefer. Rayla și-a văzut de multe ori tovarășii de arme căzuți vii în labele Veverițelor. Atârnați de mâini în copaci, ținte pentru săgeți. Orbiți, castrați, cu picioarele arse pe ruguri. Atrocitățile comise de Scoia'tael sunt demne de Falka însăși.

– Nici metodele detașamentelor speciale nu sunt departe de metodele Falkăi. Dar nu despre asta e vorba, Rita. Nu mă înduioșează soarta elfilor, știu ce înseamnă războiul. Știu și cum se câștigă războaiele. Datorită soldaților care, cu convingere și devotament, se jertfesc pentru apărarea țării, pentru apărarea gospodăriilor lor. Nu datorită celor ca Rayla, mercenari care luptă pentru bani, care nu pot și nu vor să se sacrifice. Nici măcar nu știu ce înseamnă sacrificiul. Și, chiar dacă află, îl disprețuiesc.

– Lasă-i naibii cu sacrificiul și disprețul lor! Ce ne pasă? Ciri, pune-ți ceva pe tine și sari să ne mai aduci o carafă! Am chef să mă îmbăt azi.

Tissaia de Vries a oftat, scuturând din cap. Ceea ce nu i-a scăpat atenției Margaritei.

– Din fericire, a chicotit, nu mai suntem în școală, dragă maestră. Ne e permis să facem ce ne place.

– Chiar și în prezența unei viitoare adepte? a întrebat-o Tissaia sardonic. Eu, când eram rector în Aretuza...

– Ne aducem aminte și încă cum, a continuat Yennefer cu un zâmbet. Chiar dacă am vrea, n-avem cum să uităm. Du-te după carafă, Ciri!

Sus, așteptând carafa, Ciri a asistat la plecarea ofițerului și a gărzii sale formate din patru soldați. Le-a urmărit cu curiozitate și admirație atitudinea, îmbrăcămintea și armele. Rayla, căpitanul cu cosiță neagră, se certa cu stăpânul hanului.

– N-am de gând să aștept până în zori! Ce-mi pasă că porțile sunt închise! Vreau să fiu imediat în spatele zidurilor! Știu că hanul are poterna lui în spatele grajdurilor! Îți poruncesc s-o deschizi!

– Regulamentul...

– Ei, rahat cu mac! Execut poruncile maestrei de Vries!

– Bine, căpitane, nu mai striga atâta. Îți deschid...

Poterna menționată s-a dovedit a fi o trecere îngustă, solidă, care ducea direct dincolo de zidurile târgului. Până când i-a fost adusă carafa, Ciri a văzut poterna deschisă, precum și pe Rayla și garda sa ieșind în noapte.

A căzut pe gânduri.

– Ei bine, în sfârșit, s-a bucurat Margarita, nu-i sigur dacă văzând-o pe Ciri sau carafa pe care o ducea.

Ciri a pus carafa pe masă – evident cum nu trebuia, pentru că Tissaia de Vries a repoziționat-o imediat. Turnând, Yennefer a stricat aranjamentul, iar Tissaia a trebuit să o rearanjeze din nou. Ciri și-a imaginat-o pe Tissaia profesoară și s-a îngrozit.

Yennefer și Margarita s-au întors la conversația întreruptă, fără să uite de carafă. Lui Ciri i-a fost clar că în curând va trebui să se ducă din nou după alta. A căzut pe gânduri, ascultând vorbele magicienelor.

– Nu, Yenna, a scuturat din cap Margarita. Nu ești la curent, din câte văd. Am rupt-o cu Lars. S-a terminat. *Elaine deireádh*, vorba elfilor.

– Și de-aia vrei să te îmbeți?

– Printre altele, a spus Margarita Laux-Antille. Sunt tristă, nu mă ascund. La urma urmei, am fost împreună patru ani. Dar a trebuit să mă despart de el. Din coada câinelui nu faci sită de mătase...

– Mai ales, a pufnit Tissaia de Vries, uitându-se la licoarea aurie pe care o agita în ulcică, că Lars era căsătorit.

– Asta e, s-a resemnat magiciana. Cred că n-are nicio importanță. Toți bărbații atrăgători de vârsta mea sunt căsătoriți, n-am ce face. Lars m-a iubit și mi s-a părut o vreme că..., ce să spun? Voia prea mult. Îmi amenința libertatea și mă săturasem de ideea lui obsesivă de monogamie. De altfel, ți-am urmat exemplul, Yenna. Îți amintești de discuția din Vengerberg? Când ai decis să te desparți de vrăjitorul tău? Te-am sfătuit atunci să te mai gândești, ți-am spus că nu întâlnești dragostea pe toate drumurile. Dar tot tu aveai dreptate. Dragostea cu dragostea, iar viața cu viața. Iubirea trece...

– N-o asculta, Yennefer! a intervenit rece Tissaia. E amărâtă și plină de regrete. Știi de ce nu vine la banchetul de la Aretuza? Pentru că îi e rușine să se arate acolo fără bărbatul cu care a fost împreună patru ani. Pe care l-a trădat. Pe care l-a pierdut pentru că nu i-a putut aprecia dragostea.

– Oare n-ar fi mai bine să vorbim despre altceva? a sugerat Yennefer, aparent neafectată, dar cu o voce ușor schimbată. Ciri, mai toarnă-ne! La naiba, ce mică e carafa asta! Fii drăguță, mai adu una!

– Adu două! a plusat Margarita râzând. Ca răsplată, vei primi și tu o dușcă și privilegiul de a sta cu noi, ca să nu mai trebuiască să tragi cu urechea. Educația ta începe aici, chiar acum, înainte de a ajunge la mine, la Aretuza.

– Educație! a ridicat Tissaia ochii spre tavan. Pe toți zeii!

– Şşşt, dragă maestră! Margarita şi-a dat o palmă peste coapsa umedă, făcând-o pe furioasa. Acum eu sunt rectorul şcolii! N-ai reuşit să mă pici la examenele finale!

– Regret.

– Şi eu. Închipuiţi-vă! Aş fi practicat acum în particular, aşa, ca Yenna, n-ar mai trebui să mă omor cu adeptele, să le şterg mucii de la nas plângăcioaselor sau să-mi bat capul cu cele recalcitrante. Ciri, ascultă-mă şi ia aminte. O magiciană acţionează mereu. Malefic sau benefic, se va vedea mai târziu. Dar trebuie să acţionăm, să luăm cu îndrăzneală viaţa de coarne. Crede-mă, îmi pare rău doar pentru inacţiune, indecizie şi ezitare. Faptele săvârşite şi hotărârile luate, deşi uneori mi-au adus tristeţe şi remuşcări, nu le regret. Uită-te la coniţa asta serioasă, care gesticulează pedant şi dă ordine în stânga şi-n dreapta! E Tissaia de Vries, mare maestră, care a instruit zeci de magiciene. Învăţându-le să acţioneze. Că nehotărârea...

– Las-o în pace, Rita!

– Tissaia are dreptate, i-a spus Yennefer, încă privind în colţul băii. Încetează! Ştiu că eşti tristă din cauza lui Lars, dar nu-l transforma într-o lecţie de viaţă. Fata mai are destulă vreme pentru astfel de lecţii. Şi oricum nu le va învăţa la şcoală. Ciri, du-te şi umple carafa!

Ciri s-a ridicat. Era complet îmbrăcată.

Şi pe deplin hotărâtă.

– Ce? a urlat Yennefer. Cum adică? Cum a plecat?

– A poruncit... a bâiguit hangiul, aplecându-se şi împingându-şi spatele în perete. A poruncit să-i înhămăm iapa...

– Şi tu ai ascultat-o? În loc să vii la noi să ne anunţi?

– Coniţă! Da' de unde era să ştiu? Eram sigur că vă îndeplineşte poruncile... Nici nu mi-a trecut prin gând...

– Tâmpitul naibii!

– Calmează-te, Yennefer! Tissaia şi-a dus mâna la frunte. Nu te lăsa copleşită de emoţii! E noapte. N-o vor lăsa să iasă pe poartă.

– Mi-a poruncit, a şoptit hangiul, să-i deschidem poterna...

– Și i-ați deschis-o?

– Cu congresul ăsta, coniță, și-a coborât hangiul privirea, într-un târg plin de magicieni... Oamenii se tem, nimeni nu îndrăznește să le stea în cale... Cum aș fi putut s-o refuz? Ea a vorbit la fel ca dumneata, coniță, avea același glas... Și arăta la fel... Nimeni nu a îndrăznit nici măcar s-o privească în ochi, ce să mai vorbim de întrebări... Semăna leit cu dumneata... Din toate punctele de vedere... Mi-a cerut toc și cerneală și a scris o scrisoare.

– Dă-mi-o!

Tissaia de Vries a fost cea mai rapidă. Și a citit cu voce tare:

Coniță Yennefer!

Iartă-mă. Mă duc la Hirundum pentru că vreau să-l văd pe Geralt. Înainte de a merge la școală, vreau să-l văd. Iartă-mă pentru neascultare, dar trebuie. Știu că mă vei pedepsi, dar nu vreau să regret indecizia și ezitarea. Dacă o fi să regret, măcar să fie pentru fapte și acțiune. Sunt o magiciană. Îmi iau viața de coarne. Mă întorc când pot.

Ciri

– Asta e tot?

– Mai e și un post-scriptum:

Spune-i Ritei că nu va trebui să-mi șteargă mucii la școală.

Margarita Laux-Antille și-a clătinat capul cu neîncredere. Iar Yennefer a înjurat. Cârciumarului i s-a suit sângele la cap și a rămas cu gura căscată. Auzise multe înjurături la viața lui, dar ca astea, niciodată.

Briza sufla dinspre țărm spre mare. Valuri de nori se repezeau spre luna agățată deasupra pădurii. Drumul spre Hirundum era cufundat în beznă. Galopul devenise prea periculos. Ciri a încetinit, luând-o la trap. Nici măcar nu-i trecea prin gând să meargă la pas. Se grăbea.

Din depărtare se auzeau tunetele furtunii care se apropia, orizontul se lumina din când în când de la strălucirea fulgerelor care străpungeau întunericul, conturând dinții ferăstrăului format din vârfurile copacilor.

Își strunea calul. Era la o răscruce – calea se bifurca, ambele drumuri arătau la fel.

De ce nu mi-a spus nimic Fabio despre răscruce? Dar la urma urmei nu mai contează, nu mă rătăcesc niciodată, știu mereu ce direcție să aleg...

Bine, dar de ce nu știu acum încotro să mă îndrept?

O formă imensă i s-a deplasat deasupra capului fără niciun foșnet. Simțea că inima îi sare din piept și i se urcă pe esofag. Calul s-a învârtit, a zvârlit și a pornit în galop pe drumul din dreapta. L-a oprit după o clipă.

– Nu-i decât o bufniță obișnuită, a spus ea, încercând să se liniștească pe ea însăși și calul, o simplă pasăre... N-are de ce să-ți fie frică...

Vântul se întețea, norii întunecați acopereau complet luna. Însă în fața ei, în perspectiva drumului care șerpuia prin pădure, era o lumină. A călărit mai repede, nisipul zbura de sub copite.

Curând a trebuit să se oprească. Înaintea ei era o stâncă și apoi marea de pe fundul căreia ieșea stâlpul stâncos, negru, familiar al insulei. Din locul în care se afla nu se puteau observa luminile din Garstang, Loxia sau Aretuza. Vedea doar turnul solitar, înalt, care se ițea în Thanedd.

Tor Lara.

A răsunat vuietul unui tunet, iar un moment mai târziu i s-a alăturat banda orbitoare a fulgerului, care lega norii tulburi cu vârful turnului. Tor Lara se uita la ea cu ochii roșii ai ferestrelor, părea pentru o secundă că este un incendiu în interiorul turnului.

Tor Lara... Turnul Pescărușului... De ce mă înspăimântă acest nume minunat?

Vântul sufla printre copaci, ramurile gemeau, ochii lui Ciri se îngustau, praful și frunzele îi plesneau obrazul. Și-a întors iapa care fornăia și făcea nazuri. Și-a recăpătat orientarea. Insula

Thanedd îi indica nordul, ea trebuia să meargă spre vest. Drumul nisipos se desluşea în beznă ca o panglică albă, bine conturată. A luat-o la galop.

A vuit un tunet din nou, în lumina fulgerului, Ciri i-a văzut dintr-odată pe călăreți. Siluetele întunecate, neclare ocupau ambele părți ale drumului. A auzit un urlet.

– *Gar'ean!*

Fără să stea pe gânduri, şi-a cabrat calul, a tras de frâie, s-a întors şi a luat-o din nou la galop. În spatele ei, răcnete, şuierături, nechezături, ropot de copite.

– *Gar'ean! Dh'oine!*

Galop, ropot de copite, adiere de vânt. Tenebre în care sclipesc trunchiurile albe ale mestecenilor de pe marginea drumului. Tunet. Fulger, în lumina căruia doi călăreți încercau să-i taie calea. Unul dintre ei întinde mâna, vrea să-i ia frâiele. Are o coadă de veveriță pe căciulă. Ciri îi dă pinteni iepei, se apleacă şi se lipeşte de gâtul ei, iar impulsul o împinge într-o parte. În spatele ei, răcnete, şuierături, tunet. Fulger.

– *Spar'le, Yaevinn!*

Galop, galop! Mai iute, căluțule! Tunet. Fulger. Răscruce. În stânga! Nu mă rătăcesc niciodată. Din nou răspântie. La dreapta! La galop, căluțule! Iute, iute!

Drumul duce în sus, nisip sub copite, calul, deşi îndemnat, încetineşte...

În vârful dealului s-a uitat înapoi. Un alt fulger ilumina drumul. Complet gol. Şi-a ciulit urechile, dar nu putea auzi decât vântul care foşnea în frunze. A tunat.

Nu e nimeni aici. Veverițele... Doar o amintire de la Kaedwen. Trandafirule de la Shaerrawedd... Totul mi s-a năzărit. Nu e niciun suflet viu pe-aici, nimeni nu mă urmăreşte...

Vântul a plesnit-o. *Vântul suflă din pământ,* s-a gândit ea, *şi îl simt pe obrazul drept...*

M-am rătăcit.

Fulger. În lumina lui, suprafața mării străluceşte pe fondul conului negru al insulei Thanedd. Şi Tor Lara. Turnul Pescăruşului. Un turn care atrage ca un magnet... Dar nu vreau să merg în acest turn. Mă duc la Hirundum. Pentru că trebuie să-l văd pe Geralt.

A fulgerat din nou.

Un cal negru stătea între ea și stâncă. Și pe el stătea un cavaler cu coiful decorat cu aripile unei păsări de pradă. Aripile au fâlfâit dintr-odată, pasărea se pregătea de zbor...

Cintra!

O teamă paralizantă. Mâinile încleștate dureros pe dârlogi. Fulger. Cavalerul negru își fixează calul. În locul feței are o mască monstruoasă. Zbatere de aripi...

Calul a luat-o la galop din proprie inițiativă. Tenebre presărate cu fulgere. Pădurea se termină. Plescăit sub copite, mlaștină. În spatele ei, zgomotul aripilor unei păsări de pradă. Aproape... Tot mai aproape...

Un galop furios, ochii înlăcrimați de la curent. În lumina fulgerului care a spintecat cerul, Ciri a văzut arini și sălcii pe ambele părți ale drumului. Dar nu sunt copaci. Aceștia sunt slujitorii regelui Olch. Slujitorii cavalerului negru galopează în urma ei, iar aripile păsării de pradă îi fâlfâie pe coif. Monștrii strâmbi de pe marginile drumului își întind spre ea brațele noduroase, râd sălbatic, căscând scorburile negre din trunchiuri. Ciri se lipește de grumazul iepei. Crengile șuieră, îi șfichiuie fața, i se agață de haine. Trunchiurile scârțâie, trosnesc, scorburile rânjesc sardonic...

Leuța din Cintra! Copilul Sângelui mai Vechi!

Cavalerul negru este chiar în spatele ei, Ciri îi simte mâna încercând s-o ia de părul de la ceafă. Îndemnată printr-un strigăt, iapa se repede înainte, sare peste o barieră invizibilă, se împiedică în crengi, le rupe cu trosnete, se lovește...

A tras frâiele, s-a sprijinit în șa, și-a întors calul fornăitor. A strigat sălbatic, furios. Și-a scos spada din teacă, și-a răsucit-o deasupra capului. *Nu mai este Cintra! Nu mai sunt copil! Nu mai sunt lipsită de apărare! N-o să te las...*

– N-o să te las! N-o să mă mai atingi! N-o să mă mai atingi niciodată!

Iapa, cu plescăieli și clipoceli, s-a lansat în apă; îi ajungea până la burtă. Ciri s-a aplecat, a urlat, și-a îmboldit iapa cu călcâiele, a tras-o înapoi pe dig. *Iazurile,* s-a gândit ea. F*abio spunea ceva despre iazurile de pește. Aici este Hirundum. M-am descurcat. Nu mă rătăcesc niciodată...*

Fulger. Dincolo de care e digul, mai încolo e zidul negru, zimțat, al pădurii, străpungând cerul ca un ferăstrău. Și nu e nimeni. Liniștea e întreruptă doar de vuietul vântului. Undeva în mlaștină, o rață măcăie speriată.

Nimeni. Nu este nimeni pe dig. Nimeni nu mă urmărește. A fost o nălucire, un coșmar. Amintiri din Cintra. Doar mi s-a părut pur și simplu.

O luminiță în depărtare. Un far. Sau un incendiu. Trebuie să fie o fermă. Hirundum. Nu mai e mult. Încă un pic...

Fulger. Unu, doi, trei. Niciun tunet. Vântul a încetat dintr-odată. Iapa nechează, dă din cap și cabrează.

Pe cerul negru apare o panglică lăptoasă, rapidă, unduitoare, ca un șarpe. Vântul suflă din nou în sălcii, ridicând de la pământ frunzele prăfuite și ierburile moarte.

Luminița îndepărtată se disipează. Se scufundă, se îneacă și se estompează în revărsarea unui miliard de foculețe albastre, care sclipesc brusc și acoperă toată mlaștina. Iapa fornăie, nechează, se zbate ciudat pe drum, Ciri se luptă din greu în șa.

În panglica de pe cer apar siluetele vagi ale călăreților. Se apropie, se pot vedea tot mai clar. Poartă coifuri împodobite cu coarne de bivol și pene jumulite, iar sub ele, măști albe, cadaverice. Stau pe scheletele cailor, acoperite cu valtrapuri destrămate. Un vânt furios se stârnește printre sălcii, lamele fulgerelor taie neobosit cerul întunecat. Vântul bate din ce în ce mai tare. Nu, nu e vântul. Este un cântec ciudat.

Cavalcada coșmarescă se întoarce, se îndreaptă direct spre ea. Copitele cailor fantomatici ropotesc printre foculețele atârnate peste mlaștini. În fruntea cavalcadei galopează regele Prigoanei. Coiful ruginit i se bălăngăne peste masca palidă ca moartea, perforată de alveolele orbitelor în care ard vâlvătăi albastre. Mantia zdrențuită îi flutură în jurul trupului. Pe pieptarul acoperit de rugină zornăie colierul, gol ca o teacă de fasole. Odinioară erau încrustate pietre scumpe în el. Dar i-au căzut în timpul cursei nebunești din cer. Și s-au transformat în stele...

Nu-i adevărat! Nu se poate! E un coșmar, e un vis, e o rușine! Doar mi se năzare!

Regele Prigoanei dă pinteni calului scheletic, izbucnește într-un râs sălbatic îngrozitor.

Copil al Sângelui mai Vechi! Ne aparții! Ești a noastră! Hai cu noi, alătură-te prigoanei! Să prigonim până la capăt, o veșnicie, până la sfârșitul zilelor! Tu ești fiica noastră, fiica Haosului cu ochii de stea! Alătură-te nouă ca să cunoști bucuria Prigoanei! Ești de-a noastră, ești dintre noi! Între noi îți este locul!

– Nu! a țipat ea. Plecați! Sunteți morți!

Regele Prigoanei râde, clănțănindu-și dinții știrbi peste gulerul ruginit al armurii. În orbitele măștilor cadaverice strălucesc lumini albăstrui.

Da, suntem morți. Dar tu ești însăși moartea.

Ciri se agață de grumazul iepei. Nu trebuie s-o grăbească. Simțind fantomele de pe urmele lor, iapa a luat-o la galop.

Bernie Hofmeier, pitican, fermier din Hirundum, și-a ridicat capul cârlionțat, ascultând sunetul îndepărtat al tunetului.

– E tare primejdioasă, a spus el, o furtună de-asta fără ploaie. Poate să trăsnească undeva și focu-i gata...

– O ploicică n-ar strica deloc, a oftat Jaskier, întinzând coardele lăutei, pentru că aerul e așa de uscat, de poți să-l tai cu cuțitul... ți se lipește cămașa de spate, țânțarii te scot din sărite... Dar cred că tot o să toarne până la urmă. S-a tot învârtit furtuna, ne-a tot ocolit, dar de ceva vreme se mișcă undeva spre nord. Cred că deasupra mării.

– În Thanedd, a zis piticanul. E cel mai înalt punct din zonă. Turnul de pe insulă, Tor Lara, atrage nenorocitul de fulger. Când fulgeră mai tare, parcă ia foc. Te miri că nu se prăbușește...

– Asta-i magie curată, a vorbit convingător trubadurul. Totu-i magic pe Thanedd, ce mai la deal, la vale, chiar și roca în sine. Iar magicienii nu se tem de trăsnete. Ei, dar ce spun eu! Știi, Bernie, că pot chiar să prindă fulgere?

– Ei, și tu de colo! De unde-ai mai scos-o, Jaskier?

– Să mă trăsnească...

Poetul s-a oprit și s-a uitat la cer îngrijorat. Să nu mă mișc de-aici dacă te mint. Îți spun eu, Hofmeier, magicienii captează fulgerul. Am văzut eu cu ochii mei. Bătrânul Gorazd, cel pe care l-au ucis mai târziu pe Dealul Sodden, a prins un fulger în fața mea. A luat o bucată lungă de sârmă, a fixat-o la un capăt de vârful turnului său, iar celălalt capăt...

– Celălalt capăt al sârmei trebuie băgat într-o butelcă, a continuat cu glas pițigăiat fiul lui Hofmeier, un pitican mic, cu un păr gros și cârlionțat ca o blăniță de oaie, care se învârtea în pridvor. Într-o damigeană de sticlă, din-aia în care ține tăticul vinul. Fulgerul intră în damigeană de-a lungul sârmei...

– Ia treci acasă, Franklin! a țipat fermierul la el. La somn, la nani de-acum! E miezul nopții și mâine ai de lucru! Și lasă că pun eu mâna pe tine și-ți dau eu ție și furtuni, și sârme! N-ai să poți sta cu fundul pe scaun două săptămâni! Petunia, du-l de-aici! Și mai adu-ne niște bere!

– Gata, ți-ajunge! a spus Petunia Hofmeier furioasă, luându-și fiul din pridvor. Ai tras destul.

– Nu mă mai bate la cap! Vezi că se întoarce vrăjitorul. Oaspeții trebuie serviți.

– Când s-o întoarce vrăjitorul, o să-i aduc. Lui.

– O, babă nebună! a exclamat Hofmeier, dar în așa fel încât să nu-l audă soția. Așa calici sunt toți din neamul ei, Biberveld din Luncă, calici din tată-n fiu... Iar pe vrăjitor nu-l mai vedem noi curând. Dacă a trecut de iazuri, e dispărut fără urmă. N-am mai întâlnit așa om. Ai văzut cum se uita aseară la fete, la Cinia și Tangerinka, când se jucau în pridvor? Avea o privire tare ciudată. Iar acum... Nu pot să-mi iau gândul de la el, cum a plecat ca să fie singur. Și doar mi-a primit ospitalitatea, pentru că ferma mea este mai răzleață, departe de lume. Îl cunoști mai bine, Jaskier, spune-mi...

– Îl cunosc?

Poetul a plesnit un țânțar pe gât, a luat un acord la lăută, uitându-se la siluetele negre ale sălciilor de pe malul iazului.

– Nu, Bernie. Nu-l cunosc, a explicat. Nu cred că-l cunoaște cineva. Dar ceva se petrece cu el, din câte văd eu. De ce să fi venit aici, la Hirundum? Ca să fie mai aproape de insula Thanedd? Și totuși, când i-am propus ieri să facem un drum până la Gors Velen, de unde se poate vedea Thaneddul, a refuzat fără să stea pe gânduri. Ce l-o fi ținând aici? Te pomenești că i-ați dat vreo comandă bănoasă?

– Da' de unde! a negat vehement piticanul. Sincer, nici nu cred că e vreun monstru pe-aici. Copilul care s-a înecat în iaz poate c-o fi avut vreun cârcel. Dar toată lumea a început să se vaite că este un vodnic sau o kikimoră și că trebuie chemat un vrăjitor... Cât despre bani, îi dau te-miri-ce, că mi-e și rușine. Ce viață are el? Trei nopți după diguri, doarme ziua sau stă ca o sperietoare în loc și tace mâlc, se uită la copii, la casă... Ciudat! Tare ciudat, aș spune.

– Ai spune bine.

Un fulger a străpuns cerul, iluminând gospodăria și acareturile fermei. Pentru o clipă, ruinele palatului elfesc din capătul uliței au căpătat o strălucire albă. După un moment, un bubuit de tunet s-a rostogolit peste livezi. S-a stârnit un vânt năprasnic, stufărișul și copacii foșneau și se îndoiau deasupra iazului, oglinda apei s-a încrețit și s-a întunecat, frunzele nuferilor se ridicau la verticală.

– Până la urmă, furtuna vine la noi, s-a uitat fermierul spre cer. Poate că magicienii au alungat-o de pe insulă cu farmece? La Thanedd au ajuns vreo două sute... Ce crezi, Jaskier, ce vor face acolo, la congresul lor? O să iasă ceva bun?

– Pentru noi? Mă îndoiesc... Trubadurul și-a trecut repede degetul mare peste coardele lăutei. Aceste adunări sunt, de obicei, defilări de modă, lansări de zvonuri, ocazii de bârfă și de pus la cale șmecherii și încurcături interne. Se ceartă dacă să popularizeze magia sau s-o rezerve elitelor. Certuri între cei care îi slujesc pe regi și cei care preferă să exercite presiuni asupra regilor de la distanță...

– Ha! a spus Bernie Hofmeier. Parcă văd că în timpul congresului va tuna și va fulgera la Thanedd exact ca în timpul unei furtuni.

– Se prea poate. Dar ce ne pasă nouă?

– Ție, nu, i-a răspuns sumbru piticanul. Tu doar zdrăngănești din lăută și mai scoți câte-o cântare. Te uiți la lumea din jur și vezi numai rime și note. Pe când noi, nu mai departe decât săptămâna trecută, ne-au călcat varza de două ori copitele cailor. Armata urmărește Veverițele, iar ele aleargă și dispar, și drumurile lor trec prin varza noastră...

– Nu-i vreme de bocit după varză, când arde pădurea, a recitat poetul.

– Dumneata, Jaskier, l-a privit peste umăr Bernie Hofmeier, când spui ceva, nu se poate ști dacă să plângi, să râzi sau să-ți tragi un șut în cur. Eu vorbesc serios! Și vreau să-ți spun că vin vremuri grele. Pe toate drumurile – puzderie de stâlpi și spânzurători, hoituri prin poieni și prin păduri, la naiba, așa o fi arătând această țară pe vremea Falkăi. Și cum să mai trăiești așa? Ziua, oamenii regelui vin și ne-amenință că, dacă ajutăm Veverițele, ne duc și ne țintuiesc la stâlpul infamiei. Iar noaptea se arată elfii și numai încearcă să le întorci spatele! Că îndată își promit poetic c-o să vezi cum noaptea se face roșiatică. Sunt atât de poetici, că ți se face greață. Și uite-așa o ducem din incendiu în incendiu...

– Te bazezi pe faptul c-o să schimbe ceva congresul vrăjitorilor?

– Mă bazez. Chiar dumneata spuneai că magicienii s-au împărțit în două partide. De-a lungul timpului, magicienii i-au temperat pe regi, au pus capăt războaielor și revoltelor. La urma urmei, magicienii au făcut pace cu Nilfgaardul acum trei ani. Poate că și acum...

Bernie Hofmeier a tăcut și a ciulit urechea. Jaskier a înăbușit cu mâna coardele lăutei.

Ieșind din beznă, vrăjitorul și-a făcut apariția pe dig. Se îndrepta încet spre casă. A fulgerat din nou. Când s-a auzit tunetul, vrăjitorul era deja lângă ei, în pridvor.

– Ei, care-i treaba, Geralt? a întrebat Jaskier, pentru a întrerupe tăcerea incomodă. Ai prins bestia?

– Nu. Noaptea asta nu-i potrivită pentru vânătoare. E o noapte tulbure. Prea tulbure... Sunt ostenit, Jaskier.

– Stai jos, atunci! Respiră adânc.

– Nu m-ai înțeles.

– Așa-i, a murmurat piticanul privind spre cer și ascultând.

– E o noapte zbuciumată, ceva rău plutește în aer... Animalele mugesc prin grajduri... Și în vuietul vântului se aud strigăte...

– Prigoana Sălbatică, a spus vrăjitorul șoptit. Închide bine obloanele, coane Hofmeier.

– Prigoana Sălbatică? s-a speriat Bernie. Fantome?

– Nu-ți face griji! Va trece pe la înălțime. Vara se ridică mereu. Dar copiii se pot trezi, Prigoana aduce coșmaruri. E mai bine să închizi obloanele.

– Prigoana Sălbatică, a spus uitându-se neliniștit Jaskier, face a război.

– Prostii! Superstiție!

– Și totuși! Cu puțin timp înainte de atacul Nilfgaardului asupra Cintrei...

– Taci! l-a oprit vrăjitorul cu un gest, s-a îndreptat dintr-odată, privind în beznă.

– Ce se petrece...

– Caii.

– La naiba! a murmurat printre dinți Hofmeier, ridicându-se de pe bancă. Noaptea nu pot fi decât Scoia'tael...

– Un cal, a spus vrăjitorul, ridicându-și spada de pe bancă. Un cal adevărat. Restul sunt fantomele Prigoanei... La naiba, nu se poate... Vara?

S-a ridicat și Jaskier, dar îi era rușine s-o ia la sănătoasa, pentru că nici Geralt, nici Bernie nu par tentați să fugă. Vrăjitorul și-a scos spada și a alergat spre dig, iar piticanul, fără să stea pe gânduri, l-a urmat, înarmat cu o furcă. A fulgerat din nou, pe dig s-a zărit un cal galopând. Iar în spatele calului era ceva nedeslușit, ceva ca o vâltoare neregulată, țesută din tenebre și strălucire, avansând în urma calului. Ca un vârtej, ca o nălucire. Ceva care stârnea teamă, panică, silă îți întorcea mațele pe dos.

Vrăjitorul a strigat, ridicând spada. Călărețul l-a observat, a accelerat galopul, s-a uitat în spate. Vrăjitorul a strigat din nou. A tunat.

O strălucire, dar de data aceasta n-a fost un fulger. Jaskier s-a prăbușit pe bancă și s-ar fi băgat sub ea, dar și-a dat seama că nu încape. Bernie și-a lăsat furca să-i cadă din mână. Petunia Hofmeier, care ieșise din casă, a scos un răcnet.

Strălucirea orbitoare s-a materializat într-o sferă diafană, în care a apărut o figură, luând rapid contururi și forme. Jaskier a recunoscut-o imediat. Cunoștea acele bucle negre, șiretlice și steaua din obsidian de pe bentița de catifea. Ceea ce nu cunoștea și nu mai văzuse niciodată înainte era chipul ei. Chipul furiei și al mâniei, chipul zeiței Răzbunării, al Distrugerii și al Morții.

Yennefer a ridicat mâna și a rostit o vrajă și, cu un șuierat, spirale scânteietoare i s-au strecurat din palmă, străpungând cerul nopții și strălucind în mii de reflexii pe suprafața iazurilor. Spiralele s-au înfipt ca niște săgeți în vârtejul care-l urmărea pe călărețul solitar. Vârtejul se zbătea, iar lui Jaskier i se părea că aude țipete fantomatice și că distinge siluetele halucinante ale cailor fantomatici. Le-a văzut doar o fracțiune de secundă, pentru că vârtejul s-a contractat și s-a prăbușit brusc, s-a închis într-o bilă, și a urcat în cer, prelungindu-se într-o dâră și târând o coadă ca de cometă în urma sa. S-a lăsat întunericul, luminat doar de strălucirea palidă a felinarului ținut de Petunia Hofmeier.

Călărețul și-a tras calul în curtea din fața casei, a zburat din șa, s-a bălăbănit. Jaskier și-a dat seama de îndată cine era. N-o mai văzuse niciodată pe această fată suplă, cu părul cenușiu. Dar a recunoscut-o imediat.

– Geralt... a spus fata încet. Coniță Yennefer... Îmi pare rău... A trebuit. Știi...

– Ciri... a răspuns vrăjitorul.

Yennefer a făcut un pas spre fată, dar s-a oprit. N-a spus nimic.

La cine se va duce oare? s-a gândit Jaskier. Niciunul dintre ei, nici vrăjitorul, nici magiciana, nu va face niciun pas, niciun gest. La cine va trage mai întâi? La el? La ea?

Ciri nu s-a apropiat de niciunul dintre ei. Nu putea alege. Așa că a leșinat.

Casa era goală, piticanul cu ai lui plecaseră la lucru din zori. Ciri s-a făcut că doarme, dar i-a auzit pe Geralt și pe Yennefer ieșind. A alunecat din așternut, s-a îmbrăcat rapid, s-a furișat din cameră, i-a urmat în livadă.

Geralt și Yennefer se îndreptau spre dig, printre iazurile albite și îngălbenite de nuferi. Ciri se ascundea în spatele unui zid năruit și îi privea pe amândoi printr-o fisură. Se gândea că Jaskier, faimosul poet, ale cărui poezii le citise de mai multe ori, încă mai doarme. Dar se înșela. Poetul Jaskier nu dormea. Și a surprins-o.

– Hei, i-a spuse el, făcându-și brusc apariția și chicotind, e frumos să pândești și să tragi cu urechea? Mai multă discreție, micuțo! Lasă-i singuri.

Lui Ciri i-a năvălit sângele în cap, dar imediat și-a apăsat buzele.

– În primul rând, nu sunt micuță, și-a luat inima în dinți. Iar în al doilea rând, poate că nu-i deranjez, nu?

Jaskier a adoptat un ton serios.

– Așa o fi, a spus el. Cred că chiar îi ajuți.

– Cum? În ce fel?

– Nu te preface! Ieri, ai fost foarte isteață. Dar pe mine nu m-ai păcălit. Te-ai prefăcut că leșini, nu?

– Da, a îngăimat ea, întorcându-și fața. Yennefer și-a dat seama, dar Geralt nu...

– Amândoi te-au dus în casă. Mâinile lor s-au atins. Au stat la căpătâiul patului până au mijit zorii, dar nu și-au spus nimic unul altuia. Acum au ieșit să vorbească pe dig. Și te-ai hotărât să asculți ce vorbesc... Și să-i pândești prin crăpătura din zid. Chiar trebuie să știi ce fac ei acolo?

– Ei nu fac nimic acolo, s-a îmbujorat Ciri. Vorbesc puțin, atât.

– Și tu... Jaskier s-a așezat pe iarba de sub măr și s-a sprijinit de trunchi, verificând mai întâi dacă nu sunt furnici sau omizi pe el. Vrei să știi despre ce vorbesc, nu?

– Da... Nu! Și la urma urmei... la urma urmei nici n-aud nimic. Sunt prea departe.

– Dacă vrei, a surâs bardul, îți spun eu.

– Dar tu de unde poți să știi?

– Ha, ha, ha! Eu, drăguță Ciri, sunt poet. Poeții știu totul despre astfel de lucruri. Și să-ți mai spun ceva: poeții știu mai multe despre astfel de lucruri decât împricinații înșiși.

– Chiar!

– Pe cuvânt. Pe cuvântul meu de poet.

– Da? Ei bine, atunci... Atunci, spune-mi despre ce vorbesc? Explică-mi ce înseamnă toate astea!

– Ia mai trage cu ochiul prin crăpătură și vezi ce fac.

– Ciri și-a mușcat buza inferioară, apoi s-a aplecat mai mult, și-a apropiat ochii de fisură:

– Conița Yennefer stă lângă salcie... Dă la o parte frunzele și se joacă cu steaua... Nu spune nimic și nici măcar nu se uită la Geralt... Și Geralt stă lângă ea. Și-a lăsat capul în jos. Și spune ceva. Nu, tace. O, fir-ar... Ce ciudat...

– E simplu ca bună ziua.

Jaskier a găsit un măr în iarbă, l-a șters de pantaloni și a privit-o critic:

– El îi cere să-l ierte pentru vorbele sale și diferitele fapte prostești. Îi cere iertare pentru nerăbdare, pentru lipsă de încredere și speranță, pentru încăpățânare, pentru insistență, pentru ticăloșie și pentru comportamentul nevrednic de un bărbat. Își cere iertare pentru ceea ce n-a înțeles, pentru ceea ce n-a vrut să înțeleagă...

– Nu se poate! s-a îndreptat Ciri, aruncându-și bretonul de pe frunte într-o mișcare violentă. Tu le născocești, sunt scorniri de-ale tale!

– Își cere iertare pentru ce a înțeles abia acum.

Jaskier s-a uitat la cer, iar vocea lui a preluat ritmul unor balade adevărate:

– Pentru ce ar vrea să înțeleagă, dar se teme că nu va reuși... Și pentru ce nu va înțelege niciodată. Își cere iertare și se căiește... Hmm, hmm... Sens... Conștiință... Destin? E banal, la naiba...

– Nu-i adevărat! a bătut din picior Ciri. Geralt nu spune așa ceva! El... nu spune nimic. Îl văd foarte bine. El stă acolo cu ea și tace...

– Ăsta este și rolul poeziei, Ciri. Vorbește despre ce nu vorbesc ceilalți.

– Rolul tău este prost. Iar tu scornești tot!

– Și ăsta este rolul poeziei. Am auzit niște voci ridicate deasupra iazului. Aruncă repede un ochi, ia vezi ce se întâmplă acolo.

– Geralt – Ciri s-a uitat din nou prin fisura din zid – e în picioare, cu capul în jos. Iar Yennefer se răstește la el. Țipă și-și agită brațele. Ce înseamnă asta?

– Floare la ureche: Jaskier s-a uitat din nou la norii de pe cer. Acum îi cere ea iertare lui.

Așa că te iau ca să te țin și să te păstrez, pentru un destin frumos sau urât, la bine și la rău, ziua și noaptea, în boală și în sănătate, pentru că mi-ești dragă din toată inima și jur să te iubesc pe veci, până când moartea ne va despărți.

Formula antică a căsătoriei

Știm prea puțin despre dragoste. Dragostea este ca o pară. Para este dulce și are o anumită formă. Încercați să definiți forma perei.

JASKIER, *O jumătate de veac de poezie*

3

Geralt avea motive să bănuiască – și bănuia – că banchetele magicienilor erau diferite de sărbătorile și petrecerile muritorilor de rând. Totuși, nu se aștepta ca diferențele să fie atât de mari și atât de esențiale.

Propunerea lui Yennefer de a o însoți la banchetul ce precede congresul magicienilor a fost o surpriză pentru el, dar nu l-a dat pe spate. Nu era prima propunere de acest fel. Odinioară, când locuiau împreună și totul mergea strună între ei, Yennefer își dorea să fie la congrese și convenții în compania lui. Atunci însă el o refuza ferm. Era convins că printre magicieni putea fi tratat, în cel mai bun caz, ca un ciudat sau ca o curiozitate, iar în cel mai rău caz, ca un intrus sau ca un paria. Yennefer îi lua peste picior temerile, dar nu insista. Pentru că insistase atât de mult în alte situații, încât se zguduia casa, iar paharele se făceau țăndări, iar hotărârile lui Geralt erau de nezdruncinat.

De data asta, a fost de acord. Fără să stea pe gânduri. Propunerea a venit după o discuție lungă, sinceră și plină de emoții. Discuția i-a apropiat din nou, le-a îndepărtat umbra conflictelor vechi și le-au dat uitării, le-a topit gheața suferinței, mândriei și încăpățânării. După discuția de pe digul din Hirundum, Geralt ar fi fost de acord cu orice propunere a lui Yennefer. N-ar fi refuzat-o, nici dacă i-ar fi propus să viziteze iadul pentru a bea o ulcică de catran fierbinte în compania unor demoni aprinși.

Și mai era și Ciri, fără de care nu s-ar fi purtat nicio discuție, n-ar fi avut loc nicio întâlnire. Ciri, de care, după spusele lui Codringher, se interesase un magician. Geralt spera că prezența sa la congres l-ar putea provoca pe magician și l-ar forța să acționeze. Dar nu i-a zis lui Yennefer.

Din Hirundum s-au dus direct în Thanedd, el, ea, Ciri și Jaskier. Mai întâi s-au oprit în complexul imens al palatului Loxia, situat la poalele versantului sud-estic al muntelui. Palatul era burdușit de invitații la congres și de persoanele însoțitoare, dar s-a găsit imediat cazare pentru Yennefer. Și-au petrecut toată ziua în Loxia. Geralt a discutat toată ziua cu Ciri, Jaskier a umblat de colo-colo ca să adune și să împrăștie bârfe, iar magiciana a probat și ales câteva ținute. Iar când s-a lăsat seara, vrăjitorul și Yennefer s-au alăturat procesiunii colorate, care se deplasa spre Aretuza – la palatul în care avea loc banchetul. Iar acum, în Aretuza, Geralt era uluit și emoționat, deși își promisese că orice s-ar întâmpla, nu se va lăsa nici uimit și nici emoționat de nimic nici în ruptul capului.

Vasta sală centrală a palatului era dispusă în forma literei „T". Partea cea mai lungă avea ferestre înguste și nemaipomenit de înalte, ajungând aproape până la bolta sprijinită pe coloane. Bolta era, de asemenea, foarte înaltă. Atât de înaltă, încât cu greu se distingeau detaliile frescelor care o împodobeau, în special sexul nudurilor, acestea fiind cel mai repetat motiv pictural. La ferestre erau vitralii care trebuie să fi costat o adevărată avere, dar, cu toate acesta, în sală se simțea un curent. Geralt se mira cum de nu se sting lumânările, însă, după o observație mai atentă, nu s-a mai mirat. Candelabrele erau magice și poate chiar iluzorii. Lumina, în orice caz, era puternică, incomparabil mai puternică decât cea pe care ar fi dat-o lumânările.

Când au intrat, peste o sută de oameni dansau deja înăuntru. În sală, după cum estima vrăjitorul, putea să încapă cel puțin de trei ori mai multă lume, chiar dacă în mijloc, așa cum se obișnuia, mesele erau așezate în formă de potcoavă. Dar nu era o potcoavă tradițională. Părea că se va sărbători în picioare, rătăcind perseverent de-a lungul zidurilor decorate cu tapiserii, ghirlande și fanioane fluturânde pe la mijlocul lor. Erau rânduri de mese lungi sub tapiserii și ghirlande. Iar pe mese, printre compoziții florale fanteziste și sculpturi de gheață fabuloase, mâncăruri sofisticate erau îngrămădite pe platouri rafinate. Privind mai atent, Geralt a înțeles că fantezia era de proporții, mult mai amplă decât la fantezia descoperită la mâncare.

– Nu există nicio masă, a constatat el posomorât, netezindu-și caftanul negru, cu garnitură argintie, scurt și strâns în talie, de care îi făcuse rost Yennefer. Un astfel de caftan, fiind ultimul strigăt al modei, era numit dublet. Vrăjitorul nu știa de unde provine acest nume. Și nici nu ținea să știe.

Yennefer nu a reacționat. Geralt nici nu se aștepta la o reacție, știa bine că magiciana nu reacționa la asemenea declarații. Dar el nu a renunțat. A continuat să se lamenteze. Voia doar să cârcotească.

– Nu există nici muzică. Și ce curent afurisit mă trage! N-ai unde să stai. O să mâncăm și-o să bem în picioare?

Vrăjitoarea l-a fulgerat cu privirea sa violetă.

– Da, i-a confirmat ea neașteptat de calmă. Mâncăm în picioare. Oricum, știi bine că opririle prelungite la masă sunt considerate lipsite de tact.

– Voi încerca să le fac cu tact, a bodogănit el. Cu atât mai mult cu cât nu prea ai la ce să te oprești cu adevărat din câte văd eu.

– Băutul peste măsură e considerat o mare lipsă de tact, și-a continuat Yennefer prelegerea, ignorându-i bodogăneala. Evitarea conversației e considerată o lipsă de tact de neiertat...

– Și, a întrerupt-o el, dacă slăbănogul cu pantaloni de cretin mi i-a arătat cu degetul pe cei doi tovarăși ai săi, se consideră tot așa, lipsit de tact?

– Da. Dar nu prea.

– Și ce-o să facem, Yen?

– Mergem prin sală, salutăm, facem complimente, vorbim... Încetează cu netezirea dubletului și cu aranjatul părului.

– Nu m-ai lăsat să-mi pun bentița...

– Bentița ta e pretențioasă. Hai, nu mai cârcoti, dă-mi brațul și hai să mergem! Oprirea lângă intrare e considerată, de asemenea, lipsită de tact.

Se perindau în jurul sălii, care se umplea treptat de oaspeți. Geralt era înfometat, dar în curând și-a dat seama că Yennefer nu glumea. S-a lămurit că bunele maniere îi obligau, de fapt, pe magicieni să mănânce și să bea puțin și aparent fără nicio tragere de inimă. Și, de parcă n-ar fi fost destul, fiecare oprire la masă implica obligații sociale. Observai pe cineva, îi arătai că ești bucuros că l-ai observat, te apropiai și îl salutai, pe cât de efuziv, pe atât de fals. După mimarea sărutului pe obraji sau după strângerea delicată și cu lehamite a mâinii, după zâmbete ipocrite și complimente și mai ipocrite, dar frumos servite, se însăila o conversație scurtă și plictisitoare despre nimic.

Vrăjitorul se uita cu ochii în patru în jur, căutând fețe familiare, în principal în speranța că nu este singurul din sală care nu aparține frăției magicienilor. Yennefer îl asigurase că nu va fi singurul, dar cu toate acestea el nu a văzut pe nimeni din afara Frăției sau nu a putut recunoaște pe nimeni.

Pajii aduceau vin pe tăvi, șerpuind printre oaspeți. Yennefer nu bea deloc. Vrăjitorul voia, dar nu putea. Dubletul, pe de altă parte, se îmbătase de-a binelea. La subsuori.

Ținându-l abil de braț, magiciana l-a smuls de la masă și l-a condus până în mijlocul sălii, chiar în centrul curiozității publice. N-avea rost să opună rezistență. Știa ce se întâmplă. Era cea mai banală demonstrație din lume.

Geralt știa la ce să se aștepte, așa că s-a supus stoic privirilor pline de o curiozitate nesănătoasă ale magicienelor și zâmbetelor enigmatice ale magicienilor. Deși Yennefer îl asigurase că tactul și convențiile interzic utilizarea magiei la astfel de evenimente, nu credea că magicienii s-ar fi putut abține, mai ales că Yennefer l-a expus provocator în văzul tuturor. Și-avea dreptate să nu creadă. A simțit de câteva ori vibrațiile medalionului și furnicăturile inimii, declanșate de impulsurile magice. Unii, mai ales unele, încercau imprudent să-i citească gândurile. Era pregătit pentru asta, știa despre ce era vorba, știa să riposteze. A privit-o pe Yennefer, aflată alături de el, cea strălucind în alb și negru, cu părul ca pana corbului și cu ochii violeți, iar magicienii care îl sondau s-au tulburat, s-au pierdut, și-au pierdut în mod clar seninătatea și aplombul, spre încântarea și satisfacția lui Geralt. Da, le-a răspuns cu gândul, *da, nu vă înșelați. Este ea și numai ea alături de mine aici și acum, și asta e tot ce contează. Aici și acum. Și cine a fost în trecut, unde a fost și cu cine a fost înainte n-are nici cea mai mică însemnătate. Acum ea e cu mine, aici, printre voi. Cu mine și cu nimeni altcineva. Asta cred eu și mă gândesc mereu la ea, simțindu-i permanent parfumul și căldura corpului ei. Și n-aveți decât să crăpați de invidie.*

Magiciana i-a strâns tare antebrațul, l-a îmbrățișat dintr-o parte.

– Mulțumesc, i-a murmurat ea, îndreptându-se spre mese. Dar fără ostentație, te rog!

– Voi, magicienii, luați mereu onestitatea drept ostentație? De-aia nu credeți în onestitate nici atunci când o citiți în gândurile altcuiva?

– Da. De-aia.

– Dar îmi mulțumești, totuși?

– Pentru că pe tine te cred, a răspuns și l-a strâns și mai ferm de braț, a întins mâna după o farfuriuță. Pune-mi niște somon, vrăjitorule! Și crabi.

– Sunt crabi de la Poviss. Probabil că au fost prinși acum o lună, iar pe căldura asta... Nu ți-e frică...

– Crabii ăștia, l-a întrerupt, se plimbau pe fundul mării în dimineața asta. Teleportarea este o descoperire formidabilă.

– Da, a fost el de acord. Ar merita s-o popularizați, nu crezi?

– Lucrăm la asta. Mai dă-mi, mi-e foame!

– Te iubesc, Yen.

– Ți-am mai spus doar, fără ostentație...

S-a oprit, și-a scuturat capul, și-a dat la o parte buclele negre de pe obraz, și-a deschis larg ochii violet:

– Geralt! Mi-ai mărturisit-o pentru prima dată!

– Nu se poate! Râzi de mine.

– Nu, cum să fac așa ceva? În trecut doar ai gândit-o, iar astăzi ai spus-o.

– E vreo diferență?

– Imensă.

– Nu vorbi cu gura plină! Și eu te iubesc. Și nu ți-am spus? Doamne, te îneci! Ridică mâinile, îți dau una în spate. Respiră adânc!

– Yen...

– Respiră, respiră, o să-ți treacă de îndată.

– Yen!

– Da. Onestitate pentru onestitate.

– Te simți bine?

– De când aștept, a recunoscut ea și a stors lămâia pe somon. Că doar n-aveam cum să reacționez la confesiuni formulate în gând. Am așteptat vorbe, am putut răspunde, am răspuns. Mă simt minunat.

– Ce s-a întâmplat?

– Îți zic mai târziu. Mănâncă. Somonul e delicios, binecuvântată fie Forța, într-adevăr delicios.

– Pot să te sărut? Acum, de față cu toată lumea?

– Nu.

– Yennefer!

O magiciană cu părul întunecat care trecea și-a eliberat brațul de sub cotul bărbatului ei și s-a apropiat.

– Ai venit până la urmă? Oh, e minunat! Nu te-am văzut de un veac!

– Sabrina! Yennefer a fost atât de sinceră, încât toată lumea, cu excepția lui Geralt, putea fi păcălită.

– Dragă! Ce mă bucur!

Magicienele s-au îmbrățișat cu prudență și-au sărutat aerul de lângă urechi și cerceii de diamant cu onyx. Cerceii celor două, care aminteau de ciorchini de struguri în miniatură, erau identici – în aer mirosea instantaneu a ostilitate înfuriată.

– Geralt, dă-mi voie să ți-o prezint pe prietena mea de la școală, Sabrina Glevissig de la Ard Carraigh.

Vrăjitorul s-a înclinat, i-a sărutat mâna oferită în sus. Remarcase deja că toate magicienele aşteptau să le fie sărutate mâinile, un gest care le plasa cel puţin la rang de prinţese. Sabrina Glevissig şi-a ridicat capul, cerceii îi tremurau şi-i zornăiau. În linişte, dar ostentativ şi imprudent.

– Chiar am vrut să te cunosc, Geralt, i-a zâmbit.

Ca mai toate magicienele, nu făcea uz de „conule", „domnia voastră" sau alte forme în vigoare printre nobili.

– Mă bucur, mă bucur, a repetat. În cele din urmă, ai încetat să ne-o ascunzi pe Yenna. Sincer, sunt surprinsă că ai tărăgănat atât. N-are de ce să-ţi fie ruşine.

– Şi eu cred la fel, a confirmat Yennefer, clipind uşor şi respingând demonstrativ o şuviţă de păr de pe cercel. Frumoasă bluză, Sabrina! De-a dreptul fermecătoare. Nu-i aşa, Geralt?

Vrăjitorul a aprobat din cap. Bluza Sabrinei Glevissig, din şifon negru, dezvăluia absolut tot ce era de dezvăluit şi avea ce. Fusta carmin, strânsă cu o centură de argint cu o cataramă mare în formă de trandafir, era tăiată într-o parte în conformitate cu cea mai recentă modă. Ce-i drept, moda cerea ca tăietura fustei să se oprească la mijlocul coapselor, dar Sabrina avea tăietura până la jumătatea şoldului. Foarte frumos şold de altfel.

– Ce mai e nou în Kaedwen? a întrebat-o Yennefer, prefăcându-se că nu vede că se uită la Geralt. Regele Henselt continuă să-şi irosească forţele şi resursele pe alungarea Veveriţelor din pădure? Tot îi mai stă capul la expediţia punitivă împotriva elfilor din Dol Blathanna?

– Să lăsăm politica! a zâmbit Sabrina.

Un nas destul de lung şi ochii aprigi o făceau să pară o vrăjitoare clasică.

– Mâine, la congres, o să ne iasă politica pe nas, a adăugat. O să ascultăm diferite... morale. Cu privire la nevoia de coexistenţă paşnică... De prietenie... Cu privire la necesitatea de a lua o poziţie solidară cu planurile şi intenţiile regilor noştri... Ce altceva o să mai ascultăm, Yennefer? Ce ne-a mai pregătit pentru mâine Capitulul şi Vilgefortz?

– Să lăsăm politica în pace.

Sabrina Glevissig a râs cristalin, timp în care cerceii și-au repetat clinchetul delicat.

– Corect. Să așteptăm până mâine. Mâine... Mâine o să se lămurească tot. Ah, politica asta, sporovăielile astea nesfârșite... ce fatal se reflectă asupra tenului. Din fericire, am o alifie miraculoasă, crede-mă, drăguță, ridurile se topesc ca zăpada la soare... Să-ți dau rețeta?

– Mulțumesc, dragă, dar nu am nevoie de ea. Chiar nu.

– Știu. La școală, întotdeauna te-am invidiat pentru tenul tău. Pe toți zeii, câți ani ai?

Yennefer s-a prefăcut că face o reverență cuiva care trecea pe lângă ei. Sabrina i-a zâmbit vrăjitorului și i-a dezvăluit încântată ce nu mai reușea să ascundă șifonul negru. Geralt a înghițit din nou în sec, încercând să nu se uite prea îndrăzneț la sfârcurile ei trandafirii, prea vizibile sub țesătura transparentă. S-a uitat jenat la Yennefer. Magiciana zâmbea, dar el o cunoștea prea bine. Era furioasă.

– Iertați-mă! a spus ea brusc. O văd pe Filippa acolo. Trebuie neapărat să vorbesc cu ea. Hai, Geralt! Pa, Sabrina!

– Pa, Yenna! Sabrina Glevissig l-a fixat cu privirea pe vrăjitor. Încă o dată, te felicit pentru... gustul tău.

– Mulțumesc, vocea lui Yennefer era rece. Mulțumesc, draga mea.

Filippa Eilhart era în compania lui Dijkstra. Geralt, care avusese oarecum de-a face cu spionul redanian, ar fi trebuit să se bucure în sfârșit, găsea și el un prieten care, asemenea lui, nu aparținea frăției. Dar nu s-a bucurat deloc.

– Mă bucur să te văd, Yenna!

Filippa a sărutat aerul de lângă cercelul lui Yennefer.

– Bună, Geralt! l-a salutat ea. Îl cunoașteți pe contele Dijkstra, nu?

– Cine nu-l cunoaște? Yennefer a înclinat capul și i-a oferit lui Dijkstra mâna pe care spionul a sărutat-o cu reverență. Ce plăcere să te revăd, conte!

– Plăcerea e de partea mea! a spus șeful serviciului secret al regelui Vizimir. Să te văd din nou, Yennefer! Mai ales într-o companie atât de plăcută. Geralt, respectul meu cel mai profund...

Geralt, refuzând să se asigure că respectul său e cel mai profund, i-a scuturat mâna sau, mai degrabă, a încercat s-o scuture, deoarece mâna lui Dijkstra era mai mare decât una normală și de aceea o strângere era aproape imposibilă.

Spionul uriaș era îmbrăcat într-un dublet bej, descheiat destul de informal. Era evident că se simte confortabil în el.

– Am observat, i-a spus Filippa, că ai stat de vorbă cu Sabrina!

– Am stat, i-a zis Yennefer. Ai văzut ce purta? Trebuie să n-ai nici gust și nici rușine ca să... Ea, la naiba, e mai bătrână decât mine... Nu contează. Dar măcar de-ar mai avea ceva de arătat! O maimuță nesuferită!

– A încercat să te tragă de limbă? Toată lumea știe că spionează pentru Henselt din Kaedwen.

– Serios? s-a prefăcut Yennefer uimită. Când s-a aflat, au crezut că e o glumă tare bună, și pe bună dreptate.

– Conte, cum te distrezi la manifestarea noastră? l-a întrebat Yennefer când Filippa și Dijkstra s-au oprit din râs.

– Extrem de bine, s-a aplecat curtenitor spionul regelui Vizimir.

– Dacă ținem cont că, a zâmbit Filippa, contele se află aici în interes de serviciu, această declarație este un compliment prețios pentru noi. Și, ca orice compliment de acest gen, e mai puțin sincer. Chiar acum o clipă mi-a mărturisit că ar prefera un salon frumos, familiar, iluminat discret, cu miros de torțe și de carne prăjită pe grătar. Și-ar dori o masă tradițională, presărată cu sos și inundată cu bere, pe care ar putea să bată cu o halbă tactul unor cântece deocheate de pahar și sub care dimineața s-ar putea strecura cu grație ca să doarmă printre ogarii preocupați de roaderea oaselor. Iar la argumentele mele, în sprijinul superiorității modului nostru de a sărbători, el a făcut, închipuiți-vă, urechea toacă.

– Într-adevăr? s-a uitat Vrăjitorul blând la spion. Și care ar fi, mă rog, argumentele, dacă nu sunt prea indiscret?

De data aceasta întrebarea lui a fost aparent tratată ca o glumă tare bună, pentru că ambele magiciene au pufnit în râs în același timp.

– Ah, voi, bărbații... a spus Filippa. Nu înțelegeți nimic. Oare e posibil să impresionezi cu rochia și figura în semiîntuneric și fum, așezat la masă?

Geralt, fără să-și găsească cuvintele, doar s-a înclinat. Yennefer l-a strâns ușor de braț.

– A! a exclamat ea. O văd pe Triss Merigold acolo. Trebuie să schimb vreo două vorbe cu ea... Iertați-ne că vă părăsim acum. Pe curând, Filippa! Cu siguranță vom mai găsi o ocazie să mai stăm la taclale astăzi. Nu-i așa, conte?

– Fără doar și poate, a zâmbit Dijkstra și s-a aplecat adânc. Îți stau la dispoziție, Yennefer. Aștept doar un semn.

S-au apropiat de Triss, strălucitoare în câteva nuanțe de albastru și acvamarin. Triss și-a întrerupt conversația cu doi magicieni, a zâmbit fericită, a îmbrățișat-o pe Yennefer, a repetat ritualul sărutării aerului din preajma urechilor. Geralt i-a luat mâna oferită, dar s-a hotărât să acționeze împotriva ceremonialului: a îmbrățișat-o pe magiciana cu părul șaten și i-a sărutat obrazul moale și pufos ca o piersică. Triss s-a îmbujorat ușor.

Magicienii s-au prezentat. Unul era Drithelm din Pont Vanis, iar celălalt, fratele său, Detmold. Ambii erau în slujba regelui Esterad din Kovir. Amândoi s-au dovedit taciturni și au plecat cu prima ocazie.

– Ați stat de vorbă cu Filippa și Dijkstra din Tretogor, le-a spus Triss, jucându-se cu inimioara din lapislazuli în montură de argint cu diamante, agățată la gât.

– Bănuiesc că știți cine este Dijkstra?

– Știm, a confirmat Yennefer. A vorbit și cu tine? A încercat să te iscodească?

– A încercat, a zâmbit cu subînțeles magiciana și a chicotit.

– Cu multă grijă. Dar Filippa l-a împiedicat cât a putut. Și eu, care credeam că se înțeleg de minune...

– E foarte bună prietenă cu el, a avertizat-o Yennefer pe un ton serios. Mare grijă, Triss! Să nu-i sufli nicio vorbă despre... Știi tu cine.

– Știu. O să am grijă. Apropo... și-a coborât vocea Triss. Ce face? Pot s-o văd?

– Dacă te hotărăști să predai la Aretuza, i-a zâmbit Yennefer, o poți vedea foarte des.

– A! a făcut Triss ochii mari. Înțeleg. Ciri...

– Mai încet, Triss! Vorbim mai târziu. Mâine. După consiliu.

– Mâine? i-a zâmbit straniu Triss.

Yennefer s-a încruntat, dar, înainte de a-i adresa întrebarea, s-a declanșat o mică agitație în sală.

– Sunt aici, și-a dres glasul Triss. În sfârșit au ajuns.

– Da, a confirmat Yennefer, dezlipindu-și privirea de la ochii prietenei. Sunt aici. Geralt, în sfârșit ai ocazia să-i întâlnești pe membrii Capitulului și ai Consiliului Suprem. Dacă se va ivi un prilej, o să ți-i prezint, dar nu ți-ar strica să-i știi dinainte pe fiecare.

Magicienii s-au despărțit, înclinându-se în fața personalităților care intrau în sală prin coridorul format în mijlocul ei. În frunte era un bărbat nu prea tânăr, dar robust, într-un costum extrem de modest, de lână. Lângă el era o femeie înaltă, cu trăsături dure și păr întunecat și lins.

– E Gerhart din Aelle, cunoscut sub numele de Hen Gedymdeith, cel mai bătrân dintre magicienii în viață, a spus Yennefer cu voce joasă. Femeia de lângă el e Tissaia de Vries. Ea este doar puțin mai tânără decât Hen, dar nu se dă în lături să folosească poțiuni.

În spatele perechii mergea o femeie atrăgătoare, cu părul foarte lung, auriu-închis, fluturându-și rochia verde reseda, garnisită cu dantelă.

– Francesca Findabair, numită Enid an Gleanna, Margareta Văilor. Nu te freca la ochi, vrăjitorule. Este considerată cea mai frumoasă femeie din lume.

– Este membră a Capitulului? s-a mirat în șoaptă. Arată foarte tânără. Tot de la poțiunile magice?

– Nu este cazul ei. Francesca este o elfă pursânge. Fii atent la cel care o însoțește. Este Vilgefortz din Roggeveen. El chiar este tânăr. Dar incredibil de talentat.

„Tânăr", din câte știa Geralt, îi includea, în cazul magicienilor, și pe cei de o sută de ani. Vilgefortz arăta de treizeci și cinci. Era înalt și bine făcut, purta un dublet scurt – după moda cavalerească –, dar, desigur, fără stemă brodată. Și el era al naibii de frumos. Îți sărea în ochi, chiar dacă alături de el aluneca ușor Francesca Findabair, cu ochii săi mari de căprioară, a cărei frumusețe îți tăia răsuflarea.

– Bărbatul scund de lângă Vilgefortz e Artaud Terranova, i-a explicat Triss Merigold. Acest cvintet formează Capitulul...

– Și tânăra cu chip ciudat care-l urmează pe Vilgefortz?

– E asistenta lui, Lydia van Bredevoort, l-a lămurit rece Yennefer, o persoană neînsemnată, dar să te uiți la fața ei este o mare lipsă de tact. Mai degrabă, fii atent la cei trei care merg în urmă, aceștia sunt membri ai Consiliului. Fercart din Cidaris, Radcliffe din Oxenfurt și Carduin din Lan Exeter.

– Ăsta-i tot Consiliul? Efectivul complet? Am crezut că sunt mai mulți.

– Capitulul are cinci persoane, în Consiliu sunt încă cinci. Și Filippa Eilhart face parte din Consiliu.

– Parcă nu-mi iese socoteala, a scuturat el din cap, iar Triss a chicotit.

– Nu i-ai spus? Chiar nu știi nimic, Geralt?

– Ce să știu?

Yennefer e și ea membră a Consiliului. De pe vremea bătăliei de la Sodden. Nu te-ai lăudat încă, draga mea?

– Nu, draga mea, magiciana și-a privit prietena direct în ochi. În primul rând, nu-mi place să mă laud. În al doilea rând, n-am avut timp. Nu l-am mai văzut pe Geralt de multă vreme, avem o mulțime de recuperat. S-a adunat o listă lungă. Le luăm pe rând în ordinea de pe listă.

– Evident, a aprobat-o Triss nesigură. După atâta timp... Înțeleg. Aveți ce să discutați...

– Discuțiile, a zâmbit Yennefer ambiguu, lansându-i vrăjitorului altă privire languroasă, sunt ultimul lucru, chiar ultimul, Triss.

Magiciana cu părul șaten s-a tulburat vizibil, s-a înroșit ușor.

– Înțeleg, a repetat ea, jucându-se jenată cu inimioara din lapislazuli.

– Mă bucur nespus. Geralt, vin! Nu, nu de la pajul ăsta. De la celălalt, de mai încolo.

El s-a supus, simțindu-i fără putință de tăgadă tonul poruncitor din voce. Luând paharele de pe tava purtată de paj, le-a privit discret pe cele două magiciene. Yennefer vorbea în șoaptă și repede, iar Triss Merigold o asculta cu capul în jos. Când s-a întors, Triss plecase. Yennefer nu s-a arătat interesată de vinul adus, așa că a pus pe masă cele două pahare inutile.

– Oare n-ai exagerat cumva? a întrebat-o cu răceală.

În ochii lui Yennefer s-au aprins vâlvătăi violet.

– Nu încerca să mă iei de proastă! Crezi că nu știam despre tine și ea?

– Dacă e vorba despre asta...

– Exact despre asta e... i-a retezat vorba. Nu fă mina asta stupidă și abține-te de la comentarii. Și, mai presus de toate, nu încerca să mă minți. O cunosc pe Triss mai bine decât tine, ne plăcem reciproc, ne simțim minunat și ne vom înțelege întotdeauna, indiferent de diferitele... incidente minore. Iar acum mi se părea că are anumite îndoieli. Așa că i le-am spulberat și asta-i tot. Să trecem peste asta.

El n-avea de gând. Yennefer și-a dat la o parte șuvița ondulată de pe obraz.

– Te las acum o clipă. Trebuie să vorbesc cu Tissaia și Francesca. Mănâncă ceva, că-ți chiorăie mațele. Și fii vigilent. O să te abordeze unii, fără doar și poate. Nu te băga în tărâțe, că te mănâncă porcii și nu-mi strica reputația!

– Fii liniștită!

– Geralt?

– Te ascult.

– Mai devreme ai zis că vrei să mă săruți, aici, cu toată lumea. Mai e valabil?

– Este.

– Vezi să nu-mi întinzi rujul!

S-a uitat cu coada ochiului la cei din jur. Au observat ei sărutul, dar au fost discreți. Filippa Eilhart, neclintită lângă un grup de magicieni tineri, i-a făcut cu ochiul și a mimat că aplaudă.

Yennefer și-a desprins buzele dintr-ale lui și a suspinat.

– Nu-i mare lucru, dar e drăguț, a murmurat ea. Mă duc. Mă întorc de îndată. Și mai târziu, după banchet... Hmmm...

– Poftim?

– Să nu mănânci nimic cu usturoi, te rog!

După ce a plecat, vrăjitorul a abandonat convențiile, s-a descheiat la dublet, a dat pe gât ambele pahare și a încercat să se pună serios pe mâncat. Dar nu i-a ieșit.

– Geralt!

– Conte!

– Fără protocol! s-a încruntat Dijkstra. Nu sunt niciun conte. Vizimir mi-a poruncit să mă prezint așa, pentru a nu-i tachina pe curteni și pe magicieni cu genealogia mea ordinară. Ei bine, te-au impresionat rochiile și figurile? Și te prefaci că te distrezi?

– Nu trebuie să mă prefac. Nu sunt aici cu treburi.

– Interesant! i-a zâmbit spionul. Dar asta confirmă opinia generală că ești unic și irepetabil. Pentru că toți ceilalți sunt aici cu treburi.

– Chiar de asta mă și temeam. Geralt a simțit de asemenea că e recomandabil să zâmbească. Simțeam eu că voi fi unic în felul meu aici. Nu mi-e locul aici, cu alte cuvinte.

Spionul a trecut în revistă felurile de mâncare din apropiere, a luat dintr-unul o păstaie mare de la o plantă pe care Geralt n-o cunoștea și a înghițit-o.

– Apropo, mulțumesc pentru frații Michelet. O mulțime de oameni din Redania au răsuflat ușurați când i-ai lichidat pe toți patru în portul Oxenfurt. Am râs copios când medicul universitar, chemat pentru anchetă, uitându-se la răni, a susținut că cineva folosise o coasă pe cant.

Geralt nu a comentat. Dijkstra a dus altă păstaie la gură.

– Păcat! a continuat el, mestecând, că nu i-ai spus primarului după ce i-ai lichidat. Oferea răsplată pentru capturarea lor, vii sau morți. Consistentă.

– Prea multe probleme cu declarația fiscală – vrăjitorul s-a decis și el la o păstaie verde, care avea însă gust de țelină cu săpun. În plus, a trebuit să plec degrabă, pentru că... Dar te plictisesc, Dijkstra, oricum știi tot, ce să mai...

– S-o crezi tu! a zâmbit spionul. Nu știu tot. De unde să știu?

– Din relația cu Filippa Eilhart, ca să nu căutăm prea departe.

– Relații, povestiri, zvonuri. Trebuie să le ascult, asta mi-e treaba. Dar profesia mă obligă, în același timp, să filtrez totul printr-o sită cât mai deasă. De curând mi-a ajuns la urechi un zvon, cică cineva i-a ucis pe faimosul Profesor și pe cei doi tovarăși ai săi. S-a petrecut la hanul de la Anchor. Cine a făcut-o s-a grăbit, de asemenea, și n-a mai avut vreme de răsplată.

Geralt a ridicat din umeri.

– Bârfe. Treceți totul printr-o sită cât mai densă, o să vedeți ce mai rămâne.

– Nu mai trebuie. Știu ce rămâne. De multe ori este vorba despre o încercare de dezinformare deliberată. Aha, și dacă tot a venit vorba despre dezinformare, ce mai face micuța Cirilla, sărmana fetiță bolnăvioară, atât de sensibilă la difterie? S-a mai întremat?

– Las-o baltă, Dijkstra! i-a tăiat-o vrăjitorul cu răceală, pironindu-și privirea direct în ochii spionului. Știu că ești aici în interes de serviciu, dar nu face exces de zel!

Spionul a chicotit. Două magiciene care treceau pe lângă el l-au privit uimite. Și cu interes.

– Regele Vizimir, i-a spus Dijkstra când s-a potolit din râs, îmi plătește un bonus suplimentar pentru orice enigmă elucidată. Excesul de zel îmi oferă un trai decent. O să râzi, dar am o soție și copii.

– Nu văd nimic amuzant. Așadar, muncești pentru bunăstarea soției și a copiilor, dar nu pe barba mea, dacă se poate. În această sală, din câte îmi dau seama, nu lipsesc nici secretele, nici enigmele.

– Dimpotrivă. Toată Aretuza e o mare enigmă. Ai observat, nu? Plutește ceva în aer, Geralt. Pentru lămurire, voi adăuga că nu candelabre.

– Nu înțeleg.

– Te cred. Pentru că nici eu nu înțeleg. Și mi-ar plăcea să înțeleg. Și ție, nu? A, iartă-mă. Probabil știi deja tot. Din relația cu fermecătoarea Yennefer din Vengerberg, ca să nu căutăm prea departe. Să ne gândim numai că în unele momente am aflat una sau alta din gura fermecătoarei Yennefer. Unde sunt zăpezile de altădată?

– Chiar nu știu unde bați, Dijkstra. Poți fi mai clar? Încearcă. Cu condiția să nu fie în interes de serviciu. Iartă-mă, dar nu pun umărul la bonusurile tale suplimentare.

– Crezi că încerc să mă bag pe sub pielea ta, s-a încruntat spionul, ca să obțin informații compromițătoare? Mă jignești, Geralt. Sunt curios dacă observi în cameră anumite particularități care îmi sar în ochi.

– Ce anume îți sare în ochi, mă rog?

– Nu te surprinde absența totală a capetelor încoronate, care poate fi lesne observată la acest congres?

– Deloc.

Geralt a reușit în cele din urmă să înfigă o scobitoare într-o măslină marinată.

– Regii, a explicat el, probabil că preferă sărbătorile tradiționale, în jurul mesei, sub care pot aluneca grațios dimineața. În plus...

– Ce mai e?

Dijkstra și-a băgat în gură patru măsline pe care le luase direct cu mâna, fără nicio jenă.

– În plus, s-a uitat vrăjitorul la mulțimea care rătăcea prin sală, regii nu vor să se mai ostenească. Și-au trimis armata de spioni. Cei din frăție și cei din afara ei. Probabil ca să spioneze ce atârnă în aer.

Dijkstra a scuipat sâmburii de măsline pe masă, a luat de pe suportul de argint o furculiță lungă și a început să scotocească prin bolul adânc, de cristal.

– Iar Vilgefortz, a continuat, scormonind mai departe, se asigură că niciun spion nu-i lipsește de aici. Are toți spionii regali într-o oală. De ce, vrăjitorule, Vilgefortz își ține toți spionii regali în aceeași oală?

– Habar n-am. Și puțin îmi pasă. Cum spuneam, nu sunt aici cu treburi. Sunt, ca atare, în afara oalei.

Spionul regelui Vizimir a pescuit o micuță caracatiță din bolul de salată și a privit-o cu dezgust.

– Ei mănâncă așa ceva, a dat el din cap cu compasiune, apoi s-a întors spre Geralt.

– Ascultă-mă cu atenție, vrăjitorule! i-a spus calm. Convingerea ta că nu ești aici cu treburi, încrederea ta că nimic nu contează și nimic nu poate conta... mă dau peste cap și mă împing la gesturi primejdioase. Te pomenești că ai chef de gesturi primejdioase?

– Mai limpede, te rog!

– Îți propun un rămășag, a ridicat Dijkstra furculița cu cefalopodul înfipt în ea. Într-o oră, Villetfortz o să-ți ceară o discuție mai lungă. Îți mai spun că în timpul discuției îți va dovedi că nu ești o persoană fără treburi, ci că ești în oala lui. Dacă mă înșel, mănânc rahatul ăsta în fața ta, cu tentacule cu tot. Punem rămășag?

– Ce trebuie să mănânc, dacă pierd?

– Nimic.

Dijkstra a aruncat o privire în jur și a răspuns:

– Dacă pierzi, îmi povestești discuția cu Vilgefortz.

Vrăjitorul a tăcut o clipă, uitându-se liniștit la spion.

– La revedere, conte! i-a spus în cele din urmă. Mulțumesc pentru discuție. A fost instructivă.

Dijkstra s-a enervat un pic.

– Așadar...

– Da, l-a întrerupt Geralt. La revedere!

Spionul a ridicat din umeri, a aruncat caracatița în bolul de salată cu tot cu furculiță, s-a întors și a plecat. Geralt nu s-a uitat după el. S-a îndreptat încet spre altă masă, mânat de dorința de a ajunge la uriașii creveți roz-pal, așezați pe un platou de argint, printre frunze de salată și feliuțe de lămâie. Îi făceau cu ochiul, dar, întrucât simțea priviri curioase în ceafă, a vrut să devoreze crustaceele rafinate, păstrându-le forma. S-a apropiat ostentativ de încet, cu tărie și cu demnitate, înțepând aperitive de prin alte boluri.

La următoarea masă stătea Sabrina Glevissig, adânc absorbită în conversația cu o magiciană roșcată, necunoscută lui. Roșcata purta o fustă albă și o bluză din georgette alb. Bluza, la fel ca a Sabrinei, era, absolut transparentă, dar avea diferite aplicații și broderii plasate strategic. Aplicațiile, așa cum a remarcat Geralt, aveau o proprietate interesantă: acopereau și expuneau alternativ.

Magicienele discutau, înfulecând bucăți de homar în maioneză. Vorbeau încet în Graiul mai Vechi. Deși nu se uitau la el, vorbeau, evident, despre el. Indiscret, el și-a ciulit urechile sale de vrăjitor, prefăcându-se că este interesat doar de creveți.

– ...cu Yennefer? a vrut să fie sigură roșcata, răsucindu-și colierul de perle înfășurat în jurul gâtului, ca un guler. Vorbești serios, Sabrina?

– Absolut, i-a confirmat Sabrina Glevissig. N-o să mă crezi, dar durează de câțiva ani. Și eu m-am mirat că a putut să suporte așa o reptilă hidoasă.

– De ce să te miri? I-a făcut farmece de n-a mai știut ce-i cu el. De câte ori n-am făcut și eu așa?

– Dar e vrăjitor. Nu poate fi fermecat. Nu atât de mult, oricum.

– Atunci, e vorba de dragoste, a suspinat roșcata. Iar dragostea este oarbă.

– Este oarbă, a fost de acord Sabrina. Îți vine să crezi, Marti, că a îndrăznit să mă prezinte ca pe o colegă de școală? Javra naibii, e mai bătrână decât mine... Ce să mai vorbim? Îți spun, e geloasă, stă cu ochii pe vrăjitorul ăsta ca naiba. Micuța Merigold i-a zâmbit, iar scorpia l-a boscorodit și l-a alungat. Și chiar acum... Uite-o. Stă acolo, de vorbă cu Francesca, și nu-și dezlipește ochii de la el.

– Îi este frică, a chicotit roșcata, că i-l suflăm, chiar și numai pentru noaptea asta. Ce spui, Sabrina? Încercăm? E atrăgător, nu ca molâii noștri, cu complexele și pretențiile lor...

– Vorbește mai încet, Marti! i-a șoptit printre dinți Sabrina.

– Nu te uita la el și nu rânji! Yennefer e cu ochii pe noi. Și ai grijă cum vorbești. Vrei să-l seduci? E de prost-gust.

– Ai dreptate, a recunoscut Marti după ce a reflectat puţin. Dar dacă apare brusc şi vine el cu propunerea?

Sabrina Glevissig i-a aruncat vrăjitorului o privire rapace cu ochii negri:

– Atunci aş accepta fără să stau pe gânduri, chiar şi pe o piatră.

– Şi eu, a spus Marti, chiar şi pe un arici.

Vrăjitorul, cu ochii aţintiţi pe masă, îşi ascundea faţa, prosteşte, după un crevete şi o frunză de salată, extrem de mulţumit că mutaţia vaselor de sânge îl împiedică să se ruşineze.

– Geralt, vrăjitorul?

A înghiţit crevetele şi s-a întors. Magicianul cu caracteristici familiare i-a zâmbit uşor, atingându-şi reverele brodate ale dubletului violet.

– Dorregaray din Vole. Ne cunoaştem. Ne-am întâlnit...

– Îmi amintesc. Îmi pare rău, nu te-am recunoscut la început. Mă bucur...

Magicianul a zâmbit îndelung, smulgând două pahare de pe tava purtată de paj.

– Te urmăresc de ceva vreme, i-a mărturisit lui Geralt, dându-i unul dintre pahare. Tuturor celor pe care Yennefer ţi i-a prezentat le-ai spus că te bucuri. Ipocrizie sau lipsă de discernământ?

– Pur şi simplu politeţe.

– Faţă de ei? a arătat Dorregaray spre invitaţi cu un gest larg. Crede-mă, nu merită osteneala. O gloată de îngâmfaţi, invidioşi şi mincinoşi, nu-ţi vor aprecia politeţea, ba o vor lua chiar drept sarcasm. Cu ei, vrăjitorule, trebuie să te porţi în felul lor, nepoliticos, arogant, indolent, altfel, nu te vei impune. Vrei să bei un vinişor cu mine?

– Ceva mai moale n-au? i-a surâs prietenos Geralt. Cu cea mai mare neplăcere. Ei bine, dacă vrei tu... o să-mi dau osteneala.

Sabrina şi Marti, ascuţindu-şi auzul de la masa lor, gâfâiau. Dorregaray le-a măsurat cu o privire dispreţuitoare, s-a întors, a ciocnit cu vrăjitorul, zâmbind, sincer de data aceasta.

– Unu–zero pentru tine, a recunoscut degajat. Înveţi repede. Pentru zei, de unde ai luat atâta isteţime, vrăjitorule? De pe drumurile pe care ai hoinărit în căutarea creaturilor pe cale de dispariție? În sănătatea ta! O să râzi, dar ești unul dintre puținii din această sală în cinstea căruia vreau să închin un pahar.

– Serios?

Geralt a luat o sorbitură de vin, a ținut-o în gură, savurându-i gustul:

– Deși mă ocup cu sfârtecatul creaturilor aflate pe cale de dispariție...

– Nu te juca cu cuvintele! l-a bătut prietenos pe umăr magicianul. Banchetul abia a început. Vei mai fi probabil abordat și de alții, așa că nu-ți risipi replicile veninoase! În ceea ce privește profesia ta... Tu, Geralt, cel puțin ai demnitatea de a nu-ți etala trofeele.

Aruncă o privire în jur:

– La naiba cu convențiile! Lor le place să te uiți la ei.

Vrăjitorul, supus, s-a uitat la bustul Sabrinei Glevissig.

Dorregaray l-a tras de mânecă, arătându-i cu degetul o magiciană care trecea pe lângă ei îmbrăcată în tul.

– Ciubote din piele de acantozaur. Ai observat?

El a dat din cap nepăsător, pentru că observa doar ce nu se ascunde sub bluza transparentă de tul.

– O, ca să vezi! Din cobră de stâncă – magicianul a recunoscut fără îndoială altă pereche de pantofi defilând prin cameră. Moda, care scurtase rochiile cu o palmă deasupra gleznei, îi înlesnea sarcina. Și acolo... O iguană albă. O salamandră. Un vyvern. Un caiman cu ochelari. Un basilisc... Toate reptilele aflate pe cale de dispariție. Fir-ar să fie, da' ce-are încălțămintea din piele de vițel sau de porc?

– Ca de obicei, tot despre piei, Dorregaray? l-a întrebat Filippa Eilhart, oprindu-se în dreptul lor. Despre tăbăcărie și ciubotărie? Ce subiect vulgar și neplăcut!

– Dacă nu-ți e pe plac ceva, nu înseamnă că acel ceva nu-i e nimănui pe plac, a replicat disprețuitor magicianul. Ai o garnitură frumoasă la rochie, Filippa. Dacă nu mă înșel, e hermină diamantină? Foarte elegantă! Presupun că știi că, datorită blănii frumoase, specia a fost complet exterminată acum douăzeci de ani?

– Treizeci, l-a corectat Filippa, ducând la gură ultimul crevete, pe care Geralt nu reuşise să-l mănânce. Ştiu, ştiu, specia ar fi fost în siguranţă dacă i-aş fi spus modistei să-mi coasă la rochie nişte câlţi. Am avut în vedere. Dar nu se asortau cu rochia.

– Să mergem pe partea cealaltă a mesei! a propus vrăjitorul lejer. Am văzut acolo un castron mare cu caviar negru. Şi, cum şi sturionii lopătari sunt pe cale de dispariţie, trebuie să ne grăbim.

– Caviar în compania ta? Vai, cât am visat la asta!

Filippa şi-a fluturat genele, şi-a strecurat braţul sub cel al vrăjitorului, stârnind un miros de scorţişoară şi nard, şi a adăugat:

– Să nu mai pierdem vremea! Vrei să rămâi în compania noastră, Dorregaray? Nu? Ei bine, rămas-bun, distracţie plăcută!

Vrăjitorul a fornăit şi s-a întors. Sabrina Glevissig şi prietena ei roşcată l-au escortat cu ochii lor mai veninoşi chiar decât cobrele de stâncă aflate pe cale de dispariţie.

– Dorregaray, a mormăit Filippa, îndesându-se în Geralt fără jenă, spionează pentru regele Ethain din Cidaris. Fereşte-te! Reptilele şi pieile sunt doar o introducere care precedă interogarea. Şi Sabrina Glevissig şi-a ciulit bine urechile...

– ...pentru că spionează şi ea pentru Henselt din Kaedwen, a terminat el. Ştiu, mi-ai spus. Dar roşcata, prietena ei...

– Nu-i roşcată, e doar vopsită. Nu vezi bine? E Marti Sodergren.

– Pentru cine spionează?

– Marti? a izbucnit în râs Filippa, iar dinţii îi scânteiau pe sub buzele rujate carmin. Pentru nimeni. Marti nu este interesată de politică.

– Şocant! Credeam că toată lumea spionează aici.

– Mulţi o fac – şi-a îngustat ochii –, dar nu toţi. Nu Marti Sodergren. Marti e tămăduitoare. Şi nimfomană. A, să mă fulgere, uite! Au devorat tot caviarul! Până la ultimul bob! Au lins castronul! Şi ce ne facem acum?

– Acum, a zâmbit Geralt inocent, o să-mi spui că pluteşte ceva în aer. O să-mi spui că trebuie să resping neutralitatea şi să fac o alegere. O să-mi propui un rămăşag. Nu îndrăznesc nici măcar să visez care poate fi răsplata mea în cazul în care l-aș câștiga. Dar știu ce-o să am de făcut dacă o să-l pierd.

Filippa Eilhart a tăcut un moment, privind în gol.

– Trebuia să-mi dau seama, a spus ea calm. Dijkstra nu s-a putut abține. Ți-a făcut o propunere. Și doar l-am avertizat că-i disprețuiești pe spioni.

– Nu disprețuiesc spionii. Disprețuiesc spionajul. Și disprețul. Nu punem niciun rămășag, Filippa. Da, și eu simt că atârnă ceva în aer. N-are decât să atârne. Nu mă privește și nici nu-mi pasă.

– Mi-ai mai spus asta într-o zi. În Oxenfurt.

– Mă bucur că nu ai uitat. Poate îți mai aduci aminte și împrejurările?

– Cu mare precizie. Nu ți-am dezvăluit atunci cine servea faimosul Rience sau ce hram purta pe-acolo. L-am lăsat să scape. Eh, ce mânios ai fost pe mine atunci...

– Puțin spus.

– A venit timpul să mă reabilitez în ochii tăi. Mâine ți-l dau pe Rience. Nu mă întrerupe, nu face mutra asta! Că doar nu-i un rămășag în stilul lui Dijkstra. E o făgăduință, iar eu îmi țin făgăduințele. Nu, fără întrebări, te rog! Așteaptă până mâine. Acum să ne concentrăm pe caviar și pe bârfa banală.

– Care caviar?

– Un moment!

A aruncat o privire fugară în jur, și-a fluturat mâna și a bolborosit o vrajă. Vasul de argint, în formă de pește îndoit, s-a umplut instantaneu cu icre de sturion lopătar, specie pe cale de dispariție. Vrăjitorul a zâmbit.

– Iluzia poate să te sature?

– Nu. Dar măgulește și cel mai snob gust. Gustă.

– Într-adevăr... cred că e mai gustos decât în realitate...

– Și nu îngrașă, a zis magiciana mândră, stropind cu suc de lămâie o altă lingură de caviar. Pot să-ți cer un pahar cu vin alb?

– Numaidecât. Filippa?

– Poftim!

– Aparent, farmecele sunt interzise aici. Nu ar fi mai sigur, prin urmare, ca în loc de iluzia caviarului să se creeze chiar iluzia gustului? A senzației în sine? La urma urmei, ai putea...

– Bineînțeles că aş putea.

Filippa Eilhart l-a privit prin cristalul paharului și a explicat:

– Să faci o asemenea vrajă e mai simplu decât să faci o suzetă. Dar, numai cu senzația gustului, am pierde plăcerea oferită de activitate. Procesul, mişcările ritualice care-l însoțesc, gesturile... Conversația, contactul vizual care-l acompaniază... O să te fac să râzi cu o comparație amuzantă, vrei?

– Te ascult, bucurându-mă anticipat.

– Aş putea să reproduc prin magie senzația dată de orgasm.

Înainte ca vrăjitorul să-și recapete discursul, o magiciană mică și subțire a venit la ei cu părul lung și drept, de culoarea paiului. A recunoscut-o imediat: era cea cu ciubote din piele de acantozaur și o bluză de tul verde, care nu-i acoperea nici măcar un detaliu ca o aluniță pe sânul stâng.

– Îmi pare rău, a spus ea, dar trebuie să întrerup acest flirt. Filippa, Radcliffe și Detmold îți răpesc o clipă. Urgent!

– Dacă-i pe-așa, mă duc. Pa, Geralt. Flirtăm mai târziu!

– Aha! l-a măsurat blonda din priviri. Geralt. Vrăjitorul pentru care Yennefer își pierduse mințile? Te urmăream și mă căzneam să aflu cine ai putea fi. Ce m-am mai chinuit!

– Știu genul ăsta de chin, i-a răspuns el, zâmbindu-i politicos. Tocmai îl experimentez acum.

– Îmi pare rău pentru gafă. Eu sunt Keira Metz. Oh, caviar!

– Fii atentă, e o iluzie.

– La naiba, ai dreptate! Magiciana a aruncat cât colo lingura, de parc-ar fi fost coada unui scorpion negru. Cine a fost atât de îndrăzneț... Tu? Poți crea iluzii de gradul al patrulea. Tu?

– Eu, a mințit fără să înceteze să zâmbească. Sunt maestru al magiei, mă prefac că sunt vrăjitor ca să rămân incognito. Crezi că Yennefer ar fi fost interesată de un simplu vrăjitor?

Keira Metz l-a privit drept în ochi și și-a mușcat buzele.

La gât purta un medalion de argint în formă de cruce ankh, împodobit cu zirconiu cubic.

– Puțin vin? a propus el ca să alunge tăcerea incomodă. Îi era teamă că gluma nu va fi bine primită.

– Nu, mulțumesc... colega maestru, i-a spus Keira glacial. Nu beau. Nu pot. Am de gând să rămân însărcinată în seara asta.

– Cu cine? a întrebat-o Sabrina Glevissig, prietena vopsită roșcat, purtând o bluză transparentă, din georgette alb, decorată cu aplicații strategic plasate.

– Cu cine? a repetat ea, clipindu-și cu inocență genele lungi.

Keira s-a întors și a privit-o din cap până-n picioare, de la diadema din perle până la cizmele de iguană albă.

– Ce-ți pasă?

– Nimic. Curiozitate profesională. Nu-mi faci cunoștință cu tovarășul tău, faimosul Geralt din Rivia?

– Am o reținere. Dar știu că n-o să scap de tine. Geralt, aceasta este Marti Sodergren, o tămăduitoare. Specialitatea ei sunt afrodiziacele.

– Chiar trebuie să vorbim despre afaceri? Mi-ați lăsat puțin caviar și mie? Ce drăguț din partea voastră.

– Atenție! au avertizat-o Keira și vrăjitorul în cor. E o iluzie.

– Într-adevăr!

Marti Sodergren s-a aplecat înainte, și-a înălțat bărbia, apoi a luat un pahar în mână, s-a uitat la urmele de ruj carmin.

– E clar, Filippa Eilhart, a spus ea. Cine altcineva să îndrăznească o asemenea nerușinare? Vipera naibii! Știați că e spioana Vizimirului în Redania?

– Și e nimfomană? a riscat vrăjitorul.

Marti și Keira au fornăit în același timp.

– Pe asta te bazezi, încercând să flirtezi și să-i faci curte? l-a luat la rost tămăduitoarea. Dacă-i așa, află că cineva te-a dus de nas. De ceva timp Filippei nu-i mai plac bărbații.

– Sau ești femeie? Keira Metz și-a răsucit buzele strălucitoare. Poate că te prefaci că ești bărbat, colega maestru? Pentru a rămâne incognito? Ştii, Marti, mi-a mărturisit acum o clipă că îi place să se prefacă.

– Îi place şi se pricepe, a rânjit Marti. Aşa-i, Geralt? Mai devreme te-am văzut prefăcându-te că ai auzul slab şi că nu cunoşti Graiul mai Vechi.

– Are o mulţime de defecte, a spus cu răceală Yennefer, apropiindu-se şi luându-l posesiv la braţ pe vrăjitor. Practic, are numai defecte. Pierdeţi vremea, fetelor.

– Se pare că aşa este, a fost de acord Marti Sodergren, păstrându-şi rânjetul. Atunci vă dorim distracţie plăcută! Hai, Keira, să bem ceva... nealcoolic. Poate că mă hotărăsc să fac ceva în seara asta?

– Uff... a răsuflat el după ce au plecat. La ţanc, Yen. Mulţumesc.

– Îmi mulţumeşti? Ei, nu mai spune! În această sală există exact unsprezece femei cu sânii la vedere prin bluze transparente. Nu te-am lăsat nici jumătate de oră şi te găsesc vorbind cu două dintre ele...

Yennefer s-a oprit şi s-a uitat la vasul în formă de peşte.

– ...şi mâncând iluzii, a adăugat ea. Of, Geralt, Geralt! Hai! Am ocazia să-ţi fac cunoştinţă cu oameni care merită să-i cunoşti.

– Oare unul dintre aceşti oameni este Vilgefortz?

– Interesant! a răspuns magiciana şi ochi i s-au îngustat. Întrebi exact despre el. Da, Vilgefortz vrea să te întâlnească şi să vorbească cu tine. Te previn, discuţia poate părea banală şi lipsită de griji, dar nu te lăsa păcălit. Vilgefortz este un jucător iscusit şi extrem de inteligent. Nu ştiu ce vrea de la tine, dar fii cu ochii-n patru!

– Voi fi, a oftat el. Dar nu cred că iscusitul tău jucător o să fie în stare să mă surprindă. Nu după câte am pătimit aici. Spionii au tăbărât pe mine, reptilele şi herminele pe cale de dispariţie m-au năpădit. Am fost hrănit cu caviar inexistent. Nimfomanele cărora nu le plac bărbaţii mi-au pus la îndoială bărbăţia, am fost ameninţat cu violul pe un arici, m-au speriat cu graviditatea, ba chiar cu orgasmul şi încă cu unul neînsoţit de mişcări ritualice. Brrr...

– Ai băut?

– Un pic de vin alb de Cidaris. Dar era probabil un afrodiziac... Yen? Ne întoarcem la Loxia după ce stau de vorbă cu Vilgefortz?

– Nu ne mai întoarcem la Loxia.

– Poftim?

– Vreau să-mi petrec noaptea în Aretuza. Cu tine. Afrodiziac, spui? În vin? Interesant...

– Ai, mamă, mamă! a suspinat Yennefer, întinzându-se și aruncându-și coapsa lângă coapsa vrăjitorului. Uau, dragă, uau! De mult nu m-am mai iubit... De mult.

Geralt și-a desprins degetele din buclele ei fără comentarii. În primul rând, pentru că afirmația putea fi o provocare și se temea de cârligul ascuns în momeală. În al doilea rând, nu voia să-și șteargă cu cuvinte gustul plăcerii rămas pe buze.

– De mult n-am făcut dragoste cu un bărbat care să-mi fi mărturisit că mă iubește și căruia să-i fi mărturisit că-l iubesc, a îngăimat după un moment, când i-a fost clar că vrăjitorul nu mușcă momeala. Uitasem cum e. Uau!

S-a întins și mai mult, apucând cu brațele colțurile pernei, iar sânii ei scăldați în lumina lunii căpătau o formă care îi dădea fiori vrăjitorului în josul spatelui. A îmbrățișat-o, amândoi zăceau liniștiți, potoliți, răcoriți.

Dincolo de fereastra odăii țârâiau greierii și, de asemenea, se auzeau voci îndepărtate, liniștite și râsete, indicând faptul că banchetul continua, în ciuda orei relativ târzii.

– Geralt?

– Da, Yen?

– Povestește-mi!

– Despre discuția cu Vilgefortz? Acum? Să lăsăm pe dimineață.

– Acum, te rog!

S-a uitat la secretarul din colțul camerei. Se aflau pe el cărți, albume și alte obiecte pe care adepta cazată temporar la Loxia nu le luase cu ea. Sprijinită pios pe cărți, era o păpușă rotunjoară de cârpă, într-o rochie destrămată de la îmbrățișările frecvente. Nu și-a luat păpușa – s-a gândit în sinea lui – în Loxia, în dormitorul comun, ca să nu dea colegelor ocazia s-o ridiculizeze. Nu și-a luat păpușa. Și acum, mai mult ca sigur, nu poate să adoarmă fără ea.

Păpușa îl privea cu ochii de nasturi. El și-a mutat privirea de la ea.

Când i-a făcut cunoștință cu Capitulul, Yennefer a studiat cu atenție elita magicienilor. Hen Gedymdeith i-a aruncat doar o privire scurtă și obosită – era evident că banchetul îl plictisise și-l epuizase pe bătrân. Artaud Terranova, a cărui privire pendula întruna de la el la Yennefer, s-a înclinat cu o grimasă ambiguă, dar s-a dezmeticit imediat sub privirile celorlalți. Ochii albaștri ai Francescăi Findabair erau impenetrabili și duri precum cristalul. Când i-a fost prezentată, Stokrotka din Vale i-a zâmbit. Zâmbetul, deși incredibil de frumos, l-a înspăimântat pe vrăjitor. Tissaia de Vries, deși aparent absorbită constant de aranjarea manșetelor și bijuteriilor, i-a zâmbit când au făcut cunoștință, poate mai puțin frumos, dar mult mai sincer. Această Tissaia a stabilit imediat o conversație cu vrăjitorul, pomenindu-i una dintre faptele lui nobile, de care, întâmplător, nu-și amintea deloc și a suspectat-o că a inventat totul de la zero.

Apoi Vilgefortz s-a alăturat discuției. Vilgefortz de Roggeveen, magician cu o atitudine impresionantă, cu trăsături nobile și frumoase, cu o voce sinceră și onestă. Geralt știa că te poți aștepta la orice de la oameni de genul acesta.

Vorbeau pe scurt, simțind priviri neliniștite ațintite asupra lor. Vrăjitorul era privit de Yennefer, iar Vilgefortz, de o tânără magiciană, cu ochii drăguți, care încerca în mod constant să-și ascundă partea de jos a feței în spatele evantaiului. Au schimbat câteva observații convenționale, după care Villetfortz i-a propus să continue discuția într-un grup mai mic. Geralt a avut senzația că Tissaia de Vries era singura persoană care a fost surprinsă de propunere.

– Ai adormit, Geralt?

Murmurul lui Yennefer l-a smuls din reverie.

– Trebuia să-mi spui despre discuție, a adăugat.

Păpușa de pe secretar se uita la el cu ochii din nasturi. Și-a mutat privirea de la ea.

– Cum am intrat în galerie, a început după un răstimp, fata asta cu chip ciudat...

– Lydia van Bredevoort, asistenta lui Vilgefortz.

– Da, e adevărat, mi-ai mai spus. O persoană măruntă. Când am intrat în galerie, s-a oprit, s-a uitat la el și i-a cerut ceva. Telepatic.

– N-a fost lipsă de tact. Lydia nu-și poate folosi vocea.

– Mi-am dat seama. Pentru că Vilgefortz nu i-a răspuns telepatic. I-a răspuns...

– Da, Lydia, bună idee! a aprobat-o Vilgefortz. O să dăm o raită prin Galeria Gloriei. Vei avea ocazia să vezi istoria magiei, Geralt din Rivia. Nu mă îndoiesc că știi această istorie, dar vei avea ocazia să te familiarizezi cu cea vizuală. Dacă ești un cunoscător al picturii, nu te speria. Majoritatea picturilor sunt operele elevelor entuziaste din Aretuza. Lydia, fii drăguță și fă lumină în bezna care tronează aici.

Lydia van Bredevoort și-a fluturat mâinile în aer și coridorul s-a luminat instantaneu.

Prima pictură reprezenta o ambarcațiune veche, aruncată de furtună între recifele care ieșeau din valuri. La prora navei stătea un bărbat într-o haină albă, cu capul înconjurat de o aură luminoasă.

– Prima debarcare, a ghicit vrăjitorul.

– Bineînțeles, a confirmat Vilgefortz. Nava Exilaților. Jan Bekker supune Forța voinței sale. Calmează valurile, dovedind că magia nu trebuie să fie malefică și distructivă, ci poate salva vieți.

– Chiar a avut loc în realitate acest eveniment?

– Mă îndoiesc, a zâmbit magicianul. Cel mai probabil este ca, în timpul primei călătorii și debarcări, Bekker și alții să-și fi vărsat și fierea, aplecați peste bord. Au reușit să controleze Forța abia după debarcare, care, dacă a avut un final fericit, a fost doar din întâmplare. Să mergem mai departe. Iată-l pe Jan Bekker din nou, forțând apa să țâșnească din stâncă, în locul în care urma să se instaleze prima așezare. Iar aici, iată, înconjurat de coloniști, Bekker dispersează norii și oprește furtuna pentru a proteja recolta.

– Și asta? Ce eveniment este prezentat în tablou?

– Recunoașterea celor Aleși. Bekker și Giambattista supun copiii coloniștilor nou-veniți unui test magic pentru detectarea

Surselor. Copiii selectați vor fi luați de la părinți și duși la Mirthe, primul sediu al magicienilor. Este vorba despre un moment istoric. După cum poți vedea, tuturor copiilor le-a înghețat sângele în vine, numai această brunetă hotărâtă, cu un zâmbet încrezător, îi întinde mâna lui Giambattista. Este cea care mai târziu a fost renumita Agnes din Glanville, prima femeie care a devenit magiciană. Această femeie din spate este mama ei. E cam tristă.

– Și scena colectivă?

– Uniunea de la Novigrad. Bekker, Giambattista și Monck încheie un pact cu domnitorii, preoții și druizii. Un soi de pact de neagresiune și separare a magiei de stat. Un kitsch oribil. Să mergem mai departe. Aici îl vedem pe Geoffrey Monck pornind spre amontele Pontarului, pe atunci cunoscut și sub numele de Aevon y Pont ar Gwennelen, Râul Podurilor de Alabastru. Monck se îndrepta spre Loc Muinne pentru a-i convinge pe elfii de acolo să accepte un grup de copii, Surse, care trebuiau instruiți de magii elfi. Poate că te-ar interesa că a existat un băiat printre copii, numit mai târziu Gerhart din Aelle. L-ai întâlnit acum o clipă. Acum acel băiat este numit Hen Gedymdeith.

– Aici – vrăjitorul s-a uitat la magician – ne-am aștepta la o scenă de luptă. La urma urmei, la câțiva ani după expediția lui Monck, încununată cu succes, armata mareșalului Raupenneck din Tretogor a declanșat masacrul din Loc Muinne și Est Haemlet, omorându-i pe toți elfii, indiferent de vârstă sau sex. Și a început războiul, care s-a încheiat cu masacrul de la Shaerrawedd.

– Având în vedere cunoștințele tale impresionante de istorie, a zâmbit din nou Vilgefortz, ar trebui să știi totuși că la aceste războaie n-a luat parte niciunul dintre magicienii mai importanți. Acesta este și motivul pentru care tema n-a inspirat-o pe nicio adeptă să picteze un tablou adecvat. Să mergem mai departe.

– Să mergem! Aici, pe pânza asta, ce eveniment este zugrăvit? Aha, știu. Este Raffard cel Alb, care-i reconciliază pe regii vrăjmași și pune capăt Războiului de șase ani. Iar aici Raffard refuzând coroana. Un gest frumos, nobil.

– Așa crezi? – Vilgefortz a clătinat din cap. Ei bine, în orice caz, gestul a creat un precedent. Raffard, cu toate astea, a acceptat funcția de prim-consilier și, de fapt, el a guvernat, pentru că regele era un imbecil.

– Galeria Gloriei... a mormăit vrăjitorul, apropiindu-se de tabloul următor. Ce avem aici?

– Momentul istoric al numirii primului Capitul și al votării Legii. De la stânga: Herbert Stammelford, Aurora Henson, Ivo Richert, Agnes din Glanville, Geoffrey Monck și Radmir din Tor Carnedd. Aici, ca să fiu sincer, se cere și o imagine de luptă în completare. Întrucât la puțin timp au fost măcelăriți într-un război brutal cei care nu doreau a recunoaște Capitulul și a se supune Legii. Printre alții, Raffard cel Alb. Dar tratatele de istorie au trecut sub tăcere ca să nu spulbere farmecul legendei.

– Și aici... Hmmm... Da, cred că a fost pictat de o adeptă. Și încă una foarte tânără...

– Fără îndoială. E o alegorie. I-aș spune o alegorie a feminității triumfătoare. Aer, Apă, Pământ și Foc. Și cele patru magiciene faimoase, iscusite în mânuirea forțelor celor patru stihii. Agnes din Glanville, Aurora Henson, Nina Fioravanti și Klara Larissa de Winter. Uită-te la următoarea, o pânză destul de bine realizată. Aici o vedem pe Klara Larissa inaugurând Academia pentru fete. Exact în clădirea în care ne aflăm acum. Iar aceste portrete sunt ale absolventelor de vază ale Aretuzei. Iată o lungă istorie a feminității triumfătoare și a feminizării treptate profesiei: Yanna din Murivel, Nora Wagner, sora ei Augusta, Jade Glevissig, Leticia Charbonneau, Ilona Laux – Antille, Carla Demetia Crest, Violenta Suarez, April Wenhaver... și singura încă în viață: Tissaia de Vries...

Au mers mai departe. Doar mătasea Lydiei van Bredevoort șușotea în tăcerea instalată, iar în șușoteala mătăsoasă era o taină primejdioasă.

– Și asta? s-a oprit Geralt. Ce-i cu scena asta oribilă?

– Martiriul magicianului Radmir, jupuit de viu în timpul revoltei Falkăi. În fundal, cuprins de flăcări, castelul Mirthe, pe care Falka ordonase să-l facă scrum.

– Pentru care Falka, imediat după aceea, a fost făcută scrum. Pe rug.

– Copiii din Temeria și Redania, se știe, și în zilele noastre se distrează dând foc unei marionete cu efigia Falkăi în ajun de Saovine. Să ne întoarcem ca să vezi și cealaltă parte a galeriei... Știu că vrei să mă întrebi ceva. Te ascult.

– Mă surprinde cronologia. Știu, bineînțeles, cum funcționează poțiunile tinereții, dar apariția pe pânze deopotrivă a celor vii și a celor morți de mult...

– Cu alte cuvinte, te surprinde că la banchet i-ai întâlnit pe Hen Gedymdeith și Tissaia de Vries, dar nu au fost printre noi Bekker, Agnes de Glanville, Stammelford sau Nina Fioravanti?

– Nu. Știu că nu sunteți nemuritori...

– Ce este moartea? l-a întrerupt Vilgefortz. După tine?

– Sfârșitul.

– Sfârșitul cui?

– Al existenței. Din câte văd eu, am început să filosofăm.

– Natura nu cunoaște conceptul de filosofie, Geralt de Rivia. Prin filosofie înțelegem de obicei încercările jalnice și caraghioase ale oamenilor de a înțelege Natura. Înțelegem, de asemenea, rezultatele acestor încercări. Este ca și cum sfecla-de-zahăr și-ar revendica cauzele și efectele existenței sale, și ar numi rodului reflecțiilor sale Conflictul veșnic și tainic al Tuberculului cu Frunzele, iar ploaia ar defini-o Forța Creatoare de Nepătruns. Noi, magicienii, nu pierdem vremea iscodind ce este Natura. Știm ce este, pentru că noi înșine suntem Natura. Mă înțelegi?

– Încerc, dar vorbește mai încet, te rog! Nu uita că vorbești cu o sfeclă-de-zahăr.

– Te-ai întrebat vreodată ce s-a întâmplat când Bekker a forțat apa să iasă din stâncă? E foarte simplu: Bekker a îmblânzit Forța. A forțat stihia să i se supună. A subjugat Natura, a stăpânit-o... Care este relația ta cu femeile, Geralt?

– Poftim?

Lydia van Bredevoort s-a întors într-o șoaptă de mătase, încremenită în așteptare. Geralt a văzut că ținea un tablou învelit sub braț. Nu avea idee de unde provenea această pânză, Lydia nu avea nimic în mână în urmă cu câteva minute. Amuleta de la gât îi vibra ușor.

Vilgefortz zâmbea.

– Te-am întrebat, i-a amintit, ce părere ai despre relația dintre un bărbat și o femeie.

– Din ce punct de vedere?

– Poți, după părerea ta, să forțezi o femeie să se supună? Vorbesc despre femei reale, desigur, nu despre femele. Poți controla o femeie adevărată? S-o domini? S-o faci să se predea voinței tale? Și, dacă da, cum, în ce fel? Răspunde!

Păpușa de cârpă nu-și lua ochii de nasturi de la ei. Yennefer se uita în gol.

– I-ai răspuns?

– I-am răspuns.

Magiciana i-a prins cu mâna stângă cotul și cu mâna dreaptă degetele care îi atingeau pieptul.

– Cum, în ce fel?

– Știi bine doar.

– Ai înțeles, i-a spus Vilgefortz după o clipă. Și cred că ai înțeles întotdeauna. Așadar ai înțeles că, dacă dispare și piere ideea de voință și supunere, de poruncă și ascultare, de stăpân și slujitor, atunci se atinge unitatea. Comunitatea, integrarea într-un singur întreg. Pătrunderea reciprocă. Și când se întâmplă asta, moartea încetează să mai conteze. Acolo, în sala de banchet, era prezent Jan Bekker, sub forma apei care izvora din stâncă. A spune că Bekker a murit este ca și cum ai spune că apa a murit. Uită-te la această pânză.

Geralt s-a uitat.

– E foarte frumoasă, i-a zis după o clipă și imediat a simțit o vibrație ușoară a medalionului.

– Lydia, i-a zâmbit Vilgefortz, mulțumesc pentru recunoștință. Și te felicit pentru gust. Peisajul arată întâlnirea lui

Cregenann din Lód și Lara Dorren aep Shiadhal, cuplu legendar de îndrăgostiți, despărțiți și distruși în vremea disprețului. El era magician, ea era o elfă din elita lui Aen Saevherne sau Cunoscătorii. Ceea ce ar fi putut fi începutul reconcilierii s-a transformat într-o tragedie.

– Știu povestea. Întotdeauna am crezut că e doar un basm. Cum a fost în realitate?

– Asta, a devenit magicianul serios, nimeni nu știe. Adică aproape nimeni. Lydia, atârnă tabloul tău aici, alături. Geralt, admiră noua lucrare zămislită din pensonul Lydiei. Este un portret al Larei Dorren aep Shiadhal realizat pe baza unei miniaturi antice.

– Felicitări! s-a înclinat vrăjitorul spre Lydia van Bredevoort, iar vocea nu-i tremura deloc. E o adevărată capodoperă.

Vocea nu-i tremura, cu toate că Lara Dorren aep Shiadhal se uita la el de la înălțimea portretului cu ochii lui Ciri.

– Ce s-a întâmplat mai departe?

– Lydia a rămas în galerie. Amândoi ne-am dus pe terasă. Și el glumea pe seama mea.

– Pe-aici, Geralt! Mergi numai pe dalele întunecate, te rog!

În jos marea strălucea, insula Thanedd trona în mijlocul spumei albe. Valurile se spărgeau de zidurile Loxiei, aflate chiar sub ei. Loxia strălucea de la miile de lumini, la fel ca Aretuza. Blocul de piatră al Garstangului, înălțându-se deasupra lor, era însă negru și pustiu.

– Mâine – magicianul urmărea ochii vrăjitorului – membrii Capitulului și Consiliului vor îmbrăca tunicile tradiționale, pelerinele negre și pălăriile țuguiate, pe care le cunoști din gravurile vechi. Ne vom înarma și cu baghete lungi, și cu sceptre, semănând astfel cu magicienii și vrăjitorii cu care sunt amenințați copiii. Așa e tradiția. În compania altor delegați, ne vom duce acolo, sus, la Garstang. Vom ține un consiliu acolo, într-o sală special amenajată. Ceilalți vor aștepta în Aretuza întoarcerea noastră și deciziile noastre.

– Deliberările din Garstang, într-un cerc îngust, sunt și ele o tradiție?

– Oho! Și încă cum! Îndelungată și dictată de considerente practice. Se întâmpla uneori ca deliberările magicienilor să fie furtunoase și se ajungea la schimburi de opinii destul de vii. În timpul unui astfel de schimb, un fulger globular i-a afectat coafura și rochia Ninei Fioravanti. Nina, care își dedicase un an de muncă consolidând zidurile Garstangului într-o aură puternică și o blocadă antimagică. De atunci, nu mai acționează nicio magie în Garstang, iar discuțiile sunt mai pașnice. Mai ales când nu uităm să-i deposedăm pe disputanți de cuțite.

– Înțeleg. Și turnul izolat, deasupra Garstangului, chiar în vârf, ce e? Vreo clădire importantă?

– Acela e Tor Lara, Turnul Pescărușului. O ruină. Dacă e important? Probabil că da.

– Probabil?

Magicianul s-a sprijinit de balustradă.

– Potrivit elfilor, Tor Lara este conectat printr-un portal cu misteriosul Tor Zireael, Turnul Rândunicii, care nu a fost localizat până în prezent.

– Cum așa? N-ați izbutit să descoperiți portalul ăla? Nu cred.

– Bine faci. Am detectat portalul, dar a trebuit să-l blocăm. Au existat proteste, toată lumea s-a grăbit să experimenteze, toți au vrut să devină celebri ca exploratori ai Tor Zireael, sediul mitic al magicienilor și înțelepților elfi. Portalul este totuși corupt iremediabil și funcționează haotic. Au existat victime, așa că a fost blocat. Să mergem, Geralt, se face răcoare. Cu atenție. Calcă numai pe dalele întunecate.

– De ce numai pe cele întunecate?

– Aceste clădiri sunt în ruină. Umiditatea, eroziunea, vânturile puternice, salinitatea aerului, toate acestea afectează fatal zidurile. Renovarea ar costa prea scump, prin urmare, folosim iluzia. Prestigiul, mă-nțelegi.

– Nu prea.

Magicianul a ridicat o mână, iar terasa a dispărut. Stăteau deasupra abisului, deasupra unei prăpăstii de pe fundul căreia se iveau colți stâncoși scăldați în spumă. Stăteau în picioare pe o centură îngustă de dale întunecate, dispuse ca un trapez între porticul Aretuzei și pilonul de susținere a terasei.

Geralt își menținea cu greu echilibrul. Dacă ar fi fost om, și nu vrăjitor, nu ar fi reușit să și-l mențină. Dar chiar și el a fost surprins. Mișcarea sa rapidă nu putea să-i scape atenției magicianului, iar pe față era, de asemenea, vizibilă o schimbare. Vântul îl balansa pe puntea îngustă, abisul îl chema răutăcios cu zgomotul sinistru al valurilor.

– Ți-e frică de moarte, a constatat Vilgefortz cu un zâmbet. Totuși, te temi de ea.

Păpușa de cârpă îi privea cu ochii din nasturi.

– A râs de tine, a murmurat Yennefer, îmbrățișându-l pe vrăjitor. Nu era nicio primejdie, cu siguranță vă învăluise pe amândoi într-un câmp de levitație. N-ar fi riscat... Ce s-a mai întâmplat în continuare?

– Ne-am dus într-o altă aripă a Aretuzei. M-a condus într-o încăpere mare, era, probabil, biroul uneia dintre profesoare, poate chiar al rectorului. Ne-am așezat la o masă, deasupra căreia se afla o clepsidră. Nisipul se scurgea. Am simțit parfumul Lydiei, știam că era în camera din fața noastră...

– Și Vilgefortz?

– Mi-a adresat o întrebare.

– De ce nu te-ai făcut magician, Geralt? N-ai fost niciodată înclinat spre artă? Fii cinstit!

– Voi fi. Da, m-a atras.

Deci de ce nu ți-ai urmat vocea înclinației?

– Am hotărât că e mai bine să-mi urmez glasul rațiunii.

– Adică?

– Anii mei de muncă în calitate de vrăjitor m-au învățat să-mi măsor puterile în raport cu ceea ce-mi propun. Știi, Vilgefortz, am cunoscut, într-o zi, un copil pitican care visa să fie elf. Ce crezi că ar fi fost dacă și-ar fi urmat vocea înclinației?

– Ar trebui să fie o comparație? O paralelă? Dacă da, este complet irelevant. Piticanul n-avea cum să devină elf. Pentru că mama lui nu era elfă.

Geralt a rămas tăcut un lung răstimp.

– Da, a zis el în cele din urmă. Puteam să-mi dau seama. Ai scotocit puțin în biografia mea. Îmi poți spune cu ce scop?

– Poate, a zâmbit magicianul ușor, că visez la o pictură în Galeria Gloriei? Noi doi la o masă și o inscripție pe o plăcuță de alamă: „Vilgefortz de Roggeveen încheie un pact cu Geralt de Rivia".

– Asta ar fi o alegorie, a spus vrăjitorul, cu titlul *Triumful cunoașterii asupra ignoranței*. Aș prefera o imagine mai realistă, intitulată *Vilgefortz îi explică lui Geralt ce se întâmplă*.

Vilgefortz și-a alăturat degetele ambelor mâini la înălțimea gurii.

– Nu este limpede?

– Nu.

– Ai uitat? Imaginea pe care o visez atârnă în Galeria Gloriei, o contemplă generațiile viitoare, care știu foarte bine despre ce e vorba, ce eveniment prezintă tabloul. Pictați pe pânză, Vilgefortz și Geralt cad de acord și încheie un pact prin care Geralt, urmându-și vocea nu a rațiunii și nici a înclinației, ci a adevăratei vocații, a intrat în cele din urmă în rândurile magicienilor, punând astfel capăt existenței sale actuale, fără prea mult sens și lipsită de viitor.

– Și să ne gândim, a spus vrăjitorul după o tăcere foarte lungă, că de curând am ajuns la concluzia că nimic nu mă mai poate surprinde. Crede-mă, Vilgefortz, o să-mi amintesc mult timp de-acum înainte acest banchet și acest corn al abundenței de senzații. Într-adevăr, merită un tablou: *Geralt părăsește insula Thanedd, prăpădindu-se de râs.*

– N-am înțeles, a zis magicianul și s-a aplecat ușor. M-am pierdut în înfloriturile discursului tău, împletite cu vorbe sofisticate.

– Motivele neînțelegerii tale sunt clare pentru mine. Suntem prea diferiți pentru a ne înțelege. Ești un magician puternic din Capitul care a realizat unitatea cu Natura. Sunt un vagabond, un vrăjitor, un mutant care călătorește în jurul lumii și lichidează monștri pentru bani...

– Înfloriturile, l-a întrerupt magicianul, au fost înlocuite cu clișee.

– Suntem prea diferiți – Geralt nu a renunțat. Simplul fapt că mama mea a fost, din întâmplare, o magiciană nu poate șterge această diferență. Dar, așa, din curiozitate: cine a fost mama ta?

– Habar n-am, a răspuns Vilgefortz senin.

Vrăjitorul a tăcut imediat.

– Druizii din cercul Kovirsky, a spus magicianul după un moment, m-au găsit într-un șanț din Lan Exeter. M-au luat și m-au crescut. Ca pe un druid, se înțelege. Știi ce este un druid? Un fel de mutant, un vagabond care merge în jurul lumii și se închină la stejarii sfinți.

Vrăjitorul tăcea.

– Și apoi, a continuat Vilgefortz, în timpul unor ritualuri druide, capacitățile mele au ieșit la lumină. Capacități care mi-au permis în mod clar și fără putință de tăgadă determinarea originilor mele. Eram conceput, desigur, din întâmplare, din două ființe, dintre care cel puțin una era magician.

Geralt tăcea.

– Cel care mi-a descoperit talentele modeste a fost, bineînțeles, un magician, a continuat calm Vilgefortz. Iar acesta m-a copleșit cu o mărinimie nemaipomenită: mi-a propus o educație și o perfecționare, precum și perspectiva de a mă alătura Frăției Magicienilor.

– Iar tu, i-a zis vrăjitorul, ai acceptat oferta.

– Nu.

Vocea lui Vilgefortz a devenit mai rece și mai neplăcută.

– Am respins-o nepoliticos, chiar obraznic, a continuat el. Mi-am vărsat toată furia asupra bătrânului. Voiam să se simtă vinovat el și toată frăția sa magică. Vinovat, desigur, de șanțul din Lan Exeter, vinovat că unul sau doi magicieni nenorociți, niște ticăloși fără inimă și sentimente umane, m-au aruncat în șanț după naștere, și nu înainte. Magicianul, desigur, n-a înțeles și nici nu s-a supărat pentru ceea ce i-am spus atunci. A ridicat din umeri și a plecat, fiind marcați și el, și tovarășii lui de pecetea bastarzilor netrebnici, insensibili, aroganți, demni de cel mai mare dispreț.

Geralt tăcea mai departe.

– Mă lămurisem, așadar, cu druizii, a explicat Vilgefortz. Așa că am renunțat la sfinții stejari și mi-am luat lumea-n cap. Am făcut multe la viața mea. De unele mi-e rușine și astăzi. În cele din urmă, am devenit mercenar. Mai departe, povestea mea continuă, după cum îți poți închipui, stereotip. Soldat victorios, soldat înfrânt, dezertor, jefuitor, violator, criminal și în cele din urmă fugar ascuns la capătul lumii ca să scap de ștreang. Am fugit până la capătul lumii. Iar acolo, la capătul lumii, am întâlnit o femeie. Magiciană.

– Ai grijă! i-a șoptit vrăjitorul cu ochii mijiți. Ai grijă, Vilgefortz, să nu ajungi prea departe în căutarea forțată a asemănărilor!

– Asemănările s-au terminat.

Magicianul nu și-a lăsat ochii în jos și a vorbit mai departe:

– Pentru că nu m-am ocupat de sentimentele pe care le-am nutrit pentru această femeie. Nu i-am înțeles sentimentele și de altfel n-a încercat să mă ajute deloc. Am părăsit-o. Pentru că era promiscuă, arogantă, răutăcioasă, insensibilă și rece. Pentru că era imposibil de dominat, iar dominația ei era umilitoare. Am părăsit-o fiindcă am știut că era interesată de mine doar pentru că inteligența, personalitatea și misterul meu fascinant ascundeau faptul că nu eram magician și numai pe magicieni obișnuia să-i onoreze cu mai mult de-o noapte. Am abandonat-o, pentru că... Pentru că era ca mama. Dintr-odată mi-am dat seama că nu simțeam dragoste pentru ea, ci nutream un sentiment mult mai complicat, mai puternic, dar greu de definit: un amestec de teamă, de regret, de furie, de remușcare și de nevoie de ispășire, de vinovăție, de nedreptate și de pierdere, de nevoie perversă de suferință și penitență. Ceea ce am simțit pentru acea femeie a fost ură.

Geralt tăcea. Vilgefortz se uita într-o parte.

– Am părăsit-o, a continuat după o clipă. Și n-am putut trăi cu golul lăuntric rămas. Și deodată mi-am dat seama că nu lipsa femeii îmi lăsase acel gol, ci lipsa celor simțite atunci. Paradoxal, nu-i așa? Nu trebuie să termin, sunt sigur că ghicești continuarea. Am devenit magician. Din ură. Și abia atunci am înțeles ce prost am fost. Confundasem cerul cu stelele oglindite noaptea pe suprafața iazului.

– După cum ai observat, pe bună dreptate, paralelele dintre noi n-au fost în întregime paralele, a murmurat Geralt. În ciuda aparențelor, avem puține în comun, Vilgefortz. Ce vrei să-mi dovedești spunându-ți povestea? Că, deși este alambicată și dificilă, calea spre atingerea măiestriei în magie este accesibilă tuturor? Chiar și, îmi pare rău pentru paralelă, bastarzilor și orfanilor, vagabonzilor sau vrăjitorilor...

– Nu, l-a întrerupt magicianul. N-am intenționat să dovedesc că această cale este disponibilă pentru toată lumea, deoarece e evidentă și dovedită de mult timp. N-am vrut să demonstrez nici faptul că pentru unii oameni nu există pur și simplu altă cale.

– Așadar, a zâmbit vrăjitorul, n-am de ales? Trebuie să fac un pact cu tine, care să devină tema unui tablou faimos și să mă convertesc în magician? Numai din cauza originii? Măi, să fie! Cunosc puțin teoria eredității. Tatăl meu, din câte am dedus, cu mare dificultate, era un vagabond, un bătăuș, un scandalagiu și un spadasin. Pot moșteni predominant gene de spadasin, nu pe linie maternă. Faptul că mânuiesc destul de bine spada, de asemenea, poate să confirme acest lucru.

– De fapt, din clepsidră s-a scurs aproape tot nisipul, iar eu, Vilgefortz de Roggeveen, maestru al magiei, membru al Capitulului, încă stau la discuții, nu fără plăcere, cu un bătăuș spadasin, fiul unui bătăuș spadasin și vagabond. Vorbim despre lucruri și aspecte care, după cum este bine cunoscut, sunt dezbătute de spadasini neînfricați în jurul focului de tabără. Cum ar fi ereditatea, de exemplu. De unde-ai scos tu cuvântul ăsta, spadasinule? Nu de la școala templului Ellander, unde se învață să se silabisească și să se scrie cele douăzeci și patru de rune, nu? Ce te-a determinat să citești cărțile în care pot fi găsite astfel de cuvinte ca acesta? Unde ți-ai rafinat retorica și elocvența? Și de ce ai făcut-o? Ca să vorbești cu vampirii? Dragul meu derbedeu ereditar, căruia i-a zâmbit Tissaia de Vries. Dragul meu vrăjitor, care-o fascinează pe Filippa Eilhart de-i tremură mâinile. La pomenirea căruia Triss Merigold se înroșește ca racul. Ce să mai spun de Yennefer din Vengerberg.

– Poate faci bine și nu mai spui! Clepsidra mai are foarte puțin nisip, încât poți să-i numere grăunțele. Nu picta mai multe tablouri, Vilgefortz. Zi-mi despre ce e vorba. Cu cuvinte simple. Imaginează-ți că stăm lângă foc doi vagabonzi, frigem purcelul pe care tocmai l-am furat și încercăm în van să ne îmbătăm cu sevă de mesteacăn. E o întrebare simplă. Răspunde! Ca de la vagabond la vagabond.

– Care e întrebarea simplă?

– Ce pact îmi propui? Ce acord să încheiem? De ce vrei să mă bagi în oala ta, Vilgefortz? Într-o oală care, după părerea mea, începe să dea în clocot? Ce altceva, în afară de candelabre, mai atârnă în aer?

Magicianul se gândea ori se prefăcea că se gândește:

– Întrebarea nu e simplă, dar voi încerca să răspund. Dar nu ca de la vagabond la vagabond. Voi răspunde... ca de la un spadasin mercenar la alt spadasin mercenar, care arată la fel ca el.

– Fie!

– Ascultă, atunci, camarade spadasin! Se pune la cale o confruntare sângeroasă. O luptă ascuțită pe viață și pe moarte, nu va fi iertat nimeni. Unii vor câștiga, iar ceilalți vor cădea pradă corbilor. Te sfătuiesc, camarade, să te alături celor care au o șansă mai bună. Adică nouă. Lasă-i pe ceilalți și scuipă-i direct între ochi, pentru că n-au nicio șansă, căci altfel, la naiba, mori de gât cu ei. Nu, nu, camarade, nu face mutra aia! Știu ce vrei să spui. Că ești neutru. Că n-ai nimic cu nimeni și că aștepți măcelul în munți, la Kaer Morhen. E o idee proastă, camarade. Noi suntem însoțiți de tot ce-ți place. Dacă nu ni te alături, o să pierzi totul. Și atunci vei fi mistuit de gol, de neant și de ură. Vremea disprețului care va veni te va distruge. Deci, fii rezonabil și stai pe partea care trebuie atunci când vine ceasul alegerii. Și ceasul alegerii a venit. Crede-mă!

– Incredibil, a rânjit vrăjitorul, cât poate să-i sperie pe toți neutralitatea mea! În ce măsură mă face obiectul unor propuneri de pacte și contracte, de oferte de cooperare, instrucțiuni privind necesitatea de a alege și de a fi de partea care trebuie. Să terminăm această conversație, Vilgefortz. Pierzi vremea. În acest joc nu sunt un partener egal pentru tine. Nu văd cum am putea fi amândoi în același tablou din Galeria Gloriei. Mai ales pe câmpul de luptă.

Magicianul tăcea.

– Aranjează-ți, a continuat Geralt, regii, reginele, caii și pionii pe eșichier, nu-ți face griji pentru mine, pentru că sunt la fel de important pe tabla de șah ca praful care o acoperă. Ăsta nu-i jocul meu. Vrei să spui că va trebui să aleg? Te asigur că te înșeli. N-o să aleg. O să mă adaptez la evenimente. Mă adaptez la ceea ce-o să aleagă ceilalți. Întotdeauna am făcut asta.

– Ești un fatalist.

– Sunt. Deși e încă un cuvânt pe care n-ar trebui să-l cunosc. Repet, nu-i jocul meu.

– Da? s-a aplecat Vilgefortz peste masă. În acest joc, vrăjitorule, pe tabla de șah există deja un cal negru, unit cu tine la bine și la rău prin ițele destinului. Știi despre cine vorbesc, nu? Nu vrei s-o pierzi, nu? Știi că există o singură cale de a n-o pierde.

Ochii vrăjitorului s-au îngustat.

– Ce vrei de la copil?

– Există o singură modalitate de a afla.

– Te avertizez. N-o să las pe nimeni să-i facă niciun rău...

– Există o singură cale prin care poți s-o protejezi. Ți-am oferit posibilitatea asta, Geralt din Rivia. Gândește-te la oferta mea! Ai toată noaptea la dispoziție. Reflectează privind cerul. Și stelele. Și nu le confunda cu cele care se oglindesc pe suprafața iazului. Clepsidra s-a golit.

– Mă tem pentru Ciri, Yen.

– N-ai de ce.

– Dar...

– Ai încredere în mine, l-a îmbrățișat. Crede-mă, te rog! Nu-ți face griji pentru Vilgefortz. E un jucător. A vrut să te testeze, să te provoace. Și, parțial, a reușit. Dar nu contează. Ciri este sub protecția mea, iar în Aretuza va fi în siguranță, va putea să-și dezvolte abilitățile aici și n-o va deranja nimeni. Nimeni. Cât despre viitorul ei ca vrăjitoare, uită-l! Are alte talente. Și este predestinată pentru alte lucruri. Crede-mă!

– Te cred.

– E un progres considerabil. Și nu-ți face griji pentru Vilgefortz. Ziua de mâine va lămuri multe lucruri și va deznoda multe probleme.

Ziua de mâine, se gândea el, îmi ascunde ceva. Și mi-e teamă s-o întreb. Codringher avea dreptate. M-am băgat ca musca-n lapte. Dar acum n-am de ales. Trebuie să aștept ce va aduce ziua de mâine, care ar trebui să lămurească totul. Trebuie să am încredere în ea. Știu c-o să se întâmple ceva. O să aștept. Și o să mă adaptez situației.

S-a uitat la secretar.

– Yen?

– Sunt aici.

– Când învățai în Aretuza... Când dormeai într-o cameră ca asta... Aveai o păpușă fără de care nu puteai să dormi? Care stătea ziua pe secretar?

– Nu, s-a mișcat Yennefer brusc. Nici măcar n-aveam o păpușă. Nu mă întreba de asta, Geralt! Te rog, nu întreba!

– Aretuza, a șoptit el, privind în jur. Aretuza de pe insula Thanedd. Casa ei. Pentru atâția ani... Când va pleca de acolo, va fi o femeie matură...

– Încetează! Nu te mai gândi la asta și nu mai vorbi despre asta. Mai bine...

– Da, Yen?

– Iubește-mă!

A îmbrățișat-o. A mângâiat-o. A regăsit-o. Yennefer, incredibil de moale și tare în același timp, a suspinat zgomotos. Cuvintele rostite se spărgeau, pierind printre suspine și respirații accelerate, încetau să mai aibă sens, se împrăștiau. Așa că au tăcut, încercând să se caute, să caute adevărul. Au căutat mult, cu grijă și tenace, temându-se de sacrilegiul grabei, de neglijență și de nepăsare. Au căutat intens, cu forță și cu ardoare, temându-se de îndoieli sacrilegioase și de nehotărâre. Au căutat cu atenție, temându-se de sacrilegiul lipsei de delicatețe.

S-au găsit, și-au biruit teama și peste un moment au găsit adevărul care le-a explodat sub pleoape, cu dovezi înspăimântătoare, orbitoare, smulgând gemete dintre buzele încleștate cu îndârjire. Apoi timpul s-a zbătut spasmodic și a încremenit, totul a dispărut, iar singurul simț încă treaz era doar atingerea.

A trecut o veșnicie, realitatea a revenit, iar timpul s-a zbătut din nou și a luat-o iar din loc, lent, stângace, ca un car uriaș, încărcat. Geralt s-a uitat pe fereastră. Luna încă era atârnată pe cer, deși cele petrecute cu o clipă în urmă ar fi trebuit s-o arunce pe pământ.

– Ioi, ioi! a exclamat Yennefer după un răstimp lung, ștergându-și cu o mișcare lentă o lacrimă de pe obraz.

Zăceau neclintiți în învălmășeala de cearșafuri, printre fiori, între căldura aburindă și fericirea exaltată, în tăcere, iar în jur se involburau tenebre haotice, saturate de parfumul nopții și de țârâitul greierilor. Geralt știa că în astfel de momente abilitățile telepatice ale magicienei erau sensibile și foarte puternice, așa că se gândea intens la întâmplări și lucruri frumoase. La lucruri care ar fi trebuit să o facă fericită. La strălucirea explozivă a soarelui la răsărit. La ceața atârnată în zori peste un lac montan. La cascadele cristaline prin care sare somonul, la fel de strălucitor de parcă ar fi din argint topit. La picăturile calde de ploaie lovind frunzele îngreunate de rouă.

Se gândea la ea. Yennefer zâmbea, ascultându-i gândurile. Zâmbetul îi țâșnea pe obraz în tremurul umbrelor proiectate de genele luminate de lună.

– Casă? a întrebat brusc Yennefer. Ce casă? Ai o casă? Vrei să construiești o casă? Ah... Îmi pare rău. Nu trebuia...

El tăcea. Era supărat pe sine. Gândindu-se la ea, a lăsat-o fără să vrea să-i citească gândul care o privea.

– Un vis frumos.

Yennefer i-a mângâiat ușor brațul:

– O casă. O casă construită de mâinile tale, în casa asta, tu și cu mine. Tu ai crește cai și oi, eu m-aș ocupa de grădină, aș face mâncare și aș toarce lâna pe care am duce-o la târg. Cu banii de la vânzarea lânii și a diferitelor roade de-ale pământului ne-am cumpăra tot ceea ce ne-ar trebui, să zicem, cazane de cupru și greble de fier. Din când în când, Ciri ne-ar vizita cu soțul și cu cei trei copii, Triss Merigold ar rămâne pentru câteva zile câteodată. Am îmbătrâni frumos și cu demnitate. Iar dacă m-aș plictisi, seara mi-ai cânta la cimpoiul făcut de mâinile tale. Cimpoiul, după cum este bine cunoscut, este cel mai bun remediu pentru plictiseală.

Vrăjitorul tăcea. Magiciana murmura încet.

– Îmi pare rău, a spus ea după o clipă.

El s-a ridicat în cot, s-a aplecat, a sărutat-o. Cu o mișcare violentă, l-a îmbrățișat. În tăcere.

– Spune ceva!

– N-aș vrea să te pierd, Yen.

– Doar sunt a ta.

– Noaptea asta o să se termine.

– Totul se termină.

Nu, s-a gândit în sinea lui. *Nu vreau să fie așa. Sunt obosit. Prea obosit ca să accept perspectiva sfârșiturilor, care, de fapt, sunt începuturi, de la care trebuie reluat totul de la capăt. Aș vrea...*

– Nu spune! i-a pus cu o mișcare rapidă degetele pe buze. Nu-mi spune ce vrei și ce visezi. Pentru că s-ar putea întâmpla să nu pot să-ți îndeplinesc dorințele, și asta m-ar răni.

– Dar tu ce vrei, Yen? La ce visezi?

– Doar la lucruri care pot fi realizate.

– Și la mine?

– Pe tine te am deja.

A tăcut mult timp. Și a așteptat momentul în care ea a spart tăcerea.

– Geralt?

– Da?

– Iubește-mă, te rog!

La început, dornici unul de altul, erau plini de fantezie și imaginație, de inventivitate, însetați de nou. Și, ca de obicei, în curând s-a dovedit că era prea mult și, de fapt, prea puțin. Au înțeles în același timp, arătându-și din nou dragostea.

Când Geralt și-a revenit, luna era în același loc. Greierii țârâiau și mai vârtos, de parcă ar fi vrut să-și învingă neliniștea și teama prin nebunie și luare-aminte. De la o fereastră din apropiere, din aripa stângă a Aretuzei, cineva dornic de somn țipa și înjura cu durere, cerând liniște. De la altă fereastră, altcineva, cu un vizibil suflet artistic, aplauda și felicita cu entuziasm.

– O, Yen... a șoptit vrăjitorul rușinat.

– Am avut un motiv... l-a sărutat și apoi și-a apăsat obrazul în pernă. Am avut un motiv să strig. Așa că am strigat. Nu trebuie să te abții, e nesănătos și nefiresc. Îmbrățișează-mă, dacă poți!

Teleportul Larei, *cunoscut, de asemenea, după numele descoperitorului acesteia,* ***Portalul Benavent****. Acesta este situat pe insula Thanedd, la catul de sus al Turnului Pescărușului. Permanent, activ intermitent. Reguli de funcționare: necunoscute. Destinație: necunoscută, probabil deviată ca urmare a dezintegrării spontane, nu pot fi excluse anumite bifurcații sau dispersii.*

Notă: Teleport haotic și letal. Experimentele sunt strict interzise. Magia nu este permisă în Turnul Pescărușului și nici în imediata vecinătate, în special magia de teleportare. Capitulul analizează cererile pentru îngăduirea accesului în Tor Lara și pentru cercetarea teleportului. Cererile trebuie motivate prin derularea unor lucrări de cercetare și prin existența unei specializări în domeniu.

Bibliografie: Geoffrey Monck, *Magia Norodului mai Vechi*; Immanuel Benavent, *Portalul din Tor Lara*; Nina Fioravanti, *Teoria și practica teleportării*; Ransant Alvaro, „Porțile misterelor".

Prohibita (inventar de artefacte interzise),
Ars Magica, Ed. LVIII

4

La început era doar un haos pulsatoriu, scânteietor și o cascadă de imagini, un vârtej, un abis de sunete și glasuri. Ciri vedea doar turnul străpungând cerul, pe acoperișul căruia razele dansau. Auzea strigătul unei păsări de pradă și ea era pasărea. Zbura cu viteză mare și sub ea se întindea o mare furioasă. Vedea o păpușică de cârpe și dintr-odată ea era păpușa, învăluită în bezna tremurândă de la țârâitul greierilor. Vedea un motan alb cu negru și brusc ea era motanul, iar în jur era o casă lugubră, cu grinzi întunecate, cu miros de lumânări și cărți vechi. Auzea pe cineva pronunțându-i de câteva ori numele, o chema. Vedea un somon argintiu sărind prin cascade, auzea răpăitul ploii pe frunze. Apoi a auzit strigătul straniu, neîntrerupt al lui Yennefer. Iar strigătul acela a trezit-o, a smuls-o din abisul infinit în spațiu și timp.

Acum, încercând fără succes să-și amintească visul, putea să audă doar zgomote asurzitoare de lăută și fluier, zăngănituri de tamburină, cântece și râsete. Jaskier și un grup de menestreli cunoscuți din întâmplare se distrau de minune în odaia de la capătul coridorului.

O rază de lună a pătruns pe fereastră, luminând puțin întunericul și dând odăii din Loxia aspectul unui loc de dormit. Ciri a dat la o parte așternutul. Era transpirată, părul îi era lipit de frunte. Seara nu putea să adoarmă prea ușor, nu avea aer, deși fereastra era larg deschisă. Știa care era motivul. Înainte de a pleca împreună cu Geralt, Yennefer îi izolase odaia cu un farmec de protecție. Pretindea că împiedică pe oricine ar vrea să intre, dar Ciri bănuia că este vorba mai mult despre blocarea ieșirii. Era pur și simplu întemnițată. Yennefer, deși încântată în mod clar de întâlnirea cu Geralt, nu uitase și n-o iertase încă pentru evadarea ei nebună și nesăbuită la Hirundum, care prilejuise această întâlnire.

Întâlnirea cu Geralt fusese pentru Ciri plină de tristețe și dezamăgire. Vrăjitorul era taciturn, tensionat, îngrijorat și vădit nesincer. Conversațiile lor se sfâșiau și se încâlceau, erau reduse la fraze neterminate și întrebări întrerupte la jumătatea cuvântului. Ochii și gândurile vrăjitorului fugeau de la ea și se pierdeau în depărtare. Ciri știa încotro anume.

Din odaia de la capătul coridorului răsuna cântecul solitar și liniștit al lui Jaskier, muzica lăutei, susurând ca un pârâu printre pietre. A recunoscut melodia pe care trubadurul o compusese cu câteva zile în urmă. Balada – Jaskier se lăudase în mai multe rânduri – era intitulată *Evaziva* și trebuia să-i aducă triumful poetului la turneul anual al barzilor, care avea loc toamna târziu la castelul Vartburg. Ciri asculta cu atenție cuvintele.

Peste-acoperișuri umede-ai zburat,
Printre nuferi galbeni ai plonjat
Eu te-am înțeles oricum,
N-ai avut de-ales alt drum...

Ropotul copitelor zguduia pământul, călăreții galopau în noapte, cerul înflorea în vâlvătăi la orizont. Pasărea de pradă a cârâit, și-a întins aripile, s-a înălțat în zbor. Ciri s-a cufundat înapoi în somn, auzindu-și numele rostit de nenumărate ori. O dată a fost Geralt, o dată Yennefer, apoi Triss Merigold, iar în cele din urmă – și de mai multe ori – o fetiță subțire, blondă și tristă, necunoscută lui Ciri, privind printr-o miniatură încadrată în corn și alamă.

Apoi a văzut un motan alb cu negru și, după o clipă, ea a fost motanul și privea prin ochii acestuia. Era o casă necunoscută și întunecată. Putea vedea rafturi mari ticsite cu cărți, câteva sfeșnice aprinse pe un birou la care doi bărbați stăteau aplecați deasupra unor suluri de pergament. Unul dintre acești bărbați tușea și își freca buzele cu o batistă. Celălalt, un pitic cu un cap imens, stătea într-un scaun cu rotile. Nu avea picioare.

– Nemaipomenit! a oftat Fenn, aruncând o privire pe pergamentul putred. Nu pot să cred... De unde primești aceste documente?

– Nu m-ai fi crezut, dacă ți-aș fi spus, i-a răspuns Codringher. Ai înțeles acum cine e Cirilla, Prințesa Cintrei? Copilul Sângelui mai Vechi... Ultima ramură a acestui copac nenorocit de ură! Ultima ramură, și pe ea ultimul măr otrăvit...

– Sângele mai Vechi... De-atâta vreme... Pavetta, Calanthe, Adalia, Elen, Fiona...

– Și Falka.

– Dumnezeule, e imposibil! În primul rând, Falka nu avea copii! În al doilea rând, Fiona a fost fiica legitimă...

– În primul rând, nu știm nimic despre tinerețea Falkăi. În al doilea rând, nu mă face să râd, Fenn! Doar știi foarte bine că, numai la auzul cuvântului „legal“, mă umflă râsul. Cred în acest document, deoarece, în opinia mea, e autentic și spune adevărul. Fiona, stră-străbunica lui Pavette, a fost fiica Falkăi, a acestui monstru în piele de om. La naiba, nu cred în toate tâmpeniile, profețiile și alte prostii, dar când îmi amintesc profeția Itlinei...

– Sângele murdar?

– Murdar, pătat, blestemat, poate avea diferite înțelesuri. Și, conform legendei, dacă-ți amintești, Falka a fost blestemată pentru că Lara Dorren aep Shiadhal a blestemat-o pe mama ei...

– Basme, Codringher!

– Ai dreptate, basme. Dar știi cand basmele încetează să mai fie basme? În momentul în care cineva începe să creadă în ele. Și cineva crede într-un basm despre Sângele mai Vechi. Mai ales în fragmentul care spune că din sângele Falkăi se va naște un răzbunător, care va stârpi lumea veche și va construi una nouă pe ruinele ei.

– Și răzbunătorul ar fi Cirilla?

– Nu. Nu Cirilla. Fiul ei.

– Și Cirilla e căutată de...

– Emhyr var Emreis, împăratul Nilfgaardului, a încheiat rece Codringher. Înțelegi acum? Cirilla, indiferent de voința ei, trebuie să devină mama moștenitorului tronului. Arhiducele, care va deveni Arhiducele Întunericului, descendentul și răzbunătorul acestei diabolice Falka. Stârpirea și reconstrucția ulterioară a lumii pare-mi-se că se desfășoară într-o manieră dirijată și controlată.

Piticul a tăcut un răstimp.

– Nu crezi că Geralt ar trebui să fie anunțat?

– Geralt? a vorbit Codringhe, răsucindu-și buzele. Cine mai e și ăsta? Te pomenești că-i fraierul care nu demult îmi vindea gogoși cum că nu lucrează pentru profit? Cred că nu lucrează pentru profitul propriu. Lucrează pentru al altcuiva. Fără să-și dea seama, oricum. Îl urmărește pe Rience, care este în lesă, fără să simtă zgarda în jurul propriului său gât. Ar trebui să-l anunț? Ajutându-i astfel pe cei care vor să pună laba pe găina cu ouăle de aur pentru a-l șantaja pe Emhyr sau pentru a i se strecura pe sub piele? Nu, Fenn. Nu scrie prost pe fruntea mea.

– Vrăjitorul acționează dintr-o lesă, la poruncă? A cui?

– Ia gândește-te!

– Naiba!

– Cuvânt foarte potrivit. Singura persoană care are influență asupra lui. În care are încredere. Dar eu n-am încredere în ea. Și n-am avut niciodată. Mă voi băga și eu în acest joc.

– E un joc primejdios, Codringher.

– Toate jocurile sunt primejdioase. Există doar jocuri care merită și care nu merită. Fenn, frate, nu înțelegi ce avem în mâinile noastre? O găină cu ouă de aur, care ne va da nouă și numai nouă un ou uriaș, cu totul și cu totul de aur...

Codringher a fost cuprins de un acces de tuse. Când și-a luat batista de la gură, avea urme de sânge pe ea.

– Aurul n-o să te vindece, a spus Fenn, uitându-se la batista din mâna colegului său. Iar mie n-o să-mi dea picioarele înapoi...

– Cine știe?

Cineva a bătut la ușă. Fenn s-a foit neliniștit în scaunul cu rotile.

– Aștepți pe cineva, Codringher?

– Da. Pe oamenii pe care o să-i trimit în Thanedd. După găina cu ouă de aur.

– Nu deschide! striga Ciri. Nu deschide ușa aceea! După ea e moartea! Nu deschide ușa!

– Îndată deschid, îndată deschid! a strigat Codringher, împingând zăvorul, apoi s-a întors spre motanul care nu înceta să miorlăie. Mai taci odată, bestie nenorocită...

A rămas cu vorba-n gură. La ușă nu erau cei pe care îi aștepta. Trei indivizi pe care nu-i cunoștea stăteau în prag.

– Conu' Codringher?

– Conașul a plecat cu treburi – avocatul și-a luat o mină stupidă, și-a schimbat vocea cu una mai ascuțită. Sunt un grefier de-al dumisale, mă numesc Glomb, Mikael Glomb. Ce pot face pentru conașii mei?

– Nimic, a spus unul dintre ei, un semielf înalt. Întrucât nu e nimeni, vom lăsa doar o scrisoare și un mesaj. Iată scrisoarea.

– O să-i transmit, negreșit.

Codringher, simțindu-se bine în rolul servitorului sărac cu duhul, s-a aplecat și-a întins mâna după sulul de pergament legat cu un fir roșu:

– Și mesajul?

Șnurul cu care era legat sulul s-a desfăcut ca un șarpe ieșit la atac, l-a șfichiuit și i-a înfășurat strâns încheietura mâinii. Lunganul l-a tras cu putere. Codringher și-a pierdut echilibrul, a zburat înainte, ca să nu cadă peste semielf, și-a dus instinctiv mâna stângă la piept. În această poziție nu a putut evita pumnalul, care îi fusese înfipt în stomac. A scos un răcnet surd și s-a tras înapoi, dar șnurul magic înfășurat în jurul încheieturii nu l-a lăsat să plece. Semielful l-a tras din nou la el și l-a înjunghiat încă o dată. De data aceasta, lama a rămas împlântată în Codringher.

– Iată mesajul și salutările de la Rience, i-a spus semielful înalt, ridicând pumnalul în sus și eviscerându-l pe avocat ca pe un pește. În iad cu tine, Codringher! Direct în iad!

Codringher a tușit. Simțea cum pumnalul îi străpunge cu scrâșnete coastele și sternul. S-a prăbușit la pământ, ghemuit ca o minge. Voia să-l strige ca să-l avertizeze pe Fenn, dar n-a reușit decât să cârâie, iar cârâitul i-a fost sufocat imediat de un val de sânge.

Semielful înalt a pășit peste trupul inert, urmat de ceilalți doi. Erau oameni.

Fenn n-a fost luat prin surprindere.

O frânghie a căzut, unul dintre zbiri s-a prăbușit pe spate, lovit de o bilă de oțel în centrul frunții. Fenn s-a îndepărtat de birou în scaunul său, încercând în zadar să reîncarce arbaleta cu mâinile tremurânde.

Lunganul a sărit la el și, cu o lovitură puternică, i-a răsturnat scaunul. Piticul s-a rostogolit printre documentele împrăștiate pe podea. Neputincios, își agita mâinile mici și cioturile picioarelor, semănând cu un păianjen mutilat.

Semielful i-a dat un picior arbaletei, îndepărtând-o din raza de acțiune a lui Fenn. Fără să se sinchisească de infirmul care se târa, s-a uitat rapid printre documentele împrăștiate pe birou. Atenția i-a fost atrasă de o miniatură încadrată în corn și alamă, care reprezenta o fată cu părul deschis la culoare. A luat-o cu tot cu cartonul atașat de ea.

Celălalt zbir, care cedase la lovitura bilei lansate din arbaletă, s-a apropiat. Semielful a ridicat din sprâncene interogativ. Zbirul a clătinat din cap a negație.

Semielful a ascuns în sân miniatura și câteva documente luate de pe birou. Apoi a luat un mănunchi de pene din cerneală și le-a aprins de la sfeșnic. Răsucindu-le, a permis focului să se aprindă, apoi l-a aruncat pe masă, printre sulurile de pergament care au luat foc pe loc.

Fenn răcnea din toți rărunchii.

Semielful înalt a observat pe masa cuprinsă de flăcări un recipient cu lichid de ștergere a tușului, s-a proțăpit în fața piticului care se zbătea și i-a turnat tot conținutul pe el. Fenn urla cât îl țineau bojocii. Cel de-al doilea zbir a tras un teanc de foi de pe etajeră și le-a împrăștiat peste pitic.

Focul biroului a urcat până în tavan. Alt recipient, mai mic, a explodat cu o pocnitură, flăcările lingeau rafturile. Foile, sulurile și covorașele au început să se înnegrească, să se încurce și să ațâțe focul. Fenn urla. Lunganul s-a îndepărtat de biroul în flăcări, a răsucit niște hârtii și le-a aprins. Cel de-al doilea zbir a aruncat peste pitic încă un braț de suluri de pergament aprinse.

Fenn răcnea.

Semielful stătea în fața lui, ținând în mână snopul arzător.

Motanul alb cu negru al lui Codringher era cocoțat pe un perete din apropiere. În ochii lui galbeni strălucea reflexia focului care transforma o noapte prietenoasă într-o parodie oribilă a zilei. Împrejurimile răsunau de țipete. Foc! Foc! Apă! Oamenii alergau spre casă. Motanul a încremenit, privindu-i cu uimire și dispreț. Idioții ăștia se zoreau chiar spre cuptorul de foc, din care el abia reușise să iasă. Întorcându-se nepăsător cu spatele, motanul lui Codringher a continuat să-și lingă lăbuțele de sânge.

Ciri s-a trezit lac de transpirație, cu mâinile încleștate până la durere. În jur domneau tăcerea și bezna moale, pe care o rază de lună le străpungea ca un pumnal.

Incendiu. Foc. Sânge. Coșmar... Nu-mi amintesc, nu-mi amintesc nimic...

A inspirat adânc aerul viguros al nopții. Senzația de sufocare dispăruse. Știa de ce.

Vrăjile de protecție nu mai funcționau.

S-a întâmplat ceva, s-a gândit Ciri. A sărit din pat și s-a îmbrăcat repede. Și-a vârât pumnalul la cingătoare. Nu avea spadă, Yennefer i-o luase și i-o încredințase lui Jaskier. Poetul probabil că adormise, în Loxia se așternuse tăcerea. Ciri se întreba dacă ar trebui să meargă să-l trezească, dar dintr-odată a simțit în urechi o pulsație puternică și ritmul sângelui.

Raza strălucitoare a lunii care străbătea fereastra a devenit un drum. La capătul drumului, departe, era o ușă. Ușa s-a deschis și în cadrul ei stătea Yennefer.

Hai!

În spatele magicienei, erau deschise alte uși. Unele după altele. Infinit de multe. În beznă erau desenate vag formele întunecate ale unor coloane. Sau poate ale unor statui... *Visez*, s-a gândit Ciri, nevenindu-i să-și creadă ochilor. *Visez. Nu-i niciun drum, este o lumină, o dâră de lumină. Nu se poate merge pe ea...*

Hai!

S-a supus.

Dacă n-ar fi fost scrupulele proaste ale vrăjitorului, dacă n-ar fi fost principiile sale himerice, multe evenimente ulterioare ar fi avut o cu totul altă turnură. Multe întâmplări nu s-ar mai fi putut petrece deloc. Și astfel istoria lumii ar fi fost diferită.

Dar istoria lumii s-a derulat așa cum s-a derulat, iar singurul motiv a fost că vrăjitorul avea scrupule. Când s-a trezit dimineața și a simțit o anumită nevoie, el nu a făcut ceea ce ar fi făcut toată lumea – nu a ieșit pe balcon și nu s-a ușurat în ghivecele cu năsturași. Avea scrupule. S-a îmbrăcat liniștit – fără s-o trezească pe Yennefer, care dormea dusă, neclintită și aproape fără suflare – a ieșit din odaie și s-a dus în grădină.

Banchetul era încă în toi, însă, după cum indica sonorizarea, într-o formă reziduală. Ferestrele din sala de bal mai erau aprinse cu lumina care inunda atriumul și rondurile cu bujori. Vrăjitorul a mers un pic mai departe, printre tufișuri mai dese, acolo s-a uitat la cerul care se limpezea, arzând deja la orizont cu semnalele purpurii ale zorilor.

În timp ce se întorcea încet, reflectând asupra unor probleme importante, medalionul i se zvârcolea zdravăn. L-a ținut cu mâna, simțind cum vibrațiile îi pătrund în tot corpul. Nu încăpea nicio îndoială că cineva a lansat un farmec în Aretuza. Geralt și-a ascuțit auzul și i-au ajuns la urechi țipete înăbușite, rumoare și bufnituri din galeria din aripa stângă a palatului.

Oricine altcineva s-ar fi întors fără ezitare și și-ar fi văzut mai departe de drum, prefăcându-se că nu a auzit nimic. Și poate tot așa, istoria lumii ar fi fost diferită. Dar vrăjitorul avea scrupule și obișnuia să respecte principii stupide și himerice.

Când a intrat în fugă în galerie și pe coridor, a dat peste o încăierare. Câțiva bătăuși cu tunici cenușii au tăbărât pe micul magician căzut la pământ. Bătăușii erau sub comanda lui Dijkstra, șeful serviciului de informații al lui Vizimir, regele Redaniei. Înainte ca Geralt să poată face ceva, a fost și el imobilizat – alți doi bătăuși cenușii l-au izbit de zid, iar al treilea l-a țintuit în piept cu un trident.

Toți bătăușii aveau în piept stema cu vulturul redanian.

– Asta se numește „a intra în rahat", i-a spus Dijkstra încet, apropiindu-se. Iar tu, vrăjitorule, ai un talent înnăscut să intri până la gât. Stai calm și încearcă să nu atragi atenția!

Redanienii l-au învins în cele din urmă pe micul magician și l-au ridicat, ținându-l de brațe. Era Artaud Terranova, membru al Capitulului.

Lumina care permitea observarea detaliilor provenea de la o sferă care atârna deasupra Keirei Metz, magiciana cu care Geralt discutase seara la banchet. Abia a recunoscut-o – își schimbase tulurile diafane cu haine bărbătești și avea un pumnal la cingătoare.

– Încătușați-l! a poruncit ea scurt.

În mâini i-au apărut zăngănind cătușe dintr-un metal albastru.

– Să nu care cumva să îndrăznești! a strigat Terranova. Ai grijă, Metz! Sunt membru al Capitulului!

– Ai fost. Acum ești un trădător ordinar. Și vei fi tratat ca un trădător.

– Și tu ești o curvă proastă, care...

Keira a făcut un pas într-o parte, și-a legănat ușor șoldurile și l-a lovit cu toată forța pumnului ei în față. Capul magicianului s-a răsucit atât de violent, încât o clipă Geralt a avut senzația că i se va desprinde de trunchi. Terranova atârna în brațele oamenilor care îl țineau, curgându-i sânge din nas și din gură. Magiciana nu i-a aplicat o altă lovitură, deși avea mâna ridicată. Vrăjitorul putea să vadă cum strălucește arama boxului de la încheietura mâinii. Nu era surprins. Keira era micuță, nu putea aplica o astfel de lovitură cu pumnul gol.

Nu s-a mișcat. Bătăușii îl țineau strâns, iar vârfurile tridentului îl împungeau în piept. Geralt nu era sigur că s-ar fi putut mișca dacă ar fi fost liber. Nici că ar fi știut ce să facă.

Redanienii i-au încătușat magicianului mâinile la spate. Terranova a strigat, s-a înfuriat, s-a îndoit, s-a sufocat într-un reflex de vomă. Geralt știa din ce erau confecționate cătușele. Era un aliaj de fier și dvimerit, un mineral rar, care avea proprietatea de a anihila puterile magice. Anihilarea era însoțită de efecte secundare destul de neplăcute pentru magicieni.

Keira Metz și-a ridicat capul, și-a dat la o parte părul de pe frunte. Și atunci l-a văzut.

– Ce dracu' faci aici? De unde-ai răsărit?

– A intrat în rahat, i-a zis Dijkstra cu dispreț. Are un talent să intre. Ce-ar trebui să fac cu el?

Keira s-a întunecat, a bătut din călcâie de mai multe ori.

– Supravegheați-l! Acum n-am timp să mă ocup de el.

A plecat repede, urmată de redanieni, târându-l pe Terranova. Sfera luminoasă zbura în spatele magicienei, dar deja se iveau zorile, în curând se lumina de ziuă. La un semn al lui Dijkstra, bătăușii l-au eliberat pe Geralt. Spionul s-a apropiat și l-a privit pe vrăjitor în ochi.

– Stai liniștit, orice s-ar întâmpla!

– Ce se întâmplă aici? Ce este...

– Taci, orice s-ar întâmpla!

Keira Metz s-a întors după puțin timp, nu era singură. Era însoțită de un magician cu părul alb care îi fusese prezentat ieri lui Geralt drept Detmold din Ban Ard. Văzându-l pe vrăjitor, el a început să înjure și să-și dea cu pumnul în palma cealaltă.

– Fir-ar al naibii! După el e topită Yennefer?

– După el, i-a confirmat Keira. Geralt din Rivia. Problema este că nu știu care-i treaba cu Yennefer...

– Nici eu nu știu, a ridicat Detmold din umeri. În orice caz, el e deja amestecat. A văzut prea multe. Du-l la Filippa, va decide ea. Încătușați-l!

– Nu-i nevoie, a intervenit Dijkstra aparent leneș. Răspund eu pentru el. Îl duc unde trebuie.

– Foarte bine, a dat din cap aprobator Detmold. Pentru că n-avem timp. Haide, Keira, lucrurile se complică acolo sus...

– Da' nervoși mai sunt! a comentat în barbă spionul redanian, privindu-i cum se îndepărtează. Lipsă de experiență, nimic altceva. Iar loviturile de stat și puciurile sunt ca piftiile. Ar trebui să fie mâncate reci. Haide, Geralt! Și ține minte: calm, demn, fără bătăi de cap! Nu mă face să regret că nu ți-am pus cătușe sau lanțuri!

– Ce se întâmplă aici, Dijkstra?

– Nu ți-ai dat seama?

Spionul mergea alături de el, cei trei redanieni rămâneau mai în urmă.

– Zi-mi sincer, vrăjitorule, cum s-a întâmplat că ai venit aici?

– Mi-era teamă că se usucă năsturașii.

– Geralt! l-a privit Dijkstra aspru. Ai intrat în rahat până-n gât. Te-ai scufundat și ți-ai ținut gura la suprafață, dar tot nu atingi fundul cu picioarele. Cineva îți întinde o mână de ajutor, riscă să-și rupă gâtul și să se înece, iar ție îți arde de glume proaste? Yennefer a fost cea care ți-a spus să vii aici, nu?

– Nu. Yennefer doarme în pătuțul ei moale, la căldurică. Ești mai liniștit?

Spionul uriaș s-a întors brusc, l-a apucat pe vrăjitor de umeri și l-a izbit de peretele coridorului.

– Nu, nu m-am liniștit, i-a șuierat printre dinți. N-ai înțeles încă, tontălăule, că magicienii cuviincioși și credincioși împăraților nu dorm deloc în seara asta? Că nici măcar nu s-au dus la culcare? Numai trădătorii cumpărați de Nilfgaard dorm în pătuțurile lor moi, la căldurică. Vânzătorii de țară au pregătit lovitura de stat, dar pentru mai târziu. Nu știau că planurile lor au fost descoperite și că intențiile lor au fost date peste cap. Și acum îi scoatem din pătuțurile lor moi, de la căldurică, le tragem pumni în bot cu boxul de aramă și le punem labele în cătușe cu dvimerit. Gata cu trădătorii, pricepi? Dacă nu vrei să mori de gât cu ei, n-o mai face pe prostul! Te-a racolat Villetfortz aseară? Sau poate că Yennefer te-a convins și mai devreme? Spune-mi! Dar mai repejor, pentru că îți ajunge rahatul la gură!

– Nu uita de piftiile reci, Dijkstra! i-a amintit Geralt. Du-mă la Filippa! Calm, demn și fără bătăi de cap.

Spionul l-a eliberat, apoi a făcut un pas înapoi.

– Să mergem! a spus rece. Pe scările astea, în sus. Dar încheiem discuția. Îți promit!

Locul în care se intersectau cele patru coridoare, sub o coloană de sprijin a boltei, era luminat de felinare și sfere magice. Acolo se înghesuiau redanienii și magicienii. Printre aceștia din urmă se aflau membrii Consiliului: Radcliffe și Sabrina Glevissig. Sabrina, ca și Keira Metz, era într-un costum bărbătesc gri. Geralt a înțeles că în lovitura de stat derulată în fața ochilor lui putea distinge partidele după uniforme.

Triss Merigold era îngenuncheată pe podea, aplecată peste un trup care zăcea într-o baltă de sânge. Geralt a recunoscut-o pe Lydia van Bredevoort. A recunoscut-o după păr și după rochia de mătase. N-ar fi identificat-o în niciun caz după față, pentru că nu mai era o față. Era o mască oribilă, cadaverică, macabră, pe care străluceau dinții expuși din gura larg deschisă până la jumătatea obrajilor și cu o mandibulă scofâlcită, afundată, cu oase prost crescute.

– Acoper-o! i-a spus ezitant Sabrina Glevissig. Când a murit, i-a dispărut iluzia... La naiba, acoper-o cu ceva!

– Cum s-a întâmplat, Radcliffe? l-a întrebat Triss, luându-și mâna de pe montura aurită a pumnalului împlântat sub sternul Lydiei. Cum s-a putut întâmpla una ca asta? Cum ne-a fost vorba: fără cadavre!

– Ne-a atacat, a îngăimat magicianul, lăsând capul în jos. Când l-au scos pe Vilgefortz, ea s-a aruncat pe noi. A fost o agitație... Nu știu nici eu cum... E propriul ei pumnal.

– Acoperiți-i fața!

Sabrina s-a întors brusc. L-a văzut pe Geralt, ochii ei aprigi străluceau ca antracitul.

– De unde a mai răsărit și ăsta?

Triss a sărit spontan și s-a repezit la vrăjitor. Geralt i-a mai văzut doar mâna fluturată prin fața lui, apoi a văzut un fulger și s-a scufundat lin în beznă. A simțit o mână pe guler și o smucitură violentă.

– Țineți-l, o să cadă!

Vocea lui Triss era nefirească, simulând mânia. L-a smucit din nou, ca să-l apropie și mai mult o clipă.

– Iartă-mă! a auzit-o șoptind. N-am avut încotro.

Oamenii lui Dijkstra l-au sprijinit.

Și-a clătinat capul. Și-a activat alte simțuri. Pe coridoare era agitație, aerul se unduia purtând în siajul său parfumuri. Și voci. Sabrina Glevissig blestema, Triss încerca s-o calmeze. Redanienii, mirosind a barăci, târau pe podea un corp inert, foșnind cu rochia de mătase. Sânge. Miros de sânge. Și miros de ozon. Miros de magie. Alte voci mai puternice. Pași și bătăi din picior.

– Grăbiți-vă! Durează prea mult! Ar trebui să fim deja în Garstang!

Filippa Eilhart. Evident furioasă.

– Sabrina, găsește-o repede pe Marti Sodergren. Dacă-i nevoie, ia-o din pat. Gedymdeith a pățit ceva. Probabil un atac de cord. Mart să aibă grijă de el. Dar să nu-i spui nimic, nici ei, nici celui cu care doarme! Triss, caută-i și adu-i la Garstang pe Dorreggray, Dritthel și Carduin.

– Pentru ce?

– Ei reprezintă regii. Ethain și Esterad să fie informați despre acțiunea noastră și despre consecințele ei. Îi vei lua... Triss, ai sânge pe mâini! Cine?

– Lydia.

– La naiba! Când? Cum?

– Contează cum? s-a auzit o voce rece și calmă.

Tissaia de Vries. Foșnetul unei rochii. Tissaia era într-o rochie de bal. Nu într-o uniformă de rebelă. Geralt și-a ciulit urechile, dar nu a auzit zăngănitul cătușelor de dvimerit.

– Te prefaci afectată? a repetat Tissaia. Îngrijorată ? Când sunt puse la cale revolte, atunci când sunt aduși în puterea nopții zbiri înarmați, trebuie să te aștepți la victime. Lydia e moartă, Hen Gedymdeith e pe moarte. Tocmai l-am văzut pe Artaud cu fața zdrobită. Câte victime vor mai fi, Filippa Eilhart?

– Nu știu, a spus ferm Filippa. Dar nu renunț.

– Bineînțeles. Tu nu renunți la nimic niciodată.

Aerul tremura, tocurile bocăneau pe podea într-un ritm familiar. Filippa s-a dus la el. Își aducea aminte de ritmul nervos al pașilor lui, când se perindau ieri prin sala Aretuzei, ca să se delecteze cu caviar. Își aducea aminte de aroma de scorțișoară și de nard. Acum aroma era amestecată cu miros de sodă. Geralt excludea implicarea sa la orice tip de lovitură de stat sau puci, dar se întreba dacă participanții ar fi trebuit să-și curățe dinții mai întâi.

– El nu te poate vedea, Fil, i-a zis Dijkstra aparent detașat. Nu vede nimic și n-a văzut nimic. Cea cu părul bogat l-a orbit.

Auzea respirația Filippei și îi simțea fiecare mișcare, dar a clătinat din cap stângaci, prefăcându-se neajutorat. Magiciana nu s-a lăsat păcălită.

– Nu te preface, Geralt! Triss ți-a întunecat ochii, dar nu ți-a luat și mintea. Cum ai ajuns aici?

– M-am rătăcit. Unde e Yennefer?

– Fericiți cei săraci cu duhul...

Nu era nicio batjocură în vocea Filippei.

– ...că a lor e împărăția cerurilor, a continuat. Fii recunoscător lui Triss! A fost o vrajă slabă, cataracta va trece în curând. Și, de fapt, n-ai văzut ceea ce nu ți-a fost permis să vezi. Fii cu ochii pe el, Dijkstra! Mă întorc îndată.

Forfotă din nou. Voci. Cea răsunătoare, de soprană a Keirei Metz, și cea baritonală, gravă a lui Radcliffe. Bocănitul sec al cizmelor redaniene. Și vocea furioasă a Tissaiei de Vries.

– Las-o! Cum ai putut? Cum ai putut să-i faci așa ceva?

– E o trădătoare! a răspuns vocea gravă a lui Radcliffe.

– N-o să cred niciodată așa ceva!

– Sângele apă nu se face, a vorbit vocea glacială a Filippei Eilhart. Împăratul Emhyr le-a promis libertate elfilor. Și un stat propriu, independent. Aici, în aceste ținuturi. Se înțelege, după exterminarea oamenilor. Nici nu i-a trebuit mai mult ca să ne trădeze cu prima ocazie.

– Răspunde! a zis Tissaia de Vries emoționată. Răspunde-i, Enid!

– Răspunde, Francesca!

Zăngănitul cătușelor de dvimerit. Și accentul psalmodiat de elf al Francescăi Findabair, Margareta Văilor, cea mai frumoasă femeie din lume.

– *Va vort a me, Dh'oine. N'aen te a dice'n.*

– Ești mulțumită, Tissaia? a lătrat Filippa. Mă crezi acum? Tu, eu, noi toți am fost și suntem dintotdeauna pentru ea Dh'oine, oamenii, cărora ea, Aen Seidhe, n-are nimic de spus. Și tu, Fercart? Ce ți-au făgăduit Vilgefortz și Emhyr de te-ai hotărât să trădezi?

– Du-te naibii, hoașcă fățarnică!

Geralt și-a ținut răsuflarea, dar n-a auzit pocnitura boxului de la încheietura mâinii ciocnit de maxilar. Filippa era mai stăpână pe sine decât Keira. Sau nu era dotată cu box.

– Radcliffe, du-i pe trădători la Garstang! Detmold, oferă-i brațul maestrei supreme de Vries. Duceți-vă! Vă ajung îndată din urmă. Pași. Aromă de scorțișoară și nard.

– Dijkstra.

– Sunt aici, Fil.

– Subordonații tăi nu mai au treabă aici. Lasă-i să se întoarcă la Loxia!

– Ești sigură...

– La Loxia, Dijkstra!

– Cum poruncești, nobilă stăpână, a replicat spionul și i se simțea batjocura din glas. Valeții pot pleca, au făcut ceea ce aveau de făcut. Acum este doar treabă de magicieni. Și de aceea eu, nevrednicul, cobor din ochii minunați ai Înălțimii Tale. Nu m-am așteptat la recunoștință pentru ajutor și complicitate la puci, dar sunt sigur că Majestatea Voastră mă va păstra în memoria sa recunoscătoare.

– Iartă-mă, Sigismund! Mulțumesc pentru ajutor.

– N-ai pentru ce, plăcerea e de partea mea. Hei, Voymir, adună-i pe oameni. Cinci rămân cu mine. Pe ceilalți du-i jos și îmbarcă-i în *Căderea*. Bineînțeles, în liniște, în vârful picioarelor, fără zgomot, fără scandal. Prin coridoare secundare. În Loxia și în port nicio vorbă! Executarea!

– N-ai văzut nimic, Geralt, i-a șoptit Filippa Eilhart, fluturând spre vrăjitor parfum de scorțișoară, nard și sodă. N-ai auzit nimic. N-ai vorbit niciodată cu Vilgefortz. Dijkstra te va duce la Loxia acum. Voi încerca să te găsesc acolo... Când se va termina tot. Ți-am promis ceva ieri și mă voi ține de cuvânt.

– Cum rămâne cu Yennefer?

– Cred că-i obsedat, s-a întors Dijkstra, călcând zgomotos. Yennefer în sus, Yennefer în jos... E o pacoste. Nu-ți face griji, Fil! Există chestiuni mult mai importante. S-a găsit ceea ce se aștepta la Vilgefortz?

– Desigur. Te rog! Asta-i pentru tine.

– O!

Se aude fâșâitul hârtiei care se desface.

– O! Frumos! Ducele de Nitert. Delicios! Baronul...

– Mai discret, fără nume! Și te rog, după ce te întorci la Tretogor, nu începe imediat cu execuțiile. Nu provoca un scandal prematur!

– Nu-ți fie frică! Flăcăii de pe listă, atât de înnebuniți după aurul nilfgaardian, sunt în siguranță. Pentru moment. Voi face din ei cele mai drăgălașe marionete, numai bune de mânuit din sfori. Eu voi trage sforile, apoi o să le transform în cravate bine strânse în jurul grumazului lor... Din curiozitate, mai sunt și alte liste? Trădători din Kaedwen, din Temeria, din Aedirn? M-aș uita bucuros pe ele. Măcar cu coada ochiului...

– Știu că ai fi bucuros. Dar nu e treaba ta. Radcliffe și Sabrina Glevissig au pus mâna pe celelalte liste, vor ști cum să le folosească. Acum, la revedere! Mă grăbesc.

– Fil!

– Poftim!

– Lasă-i ochii liberi vrăjitorului! Să nu se poticnească pe scări.

În sala de bal din Aretuza banchetul continua, dar într-o formă mai tradițională și mai familiară. Mesele fuseseră retrase, magicienii și magicienele aduseseră în hol, nu se știe de unde, fotolii, scaune și taburete, s-au așezat pe ele și s-au dedat diferitelor distracții. Cele mai multe dintre aceste distracții erau lipsite de tact. Mai mulți s-au așezat în jurul unui butoi mare de votcă amară, beau, vorbeau și din când în când izbucneau în hohote de râs. Cei care mai devreme culegeau gustări sofisticate cu furculițe de argint acum înfulecau fără nicio jenă, cu ambele mâini, coaste de oaie. Unii jucau cărți cu atâta pasiune, că nu mai țineau seama de ce se petrecea în jurul lor. Câțiva dormeau. Într-un colț, un cuplu se săruta înfocat, iar zelul cu care o făceau arăta că nu se vor opri prea curând.

– Uită-te la ei, vrăjitorule!

Dijkstra s-a aplecat peste balustrada galeriei, urmărindu-i pe magicienii de sus, și a adăugat:

– Ce se mai distrează ca puștanii, și când te gândești, la naiba. Între timp, Consiliul lor tocmai a răsturnat întregul lor Capitul și îl judecă pentru trădare, pentru complicitate cu Nilfgaardul. Uită-te la perechea asta! Acum va căuta un colțișor retras, iar Vilgefortz va atârna în ștreang înainte de a-și satisface instinctele primare. A, ce ciudată mai e și lumea asta...

– Taci, Dijkstra!

Drumul care ducea la Loxia urca într-un zigzag de scări panta muntelui. Scările erau conectate prin terase, ornate cu garduri vii neîngrijite, ronduri de flori ofilite și agave uscate în gavanoase. Dijkstra s-a oprit la una dintre terasele pe lângă care trecea, s-a apropiat de zid, de șirul de colți de piatră ai unor himere din gurile cărora țâșnea apă. Spionul s-a aplecat, nu se mai oprea din băut.

Vrăjitorul s-a apropiat de balustradă. Marea strălucea cu reflexe aurii, cerul era și mai kitschos decât în tablourile din Galeria

Gloriei. Mai jos, a văzut detașamentele de redanieni care ieșeau din Aretuza, îndreptându-se în pas grăbit spre port. Mai exact treceau puntea care lega malurile stâncoase ale râului.

Deodată atenția i-a fost atrasă de o siluetă singuratică, colorată. Silueta sărea în ochi pentru că se deplasa repede. Și în sensul opus redanienilor. Spre Aretuza.

– Haide! l-a îndemnat Dijkstra tușind. Cine pleacă de dimineață departe ajunge.

– Dacă te grăbești, du-te în pace!

– Păi, bineînțeles, a făcut o grimasă spionul. Iar tu o să te întorci sus ca s-o salvezi pe Yennefer. Și-o să dai de belea ca un gnom beat. Mergem la Loxia, vrăjitorule. Te pomenești că-ți faci iluzii sau ceva de genul ăsta? Îți închipui că te-am scos din Aretuza în numele unei iubiri secrete? Ei bine, nu. Te-am scos de acolo pentru că am nevoie de tine.

– Pentru ce?

– O faci pe prostul? În Aretuza studiază douăsprezece domnițe dintre cele mai bune familii redaniene. Nu pot risca un conflict cu rectorul, stimată Margarita Laux-Antille. Nu mi-ar da-o nici în ruptul capului pe Cirilla, prințesa Cintrei, pe care Yennefer a adus-o în Thanedd. Pe când ție, ți-ar da-o cu ochii închiși. Dacă i-o ceri.

– De unde presupunerea asta caraghioasă că i-o cer?

– De la ipoteza caraghioasă că vrei să-i asiguri Cirillei securitatea. Sub protecția mea, sub protecția regelui Vizimir, va fi în siguranță. În Tretogor. În Thanedd nu e în siguranță. Abține-te de la comentarii răutăcioase. Da, știu că la început regii n-aveau cele mai bune intenții pentru fată. Dar acum lucrurile stau altfel. Acum e foarte limpede că Cirilla, în viață, sănătoasă și în siguranță, ar putea valora mai mult decât zece detașamente de cavalerie grea în războiul care se apropie. Moartă nu face nici cât o ceapă degerată.

– Filippa Eilhart știe ce-ai de gând să faci?

– Nu știe. Nu știe nici măcar că eu știu că fata este în Loxia. Fil, iubita mea de odinioară, s-a sumețit ridicându-și capul, dar regele Redaniei este încă Vizimir. Îndeplinesc poruncile lui

Vizimir, nu-mi bat eu capul cu zâzaniile astea de rahat dintre magicieni. O s-o îmbarcăm pe Cirilla în *Căderea* și o să navigheze până la Novigrad, de acolo va merge la Tretogor. Și va fi în siguranță. Ai încredere în mine?

Vrăjitorul s-a aplecat spre unul dintre capetele himerei și a băut din apa care curgea printre fălcile monstruoase.

– Ai încredere în mine? a repetat Dijkstra, stând în picioare lângă el.

Geralt s-a îndreptat, și-a șters buzele și l-a lovit cu toată puterea în maxilar. Spionul s-a clătinat, dar nu a căzut. Cel mai apropiat dintre redanieni a sărit și a încercat să-l prindă pe vrăjitor, dar a prins aerul și imediat s-a trezit în fund, cu un dinte mai puțin și scuipând sânge. Apoi s-au năpustit toți asupra lui. Era o încăierare, o tulburare, o confuzie și o hărmălaie, adică exact ceea ce-și dorea vrăjitorul.

Un redanian s-a prăbușit cu un trosnet cu fața în jos de un cap de piatră de-al himerei, iar apa care se scurgea din gura acesteia s-a înroșit imediat. Cel de-al doilea a primit un pumn în trahee, s-a aplecat de parcă i-ar fi fost smulse organele genitale. Al treilea, lovit cu cotul în ochi, a sărit înapoi cu un geamăt. Dijkstra l-a apucat pe vrăjitor într-o îmbrățișare de urs, iar Geralt l-a călcat tare cu călcâiul pe degetele de la picioare. Spionul a urlat și a început să sară caraghios într-un picior.

Un alt zbir a vrut să-l lovească pe vrăjitor cu un lanț, dar a lovit în gol. Geralt l-a apucat cu o mână de un cot, cu cealaltă de încheietura mâinii, l-a învârtit, culcându-i la pământ pe alți doi care încercau să se ridice. Redanianul pe care Geralt îl ținea în continuare era tare și n-avea de gând să-și lase lanțul din mână. Geralt l-a strâns mai abitir și i-a rupt mâna cu un scrâșnet.

Dijkstra, continuând să țopăie într-un picior, a ridicat un trident de la pământ și intenționa să-l țintuiască pe vrăjitor de zid cu cele trei vârfuri. Geralt s-a aplecat, a apucat cu două mâini bara și a aplicat principiul pârghiei, știut de cunoscători. Spionul, văzând cum sar cărămizile și bucățile de tencuială, a dat drumul barei, prea târziu însă pentru a mai evita coliziunea perineului cu căpățâna himerei din care curgea apă.

Geralt a luat tridentul și a culcat la pământ alt bătăuș din picioare, apoi l-a sprijinit de podea și l-a rupt, scurtându-l până la lungimea spadei. A probat parul obținut astfel, lovindu-l mai întâi la gât pe Dijkstra, așezat pe umerii himerei, și imediat după aceea l-a redus la tăcere pe bătăușul cu brațul rupt care zbiera de durere. Cusăturile dubletului au cedat după un răstimp sub axile, iar vrăjitorul s-a simțit mult mai bine.

Ultimul redanian rămas în picioare l-a atacat tot cu un trident, gândindu-se că lungimea lui îi va oferi un avantaj. Geralt i-a tras un pumn la baza nasului, băiatul s-a așezat impetuos pe gavanosul cu agave. Un alt redanian, cu o înverșunare ieșită din comun, s-a agățat de coapsa vrăjitorului și l-a mușcat adânc. Vrăjitorul s-a mâniat și, cu o lovitură puternică, l-a făcut să-i piară cheful de mușcat.

Pe trepte alerga Jaskier gâfâind, văzuse cele întâmplate și era alb ca varul.

– Geralt! a țipat după o clipă. Ciri a dispărut! Nu-i aici!

– Mă așteptam la asta.

Vrăjitorul i-a tras un par altui redanian care nu voia să stea culcat.

– La naiba, te-ai lăsat așteptat, Jaskier! a comentat. Ți-am spus ieri, dacă se întâmplă ceva, să vii într-un suflet la Aretuza! Mi-ai adus spada?

– Ambele!

– Cealaltă e spada lui Ciri, idiotule!

Geralt i-a tras una cu tridentul unui redanian care încerca să se ridice dintre agave.

– Nu cunosc spadele, s-a disculpat poetul. Pe zei, oprește-te! Nu vezi vulturul redanian? Sunt oamenii regelui Vizimir! Asta înseamnă trădare și răzvrătire și poți ajunge în temniță...

– La eșafod, a spus printre dinți Dijkstra, scoțându-și un pumnal și apropiindu-se cu un pas șovăielnic! La eșafod cu voi, amândoi...

N-a putut spune mai mult, pentru că a căzut în patru labe, lovit în ceafă de trident.

– Tragerea pe roată, a apreciat mohorât Jaskier. Precedată de cleşti încinşi...

Vrăjitorul i-a tras spionului un şut în coaste. Dijkstra s-a rostogolit în lateral ca un elan mort.

– Sfârtecarea... a continuat poetul.

– Opreşte-te, Jaskier! Dă-mi ambele spade. Şi cară-te de-aici, dar iute! Fugi de pe insulă. Fugi cât vezi cu ochii!

– Şi tu?

– Mă întorc sus. Trebuie s-o salvez pe Ciri... Şi pe Yennefer. Dijkstra, stai cuminte şi lasă pumnalul în pace!

– N-o să scapi, l-a ameninţat spionul. O să mi-o plăteşti... Îmi aduc eu oamenii mei... O să te urmăresc...

– Vai, nu mai spune!

– Ba da, o să te urmăresc. Am cincizeci de oameni la bord pe *Căderea...*

– Este vreun frizer printre ei?

– Ce?

Geralt era în spatele lui, s-a aplecat, l-a apucat de picior, l-a tras şi l-a răsucit brusc cu toată forţa lui. A scârţâit. Dijkstra a răcnit şi a leşinat. Jaskier a strigat de parc-ar fi fost propria sa articulaţie.

– De ce-o să-mi facă după sfârtecare, a mormăit vrăjitorul, nu-mi pasă nici cât negru sub unghie.

În Aretuza era linişte deplină. Doar supravieţuitorii care nu mai aveau putere nici să facă zgomot rămăseseră în sala de bal. Geralt a ocolit încăperea, fiindcă nu voia să fie observat.

Cu greu a găsit odaia în care-şi petrecuse noaptea cu Yennefer. Coridoarele palatului formau un adevărat labirint şi toate arătau la fel.

Păpuşa de cârpă se uita la el cu ochii de nasturi.

S-a aşezat pe marginea patului, cu mâinile strânse în jurul capului. Nu era sânge pe podeaua camerei. Dar pe spătarul scaunului era o rochie neagră. Yennefer se schimbase. Într-un costum bărbătesc, uniforma conspiratorilor?

Ori au târât-o în lenjerie. Cu cătuşele de dvimerit.

Marti Sodergren, tămăduitoarea, stătea în colțul ferestrei. A ridicat capul, auzind pași. Obrajii îi erau plini de lacrimi.

– A murit Hen Gedymdeith, a spus cu vocea zdrobită. I-a cedat inima. N-am putut face nimic... De ce m-au chemat atât de târziu? Sabrina m-a lovit. M-a lovit peste față. De ce? Ce s-a întâmplat aici?

– Ai văzut-o pe Yennefer?

– Nu. Lasă-mă-n pace! Vreau să fiu singură.

– Arată-mi calea cea mai scurtă spre Garstang. Te rog!

Deasupra Aretuzei erau trei terase cu arbuști, mai sus panta muntelui era mai abruptă și mai greu accesibilă. Garstang se înălța deasupra stâncii. La bază, palatul avea un bloc de piatră întunecat, uniform, neted, placat cu roci. Doar catul de sus strălucea, cu ferestrele din marmură, decorate cu vitralii și cu cupolele aurite de razele soarelui.

Drumul pietruit care ducea la Garstang și mai departe spre vârf se răsucea în jurul muntelui ca un șarpe. Mai exista însă o cale mai scurtă: scările care legau terasele și care chiar sub Garstang dispăreau în gura neagră a unui tunel. Erau tocmai scările indicate vrăjitorului de Marti Sodergren.

Chiar după tunel era o punte care se întindea pe marginea abisului. Dincolo de punte, treptele urcau pieptiș și se răsuceau, dispărând în spatele curbei. Vrăjitorul și-a accelerat ritmul.

Balustrada scării era împodobită cu statuete de fauni și nimfe. Statuetele dădeau impresia că sunt vii. Se mișcau. Medalionul vrăjitorului a început să vibreze puternic.

S-a frecat la ochi. Mișcarea aparentă a statuetelor era dată de faptul că își schimbau aspectul. Piatra netedă se transforma într-o masă poroasă, fără formă, ciupită de vânt și de sare. Și imediat după aceea își revenea.

Știa ce însemna asta. Iluzia care masca Thaneddul oscila, se spulbera. Și puntea era parțial iluzorie. Prin găurile camuflajului sub formă de ecran se zăreau prăpastia și cascada care se rostogolea pe fundul ei.

Nu existau dale întunecate care să arate o cale sigură. A traversat încet puntea, având grijă la fiecare pas, blestemând în sinea lui pierderea de timp. Când a ajuns de cealaltă parte a prăpastiei, a auzit pași alergători.

L-a recunoscut imediat. Dorregaray, magicianul aflat în serviciul regelui Ethain din Cidaris, cobora în fugă pe scări. Și-a adus aminte de cuvintele Filippei Eilhart. Reprezentanții regilor neutri au fost invitați la Garstang ca observatori. Dar viteza cu care Dorregaray fugea pe scări sugera că invitația fusese anulată brusc.

– Dorregaray!

– Geralt? a gâfâit magicianul. Ce faci aici? Nu sta, fugi! Iute, jos, la Aretuza!

– Ce s-a întâmplat?

– Trădare!

– Ce?

Dorregaray a fost scuturat brusc de un tremur, a tușit ciudat, pe urmă s-a aplecat în față și a căzut greu pe vrăjitor. Înainte de a-l prinde, Geralt a avut timp să vadă penele cenușii ale săgeții care-i ieșea din spate. Ținându-l în brațe pe magician, și-a salvat viața, pentru că altă săgeată, identică, în loc să-i străpungă gâtul, a zdrobit dezgustător fața împietrită într-un zâmbet ironic a faunului, privându-l de o parte din nas și din obraz. Vrăjitorul l-a lăsat pe Dorregaray și s-a scufundat în spatele balustradei scării. Magicianul a căzut peste el.

Erau doi arcași și amândoi aveau cozi de veverițe la căciuli. Unul a rămas în partea de sus a scării, încordându-și arcul, celălalt și-a scos spada din teacă și s-a repezit în jos, sărind peste trepte. Geralt l-a împins pe Dorregaray, a sărit în sus, scoțându-și spada. A șuierat o săgeată, dar vrăjitorul i-a curmat șuieratul cu o lovitură rapidă de spadă. Celălalt elf era deja aproape, dar, văzând săgeata retezată, a șovăit o clipă. Însă doar o clipă. S-a aruncat icnind asupra vrăjitorului, care își învârtea spada în așteptarea atacului. Geralt s-a răsucit într-o paradă scurtă în lateral, astfel încât lama elfului a alunecat peste tăișul lamei lui. Elful și-a pierdut echilibrul, vrăjitorul a făcut o semipiruetă grațioasă și l-a lovit la gât, sub ureche. O singură dată. A fost de-ajuns.

Arcașul din susul scării și-a încordat din nou arcul, dar n-a apucat să dea drumul coardei. Geralt a văzut un fulger, elful a țipat, și-a întins mâinile și s-a prăbușit, rostogolindu-se pe trepte. Dubletul îi ardea în spate.

Pe trepte cobora alt magician. Văzându-l pe vrăjitor, s-a oprit, a ridicat mâna. Geralt nu și-a pierdut timpul cu explicațiile, s-a aruncat la pământ, iar raza de foc, șuierând, a zburat deasupra lui, zdrobind statueta unui faun în praf fin.

– Oprește-te! i-a strigat. Eu sunt, vrăjitorul!

– La naiba! a pufnit magicianul alergând spre el. Geralt nu și-l amintea de la banchet. Te-am luat drept un bandit de elf... Dar Dorregaray? Trăiește?

– Cred că da...

– Rapid, pe cealaltă parte a punții!

L-au cărat pe Dorregaray, din fericire, pentru că în graba lor nu acordaseră atenție iluziei care pâlpâia și dispărea. Nu-i urmărea nimeni, totuși magicianul a întins un braț, a scandat o formulă magică și un fulger a distrus puntea. Pietrele se rostogoleau pe pereții prăpastiei.

– Asta ar trebui să-i oprească, a spus el.

Vrăjitorul îi ștergea sângele de la gură lui Dorregaray.

– Are un plămân perforat. Îl poți ajuta?

– Pot eu, a răsărit vocea lui Marti Sodergren, gâfâind pe treptele dinspre Aretuza, din tunel. Ce se întâmplă aici, Carduin? Cine l-a săgetat?

– Scoia'tael, și-a șters magicianul fruntea cu mâneca. Bătălia de la Garstang nu se mai termină. Bandă blestemată, unii mai răi decât alții! Azi-noapte Filippa i-a pus cătușele lui Vilgefortz, iar Vilgefortz și Francesca Findabair au adus Veverițele pe insulă! Iar nenorocita de Tissaia de Vries... la naiba, a făcut-o lată!

– Vorbește mai clar, Carduin!

– N-o să pierd vremea trăncănind! Fug la Loxia și de-acolo mă teleportez îndată către Kovir. Iar cei din Garstang n-au decât să se omoare între ei! Nu mai contează! E război! Toată urzeala asta a fost uneltită de Filippa pentru a permite regilor să înceapă un război cu Nilfgaardul! Meve din Lyria și Demawend din Aedirn au provocat Nilfgaardul! Înțelegeți asta?

– Nu, i-a retezat-o Geralt. Și nici nu vrem să înțelegem. Unde e Yennefer?

– Încetați! a strigat Marti Sodergren aplecându-l pe Dorregaray. Ajutați-mă! Țineți-l! Nu pot să-i scot săgeata!

Au ajutat-o. Dorregaray a gemut și a tresărit, iar scările tremurau. Geralt a crezut inițial că era magia de vindecare a lui Marti. Dar era Garstangul. Dintr-odată, vitraliile au explodat, focul s-a aprins în ferestrele palatului și fumul a început să facă rotocoale.

– Încă se luptă, a scrâșnit din dinți Carduin. Și-o s-o țină tot așa, cu farmece după farmece...

– Farmece? În Garstang? Dar e înconjurat de o aură antimagică!

– Tissaia și-a vârât coada. Dintr-odată, a hotărât de partea cui să stea. A scos blocada, a lichidat aura și a neutralizat dvimeritul. Apoi au sărit cu toții unii la gâtul altora! Vilgefortz și Terranova de-o parte, Filippa și Sabrina de altă parte... s-au năruit coloanele, iar tavanul s-a prăbușit... Francesca a deschis intrarea de la subsol, iar de acolo au țâșnit dracii de elfi... Am tot țipat că suntem neutri, dar Vilgefortz a început să râdă. Înainte de a putea construi un nou scut, Drithelm a primit o săgeată în ochi, l-a împroșcat pe Rejean de ziceai că-i arici... N-am mai așteptat să văd cum decurg lucrurile. Marti, mai ai mult? Trebuie s-o ștergem de-aici cât mai degrabă!

– Dorregaray nu poate să meargă – tămăduitoarea și-a șters sângele de pe mâini de rochia albă de bal. Teleportează-ne, Carduin!

– De-aici? Te-ai țicnit. E prea aproape de Tor Lara. Portalul Lara radiază și deturnează orice teleportare. Prin urmare, nu ne putem teleporta!

– Nu poate merge! Trebuie să rămân cu el...

– Atunci n-ai decât să rămâi!

Carduin s-a ridicat în picioare:

– Distracție plăcută! Mie-mi place viața! Mă întorc în Kovir! Kovirul este neutru!

– Frumos! a scuipat vrăjitorul văzându-l pe magician dispărând în tunel. Camaraderie și solidaritate! Dar nici eu nu pot sta cu tine, Marti. Trebuie să mă duc la Garstang. Confratele tău neutru a demolat puntea. Mai există vreo cale?

Marti Sodergren a adulmecat, apoi a ridicat capul și a făcut semn că da.

Era deja sub zidul Garstangului când s-a trezit cu Keira Metz pe cap.

Drumul indicat de tămăduitoare trecea prin grădinile suspendate, legate prin scări spiralate. Acestea erau năpădite de iederă și caprifoi, buruienile împiedicau ascensiunea, dar favorizau ascunzișul. A reușit să descopere și zidul palatului, ascuns de vegetație. În timp ce căuta intrarea, Keira a dat buzna peste el, ambii prăbușindu-se în bălăriile din pădure.

– Mi-am rupt dintele, a constatat magiciana ușor peltic. Era neglijentă, murdară, acoperită cu praf de tencuială și funingine, iar pe obraz avea un hematom mare.

– Cred că mi-am rupt și piciorul, a adăugat ea, scuipând sânge. Tu ești, vrăjitorule? Am căzut pe tine? Prin ce minune?

– Asta mă întreb și eu.

Terranova m-a azvârlit pe fereastră.

– Poți să te ridici?

– Nu, nu pot.

Vreau să intru în palat. Incognito. Pe unde?

– Oare toți vrăjitorii? l-a întrebat Keira, gemând, încercând să se sprijine în cot. În Garstang e o bătălie! Acolo dă în clocot, cade stucul de pe pereți! Cauți belele?

– Nu. O caut pe Yennefer.

– Ha! Keira și-a încetat sforțările, s-a întins pe spate. Aș vrea să mă iubească și pe mine cineva. Ia-mă în brațe!

– Poate altă dată. Mă cam grăbesc.

– Ia-mă în brațe, îți spun! Îți arăt calea spre Garstang. Trebuie să dau de nenorocitul ăla de Terranova. Ei bine, ce mai aștepți? N-o să găsești intrarea singur și, chiar dacă ai reuși, dacă ajungi în ghearele ticăloşilor de elfi, nu mai ieşi viu... nu pot să merg, dar încă pot să arunc vrăji. Dacă cineva ne stă în cale, o să regrete.

A urlat când a ridicat-o.

– Îmi pare rău.

– Nu contează, i-a înconjurat gâtul cu braţele. Ăsta-i piciorul. Încă miroşi a parfumul ei, ştii? Nu, nu pe-acolo. Întoarce-te şi mergi pe sub munte. Mai e o intrare, dinspre Tor Lara. Poate că nu sunt elfi acolo... Auuu! Mai atent, al naibii!

– Îmi pare rău. De unde au venit Scoia'tael?

– Au fost în subteran. Thanedd este gol ca o cochilie, e o cavernă uriaşă, poţi intra cu o ambarcaţiune dacă ştii pe unde. Cineva le-a arătat... Auuuu! Fii mai atent! Nu mă zgâlţâi!

– Îmi pare rău. Prin urmare, Veveriţele au venit pe mare? Când?

– Naiba ştie când! Poate ieri, poate acum o săptămână? Noi ne pregăteam împotriva lui Vilgefortz, iar Vilgefortz împotriva noastră. Vilgefortz, Francesca, Terranova şi Fercart... Ne-au tras-o rău de tot. Filippa credea că îşi doresc o preluare lentă a puterii în Capitul pentru a-i influenţa în mai mare măsură pe regi... Iar ei au pus la cale să ne lichideze în timpul congresului... Geralt, eu nu mai pot... Piciorul... Stai un pic. Auuuuu!

– Keira, e o rană deschisă. Sângele se scurge din picior.

– Taci şi-ascultă! Pentru că e vorba de Yennefer a ta. Ne-am dus la Garstang, în sala de şedinţe. Era o blocare antimagică, dar nu funcţiona pe dvimerit, ne-am simţit în siguranţă. Au început discuţiile. Tissaia şi cei neutri ţipau la noi, iar noi ţipam la ei. Iar Vilgefortz tăcea şi zâmbea...

– Repet, Vilgefortz e un trădător! S-a aliat cu Emhyr din Nilfgaard, i-a mai târât şi pe alţii în conspiraţia lui! A încălcat legea, ne-a trădat şi pe noi, şi pe regi...

– Las-o mai moale, Filippa! Ştiu că favorurile cu care te înconjoară Vizimir înseamnă pentru tine mai mult decât solidaritatea Frăţiei. Acelaşi lucru este valabil şi pentru tine, Sabrina, pentru că joci cam acelaşi rol în Kaedwen. Keira Metz şi Triss Merigold reprezintă interesele lui Foltest din Temeria, Radcliffe e unealta lui Demawend din Aedirn...

– Ce legătură are asta, Tissaia?

– Interesele regilor nu trebuie să coincidă cu ale noastre. Știu exact ce se întâmplă. Regii au început să-i extermine pe elfi și pe alți neoameni. Poate că tu, Filippa, consideri că au dreptate. Poate că tu, Radcliffe, consideri că e bine să sprijini armata lui Demawend în campania împotriva Scoia'tael. Dar eu nu sunt de acord. Și nu-i de mirare că nici Enid Findabair nu e de acord. Dar asta nu înseamnă trădare. Nu mă întrerupe! Știu exact ce planuri au regii voștri, știu că vor să înceapă războiul. Acțiunile care ar împiedica războiul înseamnă trădare în ochii lui Vizimir al tău, dar nu și în ai mei. Dacă vrei să-i judeci pe Vilgefortz și Francesca, judecă-mă și pe mine!

– Despre ce război se tot vorbește aici? Regele meu, Esterad din Kovir, nu va susține nicio acțiune agresivă împotriva Imperiului Nilfgaard! Kovirul este și va rămâne neutru!

– Ești membru al Consiliului, Carduin! Și nu trimisul regelui tău!

– Tu vorbești, Sabrina?

– Destul! a dat Filippa cu pumnul în masă. Îți satisfac curiozitatea, Carduin. Ai întrebat cine pregătește războiul? Îl pregătește Nilfgaardul, care are de gând să ne atace și să ne distrugă. Dar Emhyr var Emreis n-a uitat de Dealul Sodden și de data asta s-a hotărât să-și ia măsuri de precauție, scoțându-i pe magicieni din joc. De aceea l-a contactat pe Vilgefortz din Roggeveen. L-a cumpărat, făgăduindu-i putere și onoruri. Da, Tissaia. Vilgefortz, eroul din Sodden, ar urma să devină guvernator și conducător al tuturor țărilor cucerite de la miazănoapte. Acest Vilgefortz, ajutat de Terranova și Fercart, ar urma să guverneze provinciile create în locul regatelor înfrânte, ar urma să fluture biciul nilfgaardian deasupra sclavilor care populează aceste țări, care trudesc pentru Imperiu. Cât despre Francesca Findabair, Enid an Gleanna, ar urma să devină regina împărăției Elfilor liberi. Ar fi, de bună seamă, un protectorat nilfgaardian, dar nu i-ar încurca pe elfi, atâta timp cât împăratul Emhyr le-ar da mână liberă în uciderea oamenilor. Căci elfilor nu le place nimic mai mult decât să omoare Dh'oine.

– E o acuzație grea. Prin urmare, și dovezile trebuie să fie foarte solide. Dar, înainte de a le pune pe masă, Filippa Eilhart, să știi care mi-e poziția. Dovezile pot fi fabricate, acțiunile și motivele pot fi interpretate. Dar faptele care intră în joc nu pot fi schimbate nicicum. Ai rupt unitatea și solidaritatea Frăției, Filippa Eilhart. Ia-i încătușat pe membrii Capitulului ca pe tâlharii de drumul mare. Așadar, să nu cumva să îndrăznești să-mi propui să fac parte din noul Capitul, pe care plănuiești să-l înființezi cu haita ta de puciști vânduți împăraților. Între noi există moarte și sânge. Moartea lui Hen Gedymdeith. Și sângele Lydiei van Bredevoort. Ai vărsat acest sânge cu dispreț. Erai cea mai bună elevă a mea, Filippa Eilhart. Eram mândră de tine mereu. Dar acum n-am decât dispreț pentru tine.

Keira Metz era albă ca varul.

– De ceva timp, a șoptit ea, Garstangul s-a mai liniștit. Se pare că lupta e pe punctul de a se termina... Se urmăresc prin palat. Acolo sunt cinci caturi, șaptezeci și șase de odăi și săli. Au unde să se joace de-a v-ați ascunselea...

– Trebuia să-mi spui despre Yennefer. Grăbește-te! Mă tem c-o să leșini.

– Despre Yennefer? Ah, da... Totul mergea strună cum plănuiserăm, până când a apărut ca din senin Yennefer. Și l-a introdus în sală pe acest medium...

– Pe cine?

– O fată de vreo paisprezece ani. Părul cenușiu, ochii mari, verzi... Nici bine n-am văzut-o la ochi, că fata a și început să prorocească. A vorbit despre evenimentele din Dol Angra. Nimeni n-avea nicio îndoială că spune adevărul. Era într-o transă, iar când ești în transă, n-ai cum să minți.

– Azi-noapte, a declarat mediumul, trupele cu însemnele Lyriei și sub stindardele Aedirnului au invadat Imperiul Nilfgaard.

Glevitzingen, un fort de frontieră din Dol Angra, a fost atacat. În numele regelui Demawend, crainicii au anunțat prin satele din jur că, de astăzi, Aedirnul preia guvernarea întregii țări. Oamenii au fost chemați la o insurecție armată împotriva Nilfgaardului...

– Imposibil! E o provocare odioasă!

– Ce ușor îți iese pe gură vorba asta, Filippa Eilhart! a exclamat Tissaia de Vries cu seninătate. Dar nu te mai chinui, țipetele tale nu vor întrerupe transa. Continuă să vorbești, copilă!

– Împăratul Emhyr var Emreis a poruncit să se răspundă loviturii cu o lovitură. Armata nilfgaardiană a intrat azi în zori în Lyria și Aedirn.

– Așadar, a zâmbit Tissaia, conducătorii noștri au arătat cât sunt de înțelepți, de luminați și de iubitori de pace. Iar unii dintre magicieni au demonstrat pe cine servesc cu adevărat. Celor care ar fi putut împiedica războiul li s-au pus din precauție cătușe de dvimerit și li s-au adus acuzații false...

– Totul e o minciună sfruntată!

– Fir-ați ai naibii cu toții! a izbucnit Sabrina Glevissig. Filippa, ce înseamnă toate astea? Ce înseamnă lupta din Dol Angra? Nu hotărâserăm să nu începem deocamdată? De ce n-a avut răbdare tâmpitul de Demawend? De ce nenorocita de Meve...

– Taci, Sabrina!

– Ba nu, las-o să vorbească, Tissaia de Vries a ridicat capul. Să spună despre armata lui Henselt din Kaedwen concentrată la frontieră. Să vorbească despre trupele lui Foltest din Temeria, care probabil lansează deja la apă bărcile care au stat ascunse în pădurile de pe malul Jarugăi. Să spună despre corpul expediționar aflat sub comanda lui Vizimir din Redania, plasat de-a lungul Pontarului. Ce credeai, Filippa, că suntem orbi și surzi?

– Asta nu-i decât o provocare împuțită! Regele Vizimir...

– Regele Vizimir, a întrerupt-o cu vocea lui impasibilă mediumul cu păr cenușiu, a fost ucis aseară. Înjunghiat de un mercenar. Redania nu mai are rege.

– Redania nu mai avea rege de multă vreme, s-a ridicat Tissaia de Vries. În Redania domnea atotputernica Filippa Eilhart, demnă urmașă a lui Raffard cel Alb. Gata să sacrifice zeci de mii de vieți pentru puterea absolută.

– N-o ascultați! a strigat Filippa. E o unealtă fără minte... Cui îi slujești, Yennefer? Cine ți-a poruncit s-aduci monstrul ăsta aici?

– Eu, i-a răspuns Tissaia de Vries.

– Ce s-a întâmplat mai departe? Ce s-a întâmplat cu fata? Cu Yennefer?

– Nu știu, a răspuns Keira și a închis ochii. Tissaia a ridicat de îndată blocada. Cu un farmec. N-am mai văzut așa ceva în viața mea... ne-a uluit pe toți, apoi i-a eliberat pe Vilgefortz și pe ceilalți... Iar Francesca a deschis intrarea subterană și au început să mișune ca la un semn Scoia'tael prin Garstang. Erau comandați de un ciudat în armură și cu un coif nilfgaardian înaripat. Era ajutat de un tip cu o cicatrice pe față. Acesta știa să facă farmece. Și să se apere de magie...

– Rience.

– Poate, nu știu. Era foarte cald... Plafonul a început să se prăbușească. Farmecele și săgețile... masacru în toată regula... Dintre ai lor, Fercart a fost ucis, dintre ai noștri a fost ucis Drithelm, a fost ucis Radcliffe. I-au ucis pe Marquard, Rejean și Bianca d'Este... Triss Merigold învinețită, Sabrina rănită. Când a văzut cadavrele, Tissaia și-a dat seama că greșise și a încercat să ne protejeze, a încercat să-i tempereze pe Vilgefortz și Terranova... dar Vilgefortz i-a râs în nas. Apoi și-a pierdut capul și a fugit. Oh, Tissaia... Atâtea cadavre...

– Ce-i cu fata și cu Yennefer?

– Nu știu.

Magiciana a fost cuprinsă de un acces de tuse, a scuipat sânge. Respira foarte lent și cu efort vizibil.

– După o serie de explozii, a continuat, mi-am pierdut cunoștința un timp. Cel cu cicatrice m-a paralizat cu ajutorul elfilor. Terranova mi-a dat un șut mai întâi, apoi m-a aruncat pe fereastră.

– Nu doar la picior, Keira. Ai coastele rupte.

– Nu mă lăsa!

– Trebuie. Dar mă întorc după tine.

– Bine.

La început era doar un haos strălucitor, o umbră pâlpâitoare, un amestec de bezně și strălucire, un cor mormăitor provenit din vocile abisului. Dintr-odată vocile au devenit mai puternice, în jur explodau trosnete și pocnete. Strălucirea din bezně se prefăcea într-o vâlvătaie care devora goblenurile și tapiseriile în snopuri de scântei ce parcă țâșneau din pereți, din balustrade și din coloanele care sprijineau bolta.

Înecându-se de la fum, Ciri și-a dat seama că nu mai era doar un vis.

Încercase să se ridice, sprijinindu-se pe brațe. A simțit umezeală în palme, a privit în jos. Îngenunchease într-o baltă de sânge. Un trup inert se afla lângă ea. Trupul unui elf. Și-a dat seama imediat.

– Ridică-te!

Yennefer stătea lângă ea. Avea un pumnal în mână.

– Coniță Yennefer... Unde suntem? Nu-mi amintesc nimic...

Magiciana a luat-o repede de mână.

– Sunt cu tine, Ciri.

– Unde suntem? De ce arde totul? Cine e... Acela?

– Ți-am spus demult, acum câteva secole, că Haosul își întinde mâna după tine. Îți amintești? Nu, probabil că nu-ți amintești. Elful ăsta a întins mâna după tine. A trebuit să-l omor cu un cuțit, deoarece stăpânii lui atâta așteptau, ca una dintre noi să se dea de gol, folosind magia. Și tot vor afla, dar nu încă... Ți-ai venit în simțiri de-a binelea?

– Acelor magicieni... a șoptit Ciri. Celor din sala mare... Ce le-am spus? Și de ce mi-am dat drumul la gură? N-am vrut... Dar a trebuit să vorbesc! De ce? De ce, coniță Yennefer?

– Șșșt, urâțico! Am făcut o greșeală. Nimeni nu-i perfect.

De jos s-au auzit un zbang și un strigăt strident.

– Haide! Iute! N-avem timp. Au alergat de-a lungul coridoarelor. Fumul era din ce în ce mai gros, strangula, sufoca, orbea. Zidurile se zguduiau din cauza exploziilor.

– Ciri! Yennefer s-a oprit la o răscruce de coridoare, a apucat-o strâns de mână pe fată. Ascultă-mă, ascultă-mă cu atenție! Trebuie să rămân aici. Vezi treptele astea? O să le cobori...

– Nu! Nu mă lăsa singură!

– N-am încotro. Repet, o să cobori treptele. Până jos de tot. O să dai de-o ușă acolo, apoi, în spatele ei, de un coridor lung. La capătul coridorului este un grajd, în care o să dai de un cal înșeuat. Unul singur. O să-l scoți și o să-l încaleci. E un cal antrenat, folosit de olăcarii care trebuie să ajungă la Loxia. Știe calea, n-ai nicio treabă. Când ajungi în Loxia, caut-o pe Margarita și intră sub protecția ei. Nu te dezlipești nicio clipă de ea, nu faci nici măcar un pas...

– Coniță Yennefer! Nu! Nu vreau să fiu singură!

– Ciri, i-a răspuns calm magiciana, ți-am spus cândva că tot ce fac e spre binele tău. Crede-mă! Te rog, ai încredere! Fugi!

Ciri era deja pe trepte când a auzit din nou vocea lui Yennefer. Magiciana stătea în picioare, cu fruntea rezemată de o coloană.

– Te iubesc, fetiță, a spus ea ambiguu. Fugi!

Au încolțit-o pe la jumătatea scării. De jos, doi elfi cu cozi de veverițe la căciuli, de sus, un bărbat într-un costum negru. Fără să stea pe gânduri, Ciri a sărit balustrada și a luat-o pe un coridor lateral. Au alergat după ea. Era mai rapidă și le-ar fi scăpat nevătămată dacă n-ar fi urmărit-o, pentru că la capătul coridorului era o fereastră.

A aruncat o privire afară. De-a lungul zidului era o bordură de piatră, poate de două șchioape lățime. Ciri și-a trecut picioarele peste pervazul ferestrei și a plecat pe bordură. Se îndepărta de fereastră, cu spatele lipit de zid. În zare strălucea marea.

Un elf s-a aplecat pe fereastră. Avea părul deschis și ochii verzi, un batic de mătase la gât. Ciri s-a îndepărtat repede, apropiindu-se de cealaltă fereastră. Dar acolo și-a scos capul un bărbat în costum negru. Avea ochi întunecați și înspăimântători, o pată roșiatică pe obraz.

– A noastră ești, fetițo!

A privit în jos. Sub ea, departe, a văzut o terasă. Iar deasupra terasei, la vreo zece picioare mai sus de bordura pe care stătea, vedea o punte care lega două galerii. Numai că nu era o punte. Erau rămășițele unei punți. O potecă îngustă de piatră, cu rămășițele unei balustrade năruite.

– Ce mai aștepți? a strigat bărbatul cu cicatricea. Ieși și prinde-o!

Elful cu părul deschis a pășit cu grijă pe bordură, și-a lipit spatele de zid. A întins mâna. Era aproape.

Ciri a înghițit în sec. Ce mai rămăsese din punte, pasarela de piatră, nu era mai îngustă decât leagănul din Kaer Morhen, iar ea sărise de zeci de ori pe leagăn, știa să amortizeze șocul saltului și să-și păstreze echilibrul. Dar în cetatea vrăjitorilor doar patru picioare despărțeau leagănul de sol, în timp ce sub pasarela de piatră se căsca o prăpastie atât de adâncă, încât dalele terasei păreau mai mici decât palma.

A sărit, a aterizat, s-a bălăngănit, și-a menținut echilibrul, ținându-se de balustrada ruptă. Cu un pas sigur, a ajuns la galerie. Nu s-a putut abține, s-a întors și le-a arătat urmăritorilor cotul îndoit, un gest pe care îl învățase de la piticanul Yarpen Zigrin. Omul cu cicatricea a înjurat-o de mama focului.

– Sari! a strigat către elful cu părul deschis, aflat în picioare pe bordură. Sari după ea!

– Cred că te-ai țicnit, Rience! i-a spus elful rece. N-ai decât să sari tu, dacă vrei.

Norocul, cum se întâmplă de obicei, n-a însoțit-o mult timp. Când a scăpat din galerie și s-a strecurat în tufișurile din pădure, a înhățat-o. A înșfăcat-o și a imobilizat-o cu o putere ieșită din comun, un bărbat scund, grăsuț, cu nasul umflat și cu buza despicată.

– Hai la mine! i-a spus printre dinți. Vino-ncoa', păpușico!

Se zvârcolea și răcnea, întrucât mâinile încleștate în jurul umerilor o paralizaseră brusc cu o durere copleșitoare. Bărbatul râdea.

– Nu te mai zbate, pasăre cenușie, că-ți dau foc la pene! Lasă-mă să mă uit la tine! Lasă-mă să văd și eu care-i puicuța care valorează atât de mult pentru Emhyr var Emreis, împăratul Nilfgaardului. Şi pentru Vilgefortz.

Ciri a încetat să se mai zvârcolească. Bărbatul scund şi-a lins buza rănită.

– Ia te uită! a murmurat el din nou, aplecat spre ea. Aşa de scumpă, da' eu, ca să vezi, n-aş da nicio para chioară pe tine. Ca să vezi cum te înşală aparenţele, zău aşa. Ha! Comoara mea! Şi ce-ar fi dacă nu te-ar dărui lui Emhyr nici Vilgefortz, nici Rience şi nici cavalerul cu coiful cu pene, ci chiar bătrânul Terranova? L-ar răsplăti cum se cuvine Emhyr pe bătrânul Terranova? Ce spui, prezicătoareo? Că la urma urmei poţi să prezici!

Respiraţia lui mirosea insuportabil. Ciri şi-a întors capul, cu o grimasă. El a interpretat-o greşit.

– Nu mă ciuguli cu ciocul, puicuţo! Nu mă tem de păsărele. Sau poate ar trebui? Ce zici, falsă clarvăzătoare? Profetesa fraierilor? Ar trebui să-mi fie frică de păsărele?

– Ar trebui, a ciripit Ciri, simţind o ameţeală puternică şi o răcoare bruscă.

Terranova a izbucnit în râs, aruncându-şi capul înapoi. Râsul s-a transformat într-un vaiet de durere. O bufniţă mare, cenuşie a aterizat fără zgomot, înfigându-i ghearele în ochi. Magicianul a eliberat-o pe Ciri, a împins bufniţa cu o mişcare violentă şi imediat a căzut în genunchi, ţinându-se cu mâinile de cap. Sângele i se prelingea între degete. Ciri a ţipat şi s-a tras înapoi. Terranova şi-a luat mâinile însângerate şi mucoase de pe faţă şi cu o voce sălbatică, stridentă a bălmăjit o vrajă. N-a izbutit. În spatele lui a apărut o formă neclară, lama vrăjitorului a mugit în aer şi i-a retezat gâtul chiar sub occipital.

– Geralt!

– Ciri.

– N-avem timp de tandreţuri, le-a spus din partea de sus a zidului bufniţa, transformându-se într-o femeie cu părul negru. Fugiţi! Veveriţele mişună pe-aici!

Ciri s-a eliberat din brațele lui Geralt, s-a uitat uluită. Femeia-bufniță așezată în partea de sus a zidului arăta îngrozitor. Era smolită, zdrențuită, murdară de cenușă și sânge.

– Ești un mic monstru, i-a zis bufnița uitându-se la ea. Pentru profeția ta păguboasă, ar fi trebuit să te... Dar i-am promis ceva vrăjitorului tău, iar eu mă țin întotdeauna de cuvânt. N-am putut să ți-l dau pe Rience, Geralt. În schimb, ți-o dau pe ea. Vie și nevătămată. Fugiți!

Cahir Mawr Dyffryn aep Ceallach era furios. O văzuse doar o clipă pe fata pe care i se poruncise s-o prindă, căci, înainte de a încerca să întreprindă ceva, magicienii rătăciți au dezlănțuit iadul în Garstang, zădărnicind orice acțiune. Cahir s-a rătăcit prin fum și foc, a străbătut orbește coridoarele, a alergat pe scări și prin galerii, blestemându-i pe Vilgefortz, pe Rience, pe el însuși și pe toată lumea.

De la un elf cu care se întâlnise aflase că fata fusese zărită în afara palatului, fugind pe drumul spre Aretuza. Și apoi norocul i-a surâs lui Cahir. Scoia'tael au găsit un cal înșeuat în grajd.

– Fugi, Ciri! Sunt pe-aproape. O să-i opresc, tu fugi. Fugi cât vezi cu ochii! Ca la Abator!

– Și tu vrei să mă lași singură?

– Voi fi chiar în spatele tău. Dar nu te uita înapoi!

– Dă-mi spada, Geralt!

O privea. Ciri s-a retras. Nu mai văzuse astfel de ochi niciodată la el.

– Cu spada în mână, va trebui să ucizi. Ești în stare?

– Nu știu. Dă-mi spada!

– Fugi! Și nu te uita în urmă.

Pe drum răsunau ropote de copite. Ciri s-a uitat în urmă. Și a încremenit de frică.

Era urmărită de cavalerul negru cu coiful împodobit cu aripile unei păsări de pradă. Aripile fâlfâiau, iar mantia neagră flutura. Potcoavele calului scânteiau pe caldarâm.

Ea nu era în stare să facă nicio mişcare.

Calul negru a ţâşnit prin tufişurile de pe marginea drumului, iar cavalerul a strigat din toţi rărunchii. În strigătul lui era Cintra. Erau în el noaptea, crima, sângele şi vâlvătăile. Ciri şi-a învins teama şi a luat-o la goană. Cu un impuls a sărit deasupra unui gard viu care împrejmuia o curte mică, un havuz şi o fântână. Nu exista cale de ieşire din curte, era înconjurată de ziduri înalte şi netede. Calul a fornăit chiar în spatele ei. S-a întors, s-a poticnit şi a început să tremure, lovindu-se cu spatele de zidul dur şi rece. Era prinsă într-o capcană.

Pasărea de pradă şi-a fâlfâit aripile, gata de zbor. Cavalerul negru şi-a cabrat calul şi a sărit peste gardul care-l despărţea de curte. Copitele răsunau pe dalele podelei, calul s-a răsucit, s-a zbuciumat, a cabrat. Cavalerul s-a legănat în şa, s-a aplecat. Calul a sărit în sus, iar cavalerul a căzut, zăngănindu-şi armura pe piatră. Dar s-a ridicat imediat, năpustindu-se asupra lui Ciri, care era ghemuită într-un colţ.

– N-o să mă atingi! a strigat ea, trăgându-şi spada. N-o să mă mai atingi niciodată!

Cavalerul s-a apropiat încet, înălţându-se cu fiecare pas deasupra ei ca un turn negru uriaş. Aripile de la coif îi fluturau şi foşneau.

– Nu mai scapi din mâinile mele, Leuţă din Cintra! Ochii nemiloşi ardeau în viziera coifului. De data asta, nu mai scapi. De data asta, n-ai unde să mai fugi, domniţă nebună.

– N-o să mă atingi! a repetat ea cu un glas înăbuşit de groază, rezemată de zidul de piatră.

– Trebuie. Îmi îndeplinesc poruncile.

În timp ce vedea cum întinde mâna spre ea, teama i-a dispărut brusc, înlocuită de o furie sălbatică. Muşchii încordaţi, înţepeniţi de groază, acţionau ca nişte resorturi, toate mişcările învăţate în Kaer Morhen se derulau de la sine, uşor şi armonios. Ciri a executat un salt, cavalerul s-a aruncat asupra ei, dar nu era pregătit pentru pirueta pe care o efectuase fără efort ca s-o îndepărteze și s-o scape din brațele lui. Spada a urlat și a mușcat, lovind cu precizie între solzii armurii. Cavalerul s-a aruncat în picioare, a căzut într-un genunchi, un firicel de sânge roșu-aprins îi cobora de sub cureaua de pe umăr. Urlând cu furie, Ciri l-a înconjurat din nou cu o piruetă, l-a lovit din nou, de data asta în viziera coifului, făcându-l să cadă și în celălalt genunchi. Mânia și furia au orbit-o complet, n-a mai văzut decât aripile pe care le ura. Penele negre au sărit, o aripă a căzut, cealaltă a rămas atârnată de umărul însângerat. Cavalerul – încercând în zadar să se ridice din genunchi, să oprească lama spadei, apucând-o cu mănușa blindată – a gemut în chinuri când lama vrăjită i-a tăiat zalele și mâna. La următoarea lovitură i-a căzut coiful, iar Ciri s-a tras înapoi ca să lanseze ultima lovitură, lovitura mortală.

Nu l-a lovit.

Nu mai exista coiful negru, dispăruseră și aripile păsării de pradă, al căror fâlfâit o obsedase în timpul coșmarurilor. Nu mai era cavalerul negru din Cintra. Rămăsese doar un tânăr palid, îngenuncheat într-o baltă de sânge, un tânăr cu părul întunecat, cu ochii albaștri uluiți și cu gura deformată într-o grimasă de groază. Cavalerul negru din Cintra căzuse sub loviturile ei de spadă, încetase să mai existe, din aripile amenințătoare de odinioară nu mai rămăseseră decât niște pene jumulite. Băiatul îngrozit, ghemuit, care vărsa sânge, era un nimeni. Nu-l cunoștea, nu-l mai văzuse niciodată. Nu-i păsa. Nu se temea de el, nu-l ura. Și nu voia să-l ucidă.

Și-a aruncat spada pe podea.

S-a întors, auzind țipetele Scoia'tael, care veneau în fugă din Garstang. Și-a dat seama că dintr-o clipă într-alta o s-o încolțească în curte. Și-a dat seama că o vor ajunge pe drum. Trebuia să fie mai rapidă decât ei. A alergat până la calul negru care-și zăngănea potcoavele pe dale, cu un strigăt l-a îndemnat la galop, săltând în șa.

– Lăsați-mă... a strigat Cahir Mawr Dyffryn aep Ceallach, împingându-i cu mâna nevătămată pe elfii care-l ridicau. N-am nimic! E o rană ușoară... Urmăriți-o! Urmăriți-o pe fată...

Unul dintre elfi a strigat, pe fața lui Cahir se prelingea sângele. Al doilea Scoia'tael s-a zbătut și a căzut în genunchi, strângându-și cu ambele mâini burta spintecată. Ceilalți s-au retras și s-au împrăștiat prin curte, scăpărându-și spadele.

Fuseseră atacați de monstrul cu păr alb. Sărise peste ei de pe zid. De la o înălțime de la care era imposibil să sari fără să-ți rupi picioarele. Era imposibil să aterizezi lent, să te răsucești într-o piruetă fulgerătoare și să ucizi într-o fracțiune de secundă. Dar monstrul cu păr alb a făcut-o. Și a început să omoare în stânga și-n dreapta.

Scoia'tael luptau cu înverșunare. Erau mai numeroși. Dar nu aveau șanse. Masacrul se săvârșea sub ochii larg deschiși ai lui Cahir. Fata cu păr cenușiu, care tocmai îl rănise, era rapidă, incredibil de agilă, ca o pisică ce își apără pisoii. Dar monstrul cu păr alb care plonjase între Scoia'tael era ca un tigru zerrikan. Domnița drăguță din Cintra, care, dintr-un motiv necunoscut, nu l-a ucis, părea nebună. Monstrul cu păr alb nu era nebun. Era calm și rece. Ucidea calm și cu sânge-rece.

Scoia'tael nu aveau nicio șansă. Cadavrele lor cădeau secerate unul după altul pe dalele din curte. Dar nu renunțau. Chiar și atunci când au rămas doar doi, nu au fugit, l-au atacat din nou pe monstrul cu părul alb. Sub ochii lui Cahir, monstrul i-a retezat brațul unuia de la cot, iar ultimului i-a aplicat o lovitură care, în ciuda aparenței neglijente, l-a aruncat pe elf în spate, acesta s-a bălăngănit pe marginea havuzului și a căzut în apă. Apa s-a revărsat peste marginea havuzului cu un val de carmin.

Elful cu brațul retezat suduia lângă fântână, uitându-se la ciotul care sângera. Monstrul cu părul alb l-a apucat de păr și i-a retezat gâtul cu o scurtă lovitură de spadă.

Când Cahir și-a deschis ochii, monstrul era chiar lângă el.

– Nu mă omorî... i-a șoptit, fără a mai încerca să se ridice de pe podeaua alunecoasă de la sânge. Mâna, tăiată de fata cu părul cenușiu, nu-l mai durea, era amorțită.

– Știu cine ești, nilfgaardianule.

Monstrul cu părul alb i-a tras un șut coifului cu aripile jumulite.

– Ai urmărit-o cu înverşunare de mult, a continuat. Dar n-o să mai ai prilejul să-i faci rău vreodată.

– Nu mă ucide...

– Dă-mi un motiv! Doar unul. Grăbeşte-te!

– Eu... a şoptit Cahir. Am scos-o din Cintra. Din pârjol. Am salvat-o. I-am salvat viața...

Când a deschis ochii, monstrul dispăruse, era singur în curte, doar cu cadavrele elfilor. Apa din fântână susura, se revărsa peste bordură, spălând sângele de pe dale. Cahir a leşinat.

La poalele turnului se afla o clădire care consta într-o sală imensă sau mai degrabă un fel de peristil. Acoperişul peristilului, probabil iluzoriu, strălucea prin găuri. Era susținut de coloane şi pilaştri sculptați în forme de cariatide îmbrăcate sumar, cu busturi impresionante. Aceleaşi cariatide susțineau arcul portalului prin care dispăruse Ciri. În spatele portalului, Geralt a observat o scară care ducea în sus. La turn.

A înjurat în barbă. Nu înțelegea de ce a fugit ea până acolo. Alergând în urma ei pe ziduri, a văzut cum îi cade calul din picioare. A văzut cum s-a ridicat abil, dar, în loc s-o ia pe drumul în serpentină din jurul culmii, a luat-o pieptiş pe versant, spre turnul singuratic. Abia mai târziu i-a observat pe elfi pe drum. Nici ei nu-i observaseră, nici pe Ciri şi nici pe el, ocupați să tragă cu arcul în oamenii care alergau la poalele muntelui. Veneau întăriri din Aretuza.

Avea de gând s-o urmeze pe Ciri pe scări, când a auzit un fâlfâit. Din cer. S-a întors repede. Nu era o pasăre.

Vilgefortz, foşnind cu mânecile largi, a intrat în zbor printr-o gaură din acoperiş, coborând încet pe podea.

Geralt se plantase în fața intrării în turn, şi-a tras spada şi a oftat. Spera din tot sufletul că va avea loc o luptă dramatică finală între Vilgefortz şi Filippa Eilhart. Nu avea nici cea mai mică tragere de inimă pentru astfel de drame.

Vilgefortz şi-a scos dubletul, şi-a suflecat mânecile, s-a uitat la vrăjitor şi i-a citit gândurile.

– A naibii dramă! a oftat el.

Geralt nu a comentat.

– S-a dus la turn?

Vrăjitorul nu a răspuns. Magicianul a clătinat din cap.

– Așadar, avem de-a face cu epilogul, a spus el cu răceală. Deznodământul final. Sau poate că este destinul? Știi unde duc aceste trepte? La Tor Lara. În Turnul Pescărușului. Nu există nicio cale de ieșire din el. Totul s-a terminat.

Geralt a pășit în spate, astfel încât cariatidele care susțineau portalul să-i acopere flancurile.

– Fără doar și poate, a confirmat vrăjitorul, urmărindu-i mâinile. S-a terminat. Jumătate dintre complicii tăi sunt morți. Leșurile elfilor pe care i-ai adus la Thanedd zac înșirate de aici până la Garstang. Ceilalți au scăpat. Sosesc întăriri din Aretuza: magicieni și oameni de-ai lui Dijkstra. Probabil că nilfgaardianului care urma s-o înșface pe Ciri i s-a scurs tot sângele din trup. Și Ciri este acolo în turn. De-acolo nu există nicio cale de ieșire? Mă bucur să aud asta. Înseamnă că există o singură intrare acolo. Cea pe care-o s-o blochez.

Vilgefortz a tresărit.

– Zi-i Geralt și n-ai ce-i face! Nici de data asta nu știi să apreciezi corect situația. Capitulul și Consiliul nu mai există! Trupele împăratului Emhyr merg spre miazănoapte; lipsiți de sfaturile și de ajutorul magicienilor, regii sunt neajutorați precum copiii. Sub presiunea Nilfgaardului, regatele lor se vor nărui precum castelele din nisip. Ți-am propus ieri și îți repet și astăzi: alătură-te învingătorilor! Scuipă-i pe învinși!

– Tu ești învinsul. Ai fost doar o unealtă în mâna lui Emhyr. I-a păsat doar de Ciri, așa că l-a trimis pe acest individ cu coiful înaripat. Mă întreb ce-o să-ți facă Emhyr când o să-i raportezi că ți-ai încheiat misiunea cu un fiasco.

– Tragi orbește, vrăjitorule. Și nu nimerești, bineînțeles. Și dacă ți-aș spune că Emhyr e unealta mea?

– Nu te-aș crede.

– Geralt, fii rezonabil! Chiar vrei să faci figurație în teatrul ăsta ieftin, cu un final banal în lupta dintre Bine și Rău? Reînnoiesc propunerea de ieri. Încă nu e prea târziu. Încă mai poți alege, poți să te plasezi în tabăra potrivită...

– În tabăra pe care am subțiat-o astăzi?

– Nu zâmbi, zâmbetele tale diabolice nu mă impresionează. Te referi la cei câțiva elfi care au rămas blocați? La Artaud Terranova? Fleacuri, măruntișuri! Putem trece peste ei, direct la ordinea de zi.

– Bineînțeles. Îți cunosc viziunea asupra lumii. Moartea nu contează, nu? Mai ales a altora?

– Nu fi banal! Îmi pare rău pentru Artaud, dar, în fine, ce să-i faci? S-o numim... reglare de conturi. La urma urmei, am încercat să te omor de două ori. Emhyr era nerăbdător, așa că am poruncit să fie trimiși criminali în căutarea ta. De fiecare dată am făcut-o cu mare reținere, crede-mă! Vezi, eu încă mai sper că într-o bună zi vom fi pictați în același tablou.

– Renunță la speranța asta, Vilgefortz!

– Scoate-ți spada! Ne ducem împreună la Tor Lara. O să-l liniștim pe Copilul Sângelui mai Vechi, căruia probabil că i-a intrat frica-n oase undeva, acolo sus. O să plecăm de-aici. Împreună. O să fii cu ea. O să vezi cum i se îndeplinește destinul. Cât despre împăratul Emhyr? Împăratul Emhyr o să primească ce-și dorește. Uitasem să-ți zic că, deși Codringher și Fenn au murit, munca lor și ideile lor sunt încă vii și de actualitate.

– Minți! Pleacă de-aici! Până nu te scuip între ochi!

– Chiar nu vreau să te omor. Nu-mi face plăcere să omor.

– Ei nu mai spune! Dar Lydia van Bredevoort?

Magicianul a făcut o grimasă.

– Nu pronunța numele ăsta, vrăjitorule!

Geralt și-a strâns mai puternic montura spadei, i-a zâmbit batjocoritor.

– De ce a trebuit să moară Lydia, Vilgefortz? De ce i-ai poruncit să moară? Trebuia să distragă atenția, nu? Ca să ai timp să te imunizezi contra dvimeritului și să-i trimiți un semnal telepatic lui Rience? Biata Lydia, artista rănită la față! Toată lumea știa că era neînsemnată. Toată lumea. În afară de ea.

– Taci!

– Ai ucis-o pe Lydia, magicianule. Te-ai folosit de ea. Iar acum vrei să te folosești de Ciri? Cu ajutorul meu? Nici vorbă. N-o să intri în Tor Lara.

Magicianul a făcut un pas înapoi. Geralt s-a încordat, gata să sară și să lovească. Dar Vilgefortz nu a ridicat mâna, doar și-a prelungit-o puțin într-o parte. În palma lui s-a materializat un baston gros, lung de vreo șase coți.

– Știu, i-a spus, ce te deranjează la aprecierea rezonabilă a situației. Știu ce complică lucrurile și te încurcă în anticiparea corectă a viitorului. Trufia ta, Geralt. O să te dezbar eu de trufie. Cu bagheta asta.

Vrăjitorul a mijit ochii, ridicându-și ușor lama.

– Ard de nerăbdare.

Peste câteva săptămâni, deja vindecat datorită îngrijirilor driadelor și a apei de Brokilon, Geralt se întreba ce greșeală făcuse în timpul luptei. Și a ajuns la concluzia că niciuna. Singura greșeală o făcuse înainte de luptă. Ar fi trebuit să fugă înainte de începerea bătăliei.

Magicianul a fost iute de mână, bagheta îi flutura în mâini ca un fulger. Geralt a fost mai uluit când bastonul și spada zăngăneau metalic la paradă. Dar n-avea vreme pentru uluire. Vilgefortz a atacat, vrăjitorul a trebuit să se replieze în eschive și piruete. Se temea să pareze cu spada. Bastonul blestemat era din fier și, culmea, magic.

De patru ori s-a aflat în poziție de contraatac și de lovire. Și-a lovit adversarul de patru ori. La tâmplă, la gât, sub axilă și în coapsă. Fiecare dintre aceste lovituri ar fi trebuit să fie mortală. Dar Vilgerotz le-a contrat pe toate.

Nicio ființă umană nu ar fi fost capabilă să pareze aceste lovituri. Încet-încet Geralt a înțeles. Dar era prea târziu.

N-a văzut la timp lovitura aplicată de magician. L-a trântit de zid. S-a întors din umeri, nu a reușit să sară înapoi, să efectueze o fentă, lovitura i-a tăiat respirația. A doua lovitură, pe umăr, l-a trântit din nou cu tâmpla de un pilastru, de pieptul proeminent al cariatidei. Dintr-un salt abil, Vilgefortz s-a apropiat de vrăjitor, și-a fluturat bagheta și l-a lovit în stomac, sub coaste. Cu forță. Geralt s-a aplecat și atunci a primit o lovitură într-o parte a capului. Genunchii i-au cedat brusc și a căzut în ei. Și acesta a fost sfârșitul luptei. În principiu.

Istovit, Geralt a încercat să se acopere cu spada. Lama, izbită între un zid și un pilastru, a cedat cu un geamăt vibrant și cristalin. Și-a acoperit capul cu mâna stângă, bastonul a căzut cu un impuls și i-a rupt antebrațul. Durerea l-a secat la inimă și l-a orbit complet.

– Aș putea să-ți scot creierul prin urechi, părea să-i spună Vilgefortz de la distanță. Dar, la urma urmei, trebuia să fie doar o lecție. Te-ai înșelat, vrăjitorule. Ai confundat cerul cu stelele reflectate pe suprafața iazului în timpul nopții. O, vomiți? Bine. Comoție cerebrală. Sânge din nas? Excelent! La revedere! Poate într-o zi... Cine știe?

Nu vedea nimic și nu auzea nimic. Se îneca, scufundându-se în ceva cald. Credea că Vilgefortz plecase. A fost surprins, prin urmare, când bastonul de fier l-a lovit brutal peste picior, zdrobindu-i arborele femural.

Alte lovituri, chiar dacă au mai fost, nu și le mai amintea.

– Rezistă, Geralt, nu renunța! repeta Triss Merigold întruna. Nu te lăsa! Nu muri... Te rog, nu muri...

– Ciri...

– Nu vorbi. Am să te duc în curând de-aici. Nu te lăsa... Zeilor, n-am putere...

– Yennefer... trebuie să...

– Nu trebuie nimic! Nu poți face nimic! Rezistă, nu te lăsa... Nu leșina... Nu muri, te rog...

L-a târât pe podeaua împânzită de leșuri. Și-a văzut pieptul și abdomenul scăldate de sângele care-i curgea din nas. Și-a văzut piciorul. Era răsucit într-un unghi ciudat și părea mult mai scurt decât cel sănătos. Nu simțea durerea. Îi era frig, tot corpul îi era rece, amorțit și străin. Îi venea să vomite.

– Rezistă, Geralt! Ne vin ajutoare din Aretuza. Nu mai e mult...

– Dijkstra... Dacă mă găsește Dijkstra... e gata de mine...

Triss a înjurat. Disperată.

L-a târât pe trepte. Piciorul rupt și mâna i-au sărit din loc. Durerea îi revenea, i se strecura în viscere, în tâmple, îi iradia în ochi, în urechi, până în moalele capului. N-a strigat. Știa că l-ar fi alinat, dar nu a strigat. Și-a deschis gura, ceea ce i-a adus alinare.

A auzit un zbang.

În vârful scărilor stătea Tissaia de Vries. Părul îi era deranjat, fața prăfuită. Și-a ridicat mâinile, cu degetele aprinse. A rostit un farmec și focul de pe degete a început să danseze sub forma unor sfere orbitoare și strălucitoare. Vrăjitorul a auzit vuietul venind de la baza zidurilor care se prăbușeau și vaietele pătrunzătoare ale celor arși.

– Tissaia, nu! a strigat Triss disperată. Nu face asta!

– Nu vor intra aici, a spus marea maestră, fără a întoarce capul. Acesta este Garstang de pe insula Thanedd. Nimeni nu le-a poftit pe slugile regilor, care urmează poruncile meschine ale stăpânilor lor!

– Îi omori!

– Taci, Triss Merigold! Atacul asupra unității Frăției a eșuat, insula este condusă încă de Capitul! Regii să nu se amestece în treburile Capitulului! Este conflictul nostru și o să-l rezolvăm noi până la urmă! Ne vom rezolva problemele și apoi vom pune capăt acestui război idiot! Pentru că noi, magicienii, suntem responsabili pentru soarta lumii!

Alte sfere strălucitoare au țâșnit din palmele ei, iar ecoul multiplicat al exploziei s-a rostogolit printre coloanele și zidurile de piatră.

– Afară! a strigat din nou. Nu, nu intrați aici! Plecați!

Văicărelile de jos au încetat. Geralt a înțeles că asediatorii s-au retras de pe scări și se îndepărtau. Apoi silueta Tissaiei se estompa sub ochii lui. Nu era nicio magie. Își pierdea cunoștința.

– Fugi de-aici, Triss Merigold a auzit cuvintele magicienei venind de departe, ca de dincolo de zid. Filippa Eilhart a fugit deja, a zburat cu aripile sale de bufniță. Ai fost complicea ei în acest complot mârșav, ar trebui să te pedepsesc. Dar gata, a curs prea mult sânge, moarte, nenorocire! Du-te de-aici! Pleacă la Aretuza, la aliații tăi! Teleportează-te! Portalul din Turnul Pescarilor nu mai există. S-a prăbușit odată cu turnul. Poți să te teleportezi fără frică. Oriunde dorești. De exemplu, până la regele tău, pentru care ai trădat Frăția!

– N-o să-l părăsesc pe Geralt... a icnit Triss. Nu poate cădea în mâinile redanienilor... Este rănit grav... Sângerează pe dinăuntru... Iar eu n-am nicio putere! N-am putere nici măcar să deschid teleportul! Tissaia! Ajută-mă, te rog!

Tenebre. Frig de-ți pătrunde în oase. Din depărtare, de dincolo de zidul de piatră, vocea Tissaiei de Vries:

– Te ajut.

Evertsen Peter, ** 1220, confidentul împăratului Embyr Deithwen și unul dintre adevărații artizani ai puterii Imperiului. Comandantul suprem al armatei în timpul Războaielor de la Miazănoapte (acum), din anul 1290, mare trezorier al Coroanei. În ultima perioadă a domniei, Embyr l-a ridicat la rangul de Diacon al Imperiului. În timpul domniei împăratului Morvran, acuzat pe nedrept de abuz, condamnat, închis, † 1301 în castelul Winneburg. A fost reabilitat post-mortem de împăratul Jan Calveit în anul 1328.*

EFFENBERG ȘI TALBOT, *Enciclopedia Maxima Mundi, tomul V*

Tremurați, căci vine Nimicitorul Națiunilor! O să vă bătătorească pământul și o să-l împartă cu o funie. Târgurile o să vi le demoleze și o să rămână fără locuitori. Liliecii, vulturii și corbii o să vi se cuibărească în case, iar șerpii își vor găsi culcuș.

Aen Ithlinnespeath

5

Comandantul plutonului a oprit calul, şi-a scos coiful, şi-a aranjat cu degetele părul rar, lipit de sudoare.

– Sfârşitul călătoriei, a repetat el, văzând privirea întrebătoare a trubadurului.

– Ce? Cum aşa? a întrebat Jaskier surprins. De ce?

– Nu mergem mai departe. Vezi colo, jos? Râul care sclipeşte e Cureaua. Trebuia să te aducem doar până la Curea. Adică e timpul să ne despărţim.

Restul detaşamentului s-a oprit în urma lor, dar niciunul dintre soldaţi n-a descălecat. Toţi se uitau îngrijoraţi în jur. Jaskier şi-a dus mâna streaşină la ochi, s-a ridicat în etrieri.

– Unde vezi tu râul?

– Am spus colo, jos. Cobori prin defileu ajungi cât ai zice peşte.

– Duceţi-mă până pe mal măcar! a protestat Jaskier. Arătaţi-mi...

– N-avem ce să-ţi mai arătăm. Din mai a dat căldura şi n-a mai plouat deloc, apa a tot scăzut şi Cureaua a secat. Poţi trece călare pe oriunde...

– I-am arătat comandantului de companie o scrisoare de la regele Venzlav, i-a spus trubadurul. El a luat cunoştinţă de scrisoare și l-am auzit poruncindu-ți să mă conduci până la Brokilon. Iar tu vrei să mă lași baltă aici, în bălării? Da' dac-o să mă rătăcesc?

– N-o să te rătăcești, a mormăit posomorât celălalt soldat, care se apropiase de ei, dar până atunci tăcuse. N-ai cum să te rătăcești. Nimfele din peșteri te găsesc de îndată.

– Da' fraieri mai sunteți! le-a spus zeflemitor Jaskier. Văd că v-au băgat în sperieți driadele astea. La urma urmei, Brokilon se află pe celălalt mal al Curelei. Cureaua e granița. Doar n-am trecut-o!

– Granița lor, a explicat comandantul, privind în jur, se întinde până unde ajung săgețile lor. O săgeată trimisă de pe celălalt mal al râului poate să ajungă cu îndrăzneală la marginea pădurii și va avea un impuls suficient pentru a străpunge zalele unei armuri. Ai vrut cu tot dinadinsul să mergi acolo, n-ai decât, treaba ta, pe pielea ta. Dar mie îmi place viața. Nu merg mai departe. Prefer să-mi vâr botul într-un cuib de viespi!

– V-am explicat – Jaskier și-a scos pălăriuța de pe cap și s-a îndreptat în șa – că mă duc la Brokilon într-o misiune. Sunt, ca să spun așa, trimis. Nu mă tem de driade. Dar vă rog să mă escortați până la malul Curelei. Ce mă fac dacă mă încolțesc tâlharii prin pădurile astea?

Celălalt, posomorâtul, a râs forțat.

– Tâlhari? Aici? Ziua? Conașule, nu întâlnești nici picior de om. În ultima vreme, sălbăticiunile trag cu arcul în oricine se arătă pe malul Curelei și, mai mult decât atât, sunt în stare să meargă și pe malul nostru. Nu, nu-ți fie frică de tâlhari.

– E drept, a confirmat comandantul. Tare tâmpit ar trebui să fie un tâlhar ca să meargă ziua în lunca Curelei. Iar noi nu suntem idioți. Tu umbli de unul singur, fără arme și armuri, și, iartă-mă că-ți spun, da' nu pari nici de departe soldat, nici măcar de la o milă. Asta te-ar putea salva. Dar, dacă sălbăticiunile ne zăresc înarmați și călare, nu mai vedem lumina soarelui de la ploaia de săgeți care zboară de la ele.

– Ha! Ei bine. M-am lămurit, Jaskier a bătut calul pe grumaz, a privit în jos în râpă. Atunci, mă duc singur. Rămas-bun, soldați! Mulțumesc pentru escortă.

– Nu vă grăbiți așa...

Soldatul posomorât și-a ridicat privirea spre cer:

– Îndată amurgește. Când se ridică pâcla deasupra râului, o luați din loc. Altfel, știți...

– Ce?

– Prin pâclă săgeata nimerește mai greu ținta. Soarta poate ține cu tine sau cu sălbăticiunile. Dar ele, conașule, rar dau greș...

– V-am spus...

– Ei bine, da, ne-ai spus, am ținere de minte. Asta e, ca să zic așa, ca și cum ai merge la ele. Dar eu altceva îți zic matale: în misiune sau în procesiune, lor li-i totuna. Își trimit săgeata-n tine, asta-i tot.

– V-ați pus pe capul meu să mă speriați? s-a înălțat în șa poetul. Drept cine mă luați, drept măscăriciul de la Curte? Eu, stimabili soldați, am văzut mai multe câmpuri de luptă decât voi toți laolaltă. Și știu mai multe despre driade decât voi. Chiar și că nu trag niciodată fără somație.

– Așa a fost odinioară, că bine spui, a fost de acord, calm, comandantul plutonului, odinioară somau. Săgeata se înfigea într-un trunchi de copac sau pe drum, adică, aici unde-i săgeata e granița, niciun pas mai departe. Dacă se întorcea brusc, flăcăul putea să scape viu și nevătămat. Dar acum altfel stă treaba. Acum țintesc din prima ca să ucidă.

– De unde atâta dușmănie?

– Păi, a murmurat soldatul, să vedeți, vă spun eu. Când împărații au încheiat armistițiul cu Nilfgaardul, s-au luat aspru de haitele de elfi. Se vede cât colo că sunt asupriți din toate părțile, pentru că nu e noapte lăsată de la zei fără ca supraviețuitorii să nu treacă prin Brugge, căutând adăpost în Brokilon. Iar atunci când ai noștri urmăresc elfii, uneori se poate întâmpla să aibă de-a face cu sălbăticiunile, care vin să-i sprijine de pe malul celălalt al

Curelei. Şi s-a întâmplat că armata noastră a fost cam plină de râvnă în căutarea... Pricepeţi?

– Pricep.

Jaskier s-a uitat mai de-aproape la soldat, clătinând din cap:

– Urmărindu-i pe Scoia'tael, aţi trecut pe malul celălalt al Curelei. Aţi ucis vreo câteva driade. Iar acum driadele se răzbună la fel. Război.

– Da, conaşule, mi-ai luat vorba din gură. Război. A fost întotdeauna o luptă cu moartea, niciodată cu viaţa, dar acum e nespus de rău. Mare mai e ura între ele şi noi! Vă spun din nou, dacă nu-i musai, nu mergeţi acolo.

Jaskier a înghiţit în sec.

– Treaba e, s-a îndreptat el ţanţoş în şa, cu mare efort luându-şi o mină de mareşal şi o postură bravă, că am o urgenţă. Şi mă duc. Acum. Amurg-neamurg, pâclă-nepâclă, trebuie să mă duc când mă cheamă datoria.

Anii de practică şi-au făcut treaba. Vocea trubadurului a sunat frumos şi tulburător, ferm şi rece, vibra a oţel şi a vitejie. Soldaţii îl priveau cu o admiraţie reală.

– Înainte de a pleca – comandantul s-a răsucit şi a scos din desagă o ploscă plată de lemn –, dă pe gât o duşcă, coane cântăreţule! Drege-ţi glasul...

– Să-ţi fie moartea mai uşoară! a adăugat celălalt, posomorâtul.

Poetul a luat o gură din ploscă.

– Laşul, a rostit el demn, de îndată ce s-a oprit din tuse şi şi-a reluat respiraţia, moare de o sută de ori. Curajosul moare o singură dată. Dar duduia Fortuna îi favorizează pe curajoşi şi-i dispreţuieşte pe laşi.

Soldaţii îl priveau cu şi mai multă admiraţie. Ei nu ştiau şi nici n-ar fi avut de unde să ştie că Jaskier citează dintr-o epopee eroică. Şi, culmea, scrisă de altcineva.

– Şi acestea fiind zise – poetul şi-a scos din sân o punguţă zornăitoare din piele –, permiteţi-mi să vă răsplătesc pentru escortă. Înainte să vă întoarceţi în fortăreaţă, înainte să vă puneţi din nou în slujba patriei-mamă, mergeți într-o tavernă și beți o tărie în sănătatea mea.

– Mulțumim, conașule, s-a îmbujorat comandantul. Matale ești mărinimos, iar noi... Iartă-ne că te lăsăm singur, dar...

– Nu-i nimic. Adio!

Bardul și-a aranjat fudul pălăriuța pe urechea stângă, și-a înghiontit calul cu călcâiul și a început să coboare defileul, fluierând melodia *Nuntă în Bullerlyn*, cântec de cavalerie celebru și extrem de obscen.

– Și când mă gândesc la cele spuse de comandantul de companie în Fort, a zis posomorâtul, că-i un parazit, un laș și un ticălos. Și, când colo, el este un maestru marțial și curajos și, culmea, un poet.

– Da, ai dreptate, a fost de acord comandantul plutonului. Nu se teme, n-ai ce spune. Nici măcar pleoapele nu-i clipeau, zău. Și încă mai și fluieră, l-auzi? Hă, hă... Ai văzut ce-a spus? Că este ambarasat. Nu te teme, că nu numesc ei ambarasat pe oricine. Tre' să aibă cap pe umeri, nu doar ca să nu-i plouă-n gât ca să se facă ambarasat...

Jaskier a accelerat ritmul, dorea să plece cât mai curând posibil. Nu voia să-și strice reputația pe care tocmai o câștigase. Și știa că nu mai putea fluiera mult, i se uscaseră buzele de teamă.

Defileul era întunecat și umed, lutul înmuiat și covorul frunzelor putrede, presărate pe el, amortiza zgomotul copitelor armăsarului castrat, pe care poetul îl botezase Pegaz. Pegaz avansa alene, cu capul plecat. Era unul dintre puținii cai cărora nu le pasă nicidecum de ce se întâmplă în jurul lor.

Pădurea se apropia de capăt, dar o luncă largă, cu stufăriș, îl despărțea pe Jaskier de albia râului, marcată cu un șir de arini. Poetul a oprit calul. S-a uitat atent în jur, dar n-a văzut nimic. Și-a ciulit urechile, dar n-a auzit decât orăcăitul broaștelor.

– Ei bine, căluțule, și-a dres glasul, c-o moarte suntem toți datori. Înainte!

Pegaz și-a ridicat ușor capul, întinzându-și interogativ urechile care, de obicei, erau îndoite.

– Ai auzit bine. Înainte!

Castratul s-a urnit cu reticență, noroiul plescăia sub copite. Broaștele se strecurau în salturi pe sub picioarele lungi ale calului. La câțiva pași înaintea lor, o rață măcăia zbătându-și aripile, făcând inima trubadurului să se oprească pentru o clipă, apoi a început să bată foarte repede și intens. Lui Pegaz nu-i păsa nicidecum de rață.

– Călărea eroul... îngăima Jaskier, ștergându-și sudoarea rece de pe gât cu o batistă scoasă din sân. Trecea fără frică prin râpă, fără să-i pese de săriturile broaștelor și nici de balaurii zburători... Călărea văzându-și de drum... Până când a ajuns la o întindere imensă de apă...

Pegaz a fornăit și s-a oprit. Erau pe malul râului, printre stuful și rogozul care îi ajungeau deasupra etrierilor. Jaskier și-a șters pleoapele transpirate, și-a înnodat eșarfa în jurul gâtului. Îndelung, până când l-au podidit lacrimile, s-a uitat la arinișul gros de pe malul opus. Nu a văzut pe nimeni și nimic. Suprafața apei era încrețită de algele purtate de curenți, chiar deasupra lor se învârteau pescăruși albaștri, turcoaz cu portocaliu. În aer sclipeau roiurile de insecte. Peștii înghițeau rusalii, lăsând cercuri mari pe suprafața apei.

Pretutindeni, cât vedeai cu ochii, baraje de castor, grămezi de ramuri tăiate, trunchiuri tăiate și doborâte, spălate de cursul leneș. Așadar castori, și-a spus în sinea lui poetul, o bogăție incredibilă. Și nu e deloc ciudat. Nimeni nu-i stânjenește pe nenorociții rozători de copaci. Nici tâlharii, nici vânătorii și nici apicultorii nu se aventurează prin zonă, nici măcar braconierii omniprezenți nu pun capcane pe-aici. Cei care au îndrăznit, au primit o săgeată în gât, i-au devorat racii în mâlul de la mal. Iar eu, idiotul, mă vâr aici, de bunăvoie, de-a lungul râului deasupra căruia se ridică duhoarea hoiturilor, pe care nici măcar parfumul de mentă și de hrișcă tătărască nu mai izbutește s-o suprime...

A oftat din străfunduri.

Pegaz a intrat lent în râu cu picioarele din față, și-a coborât botul până la suprafața apei, a băut cu nesaț, apoi și-a întors capul și s-a uitat la Jaskier. Apa i se prelingea din bot și din nări. Poetul a clătinat din cap, a oftat din nou, și-a suflat nasul zgomotos.

– S-a uitat eroul la adâncurile agitate, a continuat să declame încet, stăpânindu-și clănțănitul dinților. S-a uitat și a pornit la drum călare, căci inima lui nu știa ce-i teama.

Lui Pegaz îi atârnau capul și urechile.

– Nu știa ce-i teama, îți spun eu.

Pegaz dădea din cap, scuturându-și hățurile și zăbalele. Jaskier l-a îndreptat înghiontindu-l cu călcâiul în flancul drept. Castratul a intrat în apă cu o resemnare patetică.

Cureaua nu era prea adâncă, dar năpădită de vegetație. Până când au ajuns în centrul râului, picioarele lui Pegaz târau lujeri lungi de buruieni încâlcite. Calul avansa domol și se chinuia la fiecare pas să se scuture de algele împleticite în jurul picioarelor.

Papura și arinii de pe malul drept nu erau prea departe. Erau atât de aproape, încât Jaskier simțea un ghem în stomac. Era conștient că în mijlocul râului, captiv între plante, era o țintă excelentă, imposibil de ratat. Cu ochii imaginației vedea deja arcurile curbate, corzile încordate și vârfurile ascuțite ale săgeților șuierătoare, îndreptate spre el.

A strâns cu coapsele flancurile calului, dar lui Pegaz puțin îi păsa. În loc să accelereze, s-a oprit ridicându-și coada. Merele de balegă se strecurau în apă plescăind. Jaskier gemea întruna.

– Eroul, a îngăimat el, închizând ochii, n-a putut trece prin repezișurile nenorocite. A murit de moarte eroică, străpuns de o puzderie de săgeți. L-a acoperit pentru totdeauna lutul albastru, algele verzi ca jadul l-au îmbrățișat în mrejele lor. A dispărut fără urmă, a supraviețuit doar balega de cal, purtată de curent spre marea îndepărtată...

Pegaz care, se vedea de la o poștă, se simțea mai ușor s-a deplasat din proprie inițiativă, rapid și hotărât spre mal, iar acolo, unde nu mai erau alge, a îndrăznit chiar să accelereze, udând complet pantofii și pantalonii lui Jaskier. Poetul nici n-a băgat de seamă – viziunea săgeților îndreptate spre abdomenul lui nu-i dădea pace nicidecum, iar spaima i se târa pe spate și pe gât ca o meduză uriașă, rece și alunecoasă. Întrucât, în spatele arinilor, la nici o sută de pași de centura verde luxuriantă a ierburilor de râu, ieșea din nori un zid vertical, negru și primejdios, de pădure.

Brokilon.

Pe mal, la câțiva pași în aval, zăcea un schelet de cal. Urzicile și rogozul îi străpungeau cușca toracică. Mai erau și alte oase, mai mici, care nu păreau de cal. Jaskier a fost zgâlțâit de un tremur, și-a întors privirea.

Îmboldit cu pintenii, castratul a țâșnit din malul mlăștinos, cu trosnete și plescăieli, mâlul puțea îngrozitor. Broaștele s-au oprit pentru o clipă. Era o liniște mormântală. Jaskier a închis ochii. Nu mai declama, nu mai improviza. Inspirația și fantezia dispăruseră departe, în necunoscut. Nu mai rămăsese decât o teamă rece, dezgustătoare, o senzație foarte puternică, dar complet lipsită de impulsuri creative.

Pegaz își bălăngănea urechile pleoștite, își târa nepăsător copitele spre Pădurea Driadelor. Supranumită de mulți Pădurea Morții.

Am trecut granița, s-a gândit poetul. *Acum e-acum. Atâta timp cât eram în râu sau la mal, erau ele pe cai mari. Dar acum nu. Acum sunt un intrus. Ca și cel de colo... Poate că și în urma mea nu rămâne decât un schelet... Un avertisment pentru următorii îndrăzneți... Dacă driadele sunt aici... Dacă mă urmăresc...*

Își aducea aminte cum se distrau la bâlci trăgând cu arcul, rememora întrecerile corecte și demonstrațiile arcașilor, țintele și manechinele de paie, spintecate și străpunse de săgeți. Ce simte cel care e străpuns de o săgeată? Lovitură? Durere? Sau poate... nimic?

Nu erau driade prin preajmă sau nu hotărâseră încă ce puteau face cu cavalerul singuratic, pentru că poetul se îndrepta spre pădure, încremenit de teamă, dar viu, întreg și nevătămat. Intrarea în pădure era protejată printr-o capcană consistentă, acoperită cu rădăcini și ramuri rupte de vânt, dar Jaskier n-avea de gând nicidecum să ajungă până la capătul pădurii, ca să nu mai vorbim de pătrunderea mai spre inima pădurii. Ar fi putut să riște, dar nu și să se sinucidă.

A descălecat foarte încet și a priponit hățurile de o rădăcină ieșită la suprafață. Nu obișnuia așa ceva – Pegaz n-avea năravul de a se îndepărta de stăpân. Jaskier, însă, nu știa cum ar fi reacționat calul la șuieratul și zbârnâitul săgeților. Până atunci, nici Pegaz, nici el nu fuseseră expuși la astfel de zgomote.

Și-a scos lăuta din mânerul șeii, un instrument unic, de înaltă clasă, cu un grif fin. Un dar de la un elf, s-a gândit în sinea lui, mângâind lemnul încrustat. Se poate întâmpla ca să se întoarcă la Norodul mai Vechi... Dacă driadele n-o s-o lase lângă trupul meu mort...

În apropiere zăcea un copac bătrân, doborât de vânt. Poetul s-a așezat pe trunchi, și-a sprijinit lăuta pe genunchi, și-a lins buzele, și-a șters de pantaloni palmele transpirate.

Soarele apunea. Din Curea se înălța negura, acoperind lunca cu un giulgiu alb-cenușiu. Era mai răcoare. Trompetele cocorilor au răsunat și au încetat, doar broaștele orăcăiau în continuare.

Jaskier a atins coardele. O dată, de două ori, de trei ori. Și-a acordat instrumentul și a început să cânte. După care a început să cânte din gură:

Yviss, m'evelienn vente cáelm en tell
Elaine Ettariel
Aep cor me lode deith ess'viell
Yn blath que me darienn
Aen minne vain tegen a me
In toin av muireánn que dis eveigh e aep llea...

Soarele a dispărut în spatele pădurii. În umbra copacilor uriași din Brokilon s-a făcut dintr-odată beznă.

L'eassan Lamm feainne renn, ess'ell,
Elaine Ettariel,
Aep cor...

Nu a auzit. I-a simțit prezența.

– *N'te mire daetre. Sh'aente vort.*

– Nu trage... a bâiguit el docil, fără să privească în jur. *N'aen aespar a me...* Sunt pașnic...

– *N'ess a tearth. Sh'aente...*

S-a supus, deși degetele i-au înghețat și i-au amorțit pe coarde, iar glasul îi ieșea cu greu. Dar în glasul driadei nu se simțea nicio dușmănie, iar la urma urmei, el era un profesionist, ce naiba!

L'eassan Lamm feinne renn, ess'ell,
Elaine Ettariel,
Aep cor aen tedd teviel e gwen
Yn blath que me darienn
Ess yn e evellien a me
Que shaent te cáelm a'vean minne me striscea...

De data asta a îndrăznit să se uite cu coada ochiului peste umăr. Ceva ghemuit lângă trunchi, foarte aproape, arăta ca un tufiș acoperit de iederă. Dar nu era un tufiș. Tufișurile nu aveau ochi mari și strălucitori.

Pegaz a fornăit încet și Jaskier a știut că în spatele lui, în întuneric, cineva îi pipăie nasul calului.

– *Sh'aente vort?* a întrebat driada din nou, aplecată în spatele lui. Vocea îi era ca foșnetul frunzelor lovite de ploaie.

– Eu... a început el. Eu sunt... Eu sunt prietenul vrăjitorului Geralt... Știu că Geralt... Că Gwynbleidd e printre voi, în Brokilon. Am venit...

– *N'te dice'en. Sh'aente, va.*

– *Sh'aent?* a întrebat încet o a doua driadă din spatele lui, aproape în cor cu a treia. Și probabil cu a patra. Nu era sigur.

– *Yea, sh'aente, taedh*, i-a spus cu o voce argintie, de fetiță, ceea ce cu o clipă mai devreme i se părea poetului un mesteacăn crescut la câțiva pași în fața lui. *Ess'laine... Taedh...* Tu cântă... Tot despre Ettariel... Da?

El s-a supus.

Să te iubesc, drăguță Ettariel,
Acesta e al vieții mele țel
Lasă-mi comoara amintirii
Și floarea magic-a iubirii,
Zălog și legământ,
Lacrimi argintii
Ca roua pe pământ...

De data asta a auzit pași.

– Jaskier!

– Geralt!

– Da, eu sunt. Nu mai face atâta zarvă.

– Cum m-ai găsit? De unde știai că sunt în Brokilon?

– De la Triss Merigold... La naiba...

Jaskier s-a împiedicat din nou și era să cadă, dar diada care mergea lângă el l-a sprijinit abil cu o forță surprinzătoare pentru dimensiunile ei mici.

– *Gar'ean, táedh*, l-a avertizat ea argintiu. *Va fi cáelm.*

– Mulțumesc. Ce beznă! S-o tai cu cuțitul, nu alta... Geralt? Unde ești?

– Aici. Nu mai rămâne în urmă.

Jaskier a grăbit pasul, s-a împiedicat din nou și era pe punctul de a se izbi de vrăjitorul care se oprise în fața lui în întuneric. Driada i-a depășit fără zgomot.

– Bezna naibii... Mai avem mult?

– Nu prea. Tabăra-i la o azvârlitură de băț. Cine mai știe, în afară de Triss, că m-am ascuns aici? Ai vorbit cu cineva?

– A trebuit să-i spun regelui Venzlav. Aveam nevoie de un salvoconduct ca să călătoresc prin Brugge. Acum vremurile sunt așa de grele, încât e mai bine să nu vorbim... De asemenea, trebuia să am acordul lui pentru intrarea în Brokilon. Dar Venzlav te cunoaște și te apreciază... El m-a desemnat, închipuie-ți, ambasador. Sunt sigur că va păstra secretul, l-am rugat. Hai, nu te înfuria, Geralt...

Vrăjitorul s-a apropiat. Jaskier nu-i vedea expresia feței, ci doar părul alb și barba albă crescută de mai multe zile, chiar și în întuneric.

– Nu mă înfurii, i-a simțit mâna pe umăr și i s-a părut că vocea care până atunci fusese mai rece se schimbase oarecum în acel moment. Mă bucur că ai venit, nenorocitule!

– E frig aici, tremura Jaskier de trosneau crengile pe care ședeau. Am putea să aprindem...

– Nici să nu te gândești! i-a răspuns printre dinți vrăjitorul. Ai uitat unde te afli?

– Chiar până acolo... trubadurul s-a uitat în jur. Fără niciun foc, așa-i?

– Copacii urăsc focul. Și ele.

– La naiba! Și o să stăm în frig? Și în bezna asta? Dacă întind mâna, nu-mi văd degetele...

– Atunci, nu ți-o întinde!

Jaskier a oftat, s-a cocoșat, și-a frecat coatele. A auzit cum vrăjitorul, care stătea lângă el, trosnea niște bețe subțiri cu degetele. În bezna s-o tai cu cuțitul a licărit din senin o luminiță verde, șovăitoare și încețoșată la început, dar n-a durat mult și s-a limpezit. După prima au început să pâlpâie și altele, în mai multe locuri, țopăind ca licuricii sau ca foculețele vii din mlaștină. Pădurea s-a înviorat dintr-odată, strălucind printre umbre unduitoare, iar Jaskier a deslușit siluetele driadelor din jur. Una dintre ele s-a apropiat și le-a lăsat ceva lângă ei, care arăta ca un morman de tuberculi. Poetul și-a întins cu prudență mâna. Luminița verde era complet rece.

– Ce este, Geralt?

– Humus și o specie de mușchi. Crește numai aici, în Brokilon. Și numai ele știu cum să le îmbine ca să strălucească. Mulțumesc, Fauve.

Driada nu i-a răspuns, dar nici n-a plecat. S-a așezat pe vine lângă ei. Fruntea îi era încinsă cu o coroniță, părul lung îi cădea pe umeri. În lumină, părul părea verde și poate că chiar așa era. Jaskier știa că părul driadelor avea cele mai bizare culori.

– *Taedh*, a spus ea melodios, ridicându-și spre trubadur ochii strălucitori pe o față mică, traversată în curmeziș de două dungi paralele de vopsea întunecată, de camuflaj. *Ess've vort shaente aen Ettariel? Shaente a'vean vort? Esti pe vremuri? Shaente a'vean vort?*

– Nu... Poate mai târziu, a răspuns politicos, alegându-și cu grijă cuvintele din Graiul mai Vechi. Driada a oftat, s-a aplecat, a mângâiat delicat griful lăutei de lângă ea și s-a ridicat ca un resort. Jaskier a urmărit-o cu privirea în timp ce intra în pădure, spre altele, ale căror siluete se zăreau vag printre umbrele unduitoare puse în lumină de strălucirea slabă a felinarelor verzi.

– N-am jignit-o, nu? l-a întrebat încet. Ele vorbesc în dialectul lor, eu nu le cunosc formele de politețe...

– Vezi dacă n-ai un cuțit înfipt în burtă – nu era nici batjocură, nici umor în vocea vrăjitorului. Driadele reacționează la insultă împlântându-ți un cuțit în burtă. Nu-ți fie frică, Jaskier. S-ar părea că sunt dispuse să-ți ierte mult mai multe decât stângăciile lingvistice. Concertul pe care l-ai dat la poala pădurii părea să le încânte. Acum ești *ard táedh*, mare bard. Așteaptă acum continuarea la *Floarea Ettariel.* Știi continuarea? Din câte știu eu, nu-i de-a ta balada.

– Traducerea e a mea. Și am îmbogățit muzica elfilor, n-ai băgat de seamă?

– Nu.

– Mi-am imaginat eu. Din fericire, driadele știu mai multe despre artă. Am citit undeva că sunt niște muzicante nemaipomenite. De aceea am pus la cale planul meu isteț, pentru care, apropo, nu m-ai lăudat încă.

– Te laud, i-a zâmbit după un moment de tăcere. A fost într-adevăr isteț. Și ai avut noroc, ca de obicei. Arcurile lor bat până la două sute de pași. De obicei nu așteaptă să treacă cineva râul și începe să cânte pe malul lor. Sunt foarte sensibile la mirosurile neplăcute. Nu-și doresc să le vină Cureaua prin pădure cu astfel de duhori.

– Ei, ce mai contează... a înghițit poetul în sec. Important e c-am reușit să te găsesc. Geralt, cum te simți...

– Ai un brici?

– Ce? Cum să nu!

– Să mi-l dai și mie de dimineață. Barba asta mă înnebunește.

– Da, și driadele n-au avut de unde să-ți dea... Bineînțeles, la ce să le trebuie bricele? O să ți-l dau, stai liniștit. Geralt?

– Ce?

– N-am nimic de haleală. Oare *ard táedh*, un mare bard, poate spera la o cină de la gazdele driade?

– Ele nu iau niciodată cina. Niciodată. Iar santinelele de la granița Brokilonului nu iau nici micul dejun. Trebuie să mai rabzi până la prânz. Eu m-am deprins deja.

– Dar când o să ajungem în capitala lor, în vestita Duen Canell, ascunsă în inima pădurii...

– N-o să ajungem niciodată acolo, Jaskier.

– Cum așa? Am crezut că... ție... ți-au acordat azil. Pe tine doar... te tolerează...

– Ai folosit cuvântul potrivit.

Au tăcut un răstimp mai lung.

– Război, a spus în cele din urmă poetul. Război, ură și dispreț. Peste tot. În toate inimile.

– Poetizezi.

– Dar așa e, ce mai tura-vura!

– Exact. Ei bine, spune-mi ce noutăți ai. Spune-mi ce s-a întâmplat cu lumea în răstimpul în care am fost îngrijit aici.

– În primul rând, Jaskier și-a dres încet gâtul, spune-mi tu ce s-a întâmplat cu adevărat în Garstang.

– Nu ți-a zis Triss?

– Mi-a spus ea ceva. Dar aș vrea s-aud și versiunea ta.

– Dacă știi versiunea lui Triss, atunci, știi versiunea cea mai exactă și probabil cea mai completă. Spune-mi ce s-a întâmplat mai departe, când eram deja în Brokilon.

– Geralt, i-a șoptit Jaskier, chiar nu știu ce s-a întâmplat cu Yennefer și cu Ciri... Nimeni nu știe. Nici Triss...

Vrăjitorul s-a mișcat brusc, crengile au scârțâit.

– Te-am întrebat eu ceva despre Ciri sau despre Yennefer? a spus el cu o voce schimbată. Zi-mi despre război.

– Nu știi nimic? N-au ajuns deloc veștile până aici?

– Au ajuns. Dar vreau să aud tot din gura ta. Povestește-mi, te rog!

– Nilfgaardienii, a început trubadurul după un moment de tăcere, au atacat Lyria și Aedirnul. Fără să înainteze declarație de război. Pretextul a fost constituit de un presupus atac al armatei lui Demawend asupra unui fort de frontieră din Dol Angra, în timpul congresului magicienilor din Thanedd. Unii spun că a fost o provocare. Că erau nilfgaardieni deghizați în soldați de-ai lui Demawend. Așa o fi fost, probabil că n-o să aflăm niciodată. În orice caz, răspunsul Nilfgaardului a fost prompt și masiv: frontiera a fost trecută de o armată puternică, concentrată în Dol Angra de săptămâni, dacă nu chiar de luni. Spalla și Scala, ambele cetăți de graniță din Lyria, au fost distruse în marș în doar trei zile. Rivia era pregătită pentru un asediu de mai multe luni, dar, după doar două zile, a capitulat sub presiunea breslelor și negustorilor, cărora li s-a făgăduit că, dacă târgul își deschide porțile și plătește o răscumpărare, nu va fi jefuit...

– Și s-au ținut de cuvânt?

– Da.

– Curios! a exclamat vrăjitorul și vocea i s-a schimbat din nou. Să te ții de cuvânt în zilele noastre? Ca să nu mai spun că în trecut nici măcar nu-ți trecea prin gând să faci astfel de făgăduieli, pentru că nimeni nu se aștepta să te ții de cuvânt. Breslașii și negustorii n-au deschis porțile cetăților, ci și le-au apărat, fiecare ghildă propriul turn sau bastion.

– Banii n-au țară, Geralt. Negustorilor nu le pasă sub guvernarea cui fac bani. Nici palatinilor nilfgaardieni nu le pasă de la cine colectează birurile. Negustorii morți nu fac bani și nici nu plătesc biruri.

– Continuă!

– După capitularea Riviei, armata Nilfgaardului a mers spre miazănoapte valvârtej, aproape fără să-i stea nimeni în cale.

Trupele lui Demawend și Meve s-au retras, neputând să închidă frontul pentru lupta decisivă. Nilfgaardienii au venit la Aldersberg. Pentru a împiedica asedierea cetății, Demawend și Meve au decis să accepte lupta. Trupele lor nu aveau cea mai bună poziție... La naiba, dacă ar fi mai multă lumină, ți-aș desena...

– Lasă desenatul! Și mai scurteaz-o! Cine a învins până la urmă?

– Ați auzit, conașilor?

Unul dintre condicari, transpirat și gâfâind, a spart grupul din jurul mesei:

– A venit un olăcar de pe front! Am biruit! Am câștigat bătălia! Victorie! Este ziua noastră! I-am învins pe dușmani, am bătut la ei ca la fasole!

– Mai încet! a făcut o grimasă Evertsen. Îmi plesnește capul dacă mai urli în halul ăsta. Da, am auzit, am auzit. I-am învins pe dușmani. E ziua noastră, frontul nostru și victoria noastră. Asta da, senzație.

Comornicii și condicarii au tăcut, îl priveau uluiți pe superior.

– Dumneata nu te bucuri, conașule?

– Mă bucur. Dar pot să mă bucur și-n tăcere.

Condicarii au tăcut, uitându-se unii la alții. *Puștani*, s-a gândit Evertsen. *Se bucură precum copiii. La urma urmei nu mă mai mir de ei, căci dă-mi voie, acolo, pe deal, chiar Menno Coehoorn și Elan Trahe, ba chiar și generalul Braibant cu barba-i cenușie, țipă, sar în sus de bucurie și se felicită dându-și câte-o scatoalcă pe umăr. Victorie! E ziua noastră! Păi, a cui altcuiva să fie? Regatele Aedirn și Lyria au reușit să mobilizeze împreună în total trei mii de cavaleri și zece mii de pedestrași, dintre care o cincime au fost blocați în primele zile ale invaziei, izolați prin forturi și cetăți. O parte din armata rămasă a trebuit să se retragă pentru a apăra aripile, amenințate de asalturile de la distanță ale cavaleriei ușoare și de atacurile subversive ale trupelor de Scoia'tael. Restul de cinci sau șase mii – între care nu mai mult de o mie două sute de cavaleri – au luptat pe frontul de lângă Aldersberg. Coehoorn a lansat către ei o armată de treisprezece mii de inși, printre care zece escadroane de blindate, floarea cavalerilor nilfgaardieni. Iar acum nu-și mai încape în piele, râde, își bate buzduganul de șold și cere câte-o bere... Victorie! Asta da senzație.*

A smuls hărțile și a luat notele împrăștiate pe masă, și-a ridicat capul și s-a uitat în jur.

– Ciuliți urechile! le-a spus batjocoritor condicarilor. O să vă poruncesc.

Subordonații au înghețat în așteptare.

– Fiecare dintre voi, a început el, a ascultat ieri cuvântarea Înaltului Mareșal Coehoorn către ofițeri și panțâri. Aș dori să vă atrag atenția, dragii mei, asupra faptului că cele spuse de mareșal nu vă privesc. Aveți alte sarcini și porunci de îndeplinit. Poruncile mele.

Evertsen a reflectat puțin, și-a frecat fruntea.

Război castelelor și pace colibelor, le-a spus ieri Coehoorn panțârilor. Știți cum vine asta, a adăugat imediat, v-au învățat în școala militară. Această regulă era în vigoare până astăzi, trebuie să uitați de ea de mâine. O altă regulă se va aplica de mâine, care va fi de-acum încolo sloganul războiului nostru. Sloganul și porunca mea sunt: război pentru tot ce mișcă. Război pentru tot, ce arde cu foc. Trebuie să lăsați în urmă pământul pârjolit. De mâine, vom purta războiul dincolo de linia de retragere stabilită în urma semnării tratatului. O să ne retragem, dar pământul va fi pustiit acolo în spatele liniei. Regatele Riviei și Aedirnului trebuie să fie prefăcute în scrum! Amintiți-vă de Sodden! Azi a sosit clipa răzbunării!

Evertsen și-a dres zgomotos glasul.

– Înainte ca soldații să pârjolească totul în calea lor – s-a adresat el condicarilor –, sarcina voastră este de a scoate din acest pământ și din această țară tot ce se poate, tot ce ne poate spori bogăția țării. Tu, Audegast, vei avea grijă de încărcarea și transportarea produselor agricole deja recoltate și depozitate. Ceea ce rămâne în câmp și nu va fi distrus de curajoșii cavaleri ai lui Coehoorn trebuie colectat de asemenea.

– Am puțini oameni, conașule comornic...

– Vor fi destui sclavi. La muncă forțată. Marder și cu tine... Ți-am uitat numele...

– Helvet. Evan Helvet, conașule comornic.

– Veți avea grijă de efectivele de animale. Adună-le în turme, du-le la punctele de carantină desemnate. Grijă la febra aftoasă și la alte boli. Omorâți animalele bolnave sau dubioase, ardeți-le carcasele. Pe celelalte duceți-le la miazăzi, pe drumurile desemnate.

– 'nțeles, să trăiți!

Acum, sarcinile speciale, se gândea Evertsen, privindu-și subordonații. *Cui ar trebui să le încredințez? Toți flăcăii cu caș la gură n-au mai văzut mare lucru, n-au deloc experiență... Oh, la naiba, cât îmi lipsesc cei bătrâni, sergenții cu experiență... război, război, întruna numai război... soldații pier cu nemiluita, dar sergenții, ținând seama de proporții, mult mai rar. Dar printre soldați nu se observă pierderile, pentru că ei vin întruna, pentru că toată lumea vrea să fie soldat. Cine vrea să fie sergent sau condicar? Când e întrebat de fiii lui la întoarcere ce-a făcut în timpul războiului, cine ar vrea să spună cum a măsurat grâul cu banița, cum a numărat pieile împuțite și cum a cântărit ceara, cum a condus convoaiele de care pline cu pradă pe drumurile desfundate, presărate cu balegă de bou, cum a mânat cirezile mugitoare și turmele behăitoare, înghițind colb, duhoare și muște în zbor...?*

Sarcinile speciale. Turnătoria din Gulet, cu cuptoare mari. Furnalul, cositoria, tinichigeria și fierăria cea mare din Eysenlaan, cinci sute de centari de producție anuală. Turnătoria și fabrica de postav din Aldersberg. Morile de malț, distileriile, țesătoriile și tăbăcăriile din Vengerberg...

Demontați și cărați. Așa a poruncit împăratul Emhyr, Flacăra Albă, care dansează pe Tumulii Dușmanilor. În două cuvinte. Demontați și cărați, Evertsen.

Porunca-i poruncă. Trebuie îndeplinită.

Rămâne ce-i mai important. Minele de minereuri neferoase și prada din ele. Moneda. Giuvaierurile. Operele de artă. Dar o să mă ocup eu de ele. Personal.

Pe lângă coloanele negre de fum vizibile la orizont, au mai răsărit și altele. Și încă altele. Armata punea în aplicare ordinele lui Coehoorn. Regatul Aedirnului devenea un ținut al focurilor.

O lungă coloană de mașini de asediu se târa de-a lungul drumului, scârțâind și ridicând nori de praf. Spre Aldersberg, care încă se apăra. Și spre Vengerberg, capitala regelui Demawend.

Peter Evertsen se uita și număra. Calcula. Recalcula. Peter Evertsen era o mare căpetenie a Imperiului, în timp de război, primul trezorier al armatei. Deținea funcția de douăzeci și cinci de ani. Numerele și calculele erau toată viața lui.

Catapulta costă cinci sute de florini, trebuchetul două sute, petraria minimum o sută cincizeci, cea mai simplă balistă optzeci. Pentru solda lunară a mașiniștilor bine instruiți e nevoie de nouă florini și jumătate. Coloana care se îndreaptă către Vengerberg face, având cai, boi și arme mărunte, minimum trei sute de grivne. O grivnă sau cu alte cuvinte o marcă de minereu pur, care cântărește jumătate de litră, valorează șaizeci de florini. Producția anuală a unei mine mari este de cinci, șase mii de grivne...

Coloana de asediu a fost depășită de cavaleria ușoară. După steme și steaguri, Evertsen i-a recunoscut pe cuirasierii prințului Winneburg, unii dintre cei care se mutaseră din Cintra. *Da,* se gândea în sinea lui, *au de ce să se bucure. Au izbândit, armata Aedirnului e în debandadă. Detașamentele de rezervă nu vor fi aruncate într-o luptă dură, împotriva unei armatei normale. Îi vor urmări pe cei care se retrag, vor suprima cetele împrăștiate, lipsite de căpetenii, vor ucide, vor jefui și vor pârjoli. Se bucură pentru că li se făgăduiește un război plăcut și vesel. Un războiaș care nu-i ostenește. Și nu-i ucide.*

Evertsen socotea.

Escadronul tactic reunește zece escadroane obișnuite și are două mii de cai. Deși winneburgienii mai mult ca sigur nu vor mai lua parte la nicio bătălie de proporții, în urma confruntării va pieri mai mult de o șesime din contingent. Apoi vor fi cantonamente și bivuacuri, mâncare pe sponci, mizerie, păduchi, țânțari, apă contaminată.

Și, ca de obicei, se va produce inevitabilul: tifosul, dizenteria și malaria, care vor secera peste un sfert din ei. În plus, trebuie adăugate pierderile prilejuite de accidente neprevăzute, de obicei aproximativ o cincime din contingent. Acasă vor mai reveni vreo opt sute. Nu mai mult. Ba poate chiar mai puțin.

Pe drum trecea alt detașament de cuirasieri, în spatele cavaleriei își făceau apariția corpurile de infanterie. Arcașii mărșăluiau cu veste galbene și cu căști rotunde, arbaletrierii cu căști de fier, protecții și cămăși cu zale. În spatele lor mergeau scutierii, veterani din Vicovaro și Etolia, iar în continuare coloana era pestriță – cu mercenari din Metinna, zbiri năimiți din Thurn, Maecht, Geso și Ebbing...

În ciuda căldurii, trupele defilau țanțoș, bocancii soldaților stârneau nori de praf, care se rostogoleau pe drum. Tobele răsunau, steagurile fluturau în vânt, halebardele, lăncile, ghisarmele scânteiau și se agitau. Soldații mărșăluiau lejer și vesel. O armată victorioasă. O armată invincibilă. Înainte, flăcăi, la luptă! La Vengerberg! Să nimicim dușmanul, să ne răzbunăm pentru Sodden! Ne îndeplinim misiunea cu veselie, ne umplem desăgile cu prada și valea acasă, acasă!

Evertsen privea. Și socotea.

– Vengerberg a căzut după o săptămână de asediu, a încheiat Jaskier. N-o să-ți vină să crezi, dar acolo breslele curajoase au apărat turnurile și zidul până la capăt. Așadar, toată garnizoana și întreaga populație a târgului au fost sacrificate, vreo șase mii de oameni. Când s-a răspândit acest zvon, a început exodul. Regimentele decimate și civilii au fugit în masă în Temeria și Redania. Cetele de refugiați au luat-o de-a lungul Văii Pontarului și au trecut prin defileul Mahakam. Dar n-au reușit să scape toți. Hoardele călare ale invadatorilor nilfgaardieni i-au urmărit, le-au tăiat calea... Știi de ce?

– Nu. Nu știu... Nu mă pricep la război, Jaskier.

– Ca să-i facă prizonieri. Sclavi. Au vrut să captureze cât mai mulți oameni posibil. Aceasta este cea mai ieftină forță de muncă pentru

Nilfgaard. De aceea i-au urmărit cu atâta înverșunare pe fugari. A fost o imensă vânătoare de oameni, Geralt. O vânătoare simplă. Deoarece armata a fugit și nimeni nu i-a apărat pe oamenii fugari.

– Nimeni?

– Aproape nimeni.

– N-o să izbutim... a mormăit Villis, privind în jur. N-o să izbutim să scăpăm... Fir-ar să fie, și-i atât de aproape frontiera... Atât de aproape...

Rayla s-a ridicat în etrieri, a aruncat o privire spre drumul care se strecura printre dealurile acoperite de pădure. Drumul, cât vedeai cu ochii, era presărat cu obiecte abandonate, cu leșuri de cai, căruțe și care răsturnate pe-o parte. În spatele lor, de dincolo de păduri, coloanele negre de fum brăzdau cerul. Se auzeau tot mai aproape țipetele, vacarmul crescând al unei lupte.

– Au ajuns la ariergardă – Villis și-a șters fața de funingine și sudoare. Ai auzit, Rayla? Au nimicit ariergarda! N-o să izbutim!

– De-acum noi suntem ariergarda, a spus mercenarul sec. Acum e rândul nostru.

Villis s-a făcut palid ca ceara, unul dintre soldații care ascultau a oftat din răsputeri. Rayla a tras de hățuri, și-a întors armăsarul care fornăia ridicându-și cu greu capul.

– N-o să scăpăm oricum, spuse ea calm. Caii se prăbușesc dintr-un moment într-altul. Înainte de a ajunge la trecătoare, ne vor prinde și ne vor decapita.

– Să aruncăm tot și să ne strecurăm în pădure, i-a spus Villis fără să se uite la ea. Unul câte unul, care-ncotro. Poate... o să supraviețuim.

Rayla nu i-a răspuns, dintr-o privire și dintr-un gest cu capul a arătat spre trecătoare, spre drum, spre ultimele rânduri ale coloanei lungi de refugiați care se îndrepta spre frontieră. Villis a înțeles. A înjurat scârbos, a sărit din șa, a șovăit, s-a sprijinit în spadă.

– Descălecați! le-a strigat aspru soldaților. Baricadați drumul cu tot ce-aveți la îndemână! De ce stai și te uiți? O dată te-a născut maică-ta și o dată mori! Suntem armata! Suntem ariergarda! Trebuie să oprim urmărirea, s-o întârziem...

A tăcut.

– Dacă tărăgănăm urmărirea, oamenii vor izbuti să treacă în Temeria, în partea cealaltă a munților, a zis Rayla, descălecând și ea. Sunt femei și copii acolo. Mai stăm pe gânduri? Asta ni-i meseria. Pentru asta suntem plătiți, ați uitat?

Soldații s-au uitat unul la altul. Pentru o clipă, Rayla s-a gândit că vor scăpa, că-și vor îndemna caii transpirați și epuizați pentru un ultim efort imposibil, pe care l-ar face ca să ajungă din urmă coloana fugarilor până la trecătoarea salvatoare. Se înșela. Îi judeca greșit.

Au răsturnat carul în curmezișul drumului. Au înjghebat în grabă o baricadă. Improvizată. Joasă. Absolut insuficientă.

Nu au așteptat mult. Doi cai s-au apropiat și au căzut în râpă, fornăind, poticnindu-se și scoțând spume din gură. Numai unul avea călăreț.

– Blaise!

– Pregătiți-vă...

Mercenarul a alunecat din șa în brațele soldaților:

Pregătiți-vă, fir-ar să fie... Sunt chiar în urma mea...

Calul a fornăit, a dansat în lateral câțiva pași, a căzut în fund, s-a prăbușit greoi pe-o crupă. A lovit cu piciorul, și-a întins grumazul, a nechezat lung.

– Rayla... a zis Blaise răgușit, privind în depărtare. Dă-mi... Dă-mi ceva. Mi-am pierdut spada...

Războinica, uitându-se la fumurile incendiilor care urcau la cer, indica printr-o mișcare a capului un topor sprijinit pe carul răsturnat. Blaise a apucat arma, a șovăit. Cracul stâng al pantalonilor era înmuiat în sânge.

– Și ceilalți, Blaise?

– I-au căsăpit, a oftat mercenarul. Pe toți. Tot detașamentul... Rayla, nu e Nilfgaardul... Sunt Veverițele... Elfii ne-au ajuns din urmă. Scoia'tael e în avangardă, în fața nilfgaardienilor.

Unul dintre soldați a strigat sfâșietor, altul s-a trântit la pământ, acoperindu-și fața cu mâinile. Villis a înjurat, trăgându-și cureaua armurii.

– La locurile voastre! a strigat Rayla. În spatele baricadei! Nu ne vor prinde vii! Vă făgăduiesc!

Villis a scuipat, apoi și-a smuls rapid de pe braț cocarda tricoloră negru, auriu și roșu, a forțelor speciale ale regelui Demawend, aruncând-o în groapă. Rayla, mângâindu-și și curățându-și insigna, i-a zâmbit într-o parte.

– Nu știu dacă te-ajută, Villis. Nu știu, zău.

– Ai făgăduit, Rayla.

– Am făgăduit. Și o să-mi țin făgăduiala. La locurile voastre, flăcăi! Arbaletele și arcurile în mână!

N-au așteptat mult.

Când au respins primul val de atacatori, au rămas doar șase. Lupta a fost scurtă, dar aprigă. Soldații mobilizați din Vengerberg s-au luptat ca niște draci, rezistând ferm mercenarilor. Niciunul dintre ei nu a vrut să cadă viu în mâinile Scoia'tael. Preferau să moară în luptă. Și au murit străpunși de săgeți, înjunghiați de sulițe și loviți de spade. Blaise a murit culcat, înjunghiat de pumnalele a doi elfi care au căzut pe el sărind de pe baricadă. Niciunul dintre cei doi elfi nu s-a mai ridicat. Blaise avea, de asemenea, un pumnal.

Scoia'tael nu le-au lăsat niciun răgaz. Un al doilea comando a tăbărât asupra lor. Villis, străpuns pentru a treia oară de o lance, s-a prăbușit.

– Rayla! a strigat-o slab. Ai făgăduit!

Mercenara, reglându-și conturile cu un ultim elf, s-a întors rapid.

– Rămas-bun, Villis! Și-a proptit vârful spadei sub stern și a împins cu putere. Ne vedem în iad!

După o clipă era singură. Scoia'tael o înconjurau din toate părțile. Războinica, mânjită de sânge din cap până-n picioare, și-a ridicat spada, s-a învârtit, și-a scuturat cosița neagră. Stătea în mijlocul cadavrelor, înspăimântătoare, schimonosită ca un demon. Elfii s-au retras.

– Haide! le-a strigat sălbatic. Ce așteptați? N-o să mă prindeți vie! Sunt Neagra Rayla!

– *Gláeddyv vort, beanna,* i-a spus un elf chipeș, cu părul deschis, cu chipul de heruvim și cu ochii mari de safir. A ieșit din spatele Scoia'tael, încă ezitând. Calul lui, alb ca zăpada, a fornăit, și-a fluturat capul în sus și în jos, stârnind energic cu copita nisipul de pe drum îmbibat cu sânge.

– *Gláeddyv vort, beanna,* a repetat călărețul. Aruncă spada, femeie!

Mercenara a etalat un zâmbet macabru, și-a șters fața cu mâneca suflecată, întinzând transpirația amestecată cu praf și sânge.

– M-a costat prea mult ca s-o arunc, elfule! i-a strigat ea. Ca să mi-o iei, trebuie să-mi rupi degetele! Sunt Neagra Rayla! Hai!

N-a așteptat mult.

– N-au venit întăriri pentru Aedirn? l-a întrebat vrăjitorul după un lung răstimp. Aparent, erau tot soiul de alianțe. Acorduri privind asistența reciprocă... Tratate...

– Redania, și-a dres Jaskier vocea, este în plin haos după moartea lui Vizimir. Știi că regele Vizimir a fost asasinat?

– Știu.

– Regina Hedwig a preluat guvernarea, dar în țară tronează anarhia. Și teroarea. E o vânătoare de Scoia'tael și de spioni nilfgaardieni. Dijkstra a străbătut furios țara în lung și-n lat, eșafodurile sunt scăldate în sânge. Dijkstra nu mai poate merge. Îl duc într-o lectică.

– Bănuiesc. Te-a urmărit?

– Nu. Ar fi putut, dar n-a făcut-o. A, nu contează. În orice caz, în halul în care se află Redania, n-ar fi în stare să trimită o armată care să ajute Aedirnul.

– Și Temeria? De ce regele Foltest al Temeriei nu l-a sprijinit pe Demawend?

– De îndată ce a început agresiunea în Dol Angra, a spus Jaskier în liniște, Emhyr var Emreis a și trimis o misiune la Wyzima...

– Fir-ar să fie! a strigat Bronibor, uitându-se la ușa închisă. Ce tot au de deliberat atât? De ce a lăsat-o Foltest mai moale cu negocierile, de ce l-a primit în audiență pe câinele ăsta nilfgaardian? Trebuia să-l decapiteze și să-i trimită căpățâna lui Emhyr! Înr-o desagă!

– Pe toți zeii, voievodule, i s-a pus un nod în gât preotului Willemer. Este un ambasador! Ambasadorul e sfânt și de neatins! Nu-i bine...

– Nu-i bine? Să-ți spun eu ce nu-i bine! Nu-i bine să stai cu mâinile încrucișate și să te uiți cum cotropitorii fac ravagii în țara cu care suntem aliați! Lyria a căzut deja, iar Aedirnul stă să cadă! Demawend nu poate opri singur Nilfgaardul! Ar trebui să trimitem imediat un corp expediționar la Aedirn, trebuie să-l eliberăm pe Demawend atacând malul stâng al Jarugăi! Sunt puține trupe acolo, cele mai multe escadroane au fost trimise în Dol Angra! Iar noi stăm aici și nu mai terminăm de deliberat! În loc să luptăm, pălăvrăgim! Și pe deasupra mai primim și vizita unui ambasador nilfgaardian!

– Taci, voievodule! l-a pus contele Hereward din Ellander la punct pe vechiul soldat cu o privire rece. Așa-i politica. Trebuie să poți vedea dincolo de botul calului și de vârful lăncii. Trebuie să-l asculți pe ambasador. Împăratul Emhyr nu ni l-a trimis de pomană.

– Sigur, nu de pomană, a fost de acord Bronibor. Emhyr a încolțit Aedirnul și știe că, dacă intrăm în război, iar împreună cu noi, Redania și Kaedwen, îl batem, îl vom alunga din Dol Angra la Ebbing. Știe că, dacă atacăm Cintra, îl lovim în moalele capului, îl forțăm să lupte pe două fronturi! De asta îi este frică! El încearcă să ne intimideze ca să nu intervenim. De-asta a venit aici ambasadorul nilfgaardian, nu de altceva!

– Așa că ar trebui să-l ascultăm pe ambasador, a repetat contele. Și să luăm o decizie în concordanță cu interesele împărăției noastre. Demawend a provocat fără rost Nilfgaardul și acum suportă consecințele. Și nu mă prea grăbesc ca să-mi dau viața pentru Vengerberg. Ce se întâmplă la Aedirn nu-i treaba noastră.

– Nu-i treaba noastră? Ce vrei să spui, la naiba? Nu-i treaba noastră că nilfgaardienii se află în Aedirn și Lyria, pe malul drept al Jarugăi, că doar Mahakamul ne mai separă de ei? Dacă nu-i glagorie-n cap, n-ai ce-i face...

– Gata cu zarva! i-a avertizat Willemer. Lăsați vorba! Vine împăratul.

Ușile sălii s-au deschis. Membrii consiliului regal s-au ridicat, târându-și scaunele. Multe erau goale. Hatmanul Coroanei și majoritatea căpeteniilor erau cu trupele, în Valea Pontarului, în Mahakam și pe Jaruga. De asemenea, erau goale scaunele ocupate de obicei de magicieni. Magicienii... *Da,* se gândea Willemer, *scaunele magicienilor de aici, de la curtea regală din Wyzima, vor rămâne goale mult timp. Cine știe dacă nu pentru totdeauna.*

Regele Foltest a străbătut sala în grabă, s-a oprit lângă tron, dar nu s-a așezat, doar s-a aplecat, sprijinindu-și pumnii pe masă. Nu mai avea nicio picătură de sânge în obraz.

– Vengerbergul este asediat, a spus regele Temeriei încet, și va fi ocupat dintr-o clipă în alta. Nilfgaardul înaintează fără opreliști spre miazănoapte. Trupele încercuite încă mai luptă, dar asta nu va schimba nimic. Aedirnul e pierdut. Regele Demawend a fugit în Redania. Nu se știe nimic despre soarta reginei Meve.

Consiliul tăcea mâlc.

– Nilfgaardienii vor ajunge în câteva zile la frontiera noastră de la răsărit, adică de la ieșirea din Valea Pontarului, a continuat Foltest, păstrându-și tonul coborât. Hagge, ultima fortăreață din Aedirn, nu va mai dura mult, iar Hagge este și frontiera noastră răsăriteană. Cât despre frontiera noastră de la miazăzi... s-a petrecut ceva foarte rău. Regele Ervyll din Verden a depus jurământ de vasalitate către împăratul Emhyr. S-a predat și a deschis frontierele de la gura Jarugăi. În Nastrog, Rozrog și Bodrog, care aveau să ne păzească flancurile, s-au instalat deja garnizoane nilfgaardiene.

Consiliul tăcea mâlc.

– Supunându-i-se, a continuat Foltest, Ervyll și-a păstrat titlul regal, dar Emhyr e suveranul său. Așadar, oficial, Verden mai este regat, dar, de fapt, este deja o provincie nilfgaardiană. Înțelegeți ce înseamnă asta? Situația s-a inversat. Fortărețele din Verden și gura Jarugăi sunt în mâinile Nilfgaardului. Nu mă pot încumeta să forțez trecerea râului. Și nu pot slăbi armata care stă acolo, formând un corp care să intre în Aedirn și să sprijine armata lui Demawend. Nu pot face asta. Am o responsabilitate față de țara mea și față de supușii mei.

Consiliul tăcea mâlc.

– Emhyr var Emreis, împăratul Nilfgaardului, a anunțat regele, mi-a făcut o propunere... un tratat. Am acceptat. Vă voi explica despre ce este vorba în tratat. Și, când mă veți asculta, veți înțelege... Veți recunoaște că... Veți spune...

Consiliul tăcea mâlc.

– Veți spune... a concluzionat Foltest, veți spune că vă aduc pacea.

– Așadar, Foltest a băgat coada între picioare, a murmurat vrăjitorul, rupând un alt bețișor între degete. A ajuns la un acord cu Nilfgaardul. A lăsat Aedirnul la mila destinului.

– Da, a confirmat poetul. Și-a dus totuși trupele în Valea Pontarului, a ocupat și a organizat blocada fortăreței Hagge. Iar nilfgaardienii nu au intrat în trecătoarea Mahakam și nu au trecut Jaruga în Sodden, nici n-au atacat Brugge-ul, pe care, după capitularea și vasalitatea lui Ervyll, l-au avut în clești. Acesta a fost, fără îndoială, prețul neutralității Temeriei.

– Ciri avea dreptate, a zis în șoaptă vrăjitorul. Neutralitatea... Neutralitatea este de obicei sinonimă cu lașitatea.

– Ce?

– Nimic. Și cum rămâne cu Kaedwen, Jaskier? De ce nu i-a sprijinit Henselt din Kaedwen pe Demawend și pe Meve? La urma urmei, aveau un pact, erau legați printr-un legământ. Și, chiar dacă Henselt, asemenea lui Foltest, nu se sinchisește de semnături și de peceți pe documente, nici de cuvântul regal, doar n-o fi chiar așa de prost, fără doar și poate. Nu înțelege că, după căderea Aedirnului și după acordul cu Temeria, îi vine și lui rândul, că o să fie următorul pe lista Nilfgaardului? Kaedwen ar trebui să-l readucă pe Demawend la rațiune. Nu mai există nici credință, nici adevăr în lume, dar poate mai există măcar bun-simț? Ce crezi, Jaskier? Mai există bun-simț în lume? Sau au mai rămas doar ticăloșia și disprețul?

Jaskier a întors capul. Felinarele verzi erau aproape, îi înconjurau într-un inel strâns. Nu-l observase mai devreme, dar acum a înțeles. Toate driadele îi ascultaseră poveștile.

– Ai tăcut, a spus Geralt. Și asta înseamnă că Ciri avea dreptate. Codringher avea dreptate. Toată lumea avea dreptate. Numai eu, un vrăjitor stupid, naiv și anacronic, n-am avut dreptate.

Centurionul Digod, cunoscut sub porecla de Damigeana, a dat la o parte perdeaua cortului, a intrat respirând șuierător și tremurând de mânie. Decurionii au sărit în picioare, adoptând posturi și gesturi militare. Zyvik a aruncat cu îndemânare o blană de oaie pe balerca de țuică aflată între două scaune, înainte ca ochii centurionului să se obișnuiască cu semiobscuritatea. Nu că Digod s-ar fi împotrivit cu încrâncenare băutului în bivuac, ci mai degrabă pentru a salva balerca. Porecla centurionului nu era întâmplătore – se zvonea că, în condiții favorabile, dădea gata o jumătate de damigeană de vinars într-un timp foarte scurt. O gamelă, cu un volum de un litru, era golită de centurion, fără s-o ia de la gură, de parc-ar fi fost o halbă și rareori se cherchelea.

– Ei bine, ce mai faci, coane centurioane? l-a întrebat Bode, decurionul arcașilor. Ce-au hotărât căpeteniile? Ce porunci? Trecem frontiera? Vorbește odată!

– De îndată, a gemut Damigeana. Ce arșiță, fir-ar să fie... De îndată vă spun tot! Da' mai întâi dați-mi ceva de băut, că gâtleju' mi-i uscat ca rumegușu'. Și să nu spuneți că n-aveți, că pute-a țuică de la o poștă. Știu și de unde, de sub blana aia de oaie.

Zyvik, înjurând printre dinți, a dezvelit balerca. Decurionii s-au strâns ciorchine, zăngănind gamelele și cănile de tablă.

– Aaaa... centurionul și-a șters mustața și ochii. Uuuuu, al naibii de tare! Ia mai toarnă, Zyvik!

– Acum, hai, vorbește odată, l-a îndemnat nerăbdător Bode. Care-s poruncile? Ne îndreptăm spre nilfgaardieni sau stăm de strajă ca niște rahați în ploaie?

– Voi chiar aveți chef de luptă?

Damigeana și-a tras mucii în nas, a scuipat o flegmă și s-a trântit pe o șa:

– Ardeți de nerăbdare să treceți frontiera în Aedirn? Tare însetați de sânge mai sunteți! Lupii din voi își rânjesc colții.

– O, da, i-a replicat micul Stahler cu răceală, mutându-și greutatea de pe un picior pe altul. Ambele, ca un vechi călăreț ce era, îi erau curbate ca niște arcuri. Da, coane centurioane. E-a cincea noapte de când dormim în bocanci, gata să sărim în luptă. Vrem și noi să știm încotro o luăm. Fie la luptă, fie înapoi în fortăreață.

– Trecem frontiera, a zis Damigeana scurt, mâine în zori. Cinci escadroane de cuirasieri, cu cei Cenușii în frunte. Ș-acu' atenție, c-o să vă spun ce ne-au poruncit nouă, centurionilor și gonfalonierilor, voievodu' și conu' margraf Mansfeld din Ard Carraigh, care au dreptu' să vorbească direct cu regele. Ciuliți bine urechile, că n-o să-mi bat gura de două ori. Sunt porunci neobișnuite.

În cort s-a făcut liniște.

– Nilfgaardienii au trecut prin Dol Angra, a spus centurionul. Au șters Lyria de pe fața pământului și în patru zile au ajuns la Aldersberg, unde au căsăpit armata lui Demawend. Pe urmă, după vreo șase zile de asediu, au capturat Vengerbergu' prin trădare. Deocamdată se îndreaptă în pas vioi spre miazănoapte, împingând ce-a mai rămas din armata Aedirnului spre Valea Pontarului și spre Dol Blathanna. Vin spre noi, spre Kaedwen. Așa că porunca pen' Cuirasierii Cenușii îi următoarea: treceți frontiera și luați-o în marș forțat spre miazăzi, oblu spre Valea Florilor. În trei zile tre' s-ajungem la râu' Dyfne. Repet, în trei zile, adică o să iuțim pasu'. Până la râu' Dyfne, niciun pas mai departe. Nici măcar un pas, repet. Curând, nilfgaardienii o să se arate pe malu' cellant. Da' grijă și atenție, feriți-vă să luptați cu ei! Sub nicio formă, 'nțeles? Chiar dacă o să-ncerce să treacă râu' pe undeva, faceți în așa fel ca să fiți văzuți, să vă arătați emblemele, ca să știe că noi suntem armata Kaedwenului.

Cortul devenise și mai liniștit, deși părea că mai liniștit de-atât n-ar fi putut fi.

– Păi, cum vine asta? a bombănit Bode în cele din urmă. Să nu ne batem cu nilfgaardienii? Păi, ori îi război, ori nu-i? Zău așa! Cum vine asta, coane centurioane?

– Așa-i porunca. Nu ne ducem la război, numa'... Damigeana s-a scărpinat pe gât. Numa' dăm o mână de ajutor frățesc. Trecem frontiera doar pentru ca să le asigurăm protecția oamenilor din Aedirnu' de Sus... Și eu, la naiba, ce prostii mai spun... Nu din Aedirn, ci din Marchia de Jos. Asta a spus conu' margraf Mansfeld. Asta-i, ce să-i faci! Demawend a fost învins, s-a prăbușit și acum zace lat, că a condus prost și habar n-are de politică. Ăsta-i sfârșitu' lui și al întregii împărății a Aedirnului. Regele nostru l-a împrumutat pe Demawend cu mulți bani, pentru că-i era dator pentru un ajutor primit. Nu-i cazu' să fie lăsată să se piardă o asemenea bogăție, trebuie luată-napoi. Nu putem îngădui ca frații și compatrioții noștri din Marchia de Jos să cadă în sclavia nilfgaardiană. Trebuie să-i, cum s-ar spune, să-i eliberăm. Deoarece astea sunt pământurile noastre de odinioară, Marchia de Jos, odată aflată sub sceptru' Kaedwenului, iar acum o să se întoarcă sub sceptru' ăsta. Până la râu' Dyfne. Ăsta-i aranjamentu' regelui nostru Henselt cu Emhyr al Nilfgaardului. Dar, aranjament-nearanjament, Cuirasierii Cenușii trebuie să stea de-a lungu' râului. 'nțeles?

Nimeni nu i-a răspuns. Damigeana a făcut o grimasă, apoi un gest cu mâna.

– Ați 'nțeles pe naiba, banditilor! Văd eu. Da' nu-i nica, că nici eu n-am priceput prea multe. Că priceperea asta o are Maiestatea Sa, o au regele, conții, voievozii și căpeteniile de mare rang. Noi suntem soldați! Noi tre' s-ascultăm de porunci: s-ajungem la râu' Dyfne în trei zile, să stăm acolo țepeni, să stăm ca un zid. Asta-i. Toarnă-mi, Zyvik!

– Coane centurioane... s-a Zyvik s-a încurcat. Și ce-o să fie... Ce-o să se întâmple dacă armata Aedirnului opune rezistență?

Dacă o să ne taie calea? La urma urmei, trecem prin țara lor înarmați. Cum o să fie?

– Și dacă compatrioții și frații noștri, a spus Stahler ironic, pe care ar trebui, chipurile, să-i eliberăm cum s-ar spune... Dac-o să înceapă să tragă-n noi cu arcu', să arunce cu pietre?

– Tre' să stăm de-a lungu' Dyfnei trei zile, a răspuns Damigeana apăsat. Nu mai mult. Cine-o să vrea să ne întârzie ori să ne oprească din drum e dușmanu' nostru. Iar pe dușmani tre' să-i învățăm minte cu lama spadei. Da' grijă și atenție! Să vă intre bine-n cap poruncile! Nu dați foc la sate, la colibe, nu puneți mâna pe lucrurile oamenilor, nu jefuiți, nu batjocoriți muierile, că cine nu ascultă de porunci la eșafod! Voievodu' a repetat de vreo zece ori: nu ne ducem acolo, la naiba, ca să le invadăm țara, doar ca să le dăm un ajutor frățesc! De ce-ți rânjești dinții, Stahler? Așa-i porunca, ce naiba! Și acum dați fuga la decuriile voastre, puneți-i pe toți în gardă, caii și echipamentele tre' să strălucească ca luna plină! La prânz vreau să văd toate escadroanele la instrucție, voievodu' însuși vrea să-i vadă pe Cuirasieri la instrucție. Dacă vreunu' sau altu' mă face de rușine, n-o să mă uite cât o trăi, zău! Executarea!

Zyvik a părăsit ultimul cortul. Mijindu-și ochii jenați de lumina soarelui, urmărea tumultul care stăpânea bivuacul. Decurionii se grăbeau spre detașamentele lor, centurionii alergau care-ncotro înjurând, împiedicându-se la tot pasul de nobili, gorniști și paji. Cuirasierii din Ban Ard tropăiau pe câmp, ridicând nori de praf. Era o căldură îngrozitoare.

Zyvik a iuțit pasul. I-a ajuns din urmă pe cei patru menestreli veniți în ajun din Ard Carraigh, așezați la umbra cortului bogat decorat al margrafului. Menestrelii tocmai compuneau o baladă despre operațiunea militară victorioasă, despre geniul regelui, despre flerul comandanților și despre curajul soldaților simpli. Ca de obicei, o compuneau înainte de operațiune, pentru a nu pierde timpul.

– Frații noștri ne-au întâmpinat, cu pâine și cu sare ne-au întâmpinat... fredona unul dintre menestreli ca încercare. Pe salvatorii și eliberatorii lor i-au întâmpinat, i-au întâmpinat cu pâine și cu sare... Hei, Hrafhir, găsește-mi o rimă care să se potrivească cu „sare“!

Al doilea menestrel i-a sugerat o rimă. Zyvik nu a auzit-o.

Soldații din decuria sa, campată în salciile de lângă iaz, au sărit să-l vadă.

– Pregătiți-vă! a urlat Zyvik, stând la distanță, încât damful lui să nu le afecteze moralul subalternilor. Înainte de a se ridica soarele de patru degete, inspecție la fiecare! Tot să strălucească precum soarele, armele, echipamentu', harnașamentu', caii din dotare! O să facem instrucție. Vai ș-amar dacă vreunu' sau altu' mă face de rușine în fața centurionului, îi rup picioarele! Hai, la treabă!

– Ne ducem la luptă, a ghicit călărașul Krask împingându-și cu sârg poalele cămășii în pantaloni. Ne ducem la luptă, coane decurioane?

– Da' tu ce crezi? Că ne ducem la bal, la bâlci? Trecem frontiera. Mâine, în zori, în frunte cu Cuirasierii Cenușii. Centurionu' n-a spus în ce ordine, dar la urma urmei decuria noastră merge în frunte ca de obicei. Hai, cu talent, mișcați-vă cururile! Stați, întoarceți-vă! Vă spun acu', pen' că atunci nu-i sigur că mai avem vreme. N-o să fie un război obișnuit, flăcăi. Nu'ș ce tâmpenie modernă au mai inventat nobilii ăștia. Ceva de eliberare sau ceva de genu' ăsta. Nu ne vom bate cu vrăjmașu', ci cu acelea, cum să le spun, meleagurile noastre de odinioară, le dăm, ca să spun așa, ajutor frățesc. Acuma grijă mare la ce vă spun: nu vă atingeți de oamenii din Aedirn, nu furați, nu...

– Cum vine asta? a deschis gura Kraska uluit. Cum adică să nu prădăm? Și ce le dăm cailor să mănânce, coane decurioane?

– Furaj pentru cai mai treacă-meargă, da-n rest nimic altceva. Nu schiloditi oamenii, nu dați foc la colibe, nu pârjoliți lanurile... Închide gura, Kraska! Doar nu suntem o ceată de tâlhari, suntem în armată, pe mă-ta care te-a făcut! Ascultați de porunci, dacă nu, la eșafod cu voi! Am spus, nu omorâți, nu dați foc, nu batjoco...

Zyvik s-a oprit.

– Bine, a continuat, după un moment, puteți batjocori muierile, da' să nu se audă și să nu se vadă nimic.

– Pe podul de peste râul Dyfne, a continuat Jaskier, și-au dat mâna. Margraful Mansfeld din Ard Carraigh și Menno Coehoorn, înalta căpetenie a armatei nilfgaardiene din Dol Angra. Și-au dat mâna peste împărăția sângerândă și muribundă a Aedirnului, pecetluind împărțirea bandițească a prăzii. Cel mai mârșav gest din istorie.

Geralt tăcea.

– Dacă tot veni vorba de mârșăvie, a spus el neașteptat de calm după un răstimp, ce s-a întâmplat cu magicienii, Jaskier? Mă refer la cei din Capitul și din Consiliu.

– N-a rămas nimeni pe lângă Demawend, i-a răspuns poetul după o clipă. Și Foltest i-a prigonit pe toți cei care l-au slujit, i-a surghiunit din Temeria. Filippa se află în Tretogor, ajutând-o pe regina Hedwig să stăpânească haosul care stăruie în Redania. Triss este cu ea și încă trei, nu-mi amintesc numele. Câțiva sunt în Kaedwen. Mulți au fugit la Kovir și Hengfors. Ei au ales neutralitatea, deoarece Esterad Thyssen și Niedamir, după cum știi, au fost și sunt neutri.

– Știu. Dar Vilgefortz? Și cei care erau de partea lui?

– Vilgefortz a dispărut. Era de așteptat ca el să apară în Aedirnul capturat, ca locțiitor al lui Emhyr... Dar a dispărut fără urmă. Și, odată cu el, și toți complicii săi. În afară de...

– Vorbește, Jaskier!

– În afară de o magiciană care a devenit regină.

Filavandrel aep Fidhail aștepta răspunsul în tăcere. Și regina tăcea, privind pe fereastră. Fereastra dădea în grădinile care, până de curând, constituiau fala și mândria precedentului domnitor al Dol Blathanna, guvernatorul tiranului din Vengerberg. Fugind de Elfii Liberi, ajunși în avangarda armatei împăratului Emhyr, guvernatorul uman a putut să scoată din vechiul palat elfesc lucrurile cele mai prețioase, chiar și o parte din mobilier. Dar n-a putut să-și ia grădinile. Le-a distrus.

– Nu, Filavandrel, i-a zis regina în cele din urmă. E prea devreme, mult prea devreme. Nu ne putem gândi să ne extindem frontierele, căci deocamdată nici măcar nu suntem siguri de traseul lor exact. Henselt din Kaedwen nici gând să respecte acordul și să se retragă din lunca râului Dyfne. Spionii spun că n-a renunțat la ideea de agresiune. Ne poate ataca în orice clipă.

– Așa că n-am obținut nimic.

Regina și-a întins încet brațul. Fluturele lui Apollo, care a intrat în zbor pe fereastră, i s-a așezat pe manșeta de dantelă, pliindu-și și desfăcându-și aripioarele terminate cu câte un smoc în vârf.

– Am făctt mai mult, a spus regina încet, ca să nu sperie fluturele, decât ne-am fi putut aștepta. După o sută de ani, ne-am recuperat în cele din urmă Valea Florilor...

– Nu i-aș mai spune așa, a zâmbit trist Filavandrel. Acum, după trecerea trupelor, e mai degrabă Valea Cenușii.

– Avem și noi din nou țărișoara noastră, a spus regina, studiind fluturele. Suntem din nou Oameni, nu exilați. Iar cenușa fertilizează solul. În primăvară, Valea va înflori din nou.

– E puțin, Margareta. Prea puțin. Ne-am înmuiat tonul. Până nu demult ne lăudam că-i vom împinge pe oameni în mare, de unde-au venit. Iar acum ne-am redus frontierele și ambițiile la Dol Blathanna...

– Emhyr Deithwen ne-a dat în dar Dol Blathanna. Ce mai vrei de la mine, Filavandrel? Să cer mai mult? Nu uita că, chiar și când accepți cadouri, trebuie să fii cumpătat. Mai ales când vine vorba despre darurile lui Emhyr, pentru că Emhyr nu dă nimic de pomană. Trebuie să păstrăm cu sfințenie ținuturile pe care ni le-a dat. Și forțele pe care le avem la dispoziție de-abia ne-ajung ca să păstrăm Dol Blathanna.

– Să ne retragem comandourile din Temeria, Redania și Kaedwen, a propus elful cu părul alb. Să ne retragem toți Scoia'tael. Tu ești regina acum, Enid, o să asculte de poruncile tale. Acum, că avem propriul petic de pământ, lupta lor nu mai are niciun rost. Este de datoria lor să se întoarcă și să apere Valea Florilor. Lasă-i să lupte ca niște oameni liberi, pentru a-și apăra propriile frontiere. Acum mor ca tâlharii prin pădure!

Elfa a lăsat capul în jos.

– Emhyr nu-i de-acord, a șoptit ea. Comandourile trebuie să lupte în continuare.

– De ce? În ce scop?

Filavandrel aep Fidhail s-a îndreptat brusc.

– Îți spun mai multe. Nu trebuie să-i sprijinim și să-i ajutăm. Asta a fost înțelegerea dintre Foltest și Henselt. Temeria și Kaedwenul ne vor respecta suveranitatea în Dol Blathanna, dar numai dacă înfierăm lupta Veverițelor și ne luăm mâna de pe ele.

– Copiii ăștia mor, Margareta. Mor în fiecare zi, mor într-o luptă nedreaptă. După aranjamentele secrete cu Emhyr, oamenii se aruncă pe comandouri și-i zdrobesc. Sunt copiii noștri, viitorul nostru! Sângele nostru! Și tu îmi spui că trebuie să ne luăm mâna de pe ei? *Que'ss aen me dicette, Enid? Vorsaeke'llan? Aen vaine?*

Fluturele s-a înălțat în zbor, și-a fluturat aripile, s-a îndreptat spre fereastră, s-a rotit, purtat de curenții aerului fierbinte. Francesca Findabair, faimoasa Enid an Gleanna, cândva magiciană, actualmente regina Elfilor Liberi, Aen Seidhe, și-a ridicat privirea. În superbii ei ochi albaștri licăreau lacrimi.

– Comandourile, a repetat ea cu o voce surdă, trebuie să lupte mai departe. Trebuie să dezorganizeze regatele omenești, să le dea peste cap pregătirile de război. Asta a fost porunca lui Emhyr și nu pot să-i țin piept lui Emhyr. Iartă-mă, Filavandrel.

Filavandrel aep Fidhail s-a uitat la ea, plecându-se adânc.

– Eu te iert, Enid. Dar nu știu dacă ei te vor ierta vreodată.

– Nu s-a găsit niciun magician mai cu scaun la cap? Nici măcar când Nilfgaardul măcelărea și pârjolea Aedirnul, niciunul dintre ei nu i-a întors spatele lui Vilgefortz ca să i se alăture Filippei?

– Niciunul.

Geralt a tăcut îndelung.

– Nu-mi vine să cred! a spus el în cele din urmă foarte liniștit. Nu pot să cred că nimeni nu l-a părăsit pe Vilgefortz când au ieșit la iveală adevăratele cauze și consecințele trădării sale. Eu sunt, după cum se știe, un vrăjitor naiv, fără minte și rămas în urmă. Dar mi-e greu să cred că în niciun magician nu s-a trezit conștiința.

Tissaia de Vries și-a pus semnătura ei sofisticată sub ultima frază din scrisoare. După o lungă reflecție, a adăugat o ideogramă lângă ea, adică numele ei adevărat. Un nume pe care nimeni nu i-l cunoscuse. Un nume pe care nu-l folosise de foarte multă vreme. Doar din momentul în care devenise magiciană.

Ciocârlia.

A lăsat tocul jos. Foarte atent, măsurat, în curmezișul foii de pergament scrise. O clipă a rămas neclintită, privind sfera roșiatică a soarelui la apus. Apoi s-a ridicat. S-a dus la fereastră. S-a uitat la acoperișurile caselor. Case în care oamenii obișnuiți tocmai mergeau la culcare, obosiți de viața și greutățile lor umane obișnuite, plini de grijile obișnuite pentru soarta lor, pentru ziua de mâine. Magiciana s-a uitat la scrisoarea întinsă pe masă. O scrisoare adresată oamenilor obișnuiți. Faptul că majoritatea oamenilor obișnuiți nu puteau citi n-avea importanță.

Stătea în fața oglinzii. Își aranja părul. Își aranja rochia. Își scutura praful inexistent de pe mâneca umflată. Își calibra colierul din spinel pe decolteu.

Sfeșnicul de sub oglindă nu stătea drept. Poate că servitoarea l-a mișcat când a făcut curat. Servitoarea. O femeie obișnuită. Un om obișnuit, cu ochii plini de spaimă pentru ce urmează să se întâmple. Un om obișnuit, pierdut în vremurile disprețului. Un om obișnuit, care-și caută speranța și siguranța zilei de mâine la ea, la magiciană...

Un om obișnuit, căruia îi înșelase încrederea.

Din stradă răzbăteau ropote, tropăieli de bocanci grei de armată. Tissaia de Vries nici nu s-a clintit, nu și-a întors capul spre fereastră. Îi era totuna ai cui erau pașii. Soldații regali? Perceptorul, cu un mandat de arestare a trădătorului? Asasinii cu simbrie? Zbirii lui Vilgefortz? Nu-i păsa.

Pașii s-au pierdut în depărtare.

Sfeșnicul de sub oglindă nu stătea drept. Magiciana l-a îndreptat, a corectat poziția milieului, astfel încât să-i cadă rozeta exact pe mijloc și simetric față de cele patru brațe din colțurile sfeșnicului. Și-a desfăcut brățările de aur de la mâini și le-a așezat meticulos pe milieul aranjat. Și-a aruncat un ochi critic peste tot, dar n-a găsit nici cea mai mică greșeală. Toate erau la locul lor, în ordine. Exact acolo unde ar fi trebuit să fie.

A deschis apoi sertarul comodei, a scos un cuțit scurt, cu un mâner de os.

Chipul ei era mândru și încremenit. Cadaveric.

Casa s-a afundat în liniște. Era o liniște deplină, încât s-a auzit petala unei lalele ofilite căzând pe masă.

Soarele, roșu ca sângele, se ascundea încet-încet în spatele acoperișurilor caselor.

Tissaia de Vries s-a așezat în fotoliul de la masă, a stins lumânările dintr-o suflare, a aranjat încă o dată tocul care se întindea piezis pe scrisoare, și-a tăiat venele de la mână.

Oboseala unei zile întregi pe drumuri și impresiile acumulate s-au făcut simțite. Jaskier s-a trezit și și-a dat seama că adormise în timpul istorisirii și că începuse să sforăie pe la mijlocul cuvântului. S-a mișcat și era să cadă de pe grămada de crengi. Geralt nu mai era lângă el și nu mai echilibra culcușul prin contragreutate.

– Unde-am... și-a dres vocea și s-a așezat. Unde-am rămas? O, la magicieni... Geralt? Unde ești?

– Aici, i-a răspuns vrăjitorul, abia vizibil în beznă. Continuă, te rog! Vorbeai de Yennefer.

– Ascultă...

Poetul știa foarte bine că nu avea nici cea mai mică intenție să facă vreo aluzie la persoana menționată.

– Eu chiar nu...

– Nu minți. Te cunosc.

– Dacă mă cunoști atât de bine, s-a ofuscat trubadurul, ce naiba vrei să-ți spun? Știindu-mă ca pe un cal breaz, ar trebui să știi de ce trec sub tăcere, de ce nu repet zvonurile care mi-au ajuns la urechi! Și ar trebui să ghicești zvonurile și de ce vreau să te țin departe de ele!

– *Que suecc's?*

Una dintre driadele care dormiseră lângă ei a sărit în sus, trezită de ridicarea tonului.

– Îmi pare rău, şi-a cerut iertare vrăjitorul în şoaptă. Şi pentru tine.

Felinarele verzi ale Brokilonului s-au stins, câteva mai pâlpâiau.

– Geralt, a rupt tăcerea Jaskier, tu zici mereu că stai deoparte, că nu-ţi pasă... Până la urmă ea a început să te creadă. Te-a crezut atunci când ea şi Vilgefortz au stârnit jocul ăsta...

– Destul! l-a întrerupt Geralt. Nicio vorbă în plus! Când aud cuvântul „joc", îmi vine să-i crap capul cuiva... A, dă-mi brişca, vreau să mă bărbieresc.

– Acum? încă e beznă...

– Niciodată nu-i beznă pentru mine. Sunt ciudat.

Când vrăjitorul i-a smuls din mână trăistuţa cu articole de toaletă şi s-a îndreptat spre pârâu, Jaskier şi-a dat seama că nu mai e adormit deloc. Cerul se limpezea deja, anunţând ivirea zorilor. S-a ridicat în picioare, a intrat în pădure, ocolind cu grijă driadele, înghesuite una în cealaltă.

– Eşti de partea celor care au contribuit la asta?

S-a întors brusc. Driada sprijinită de trunchiul unui pin avea un păr argintiu, vizibil chiar şi în semiobscuritatea zorilor.

– O imagine foarte urâtă, a continuat ea, încrucişându-şi braţele la piept. Cineva care a pierdut tot. Ştii, cântăreţule, e interesant. La un moment dat, mi se părea că n-ai cum să pierzi tot, că mai rămâne ceva. Întotdeauna. Chiar şi în vremuri de dispreţ, în care naivitatea se poate răzbuna în cel mai crud mod, n-ai cum să pierzi totul. Însă el... a pierdut vedre întregi de sânge, posibilitatea de a merge normal, o parte dintre mişcările mâinii stângi, spada de vrăjitor, femeia pe care a iubit-o, fiica recuperată ca prin minune, credinţa... Ei bine, m-am gândit, dar ceva-ceva, la urma urmei, tot trebuie să-i mai fi rămas. M-am înşelat. Nu i-a mai rămas nimic. Nici măcar o brişcă.

Jaskier tăcea. Driada nu s-a mişcat.

– Te-am întrebat dacă ai contribuit la asta, a reluat ea după un răstimp. Dar probabil că am întrebat fără niciun rost. E limpede că ai contribuit. E limpede că eşti prietenul lui. Şi, dacă ai prieteni şi totuşi pierzi tot, e limpede ca lumina zilei că prietenii sunt vinovaţi. Pentru ce-au făcut sau pentru ce n-au făcut. Pentru că n-au ştiut ce e de făcut.

– Ce-aș fi putut? a îngăimat el. Ce-aș fi putut face?

– Nu știu, i-a răspuns driada.

– Nu i-am spus tot...

– Știu.

– Nu sunt vinovat cu nimic.

– Ba da, ești.

– Nu! Nu sunt...

A sărit în sus, trosnind crengile culcușului. Geralt stătea lângă el, ștergându-se pe față. Mirosea a săpun.

– Ce nu ești? l-a întrebat el cu răceală. Curios, oare ce-ai visat? Că ești o broască? Calmează-te! Nu ești. Că ești un fraier? Ei, în cazul ăsta ar putea fi un vis profetic.

Jaskier s-a uitat în jur. Erau singuri în poiană.

– Unde-i... Unde sunt?

– În lizieră. Pregătește-te, e timpul.

– Geralt, tocmai am discutat cu driada. Vorbea ca noi, fără accent și mi-a spus...

– Niciuna nu vorbește ca noi, fără accent. Ai visat, Jaskier. Suntem în Brokilon. Aici poți visa multe.

În lizieră îi aștepta o driadă solitară. Jaskier a recunoscut-o imediat – era cea cu părul verde, care le adusese lumină noaptea și încercase să-l convingă să continue să cânte. Driada a ridicat mâna, ordonându-le să se oprească. În cealaltă mână avea un arc cu o săgeată în coardă. Vrăjitorul și-a așezat mâna pe umărul trubadurului și l-a strâns cu forță.

– Se întâmplă ceva? a șoptit Jaskier.

– Da. Stai calm și nu mișca!

Ceața densă din Valea Curelei înăbușea vocile și sunetele, dar nu în așa măsură încât să-l împiedice pe Jaskier să audă susurul apei și fornăitul cailor. Călăreții au trecut râul.

– Elfi, a presupus el. Scoia'tael? Se duc spre Brokilon, nu? Un comando întreg...

– Nu, a murmurat Geralt, cu privirea pironită în ceață. Poetul știa despre sensibilitatea și acuitatea neobișnuită a văzului și auzului vrăjitorului, dar nu putea să-şi dea seama dacă aprecia cu ochii sau cu urechile. Nu-i un comando. Asta-i doar ce-a mai rămas dintr-un comando. Cinci sau şase călare, trei cai fără călăreţi. Stai aici, Jaskier! Mă duc acolo.

– *Gar'ean*, i-a întâmpinat tăios driada cu părul verde, avertizându-i, ridicând arcul. N'te va, Gwynbleidd! Ki'rin!

– *Thaess aep, Fauve*, i-a răspuns neaşteptat de aspru vrăjitorul. *M'aespar que va'en, ell'ea?* Te rog, trage! Dacă nu, taci şi nu încerca să mă sperii, pentru că nu mă mai poate speria nimic. Trebuie să vorbesc cu Milva Barring şi nu mă las, chiar dacă-ţi place sau nu. Stai aşa, Jaskier!

Driada a lăsat capul în jos. Şi arcul.

Din negură s-au ivit nouă cai, iar Jaskier a observat că doar şase dintre ei purtau călăreţi. A desluşit siluetele driadelor care ieşeau de prin desişuri îndreptându-se spre punctul de întâlnire. A băgat de seamă că trei călăreţi aveau nevoie de ajutor ca să descalece şi de sprijin ca să poată merge spre copacii salvatori din Brokilon. Celelalte driade, ca nişte năluci, treceau printre morile de vânt, prin luncă şi dispăreau în pâcla de deasupra Curelei. Dinspre malul opus răzbăteau strigăte, nechezaturi de cai apropiindu-se, plescăituri în apă. Poetului i s-a părut că a auzit şuieratul unei săgeţi. Dar nu era sigur.

– I-au urmărit... a murmurat el. Fauve s-a întors, strângându-şi arcul cu mâna.

– Cântă un cântec din-ăla, *taedh*, i-a strigat. *N'te shaent a'minne*, nu ăla cu Ettariel. Cu dragoste, nu. Nu-i momentul. Acum e timpul să omorâm, da. Un cântec din-ăla, da!

– Eu... a îngăimat el, nu sunt vinovat de ce se întâmplă...

Driada a tăcut o clipă, privind într-o parte.

– Nici eu, a spus ea şi s-a îndepărtat repede spre desişuri.

Vrăjitorul s-a întors înainte de a se scurge o oră. Ducea doi cai înşeuaţi: Pegaz şi o iapă murgă. Caparasonul iepei avea urme de sânge.

– E un cal elf, nu? De-al celor care au trecut râul?

– Da, a confirmat Geralt, cu chipul și vocea schimbate și străine. E o iapă de-ale elfilor. Însă deocamdată o să-mi slujească mie. Iar când o să am ocazia, o s-o schimb ca un cal care să poată căra răniți, iar dacă vreunul cade, să stea lângă el. Iapa asta n-a fost învățată.

– Plecăm de-aici?

– Tu pleci, i-a dat vrăjitorul frâiele lui Pegaz. Drum bun, Jaskier! Driadele o să te însoțească vreo două mile pe râu ca să nu cazi în mâinile soldaților din Brugge, care probabil se învârtesc în continuare pe malul celălalt.

– Și tu? Tu rămâi aici?

– Nu. Nu rămân.

– Ai aflat ceva. De la Veverițe. Ai aflat despre Ciri, nu?

– Drum bun, Jaskier!

– Geralt... Ascultă-mă...

– Ce-ar trebui să ascult? a strigat vrăjitorul și s-a poticnit brusc. Eu, la urma urmei... nu pot s-o las în voia sorții. E singură... Nu poate sta singură, Jaskier. Nu înțelegi asta. Nimeni nu înțelege, dar eu știu. Dacă e singură, o să pățească... Ce-am pățit și eu demult... Nu înțelegi...

– Înțeleg. Și de asta merg cu tine.

– Ai înnebunit. Știi încotro mă duc?

– Știu. Geralt, eu... Nu ți-am spus tot. Sunt... mă simt vinovat. N-am făcut nimic, n-am știut ce să fac... Dar acum știu. Vreau să merg cu tine. Vreau să te însoțesc. Nu ți-am spus... despre Ciri, despre zvonurile care circulă. M-am întâlnit cu niște prieteni din Kovir care au auzit la rândul lor raportul ambasadorilor întorși din Nilfgaard... Mă gândesc că zvonurile alea au ajuns și până la Veverițe. Că ai aflat tot de la elfii care au trecut Cureaua. Dar lasă-mă... aș vrea... Să-ți spun...

Vrăjitorul tăcea de mult, lăsându-și brațele neputincioase în jos.

– Pe cai! a zis el în cele din urmă cu o voce schimbată. O să-mi povestești pe drum.

În dimineața aceea, în palatul Loc Grim, reședința de vară a împăratului, era o forfotă neobișnuită. Cu atât mai neobișnuită cu cât agitațiile, emoțiile și entuziasmul nu le stăteau în caracter nobililor nilfgaardieni, care considerau că exteriorizarea îngrijorărilor sau a emoțiilor era un semn de imaturitate. Un astfel de comportament era tratat cu atâta dispreț și repulsie de nobilii nilfgaardieni, încât până și tineretul imatur se sfia să dea dovadă de îngrijorare sau entuziasm, deși aproape nimeni nu se aștepta la un comportament decent de la ei.

În dimineața aceea, însă, în Loc Grim nu era niciun tânăr. În Loc Grim, tinerii n-aveau ce să caute. Vasta sală a tronului din palat era ticsită cu nobili rigizi și serioși, cavaleri și curteni, toți îmbrăcați la fel, în negrul ceremonial de la Curte, animat doar de gulerele și manșetele albe. Bărbații erau însoțiți de câteva dudui, dar la fel de serioase și rigide, cărora li se permitea să-și lumineze negrul ținutelor cu niște bijuterii modeste. Toată lumea se prefăcea că este demnă, serioasă și rigidă. Dar toți erau incredibil de entuziasmați.

– Se spune că e urâtă. Slabă și urâtă.

– Dar se pare că are sânge albastru.

– Nelegitim?

– Nicidecum. Legitim.

– Așadar, va urca la tron?

– Dacă așa hotărăște împăratul...

– La naiba, ia uitați-vă numai la Ardal aep Dahy și la prințul de Wett... Ce mutre acre au... Parc-au băut oțet...

– Mai încet, conte... Te miri de mutrele lor? Dacă se adeveresc zvonurile, Emhyr o să-i plesnească peste obraz pe cei din vechile familii. O să-i umilească...

– Zvonurile nu se adeveresc. Împăratul nu se însoară cu rătăcita asta! Nu poate așa ceva...

– Emhyr poate orice. Ai grijă ce vorbești, baroane! Atenție la ce scoți pe gură! Au mai fost unii care au susținut că Emhyr nu putea face una sau alta. Și au sfârșit pe eșafod.

– Umblă vorba că a semnat deja un decret privind renta ei. Trei sute de grivne, vă dați seama!

– Și titlul de prințesă. A văzut-o cineva pân-acum?

– De cum a sosit, a fost luată sub protecția contesei Liddertal, iar casa a fost înconjurată de gardieni.

– I-a fost încredințată contesei ca s-o deprindă pe băiețoasă cu bunele maniere. Cică prințesa ta se poartă ca o fată de la țară...

– Ce-i de mirare? Vine din Nord, din Cintra barbară...

– Zvonurile despre însurătoarea lui Emhyr nu sunt prea întemeiate. Nu, nu, e absolut imposibil. Împăratul o va lua de nevastă pe mezina lui Wett, cum era stabilit. Nu se însoară cu uzurpatoarea asta!

– E timpul să se însoare cu cineva. Din pricina dinastiei... E timpul să avem un mic arhiduce...

– N-are decât să se însoare, dar nu cu vagaboanda asta!

– Mai încet, nu te aprinde! Vă asigur, stimabililor, că nu se înfăptuiește o asemenea uniune. Care ar fi scopul unei asemenea căsătorii?

– Asta-i politica, contesă. Suntem într-un război. O asemenea uniune ar avea o importanță strategică și politică... Dinastia din care provine prințesa are titluri legale și drepturi feudale asupra pământurilor din Yarra de Jos. Dacă ar deveni consoarta împăratului... Ha, ar fi o mișcare excelentă. Ia priviți numai acolo, spre ambasadorii regelui Esterad, cum șușotesc...

– Deci susții această rudenie ciudată, nu, prințe? Poate chiar l-ai sfătuit pe Emhyr?

– Treaba mea, margrafule, ce susțin și ce nu. Cât despre hotărârea împăratului, nu te-aș sfătui s-o pui la îndoială.

– Așadar, a luat deja o hotărâre?

– Nu cred.

– Dar te înșeli.

– Ce vrei să spui, cucoană?

– Emhyr a alungat-o de la curte pe baroneasa Broinne. I-a poruncit să se întoarcă la soțul ei.

– A rupt-o cu Dervla Tryffin Broinne? Nu se poate! Dervla era preferata lui de trei ani...

– Dacă-ți spun! A alungat-o de la curte.

– E adevărat. Cică Dervla cu Părul de Aur a făcut o panaramă... Patru gardieni au pus-o cu forța într-o căruță...

– Soțul ei e fericit...

– Mă îndoiesc.

– Pentru Marele Soare! Emhyr s-a despărțit de Dervla? S-a despărțit de ea pentru vagaboanda asta? Pentru sălbatica asta de la miazănoapte?

– Mai încet... Mai încet, la naiba...

– Cine îl sprijină? Ce partid îl susține?

– Mai încet, v-am rugat.

– Se uită la noi... Fata asta... Pardon, prințesa... Pare urâtă... Când o s-o vadă împăratul...

– Adică încă n-a văzut-o?

– N-a avut vreme. A venit de la Darn Ruach acum un ceas.

– Lui Emhyr nu i-au plăcut niciodată urâtele. Aine Dermott... Clara aep Gwydolyn Gor... Iar Dervla Tryffin Broinne este o adevărată frumusețe...

– Poate că și vagaboanda asta o să se facă mai frumoasă, cu timpul...

– Când o s-o spele? Prințesele de la miazănoapte se spală mai rar...

– Nu vă jucați cu vorbele. Vorbești, poate, despre viitoarea soție a împăratului...

– E încă un copil. N-are mai mult de paisprezece ani.

– Repet, ar fi o uniune politică... Pur formală...

– Dacă ar fi așa, Dervla cu Părul de Aur ar rămâne la Curte. Vagaboanda din Cintra s-ar așeza politic și formal pe tron, alături de Emhyr... Dar la lăsarea serii Emhyr ar lăsa-o să se joace cu mitra și giuvaierurile coroanei, iar el s-ar duce în dormitorul Dervlei... Cel puțin până când mucoasa ar atinge vârsta la care ar putea naște în siguranță.

– Mda... Ar fi ceva. Cum o cheamă pe această... prințesă?

– Xerella sau ceva de genul.

– Nu, nu-i adevărat. Este... Zirilla. Da, parcă Zirilla.

– Un nume barbar.

– Mai încet, la naiba...

– Și mai multă seriozitate. Vă purtați ca niște plozi!

– Aveți grijă de cuvinte! Vedeți să nu fie luate drept jignitoare!

– Dacă ai nevoie de satisfacție, știi unde să mă cauți, margrafule!

– Mai încet! Liniște! Împăratul...

N-a fost nevoie ca dregătorul să facă vreun efort. A fost suficientă o lovitură de baston în podea, iar capetele împodobite cu berete negre ale cavalerilor și nobililor s-au plecat precum trestiile clătinate de vânt. În sala tronului s-a făcut liniște, astfel încât vocea dregătorului nu trebuia să se ridice prea mult.

– Emhyr var Emreis, Deithwen Addan yn Carn aep Monrudd!

Vâlvătaia Albă care dansează pe Tumulii Vrăjmașilor a intrat în sală. A traversat-o de-a lungul șirului format din nobilii de la Curte, în pasul său sprințar, fluturându-și energic mâna dreaptă. Îmbrăcămintea sa neagră nu se deosebea de cea a curtenilor, cu excepția lipsei gulerului. Părul întunecat al împăratului, nepieptănat ca de obicei, era susținut de o diademă de aur îngustă și drăguță, la gât îi strălucea pandantivul imperial.

Emhyr s-a așezat destul de neglijent pe tronul de pe postament, și-a sprijinit cotul pe cotieră și bărbia în palmă. Nu și-a aruncat piciorul peste cealaltă cotieră a tronului, ceea ce însemna că ceremonia poate continua. Niciunul dintre capetele plecate nu s-a ridicat nici măcar cu un centimetru.

Împăratul și-a dres vocea, fără să-și schimbe poziția. Curtenii au răsuflat și s-au îndreptat. Dregătorul a lovit din nou podeaua cu bastonul.

– Cirilla Fiona Elen Riannon, regina Cintrei, prințesă de Brugge și ducesă de Sodden, moștenitoare a Inis Ard Skellig și Inis An Skellig, suzerană în Attre și Abb Yarra!

Toți ochii s-au întors spre ușă, unde stătea înaltă și demnă Stella Congreve, contesă de Liddertal. Iar lângă contesă se afla posesoarea tuturor titlurilor impresionante menționate anterior. Subțire, cu părul drept, nespus de palidă, ușor cocoșată, într-o rochie lungă, albastră. Într-o rochie în care se părea că se simțea neplăcut și incomod.

Emhyr Deithwen s-a îndreptat în tron și curtenii au făcut imediat într-o reverență adâncă. Stella Congreve a împins-o imperceptibil pe fata cu părul deschis, ambele au defilat de-a lungul șirului de nobili înclinați, reprezentanți ai primelor familii din Nilfgaard. Fata trecea rigid și ezitant. *O să se împiedice*, s-a gândit contesa.

Cirilla Fiona Elen Riannon s-a împiedicat.

Urâțică și slăbănoagă, s-a gândit contesa, apropiindu-se de tron. *Bleagă, și nu prea isteață. Dar o să fac eu din ea o frumusețe. O să izbutesc să fac eu din ea o regină, Emhyr, așa cum mi-ai poruncit.*

Vâlvătaia Albă a Nilfgaardului le urmărea de la înălțimea tronului său. Ca de obicei, ochii îi erau ușor întredeschiși, iar umbra unui zâmbet batjocoritor îi dansa pe buze.

Regina Cintrei s-a împiedicat din nou. Împăratul și-a pus cotul pe cotiera tronului, și-a sprijinit obrazul în palmă. Zâmbea. Stella Congreve era destul de aproape ca să recunoască acel zâmbet. A înlemnit de spaimă. *Ceva nu e în regulă*, s-a gândit îngrozită, *ceva nu e în regulă. O să cadă capete. Pe Marele Soare, o să cadă capete...*

Și-a venit în fire, a făcut o reverență, forțând-o și pe fată să se încline.

Emhyr var Emreis nu s-a ridicat de pe tron. Doar și-a plecat ușor capul. Curtenii și-au ținut respirația.

– Regină! a declamat Emhyr.

Fata și-a plecat capul spășită. Împăratul nu se uita la ea. Se uita la nobilimea adunată în sală.

– Regină, a repetat el, sunt bucuros să-ți urez bun-venit în palatul meu și în țara mea! Îți dau cuvântul meu imperial că se apropie ceasul la care îți vei recupera toate titlurile și pământurile pe care le-ai moștenit pe drept și care îți aparțin fără putință de tăgadă. Uzurpatorii care domnesc peste meleagurile tale au pornit un război cu mine. M-au atacat, susținând că-ți apără drepturile și cauzele. Să ia la cunoștință întreaga lume: nu lor, ci mie mi-ai cerut ajutor. Să afle toată lumea că aici, în țara mea, te bucuri de onoarea și numele regelui, în timp ce printre dușmanii mei ai fost doar surghiunită. Să afle toată lumea că în țara mea ești în siguranță, în timp ce vrăjmașii mei nu numai că ți-au negat coroana, dar au încercat și să-ți pună viața în primejdie.

Privirea împăratului Nilfgaardului s-a oprit pe trimisul lui Esterad Thyssen, regele Kovirului, și pe ambasadorul lui Niedamir, regele Ligii din Hengfors.

– Să ia la cunoștință toată lumea adevărul, inclusiv regii, care păreau că nu știu de partea cui e dreptatea. Și toată lumea să afle că o să ți se dea ajutor. Vrăjmașii tăi și ai mei vor fi învinși. În Cintra, în Sodden și Brugge, în Attre, în Insulele Skellige și la gura de vărsare a Yarrei va fi din nou pace, iar tu vei sta pe tron, spre bucuria oamenilor tăi și a tuturor iubitorilor de dreptate.

Fata în rochie albastră a coborât capul și mai jos.

– Până atunci, a continuat Emhyr, vei fi tratată în țara mea cu tot respectul de mine și de toți oamenii mei. Și, pentru că în împărăția ta încă arde flacăra războiului, în semn de onoare, respect și prietenie din partea Nilfgaardului, îți dau titlul de prințesa Rowan i Ymlac, domniță a castelului Darn Rowan, unde te vei duce chiar de-acum în așteptarea unor vremuri mai pașnice și mai fericite.

Stella Congreve s-a stăpânit, n-a lăsat nici cea mai mică urmă de uimire să-i apară pe chip. *N-o s-o țină cu el*, s-a gândit ea, *o trimite la Darn Rowan, la capătul lumii, unde nu se duce niciodată. Aparent, n-are de gând s-o curteze, nu se gândește să se căsătorească prea curând. Se pare că nici nu vrea s-o vadă. Atunci de ce s-a mai descotorosit de Dervla? Ce se petrece aici?*

A tresărit, a apucat-o repede de mână pe prințesă. Audiența se terminase. Când au părăsit camera, împăratul nici nu s-a uitat la ele. Curtenii se înclinau.

Când au plecat, Emhyr var Emreis și-a aruncat piciorul pe cotiera tronului.

– Ceallach, a spus el, la mine!

Postelnicul s-a oprit la distanța impusă de protocol, aplecându-se ca un arc.

– Mai aproape! l-a îndemnat Emhyr. Vino mai aproape, Ceallach! Vreau să vorbim încet. Şi ce-ţi spun să-ţi fie doar pentru urechile tale.

– Înălţimea Voastră...

– Ce mai avem astăzi?

– Acceptarea scrisorilor de acreditare şi acordarea *exequatur* oficial ambasadorului regelui Esterad din Kovir, i-a răspuns pe nerăsuflate postelnicul. Numirea de guvernatori, prefecţi şi palatini în noile Provincii şi Palatinate. Aprobarea titlului de conte şi apanajele pentru...

– Îi vom acorda *exequatur* şi îl vom primi în audienţă. Celelalte rămân pe mâine.

– Da, Înălţimea Voastră.

– Spune-i vicecontelui Eiddon şi Skellen să fie în bibliotecă imediat după audienţa ambasadorului. În secret. Şi tu să fii acolo! Şi adu-l şi pe magicianul ăla vestit al tău... Cum îl cheamă?

– Xarthisius, Înălţimea Voastră. Locuieşte într-un turn din afara oraşului...

– Nu mă interesează locuinţa lui. Trimite pe cineva după el, să mi-l aducă în sălile mele. În linişte, fără tam-tam, în secret.

– Înălţimea Voastră... Ar fi înţelept ca astrologul ăsta...

– Am poruncit, Ceallach.

– Aşa e.

Trecuseră trei ore, toţi cei chemaţi s-au întâlnit în biblioteca imperială. Apelul nu l-a surprins pe Vattier de Rideaux, vicecontele Eiddonului. Vattier era şeful serviciului de informaţii militare. Emhyr îl chema frecvent pe Vattier – la urma urmei erau vremuri de război. Apelul nu l-a surprins nici pe Stefan Skellen, poreclit Huhurezul, care îndeplinea funcţia de comisar pe lângă împărat, specializat în servicii şi sarcini speciale. Pe Huhurez nu-l surprindea nimic niciodată.

A treia persoană chemată a fost extrem de surprinsă de apel. Cu atât mai mult cu cât împăratul i s-a adresat mai întâi ei.

– Maestre Xarthisius!

– Maiestatea Voastră imperială...

– Trebuie să aflu unde-și duce veacul o anumită persoană. O persoană dispărută sau ascunsă. Poate e prizonieră. Magicienii pe care i-am năimit au dat greș. Pricepi?

– La ce distanță se află... se poate afla această persoană?

– Dacă aș fi știut, n-aș fi avut nevoie de magiile tale.

– Iertare, Înălțimea Voastră imperială... tremura astrologul. Problema este că o distanță prea mare împiedică astrologia, practic exclude... hââm, hââm... Iar dacă această persoană se află sub protecție magică... pot încerca, dar...

– Pe scurt, maestre!

– Am nevoie de timp... și de ingrediente pentru farmece... Dacă conjuncția stelelor e favorabilă, atunci... hââm, hââm... Înălțimea Voastră imperială, ce-mi cereți nu-i lesne de înfăptuit... Am nevoie de timp...

Încă puțin și Emhyr o să poruncească să-l tragă în țeapă, s-a gândit Huhurezul. *Dacă magicianul nu se oprește din bâlbâit...*

– Maestre Xarthisius, l-a întrerupt împăratul, neașteptat de politicos, chiar amabil, vei avea la dispoziție tot ce-ți trebuie. Și timp. În limitele decenței.

– O să fac tot ce-mi stă în putință, i-a spus astrologul. Dar pot determina doar localizarea aproximativă... Adică o regiune sau o anumită rază...

– Ce?

– Astrologia... icnea Xarthisius. La distanțe mari, astrologia permite doar localizarea aproximativă... Cu o toleranță nu chiar neglijabilă... Cu toleranță foarte mare. Chiar nu știu dacă o să izbutesc...

– O să izbutești, maestre, a spus împăratul, iar ochii lui întunecați îi străluceau amenințător. Am mare încredere în priceperea ta. Cât despre toleranță, cu cât va fi mai mică a ta, cu atât va fi mai mare a mea.

Xarthisius s-a făcut mic.

– Trebuie să știu exact data de naștere a persoanei, s-a bâlbâit. Pe cât posibil, și ora... Ar fi, de asemenea, important un obiect care aparține acelei persoane...

– Părul, a spus Emhyr calm. Poate fi părul?

– Oooo! s-a bucurat astrologul. Păr! Mi-ar prinde tare bine... A, dacă s-ar putea și ceva fecale sau urină...

Ochii lui Emhyr s-au strâns primejdios, iar magicianul s-a aplecat și mai mult, într-o reverență foarte adâncă.

– Cu mare umilință vă cer iertare, Înălțimea Voastră imperială... a îngăimat el. Te rog să mă iertați... Înțeleg... Da, părul e de-ajuns... E de-ajuns... Când pot să-l iau?

– Îți va fi înmânat astăzi, odată cu data și ora nașterii. Maestre, nu te mai rețin. Întoarce-te în turn și începe să urmărești constelațiile.

– Fie ca Marele Soare să aibă grijă de imperiul tău...

– Bine, bine. Poți pleca.

Acum ne-a venit rândul, s-a gândit Huhurezul. *Oare ce ne așteaptă?*

– Pe toți aceia, a spus răspicat împăratul, care scot vreo vorbă despre ce se va spune din acest moment, îi așteaptă sfârtecarea. Vattier!

– Ascult, Înălțimea Voastră.

– Cum, pe ce drum, a ajuns aici... prințesa? Cine a fost implicat în asta?

– Din cetatea Nastrog, a răspuns șeful serviciilor de informații încrețindu-și fruntea, au escortat-o gărzile Înălțimii Voastre, conduse de...

– Nu te-am întrebat asta, la naiba! De unde a venit fata în Nastrog, în Verden? Cine a adus-o în cetate? Cine e comandant acolo acum? E cel de la care a venit raportul? Te pomenești că Godyvron?

– Godyvron Pitcairn, i-a răspuns Vattier de Rideaux repede. A fost în mod clar informat despre misiunea lui Rience și a contelui Cahir aep Ceallach. La trei zile după evenimentele de pe insula Thanedd, și-au făcut apariția două persoane în Nastrog. Mai exact, un om și un semielf. Pretinzând că acționează la ordinele lui Rience și Graf Cahir, ei i-au predat-o pe prințesă lui Godyyron.

– Aha, a zâmbit împăratul, iar Huhurezul a simțit un fior rece pe șira spinării. Vilgefortz îmi făgăduise că o va prinde pe Cirilla pe Thanedd. Rience îmi garantase același lucru. Cahir Mawr Dyffryn aep Ceallach primise ordine clare. Și se pare că la Nastrog, peste râul Yarra, la trei zile după scandalul de pe insulă, Cirilla nu-i adusă nici de Vilgefortz, nici de Rience, nici de Cahir, ci de un om și un semielf. Lui Godyyron, bineînțeles, nu i-a trecut prin cap să-i aresteze pe amândoi?

– Nu. Să fie pedepsit, Înălțimea Voastră?

– Nu.

Huhurezul a înghițit în sec. Emhyr tăcea, își freca fruntea, diamantul imens din inelul său strălucea ca o stea. După un moment, împăratul și-a ridicat capul.

– Vattier!

– Înălțime?

– Toți subordonații să fie pe picior de plecare! Le poruncesc să-i prindă pe Rience și pe contele Cahir. Presupun că amândoi se află în zone care deocamdată n-au fost ocupate de trupele noastre. O să te folosești de Scoia'tael sau de elfii reginei Enid. Amândoi închiși în Darn Ruach și schingiuiți.

– Ce să-i întrebăm, Înălțimea Voastră? a mijit ochii Vattier de Rideaux, prefăcându-se că nu bagă de seamă paloarea care îi acoperise chipul postelnicului Ceallach.

– Nimic. Mai târziu, când se înmoaie un pic, îi întreb eu, personal. Skellen!

– Porunciți!

– De îndată ce turta asta dulce de Xarthisius... Dacă bâlbâitul ăsta izbutește să afle ce i-am poruncit... pui la cale căutarea anumitei persoane pe teritoriul indicat. O să primești descrierea. Nu exclud faptul că astrologul o să ne indice un teritoriu asupra căruia avem putere, apoi îi mobilizezi pe toți cei responsabili pentru teritoriul respectiv. Întregul aparat civil și militar. Asta înainte de toate. Ai înțeles?

– Înțeles. Pot să...

– Nu, nu poți. Stai și ascultă, Huhurezule! Xarthisius probabil că n-o să găsească nimic. Persoana pe care i-am spus s-o caute se află probabil pe un teritoriu străin și sub protecție magică. Pun capul că se află în același loc ca prietenul nostru dispărut ca prin minune, magicianul Vilgefortz Roggeveen. Prin urmare, Skellen, vei forma și pregăti un detașament special, pe care îl vei comanda personal.

Alege-ți oameni dintre cei mai buni. Trebuie să fie gata pentru orice... și descurcăreți. Asta înseamnă să nu se teamă de magie.

Huhurezul a ridicat din sprâncene.

– Detașamentul, a continuat Emhyr, va avea sarcina de a ataca și de a controla ceva ce deocamdată mi-e necunoscut mie, întrucât probabil e bine apărat și bine camuflat, ascunzătoarea lui Vilgefortz, fostul nostru prieten și aliat.

– Înțeleg, a răspuns Huhurezul impasibil. În privința persoanei căutate, pe care probabil o s-o găsim acolo, bănuiesc că nu trebuie să ne atingem de niciun fir de păr de-al ei, nu?

– Bine bănuiești!

– Dar de-al lui Vilgefortz?

– De-al lui puteți să vă atingeți, a zâmbit împăratul crud. Lui chiar ar trebui să-i cadă o dată pentru totdeauna. Cu tot cu capul. La fel și celorlalți magicieni, pe care o să-i găsiți în ascunzătoare. Fără excepții.

– Am înțeles. Cine va avea grijă să găsească ascunzătoarea lui Vilgefortz?

– Tu, Huhurezule.

Stefan Skellen și Vattier de Rideaux au schimbat o privire. Emhyr s-a afundat în tron.

– Este totul clar? Atunci... Ce este, Ceallach?

– Înălțimea Voastră, a icnit postelnicul, de care nu părea să-i pese nimănui, vă implor, aveți milă...

– Nu există milă pentru trădători. Nu există milă pentru cei care se împotrivesc voinței mele.

– Cahir... Fiul meu...

– Fiul tău... Emhyr și-a îngustat ochii. Nu știu deocamdată ce vină a avut fiul tău. Aș vrea să cred că vina lui stă doar în prostie și neputință, nu în trădare. Dacă e așa, o să fie decapitat, nu tras pe roată.

– Înălțimea Voastră! Cahir nu e trădător... Cahir n-a putut...

– Destul, Ceallach, nu mai vorbi! Vinovații o să fie pedepsiți. Au încercat să mă înșele și asta n-o pot ierta. Vattier, Skellen, într-un ceas o să primiți ordine și autorizațiile iscălite și imediat vă apucați de treabă. Și încă ceva: nu cred că mai e cazul să adaug că fata pe care tocmai ați văzut-o în sala tronului trebuie să rămână pentru toți Cirilla, regina Cintrei și prințesa de Rowan. Pentru toți. Poruncesc ca această chestiune să fie tratată ca secret de stat și problemă de cea mai mare importanță națională.

Toți îl priveau uimiți pe împărat. Deithwen Addan yn Carn aep Morvudd a zâmbit ușor.

– Dar chiar nu pricepeți? În loc de adevărata Cirilla din Cintra, mi-au trimis nu știu ce zdreanță. Pesemne că trădătorul a sperat că n-o s-o recunosc. Dar eu o cunosc bine pe adevărata Ciri. O s-o recunosc și la capătul lumii și în bezna iadului.

E o mare taină faptul că inorogul, deși tare timid și temător de oameni, dacă întâlnește în cale vreo duduie care nu a avut de-a face cu vreun bărbat în viața ei, o să alerge spre ea, o să îngenuncheze și, fără teamă, o să-i pună capul în poală. Se pare că în vremurile de mult apuse au trăit asemenea fecioare care au folosit această cunoaștere în anumite scopuri. Au trăit ani buni în feciorie și înfrânare pentru a le sluji vânătorilor drept momeală pentru inorogi. În curând însă s-a dovedit că inorogul se duce doar la fecioarele tinere, nicidecum la cele mai bătrâne. Fiind o fiară înțeleaptă, inorogul înțelege fără îndoială că e vorba despre un lucru care, dincolo de măsura virginității, e dubios și contrar naturii.

Physiologus

6

A trezit-o zăpușeala. Dogoarea care-i frigea pielea ca un fier încins a făcut-o să-și vină în fire. Nu putea să-și miște capul, o ținea ceva. S-a răsucit și a urlat de durere, simțind că-i plesnește pielea și că-i pocnește tâmpla. Și-a deschis ochii. Piatra pe care își odihnea capul era maro de la sângele coagulat și uscat. Și-a atins tâmpla, simțind sub degete o crustă dură, crăpată. Crusta se lipise de piatră și i s-a smuls când și-a mișcat capul, permițându-i sângelui și plasmei să curgă. Ciri a tușit, și-a curățat gâtul, a scuipat nisipul și saliva groasă și lipicioasă. S-a ridicat pe coate, apoi s-a așezat și s-a uitat în jur.

Se afla în mijlocul unei întinderi de piatră de un roșu-cenușiu, brăzdate de ravene și falii, presărate cu movile de pietre sau cu stânci uriașe cu forme bizare. Deasupra nivelului obișnuit, la înălțime foarte mare, era un soare arzător, imens, de aur, care îngălbenise întregul cer, distorsionând vizibilitatea cu strălucirea sa orbitoare și cu tremurul aerului.

Unde sunt?

Și-a pipăit cu grijă tâmpla rănită și umflată. O durea. O durea foarte rău. *Cred că am făcut niște tumbe serioase,* a dedus, *cred că am fost trântită la pământ.* Dintr-odată i-au căzut ochii pe hainele zdrențuite și sfâșiate, și-a descoperit noi zvâcniri de durere: în șira spinării, la umeri, în brațe, la șolduri. În cădere, praful, nisipul și pietricelele ascuțite îi intraseră peste tot: în păr, în urechi, în gură, precum și în ochii care îi ardeau în cap și îi lăcrimau. Palmele și coatele o frigeau, jupuite de piele.

Încet-încet, a întins picioarele și a gemut din nou, căci genunchiul stâng răspundea la fiecare mișcare cu o durere atroce. Și l-a mângâiat prin pielea intactă a pantalonilor, dar n-a simțit nicio umflătură. Când respira, simțea un junghi de rău-augur în coaste, iar încercarea de a-și înclina corpul aproape că i-a smuls un strigăt, străpunsă de un spasm ascuțit, apărut în partea inferioară a spatelui. *M-am cam zdrelit,* s-a gândit în sinea ei. *Dar cred că nu mi-am rupt nimic. Dacă-mi rupeam oasele, mă durea mai rău. Sunt întreagă, doar un pic cam zdruncinată. O să pot să mă ridic. Și o să mă ridic.*

Încet, cu mișcări măsurate, și-a luat poziția, în genunchi, încercând să-și protejeze genunchiul rupt. Apoi s-a așezat în patru labe, gemând, icnind și oftând. În cele din urmă, după un răstimp care i s-a părut o veșnicie, s-a ridicat. Doar atât cât să aibă de unde să se prăbușească greoi pe pietre, pentru că o amețeală i-a și întunecat vederea și i-a tăiat picioarele imediat. Simțind un val brusc de greață, s-a așezat pe-o parte. Pietrele înfierbântate frigeau ca niște cărbuni încinși.

– N-o să mă ridic... s-a tânguit. Nu pot... o să mă ardă soarele...

În cap îi pulsa o durere surdă, sâcâitoare și de neoprit. Fiecare mișcare făcea să-i crească durerea, așadar Ciri s-a oprit din mișcare. Și-a acoperit capul cu brațul, dar arșița a devenit în curând insuportabilă. A înțeles că trebuie să scape de ea. Învingând rezistența copleșitoare a trupului său suferind, strângându-și ochii din cauza durerii atroce din tâmple, s-a târât în patru labe spre o stâncă mai mare, sculptată de vânt în formă de ciupercă ciudată, a cărei pălărie diformă schița o umbră la bază. S-a ridicat ghem, tușind și smiorcăindu-se.

A zăcut acolo multă vreme, până când soarele rătăcind pe cer a cuprins-o iar cu focul său direct de deasupra. S-a mutat în cealaltă parte a stâncii, doar pentru a-și da seama că nu-i folosește la nimic.

Soarele se afla la zenit, ciuperca de piatră, practic, nu mai avea nicio umbră. Își apăsa cu mâinile tâmplele, care îi explodau de durere.

A trezit-o un tremur care i-a scuturat tot trupul. Bulgărele de foc al soarelui își pierduse strălucirea orbitoare. Acum, fiind mai jos, atârnând peste stâncile zimțate, era portocaliu. Zăpușeala se mai înmuiase.

Ciri s-a așezat cu greu, s-a uitat în jur. Durerea de cap o mai lăsase, n-o mai orbea. A dus mâna la cap și a descoperit că arșița îi arsese și îi uscase crusta de la tâmplă, transformând-o într-o coajă tare, netedă. Cu toate acestea, tot corpul îi era plin de răni și vânătăi, părea că nu mai era niciun petic sănătos pe el. Și-a dres vocea, nisipul îi scrâșnea în dinți, a încercat să-l scuipe. Fără niciun rezultat. S-a sprijinit de stânca în formă de ciupercă, încă fierbinte de la soare. *Parcă nu mai arde așa tare*, și-a spus ea. *Acum, când soarele apune, este mai ușor de îndurat și în curând...*

În curând se lasă seara.

S-a cutremurat. *Unde naiba sunt? Cum pot să ies de aici? Pe unde? Încotro să mă duc? Poate că e mai bine să nu mă mișc, să aștept până o să mă găsească? O să mă caute. Geralt. Yennefer. N-o să mă lase singură...*

A încercat să scuipe din nou și nu a izbutit. Atunci a înțeles.

Setea.

Și-a amintit. Și atunci, în timpul fugii, era însetată. Sub șaua calului negru pe care îl călărea, scăpând din Turnul Pescărușului, era o ploscă de lemn, își amintea exact. Dar nu putea să se oprească nici să o ridice, nici s-o ducă la gură, nu avea timp. Iar acum nu mai era nicio ploscă. Acum nu mai era nimic. Nimic altceva decât pietre ascuțite și încinse, decât o crustă la tâmplă care îi trăgea pielea, decât durerea cuibărită în trup și uscăciunea din gâtlej, pe care nu și-o putea alina nici măcar înghițindu-și saliva.

Nu pot să rămân aici. Trebuie să mă duc după apă. Dacă nu găsesc apă, o să mor.

A încercat să se ridice, zdrelindu-și degetele de ciuperca de piatră. S-a ridicat în picioare. A făcut un pas. Și cu o zgâlțâială s-a prăbușit în patru labe și s-a încordat într-un spasm uscat, de vomă.

A fost prinsă de crampe și de o amețeală atât de puternică încât a trebuit să se întindă din nou.

Sunt sleită. Și singură. Din nou. Toată lumea m-a trădat, m-a părăsit, m-a lăsat baltă. Așa cum a fost atunci...

Ciri a simțit cum o sugrumă niște gheare invizibile, cum i se contractă mușchii maxilarelor, cum încep să-i tremure buzele crăpate. *Nu-i nimic pe lume mai jalnic decât o magiciană plângând,* își amintea cuvintele lui Yennefer. *Dar... nimeni nu mă vede aici... nimeni...*

Strânsă ghem sub ciuperca de piatră, s-a pus pe plâns, s-a cufundat într-un plânset uscat, sfâșietor. Fără lacrimi.

Când și-a ridicat pleoapele umflate și înțepenite, a descoperit că se înmuiase și mai mult căldura, iar cerul galben își reluase culoarea naturală, a cobaltului și, surprinzător, era chiar presărat cu nori subțiri albi. Scutul solar se înroșise, coborâse, dar își mai rostogolea peste deșert valurile sale unduitoare de zăpușeală. Sau poate că zăpușeala venea de la pietrele încinse?

S-a așezat, observând că durerea, care îi invadase craniul și trupul zdrobit, nu se mai făcea simțită. Că era nimic pe lângă suferința copleșitoare care i se amplifica în stomac și pe lângă usturimea nemaipomenită, care o forța să tușească din gâtlejul său uscat.

Nu renunț, s-a gândit ea. *Nu trebuie să renunț. Ca în Kaer Morhen, trebuie să mă ridic, trebuie să înving, să lupt, să-mi înăbuș durerea și slăbiciunea. Trebuie să mă ridic și să mă urnesc. Cel puțin acum știu direcția. Acolo unde este soarele acum, este apusul. Trebuie să plec, trebuie să găsesc apă și ceva de mâncare. Trebuie. Dacă nu, o să mor. Ăsta-i un deșert. Am ajuns într-un deșert. Ceea ce am deschis în Turnul Pescărușului a fost un portal magic, un dispozitiv magic cu care te poți deplasa pe distanțe mari...*

Portalul din Tor Lara era un portal ciudat. Când a ajuns în fugă până la ultimul etaj, nu era nimic, nici ferestre măcar, doar ziduri goale, pline de igrasie. Iar pe unul dintre ziduri se contura un oval neregulat care emana o strălucire irizantă. A ezitat, dar portalul a atras-o, a chemat-o, chiar a rugat-o. Și nu exista altă cale de ieșire, doar ovalul strălucitor. Și-a închis ochii și a intrat.

Apoi, o strălucire orbitoare și un vârtej violent, o explozie care a lăsat-o fără respirație și i-a zdrobit coastele. Își aducea aminte de zborul în tăcere, în frig și în gol, apoi un fulger și un șuierat al aerului. În sus era albastrul senin, iar în jos cenușiul mocirlos...

Portalul a lansat-o în zbor, ca un albatros care aruncă un pește prea greu pentru el. Când s-a izbit de pietre, și-a pierdut cunoștința. Nu știa pentru câtă vreme.

Citisem în templu despre portaluri, își amintea în timp ce-și scutura nisipul din păr. *În cărți erau menționate teleporturi corupte sau haotice care te poartă spre destinații necunoscute, te aruncă unde nu te-aștepți. Portalul din Turnul Pescărușului probabil că era chiar așa. M-a azvârlit undeva la capătul lumii. Nimeni nu știe unde. Nimeni n-o să mă caute aici și nimeni n-o să mă găsească. Dacă rămân aici, o să mor.*

S-a ridicat în picioare. Mobilizându-și toate forțele și ținându-se de stâncă, a făcut primul pas. Apoi, pe al doilea. Și pe al treilea.

Acești primi pași au făcut-o să-și dea seama că nojițele de la bocancul drept sunt rupte, iar din pricina tureacului care-i cădea îi era peste poate să meargă. S-a așezat, de data aceasta, în mod deliberat și fără efort, ca să-și treacă în revistă hainele și echipamentul. Concentrându-se pe această activitate, a uitat de oboseală și de durere.

Întâi a descoperit pumnalul. Uitase de el, teaca i se mutase la spate. Lângă pumnal, ca de obicei, era o torbă mică atașată la centură. Un cadou de la Yennefer. Conținea ceea ce „o domniță ar trebui întotdeauna să aibă la ea". Ciri a deznodat-o. Din păcate, echipamentul standard al unei domnițe nu avea în vedere situația în care se pomenise ea în acel moment. Torba includea un pieptene din carapace de țestoasă, o pilă universală de unghii, un tampon steril dintr-o pânză de in și o casetă de jad, cu alifii pentru mâini.

Și-a frecat imediat fața cu alifie și a lins avid cu buzele dintr-o cutie. Fără să stea mult pe gânduri, a lins toată cutia, bucurându-se de onctuozitatea și de hidratarea calmantă. Mușețelul, chihlimbarul și camforul folosite pentru aromă aveau un gust scârbos, dar stimulant.

Și-a legat tureacul cu un cordon pe care și-l improvizase dintr-o mânecă, s-a ridicat, a bătut din picior de câteva ori de probă. A desfăcut și derulat tamponul, transformându-l într-un bandaj larg care-i proteja tâmpla rănită și fruntea arsă de soare.

S-a ridicat în picioare, și-a reglat centura, a dat pumnalul mai aproape de șoldul stâng, instinctiv l-a tras din teacă, i-a verificat lama cu degetul mare. Era ascuțită. Știa.

Am o armă, și-a spus. *Sunt vrăjitoare. Nu, n-o să mor aici. De foame, pot să rabd, în templul lui Melitele, uneori trebuia să țin post chiar și două zile. Dar apă... trebuie să găsesc apă. O să caut până o să găsesc. Pustiul ăsta al naibii trebuie să se termine undeva. Dacă ar fi fost un deșert mare, aș fi știut ceva despre el, l-aș fi observat pe hărțile pe care le urmăream cu Jarre. Jarre... Oare ce-o fi făcând acum...*

O iau din loc, s-a hotărât ea. *Mă duc spre apus, mă iau după apusul soarelui, este singura direcție sigură. La urma urmei, niciodată nu mă rătăcesc, întotdeauna știu pe ce cale să merg. Dacă e nevoie, o să merg toată noaptea. Sunt vrăjitoare. De îndată ce-mi revin forțele, o să alerg ca pe Traseu. Atunci o să ajung repede la capătul acestui ținut sălbatic. Rezist. Trebuie să îndur... Ha, Geralt a străbătut, probabil, o droaie de deșerturi ca ăsta, cine știe dacă nu și mai rele...*

Pornesc.

Peisajul nu s-a schimbat cu nimic după prima oră de mers pe jos. În jur erau doar pietre, cenușiu-roșcate, ascuțite, alunecându-i pe sub picioare, forțând-o să fie precaută. Tufișuri rare, uscate și spinoase își întindeau spre ea lăstarii răsuciți, ieșiți de prin crăpături. La primul tufiș, s-a oprit, sperând să găsească frunze sau mlădițe care ar fi putut fi supte sau mestecate. Dar tufișul avea doar spini care i-au rănit degetele. N-a izbutit nici măcar să rupă un băț din el. Al doilea și al treilea tufiș erau la fel, pe următoarele le-a ignorat, a trecut pe lângă ele fără să se mai oprească.

Se însera iute. Soarele cobora peste orizontul zimțat, orbitor, cerul strălucea în roșu și violet. Odată cu apusul a venit și răcoarea. La început a întâmpinat-o cu bucurie, îi calma pielea arsă. Curând, însă, s-a făcut mai frig, iar lui Ciri au început să-i clănțănească dinții. Și-a mărit pasul, sperând să se încălzească, dar efortul i-a răscolit din nou durerile de coaste și de genunchi. A început să se clatine. Și, de parcă n-ar fi fost destul, soarele s-a ascuns în întregime în spatele orizontului și într-o clipă totul a fost cuprins de beznă. Era lună nouă, iar stelele care licăreau pe cer nu o ajutau. În curând Ciri n-a mai văzut drumul pe care-l avea în față. A căzut de mai multe ori, zdrelindu-i-se dureros pielea de la încheieturi. De două ori și-a prins piciorul în crăpăturile ascunse între pietre, a scăpat fără să-și rupă sau să-și răsucească piciorul, din cauza eschivelor vrăjitorești exersate în caz de cădere. A înțeles că n-are nimic de făcut. I-ar fi fost imposibil să meargă prin întuneric.

S-a așezat pe un bloc plat de bazalt, cuprinsă de o disperare copleșitoare. Habar n-avea dacă mersese în direcția bună, trecuse mult timp de la locul unde soarele dispăruse dincolo de orizont, pierduse complet din vedere strălucirea, care o ghidase în primele ore după apusul soarelui. De jur împrejur era doar o beznă de catifea, adâncă, ostilă. Și frig. Un frig pătrunzător o paraliza, îi mușca articulațiile, o forța să se încovoaie și să-și țină capul între brațele contractate dureros. Ciri a început să tânjească după soare, știind că, odată cu întoarcerea lui, o să se reverse asupra pietrelor acea dogoare pe care n-o s-o poată suporta. În care n-o să-și mai poată continua deplasarea. Din nou i s-a pus un nod în gât și i-a venit să plângă, simțind un val de disperare, de lipsă de speranță. Dar de data aceasta disperarea, lipsa de speranță s-au transformat în furie.

– N-o să plâng! a strigat în noapte. Sunt vrăjitoare! Magiciană.

Ciri a ridicat mâinile, și-a apăsat tâmplele cu palmele:

– Forța este peste tot. Este în apă, în aer, în pământ...

A sărit, și-a întins brațele, încet, a făcut câțiva pași, șovăielnic, în căutarea febrilă a unei surse. A fost norocoasă. N-a durat mult și a simți zgomotul familiar pulsându-i în urechi, simțea energia venită din vena de apă ascunsă în adâncurile pământului. A extras Forța, în timp ce respira atent, reținut, știa că este slăbită și, într-o astfel de stare, privarea bruscă de oxigen a creierului ar fi putut să-i provoace imediat pierderea cunoștinței, subminându-i întregul efort. Energia a umplut-o încet, i-a adus o euforie familiară și temporară. Plămânii au început să-i lucreze mai intens și mai repede. Ciri își stăpânea respirația accelerată – oxigenarea prea intensă ar fi putut avea și consecințe fatale.

A funcționat.

Oboseala, mai întâi, s-a gândit ea, *apoi durerea paralizantă din brațe și coapse. Apoi frigul. Trebuie să-mi ridic temperatura corpului...*

Treptat-treptat, și-a amintit gesturile și farmecele. Pe unele le-a efectuat și le-a rostit prea grăbit – dintr-odată au cuprins-o crampele și convulsiile, un spasm ascuțit și o amețeală i-au tăiat genunchii. S-a așezat pe o lespede de bazalt, și-a liniștit mâinile tremurânde, și-a stăpânit respirația aritmică, inima care-i bătea cu sălbăticie.

A repetat formulele, impunându-și calmul și precizia, concentrarea și controlul deplin al voinței. Și de data aceasta efectul a fost imediat. Și-a condus pe coapse și pe gât căldura învăluitoare. S-a ridicat în picioare, simțind cum îi dispare oboseala și cum i se destind mușchii dureroși.

– Sunt magiciană! a strigat triumfător, ridicând mâna. Hai, lumină nemuritoare! Te chem! *Aen'drean va, eveigh Aine!*

Un bulgăraș cald de lumină i-a zburat din mână ca un fluture, aruncând pe pietre mozaicuri pline de umbre în mișcare. Cu un gest simplu, a stabilizat bulgărașul astfel încât să rămână suspendat în fața ei. Nu a fost cea mai fericită idee – lumina o orbea. A încercat să-l mute în spatele ei, dar și așa producea un efect dezastruos – i se proiecta umbra pe drum, împiedicându-i vizibilitatea. Ciri a împins ușor bulgărașul luminos în lateral, atârnându-l ușor deasupra umărului drept. Chiar dacă bulgărașul nu se ridica la nivelul adevăratei magii a lui Aine, fata era nespus de mândră de realizarea ei.

– Ha! a spus ea cu fală. Ce păcat că nu-l vede Yennefer!

Și-a reluat drumul energic și încrezător cu pași hotărâți și siguri, ghidându-se cu ajutorul pâlpâirii șovăielnice și intermitente a bulgărașului. Mergând, încerca să-și amintească și alte vrăji, dar niciuna nu i se părea potrivită și utilă în această situație, pe deasupra unele erau obositoare, se temea puțin de ele, nu voia să le folosească decât dacă ar fi fost absolut necesar. Din nefericire, ea nu știa niciuna care ar fi putut să creeze apă sau mâncare. Știa de existența lor, dar nu le putea aplica.

În lumina bulgărașului magic, deșertul care părea mort până atunci căpătase viață. De sub picioarele lui Ciri fugeau tot soiul de scarabei lucioși și păianjeni păroși. Un mic scorpion roșu-gălbui, răsucindu-și coada segmentată pe spate, și-a parcurs rapid drumul și s-a făcut nevăzut în crăpătura dintre pietre. O șopârlă verde cu coadă lungă a țâșnit în întuneric, lăsând în urmă o dâră de nisip mișcător. Rozătoare asemănătoare cu șobolanii, i-au sărit în față, dându-se de ceasul morții și țopăind pe lăbuțele din spate. În mai multe rânduri a distins în beznă strălucirea unor ochi și dintr-odată a auzit dinspre un grohotiș un șuierat care i-a înghețat sângele în vene. Dacă la început intenționase să vâneze ceva potrivit pentru mâncare, după acel șuierat i-a pierit cheful să mai răscolească pietrele. A început să se uite mai atent la picioare, iar prin fața ochilor i se perindau gravurile extrase din cărțile pe care le văzuse la Kaer Morhen. Scorpionul gigant. Scarletia. Himera. Wichtul. Lamia. Crabul-păianjen. Monștrii care populează deșertul. A continuat să meargă, privind în jur, temătoare și vigilentă, cu urechile-n patru, strângând cu mâna transpirată montura pumnalului.

După câteva ore, bulgărașul luminos a început să se tulbure, cercul luminos proiectat de el s-a micșorat, s-a întunecat și s-a încețoșat. Ciri, concentrându-se cu greu, a rostit din nou o vrajă. Câteva secunde, bulgărașul s-a făcut mai luminos, dar n-a durat mult, s-a înroșit și s-a estompat din nou. Efortul a săgetat-o pe Ciri, care s-a clătinat, pete negre și roșii îi dansau în fața ochilor. S-a trântit cu toată greutatea, scrâșnind pietrișul și nisipul.

Bulgărașul s-a stins complet. Ciri n-a mai încercat nicio vrajă, epuizarea și lipsa de energie pe care le resimțea îi spulberau din start succesul încercării.

În fața ei, departe, la orizont, se înălța o lumină cețoasă. *M-am rătăcit, și-a dat ea seama îngrozită. Am încurcat totul... Am pornit-o spre apus, iar acum soarele răsare direct în fața mea și asta înseamnă că...*

A simţit o oboseală şi o somnolenţă copleşitoare, pe care nu le putea alunga nici măcar răcoarea care o făcea să dârdâie. *N-o să adorm*, a decis ea. *N-am voie să dorm... Nu mi-e îngăduit...*

A trezit-o frigul pătrunzător şi lumina în creştere, şi-a recăpătat durerea abdominală care-i răsucea stomacul, uscăciunea usturătoare din gât. A încercat să se ridice. N-a izbutit. Membrele dureroase şi amorţite refuzau să o asculte. Pipăind cu palmele în jurul ei, a simţit umezeală sub degete.

– Apă... a strigat răguşit. Apă!

Tremurând din toate încheieturile, s-a ridicat în patru labe, şi-a lipit buzele de lespedea de bazalt, culegând frenetic cu limba picăturile de pe suprafaţa netedă, sugând umiditatea din crăpăturile şi adânciturile suprafeţei neuniforme a rocii. Într-una dintre ele era aproape jumătate de centimetru de rouă – a înghiţit-o cu nisip şi cu pietricele cu tot, nu se îndura să scuipe. S-a uitat în jur.

Cu grijă, hotărâtă să nu nu irosească nicio picătură, a adunat cu limba boabele strălucitoare, agăţate pe spinii unui rug pitic care în mod misterios reuşise să crească printre roci. Pumnalul îi zăcea pe pământ. Nu-şi amintea să-l fi scos din teacă. Lama era noroioasă de la rouă. A lins metalul rece meticulos, cu grijă.

Învingându-şi durerea şi amorţeala trupului, a avansat târâş, în patru labe, urmărind umiditatea de pe celelalte lespezi. Dar scutul de aur al soarelui se ivea de-acum dincolo de orizontul pietruit, inunda deşertul cu strălucirea sa galbenă şi zvânta rapid pietrele. Ciri a primit bucuroasă căldura crescândă, cu toate că era conştientă de faptul că, în curând, va fi arsă fără milă, îi va fi dor de răcoarea nopţii.

S-a întors cu spatele la sfera strălucitoare. Acolo unde strălucea era răsăritul. Iar ea trebuia să meargă spre apus. Trebuia.

Căldura se înteţea, creştea iute, în curând devenind insuportabilă. La miezul zilei o chinuia, n-a mai rezistat şi a fost nevoită să schimbe direcţia de mers ca să caute umbră. În cele din urmă a găsit un adăpost: o stâncă mare, care semăna cu o ciupercă. S-a târât sub ea.

Apoi a văzut un obiect printre pietre. Era o casetă cu alifii, de jad, a lins-o de n-a mai rămas nimic.

N-a găsit suficientă putere să plângă.

Foamea și setea erau întrecute de epuizare și resemnare. Poticnindu-se, a pornit iar la drum. Soarele ardea.

Departe, la orizont, prin cortina unduitoare de căldură, vedea ceva ce nu putea fi decât un lanț montan. Un lanț montan foarte îndepărtat.

Când s-a lăsat noaptea, a invocat Forța cu mare efort, dar n-a reușit să cheme bulgărașul magic decât după mai multe încercări eșuate și, epuizată, n-a mai putut merge mai departe. Își pierduse toată energia, în pofida mai multor tentative de magie, n-a reușit să se încălzească și să se relaxeze.

Lumina magică o încuraja și îi înălța spiritul, dar frigul o devasta. Frigul pătrunzător și șfichiuitor a scuturat-o până în zori. Tremura, așteptând cu nerăbdare răsăritul soarelui. Și-a scos pumnalul din teacă și l-a așezat cu grijă pe piatră, astfel încât metalul să fie acoperit cu rouă. Era extenuată, dar foamea și setea n-o lăsau să adoarmă. A rezistat până în zori. Era încă întuneric când a început să lingă lacom roua de pe lamă. Când s-a luminat de ziuă, s-a aruncat imediat în patru labe pentru a căuta umezeală în crăpături și adâncituri.

A auzit un șuierat.

O șopârlă mare, colorată, așezată pe o stâncă din apropiere, și-a căscat fălcile colțuroase în fața ei, și-a desfăcut creasta impresionantă, s-a umflat, și-a izbit coada de stâncă. În fața șopârlei era o fisură mică, plină de apă.

Inițial, Ciri s-a întors de frică, dar imediat a fost învinsă de disperare și de o furie sălbatică. Agitându-și în jur mâinile tremurânde, a apucat o rocă ascuțită.

– E apa mea! a urlat ea. A mea!

A aruncat cu piatra. A ratat. Șopârla a sărit pe labele cu gheare lungi, a fugit agil în labirintul de roci. Ciri s-a aruncat pe stâncă, a sorbit restul de apă din fisură. Apoi a văzut.

În spatele stâncii, într-un cuib rotund, se ițeau șapte ouă din nisipul roșcat. Fata n-a stat nicio clipă pe gânduri. S-a apropiat în genunchi de cuib, a apucat un ou, și-a înfipt dinții în el. Crusta subțire s-a crăpat și i-a rămas în palmă, iar lichidul vâscos i s-a scurs în mânecă. Ciri a aspirat oul, și-a lins mâna. A înghițit cu dificultate fără să acorde atenție gustului.

A supt toate ouăle și a rămas în patru labe, cu mâinile și fața cleioase, murdare, acoperite de nisip, cu albușul atârnat din gură, răscolind frenetic în nisip și scoțând sunete și gemete inumane. A leșinat.

(Stai dreaptă, prințesă! Nu-ți rezema coatele pe masă. Fii atentă când îți pui în strachină, îți murdărești dantela de la mânecă! Șterge-te la gură cu șervețelul și nu vorbi cu gura plină! Pe toți zeii, oare nimeni n-a învățat-o pe copilă cum să se comporte la masă? Cirilla!)

Ciri s-a pus pe plâns, sprijinindu-și capul pe genunchi.

A mers întruna până la prânz, apoi zăpușeala a obligat-o să se odihnească. A dormit mult, ascunsă la umbra unei stânci. Umbra nu răcorea, dar era mai bine decât sub soarele arzător. Setea și foamea i-au speriat somnul.

I se părea că lanțul montan din depărtare ardea și strălucea în razele soarelui. *Pe vârfurile acelor munți*, s-a gândit ea, *s-ar putea să fie zăpadă, s-ar putea să existe gheață, ar putea fi pâraie. Trebuie să ajung acolo, trebuie să ajung degrabă acolo.*

A mers aproape toată noaptea. S-a decis să se ghideze după stele. Cerul era plin de stele. Ciri regreta că nu fusese atentă la lecții și că nu dorise să studieze atlasurile cerului care erau în biblioteca templului. Cunoștea, desigur, cele mai importante constelații: Cele Șapte Căprioare, Ulciorul, Secera, Balaurul și Crăiasa Iernii, dar acestea erau sus pe cer și era greu să o ghideze în mers. În cele din urmă, a reușit să aleagă dintr-un roi pâlpâitor o stea destul de strălucitoare, indicând, în opinia ei, direcția cea bună. Nu știa ce stea era, așa că i-a dat ea un nume. A botezat-o Ochiul.

Mergea. Lanțul montan spre care se îndrepta nu se apropia deloc – era la fel de departe ca în ziua precedentă. Dar îi arăta calea.

Mergând, se uita cu mare atenție în stânga și-n dreapta. A găsit un alt cuib de șopârlă, în care erau patru ouă. A văzut o plantă verde, nu mai mare decât degetul mic, care reușise să crească în mod miraculos printre pietre. A urmărit un gândac maro mare. Și un păianjen cu picioare subțiri.

Le-a mâncat pe toate.

La amiază a vomat tot ce mâncase, apoi a leșinat. Când și-a revenit, a căutat o umbră, s-a culcat, chircită, apăsându-și cu mâinile stomacul care o durea.

La apus a luat-o iar din loc. Țeapănă, ca un automat. A căzut de mai multe ori, s-a ridicat, a mers mai departe.

Mergea. Trebuia să meargă.

Seara. Popasul. Noaptea. Ochiul arată calea. Mersul până la epuizarea totală, care a început să se simtă cu mult înainte de răsăritul soarelui. Popasul. Somnul sărit. Foamea. Frigul. Lipsa energiei magice, eșecul în obținerea luminii și a căldurii. Setea, potolită numai cu roua linsă de pe lama pumnalului și de pe suprafața lespezilor dimineața.

Când răsărea soarele, dormea în canicula crescândă. A trezit-o dogoarea. S-a ridicat să meargă mai departe.

A leșinat după mai puțin de o oră de mers. Când și-a revenit, soarele era la zenit, o frigea. Nu mai avea putere să caute umbra. Nu mai avea putere să se ridice. Dar s-a ridicat.

A mers. N-a renunțat. Aproape toată ziua următoare. Și o parte din noapte.

A dormit din nou când era cel mai mare zăduf, ghemuită ca o minge sub o stâncă înclinată în nisip. Un somn iepuresc și agitat – a visat apă, apă care se putea bea. O cascadă mare, lăptoasă, înconjurată de pâclă și de un curcubeu. Un pârâu susurător. Un izvoraș în pădure, umbrit de ferigi scufundate în apă. Fântâna de marmură a unui palat, care miroase a umezeală. Puțuri acoperite cu mușchi și jgheaburi de lemn pline cu apă... Picături care se scurg din sloiuri de gheață topite... Apă. Apă rece, răcoritoare, care provoacă o durere ascuțită în dinți, dar cu un gust atât de minunat și unic...

S-a trezit, a sărit în picioare și a început să meargă în direcția din care a venit. Se întorcea, poticnindu-se și căzând. Trebuia să se întoarcă! Mergând, trecuse peste apă! Trecuse, fără să se oprească, peste un șuvoi care susura printre pietre! Cum a putut să facă așa ceva!

Și-a venit în fire.

Căldura se diminua, seara se apropia. Soarele se îndrepta spre apus. Munții. Soarele nu putea, nu avea niciun drept să fie în spatele lor. Ciri și-a îndepărtat vedeniile, și-a stăpânit plânsul. S-a întors și a luat-o din nou la pas.

A mers toată noaptea, dar foarte lent. Nu a ajuns prea departe. A moțăit în mers, visând la apă. Soarele din zori a găsit-o pe o stâncă, cu privirea ațintită pe lama pumnalului și pe antebrațul dezgolit.

Sângele este fluid. Se poate bea.

A dat la o parte vedeniile și coșmarurile. Și-a lins lama acoperită de rouă a pumnalului și a pornit-o la drum.

A leșinat. Și-a revenit, arsă de soare și de pietrele încinse.

În fața ei, în spatele perdelei unduitoare de la zăpușeală, putea vedea lanțul zimțat al munților.

Mai aproape. Mult mai aproape.

Dar nu mai avea putere. S-a așezat.

Pumnalul din mână reflecta soarele, frigea. Era ascuțit. Știa bine.

De ce te ostenești, a întrebat-o pumnalul cu vocea serioasă și calmă a unei magiciene pedante, numite Tissaia de Vries. *De ce te condamni la suferință? Termin-o o dată pentru totdeauna!*

Nu. N-o să renunț.

N-o să reziști. Știi cum e să mori de sete? Poți să o iei razna în orice clipă, iar după aceea, o să fie prea târziu. Atunci n-o să mai poți termina.

Nu. N-o să renunț. Nu mă las.

Și-a pus pumnalul în teacă. S-a ridicat, s-a împiedicat, a căzut. S-a ridicat, s-a împiedicat, a luat-o la picior.

Deasupra ei, la mare înălțime pe cerul galben, a văzut un vultur.

Când și-a venit în fire din nou, nu și-a amintit momentul în care căzuse. Nu și-a adus aminte cât timp a stat culcată. S-a uitat în sus. Încă doi vulturi i s-au alăturat celui care îi dădea târcoale. Nu avea suficientă putere ca să se ridice.

Și-a dat seama că e sfârșitul. L-a acceptat calm. Chiar cu ușurare.

Dar a atins-o ceva.

Ceva i-a atins umărul, delicat, precaut. După o lungă perioadă de singurătate, în care fusese înconjurată doar de pietre neînsuflețite și inerte, la această atingere, în ciuda extenuării, a sărit rapid sau cel puțin a încercat să sară. Ceea ce o atinsese se scutura și sărea, țipând tare.

Ciri s-a așezat cu dificultate, frecându-se cu degetele în colțurile ochilor încă lipiți de somn.

Am luat-o razna, și-a spus.

La câțiva pași în fața ei stătea un cal. A clipit. Nu era o iluzie. Era într-adevăr un cal. Un căluț. Un căluț, aproape mânz.

Și-a venit în fire. Și-a lins buzele crăpate și a tușit fără să-și dea seama. Calul a sărit și a fugit, bocănind cu copitele pe pietriș. Se mișca într-un mod straniu, iar marcajul robei era neobișnuit: nici murg, nici sur. Dar poate că părea așa din cauza luminii orbitoare a soarelui din spatele său.

Căluțul a fornăit și a făcut câțiva pași. Acum îl vedea mai bine. Destul ca să remarce imediat în plus față de roba neobișnuită, anomaliile bizare ale constituției sale: un cap mic, un gât extrem de zvelt, chișițe fine, coadă lungă, stufoasă. Căluțul s-a oprit și s-a uitat la ea, întorcând capul din profil. Ciri a rămas fără glas.

Din fruntea arcuită a calului ieșea un corn lung de cel puțin două șchioape.

De necrezut, s-a gândit Ciri, dezmeticindu-se, adunându-se. *La urma urmei inorogii nu mai trăiesc, au dispărut. Nici în cartea despre vrăjitorie din Kaer Morhen nu se pomenea despre inorogi! Am citit despre ei doar în* Cartea miturilor, *din templu... Ah, și în* Physiologus, *pe care l-am răsfoit la banca conului Giancardi, era o ilustrație reprezentând un inorog... dar inorogul ăla semăna mai mult cu o capră decât cu un cal, avea chișițele stufoase, avea barbă și barbișon, iar cornul lui era mai lung, să fi fost de vreo doi coți...*

Era uimită că își amintea atât de bine, evenimente care avuseseră loc acum sute de ani. Dintr-odată au început să i se învârtească toate în cap, viscerele i se răsuceau de durere. A gemut și s-a chircit ca un ghem. Inorogul a fornăit și a făcut un pas către ea, s-a oprit, și-a ridicat mult capul. Ciri și-a aminti brusc ce spuneau cărțile despre inorogi.

– Poți să te mai apropii, fără teamă... a spus răgușit, încercând să se așeze. Poți, pentru că eu sunt...

Inorogul a șovăit, a sărit în spate și a galopat, agitându-și coada întruna. Dar apoi s-a oprit, a clătinat din cap, și-a înălțat capul în toate direcțiile, a tropăit.

– Nu-i adevărat! a strigat ea disperată. Jarre m-a sărutat doar o dată și asta nu contează! Întoarce-te!

De la atât efort a văzut negru în fața ochilor și a căzut inertă pe pietre. Când a reușit să se ridice, inorogul era din nou aproape. Privea spre ea, își înclina capul și pufnea încet.

– Nu te teme de mine... i-a șoptit ea. Nu trebuie, pentru că... Pentru că eu mor...

Inorogul a nechezat, a scuturat din cap. Ciri a leșinat.

Când s-a trezit, era singură. Avea dureri, era amorțită, însetată, flămândă și singură. Inorogul fusese un miraj, o iluzie, un vis. Și dispăruse așa cum dispar toate visele. A înțeles, a acceptat, dar a simțit tristețe și disperare, ca și cum ființa ar fi existat, ar fi fost cu ea și ar fi abandonat-o. Ca toți ceilalți care o abandonaseră.

Voia să se ridice, dar nu putea. Și-a aplecat fața pe pietre. Încet, și-a dus mâna spre coaste, a simțit montura pumnalului.

Sângele este lichid. Trebuie să beau.

A auzit un ropot de copite, un nechezat.

– Te-ai întors... a șoptit ea, ridicându-și capul. Te-ai întors?

Inorogul a fornăit zgomotos. I-a văzut copitele, aproape, aproape de ea. Copitele erau ude. Stropite cu apă.

Speranța i-a dat putere, era euforică. Inorogul i-a arătat drumul, Ciri îl urmărea, încă nu era sigură dacă era aievea sau visa. Când a răpus-o epuizarea, a început să meargă pe brânci. Apoi s-a târât.

Inorogul a condus-o printre stânci, până la un râuleț, al cărui fund era acoperit cu nisip. Ciri s-a târât cu ultimele ei puteri. Dar s-a târât. Deoarece nisipul era umed.

Inorogul s-a oprit în dreptul unei adâncituri în nisip, fornăind, răscolind nisipul cu copitele, o dată, de două ori, de trei ori. Ea a înțeles. S-a târât mai aproape ca să-l ajute. S-a pus pe răcâit, rupându-și unghiile, zdrelindu-și mâinile, îndepărtând nisipul.

Poate că plângea, dar nu-și dădea seama. Când a apărut un lichid noroios la baza cavității, imediat s-a dus cu gura, a sorbit avid apa tulbure cu tot cu nisip, astfel încât lichidul a dispărut. Ciri s-a abținut cu un efort enorm, a adâncit fundul, ajutându-se de pumnal, apoi s-a așezat și a așteptat. Nisipul îi scrâșnea în dinți, ea tremura de nerăbdare, dar a așteptat până când cavitatea s-a umplut din nou cu apă. Apoi a băut. Mult. A treia oară a lăsat apa să se așeze puțin, a băut patru căușuri fără nisip, doar cu noroi. Apoi și-a amintit de inorog.

– Ți-o fi și ție sete, Călușule, i-a spus ea. Dar n-o să bei noroi. Niciun cal nu bea noroi.

Inorogul a fornăit. Ciri a adâncit groapa, întărindu-i marginile cu pietre.

– Stai, Călușule! Așteaptă să se așeze un pic...

Călușul a scos aburi pe nări, a tropăit, și-a întors capul.

– Hai, nu te mai uita așa de urât la mine! Bea!

Inorogul și-a apropiat precaut botul de apă.

– Bea, Călușule! Nu-i vis. E apă adevărată.

Inițial, Ciri era reticentă, nu voia să părăsească izvorul. Inventase un nou mod de a bea, constând în stoarcerea în gură a unei batiste înmuiate pe fundul gropii, ceea ce-i permitea să strecoare în mare măsură apa de sedimente. Dar inorogul insista, fornăia, tropăia, fugea, se întorcea din nou. O îndemna să plece și-i arăta calea. Ciri, după ce a reflectat mai mult, l-a ascultat – făptura avea dreptate, trebuia să meargă, să meargă spre munte, să părăsească deșertul. A urmat inorogul, privind în jur și reținând repere pentru locul unde se afla izvorul. Nu voia să se rătăcească dacă trebuia să se întoarcă aici.

Au mers împreună toată ziua. Inorogul, pe care-l botezase Călușul, o călăuzea. Era un cal ciudat. Rodea și rumega crenguțe pe care nu le-ar fi mâncat nu numai calul, dar nici măcar cea mai flămândă capră. Iar când a descoperit o coloană de furnici mari, rătăcind printre pietre, a început să le devoreze. La început, Ciri îl privea uluită, apoi s-a alăturat ospățului. Era lihnită de foame.

Furnicile erau groaznic de acre, dar poate că datorită acestui lucru n-a mai simțit nevoia să vomite. În plus, erau furnici cu nemiluita și își putea dezmorți fălcile înțepenite. Inorogul mânca insectele cu totul, în timp ce ea își menaja pântecul, scuipând fragmentele dure de carapace chitinoasă.

Au mers mai departe. Inorogul a văzut câțiva ciorchini de cătină îngălbenită și i-a mâncat cu poftă. De data aceasta, Ciri nu i s-a mai alăturat. Dar când Călușul a dat peste câteva ouă de șopârlă în nisip, ea le-a mâncat, iar el a stat și s-a uitat. Au mers mai departe. Ciri a observat un tufiș de cătină și i l-a arătat Călușului. După ceva timp, Călușul i-a atras atenția asupra unui scorpion negru, uriaș, cu o coadă lungă, poate de o jumătate de cot. Ciri, cu o mină îngrețoșată, l-a zdrobit cu piciorul. Văzând că nu era dornică să mănânce scorpionul, l-a devorat inorogul și, imediat după aceea, i-a arătat alt cuib de șopârlă.

Era, din câte se pare, o cooperare destul de fructuoasă.

Au mers mai departe.

Lanțul montan era din ce în ce mai aproape.

Când s-a lăsat întunericul nopții, inorogul s-a oprit. Dormea în picioare. Ciri, familiarizată cu caii, a încercat inițial să-l facă să se culce – ar fi putut să doarmă lângă el și să profite de căldura lui. Dar n-a scos-o la capăt cu el. Calul se încrunta și se depărta, păstrând distanța. Nu voia să se comporte în modul clasic, descris în cărțile de știință – se pare că nu avea nici cea mai mică intenție de a-și pune capul în poala ei. Ciri era plină de îndoieli. Nu era exclus ca în cărți să se facă referire la relația inorogilor cu fecioarele, dar exista și altă posibilitate. Inorogul era, evident, un mânz de inorog, deoarece numai un animal tânăr nu se pricepea la fecioare. Ciri a respins din start ideea că inorogul putea să simtă și să ia în serios acele vise ciudate pe care le avusese odată. Cine ar putea lua în serios visele?

O dezamăgise un pic. Au rătăcit două zile și două nopți și nu a găsit apă, deși a căutat. S-a oprit de mai multe ori, a scuturat din cap, și-a fluturat cornul, apoi a tropăit, s-a strecurat printre stânci, a scormonit în nisip cu copitele. A găsit furnici, ouă și larve de insecte. A găsit un cuib de șopârlă. A găsit un șarpe viu colorat, pe care l-a călcat abil. Dar nu a găsit apă.

Ciri a observat că inorogul făcea rotocoale, nu ținea drumul drept. Bănuia, pe bună dreptate, că făptura nu mai trăise deloc în deșert. Că pur și simplu se rătăcise. La fel ca ea.

Furnicile, care de-acum se găseau din belșug, conțineau o umezeală acidă, dar Ciri se gândea din ce în ce mai mult să se întoarcă la izvor. Dacă s-ar fi dus și mai departe și nu ar fi găsit apă, riscau să nu mai aibă suficientă putere ca să se întoarcă. Zăpușeala era încă infernală, mersul îi istovise.

Era pe punctul de a-l lămuri pe Căluț, când, dintr-odată, el a nechezat ascuțit, și-a fluturat coadă lungă și a alergat în galop printre stâncile colțuroase. Ciri îl urma de zor, mâncând furnici din mers.

O întindere largă de nisip, înconjurată de stânci, avea în mijloc o adâncitură

– Ha! Ciri era încântată. Ești un cal tare înțelept, Călușule. Ai dat de alt izvor. Trebuie să fie apă la fund!

Inorogul a adulmecat îndelung în jurul adânciturii, cu un ușor trot. Ciri s-a apropiat. Cavitatea era mare, cu diametrul de cel puțin douăzeci de picioare. Era un cerc regulat și uniform, ca o pâlnie, ca și cum cineva ar fi lăsat un ou gigantic în nisip. Ciri și-a dat seama pe loc că o formă perfectă nu se poate ivi spontan. Dar era prea târziu.

În partea inferioară a pâlniei se mișca ceva și o grindină violentă de nisip și pietriș a izbit-o pe Ciri în față. A făcut un salt în spate, a căzut și a simțit că se duce în jos. Furtuna de pietriș a lovit-o nu numai pe ea, ci și marginile pâlniei, iar aceasta s-a umplut de valuri care o târau spre fund. Ea a țipat ca un înotător care-și flutură mâinile, încercând fără succes să găsească sprijin pentru picioare. Imediat și-a dat seama că mișcările violente îi agravează situația, sporind împrăștierea nisipului. S-a îndoit spre spate, și-a fixat călcâiele, și-a desfăcut larg brațele. Nisipul de pe fundul gropii se mișca și se unduia, scoțând la iveală clești de culoarea bronzului terminați cu cârlige, lungi de o jumătate de braț. Ea a țipat din nou, mult mai tare de data asta.

Brusc grindina de pietriș n-a mai căzut pe ea, bătând în marginea opusă a pâlniei. Inorogul a cabrat, nechezând întruna ca un demon, marginea de sub el s-a surpat. Încerca să se desprindă din nisipul cleios, dar în zadar – se împotmolea și se afunda din ce în ce mai adânc și mai vertiginos spre fund. Cleștii înfiorători trosneau fulgerător. Inorogul necheza disperat, se zbătea, lovind neputincios cu copitele anterioare nisipul care se surpa. Labele posterioare erau complet încleștate. Când a căzut pe fundul pâlniei, a fost prins în ghearele teribile ale creaturii ascunse în nisip.

Auzind mugetul sălbatic de durere, Ciri a țipat furioasă și s-a aruncat în jos, scoțându-și pumnalul din teacă. De îndată ce s-a aflat în partea de jos, și-a dat seama că a făcut o greșeală. Monstrul era ascuns adânc, loviturile de pumnal nu-l atingeau prin nisip. De parcă n-ar fi fost de ajuns, inorogul ținut între cleștii monstrului și tras în capcana de nisip zbiera înnebunit de durere, lovea orbește cu copitele din față, amenințând să-i zdrobească oasele lui Ciri.

Piruetele și trucurile vrăjitorești nu i-au fost de folos. Dar știa o formulă magică destul de simplă care ar fi putut funcționa în astfel de situații. Ciri a convocat Forța și a folosit telechinezia.

Ca din senin, un nor de nisip a țâșnit în sus, dezvăluind monstrul ascuns care îl agățase pe inorog de coapse. Ciri a țipat îngrozită. Nu mai văzuse nicicând ceva atât de respingător în viața ei, în nicio ilustrație, în niciuna dintre cărțile vrăjitorești. Nici măcar nu putea să-și imagineze ceva atât de hidos.

Monstrul era un gri murdar, alungit și umflat ca o ploșniță plină de sânge; corpul său ca un butoi imens era acoperit ici-colo cu benzi înguste de păr de porc. Părea că nu avea picioare deloc, dar cleștii îi erau aproape la fel de lungi cât trupul.

Lipsită de pătura de nisip, creatura a lăsat imediat inorogul și a început să se îngroape, cu mișcări iuți și smucite ale trupului pântecos. A făcut-o foarte bine și repede, ajutat și de inorog, care, în încercarea de a scăpa din pâlnie, împingea în jos grămezi de nisip. Ciri a fost cuprinsă de nebunie și de o poftă de răzbunare. S-a năpustit asupra creaturii abia vizibile de sub nisipul cărămiziu și i-a împlântat pumnalul în spinarea vărgată. L-a atacat din spate, ferindu-se cu prudență de cleștii monstrului care, din câte văzuse, puteau să ajungă destul de departe. L-a înjunghiat din nou, iar monstrul s-a îngropat într-un ritm frenetic. Dar nu s-a îngropat în nisip ca să scape. A făcut-o ca să atace. Ca să se ascundă complet, mai avea nevoie de încă două zvârcoliri. Odată ascuns, a lansat brusc un val de pietriș, îngropând-o pe Ciri până la jumătatea coapsei. S-a smucit ea și s-a aruncat înapoi, dar nu era nicio cale de ieșire – era încă în pâlnia plină cu nisip, cu fiecare mișcare era trasă și mai mult în jos. Nisipul de pe fund s-a bombat într-un val puternic care se îndrepta spre ea, scoțând la iveală clești terminați cu cârlige ascuțite.

Călușul a salvat-o. Plonjând în partea de jos a pâlniei, lovea puternic cu copitele în nisip, acolo unde bombarea trăda ascunzișul monstrului. Sub loviturile sălbatice se dezvăluia spinarea cenușie. Inorogul și-a lăsat capul în jos, și-a înfipt cornul în dihania dezlănțuită, cu precizie, în zona în care căpățâna înarmată cu cleşti se îmbina cu trunchiul pântecos. Văzând cum cleştii monstrului naufragiat arau nisipul neputincioşi, Ciri a sărit cu elan, şi-a împlântat pumnalul în namila zbuciumată. Şi-a extras lama, a lovit din nou. Şi încă o dată. Inorogul şi-a retras cornul, s-a aruncat cu vigoare cu copitele din faţă pe trupul burduhos.

Monstrul călcat nu mai încerca să se îngroape. Nici nu se mai mişca. Nisipul din jurul lui era umezit de un lichid verzui.

Cu multă osteneală, au ieşit din pâlnie. După câţiva paşi, Ciri s-a prăbuşit fără vlagă pe nisip, gâfâind şi tremurând sub impulsul valurilor de adrenalină care îi asaltau gâtul şi tâmplele. Inorogul se învârtea în jurul ei. Călca stângaci, din rana de pe coapsă sângele i se prelingea pe picior, lăsând câte o urmă roşie la fiecare pas. Ciri s-a târât pe brânci şi, pe neaşteptate, a început să vomite. După un răstimp s-a ridicat, s-a poticnit, s-a dus la inorog, dar Căluţul nu a lăsat-o să-l atingă. A fugit, apoi s-a rostogolit pe nisip şi s-a ridicat. Şi-a curăţat cornul, înfigându-l de mai multe ori în nisip.

Şi Ciri şi-a curăţat şi şters lama pumnalului, cu ochii îngrijoraţi la pâlnia din apropiere. Inorogul s-a ridicat în picioare, a nechezat, s-a apropiat de ea.

– Aş vrea să-ţi văd rana, Căluţule.

Inorogul a nechezat şi a clătinat din cap.

– Dacă nu vrei, nu vrei. Dacă poţi merge, să mergem. Ar fi bine să nu mai stăm pe-aici.

La scurt timp după aceea le-a apărut în cale altă dună mare de nisip, a cărei suprafaţă era străpunsă de pâlnii ce se întindeau până la marginile străjuite de stânci. Ciri privea cu groază: unele pâlnii erau de cel puţin două ori mai mari decât cea în care se luptaseră de curând pe viaţă şi pe moarte.

Nu îndrăzneau să treacă peste dune, făcând slalom printre pâlnii. Ciri era convinsă că ele sunt capcane doar pentru cei nesăbuiţi şi că monştrii cu cleşti lungi erau primejdioşi doar pentru victimele căzute în pâlnii. Cu prudenţă şi ţinându-se departe de gropi, ar fi fost posibil, negreşit, să traverseze terenul nisipos, fără teama că vreun monstru ar ieși din pâlnie în căutarea prăzii. Era sigură că nu exista niciun risc, dar prefera să nu verifice. Inorogul era, aparent, de aceeași părere, fornăia, necheza și se îndepărta, deturnând-o pe Ciri de la dune. Și-au prelungit drumul, făcând un ocol mare pe lângă teritoriul periculos, luând-o pe o porțiune stâncoasă, dură, prin care nu se aventura nicio fiară.

Mergând, Ciri nu slăbea din ochi pâlniile. În mai multe rânduri a observat cum țâșneau fântâni arteziene de nisip din capcanele letale – monștrii își adânceau și reînnoiau culcușul. Unele pâlnii erau atât de aproape una de alta încât pietrișul aruncat de un monstru cădea în alte pâlnii, alertând creaturile ascunse în fundul lor, apoi pornea o canonadă huruitoare, pentru câteva momente nisipul șuiera și ploua în jurul pâlniilor.

Ciri se întreba de ce monștrii de nisip vânează într-un loc pustiu, fără apă și fără viață. Răspunsul a venit de la sine – dintr-o pâlnie din apropiere un obiect întunecat a străbătut aerul într-un arc larg și s-a prăbușit cu un bubuit lângă ea. După o clipă de ezitare, a fugit dintre stânci până la întinderea de nisip. Ceea ce zburase din pâlnie era cadavrul unui rozător care aducea a iepure. Cel puțin după blană. Căci cadavrul era strâns, tare și uscat ca o așchie, ușor și gol ca o vezică. N-avea picătură de sânge în el. Ciri s-a cutremurat – de-acum știa ce vânează dihăniile și cu ce se hrăneau.

Inorogul a avertizat-o printr-un nechezat. Ciri și-a ridicat capul. Nu era nicio pâlnie în imediata apropiere, nisipul era uniform și neted. Însă, în fața ochilor ei, nisipul acela uniform și neted s-a umflat brusc și umflătura a început să se miște rapid spre ea. A aruncat cadavrul uscat și a fugit pe pietre.

Decizia de a ocoli duna de nisip s-a dovedit a fi foarte înțeleaptă.

Au mers mai departe, evitând chiar și cea mai mică dună de nisip, călcând doar pe teren solid.

Inorogul mergea încet, poticnindu-se. Din coapsa rănită încă i se mai prelingea sângele. Dar nu voia s-o lase să se apropie ca să-i vadă rana.

Duna de nisip se îngusta și începea să șerpuiască. Nisipul fin ca o pudră le făcea loc pietrișului grosier, apoi pietricelelor.

Nemaiîntâlnind de mult timp pâlnii, au decis să meargă de-a lungul traseului marcat de dună. Ciri, deşi n-o slăbeau nici foamea, nici setea, se mişca mai repede. Mai era o speranţă. Piscul stâncos nu era la mare altitudine. Se afla în lunca unui râu ce curgea de pe un versant al munţilor. Nu exista apă în râu, dar râul ducea spre izvoare, prea secătuite şi prea firave ca să umple albia cu apă, dar probabil suficiente pentru a bea.

Mergea repede, dar a trebuit să încetinească. Pentru că inorogul încetinise. De-abia mergea, i se împleticeau picioarele, se bălăngănea, se târa, şchiopăta. Când a venit seara, s-a lungit pe jos. Nu s-a ridicat când s-a apropiat de el. A lăsat-o să se uite la rană.

Erau două răni, pe ambele părţi ale coapsei înfierbântate şi umflate. Ambele răni erau inflamate, ambele încă sângerânde, iar odată cu sângele curgea un puroi lipicios şi urât mirositor.

Monstrul era veninos.

A doua zi era şi mai rău. Inorogul de-abia se mai târa. Seara s-a tolănit pe pietre şi n-a vrut să se mai ridice. Când Ciri a îngenuncheat lângă el, i-a arătat coapsa rănită cu cornul, nechezând. Era multă suferinţă în nechezatul acela.

Puroiul curgea tot mai aprig, iar mirosul era scârbos. Ciri şi-a scos pumnalul. Inorogul a gemut încet, a încercat să se ridice, a căzut pe pietre.

– Nu ştiu ce să fac... a suspinat Ciri, uitându-se la lamă. Chiar nu ştiu... Trebuie să tai rana, să scot puroiul şi veninul... Dar nu pot! Mi-e să nu-ţi fac şi mai mult rău!

Inorogul a încercat să-şi ridice capul, a scâncit. Ciri s-a aşezat pe pietre, acoperindu-şi capul cu mâinile.

– Nu m-au învăţat să vindec, a spus ea cu amărăciune. M-au învăţat să ucid, explicând că astfel aş fi în stare să salvez vieţi. Mare minciună, Căluţule! M-au minţit.

S-a lăsat noaptea, s-a întunecat pe neobservate. Inorogul s-a culcat, Ciri se gândea, încordată. Adunase mărăcini şi vrejuri ce creşteau din abundenţă pe malurile râului secat, dar Căluţul nu voia să le mănânce. Își pusese capul pe pietre și nici măcar nu mai încerca să și-l ridice. Doar clipea. În gură i-a apărut o spumă.

– Nu te pot ajuta, Călușule, i-a zis cu vocea strangulată. N-am nimic... În afară de magie.

Sunt magiciană.

S-a ridicat, și-a întins mâinile. Și nimic. Avea nevoie de o sursă puternică de energie magică, dar nu era nici urmă. Nu se aștepta, era surprinsă. La urma urmei, venele de apă sunt peste tot! A făcut câțiva pași într-un sens, apoi în sens opus. A început să meargă în cerc. S-a îndepărtat.

Nimic.

– Deșertule blestemat! a strigat ea, strângând din pumni. N-ai nimic în tine! Nici apă, nici magie! Cică magia e peste tot! Altă minciună sfuntată! Toată lumea m-a mințit, toată lumea!

Inorogul a nechezat.

Magia este peste tot. Este în apă, în pământ, în aer...

Și în foc.

Ciri și-a tras un pumn în frunte cu furie. Nu-i trecuse prin cap până atunci, poate pentru că acolo, printre pietrele golașe, nici măcar nu era nimic de ars. Iar atunci avea mărăcini și vrejuri uscate, iar pentru a produce o scânteie mică i-ar fi fost de-ajuns acea mică energie pe care o simțea încă înlăuntrul său...

A strâns mai multe bețe, le-a pus într-o grămadă, a pus deasupra mărăcini uscați. Și-a întins mâna cu grijă.

– *Aenye!*

Mormanul s-a aprins, flăcările pâlpâiau, străluceau, agățau frunzele, le devorau și dispăreau. Ciri a adăugat vrejurile.

Iar acum ce să fac, s-a gândit ea, *privind flăcările care prindeau viață. Să extrag Forța? Cum? Yennefer mi-a interzis să ating energia focului... Dar n-am de ales! Nici timp! Trebuie să acționez! Bețele și frunzele o să ardă repede... Focul o să se stingă... Focul... Ce frumos e și ce cald...*

N-a știut când și cum s-a întâmplat. S-a uitat la flăcări și ca din senin a simțit cum îi zvâcnesc tâmplele. Și-a dus mâinile la piept, simțind că îi explodează coastele. În pântec, în perineu și în sâni durerea s-a întețit într-atât încât imediat s-a transformat într-o plăcere terifiantă. S-a ridicat în picioare. Nu, nu s-a ridicat. A zburat.

Forța a umplut-o ca plumbul topit. Stelele de pe cer dansau de parcă s-ar fi reflectat pe suprafața unui iaz. Ochiul, strălucind spre apus, a explodat inundând cerul cu lumina sa. A luat acea lumină și, odată cu ea, Forța.

– *Hael, Aenye!*

Inorogul a nechezat sălbatic și a încercat să se ridice, sprijinindu-se pe picioarele din față. Brațul lui Ciri s-a ridicat singur, mâna a făcut singură un gest de magie, buzele au rostit singure o incantație. Din degete i-a țâșnit o lumină orbitoare. Focul rânjea printre vâlvătăi.

Valurile de lumină care irupeau din mână au atins coapsa rănită a inorogului, s-au contopit, au dispărut.

– Vreau să se vindece! Vreau asta! *Vesshael, Aenye!*

Forța a explodat în ea, a încărcat-o cu o euforie sălbatică. Focul a urcat, s-au aprins împrejurimile. Inorogul și-a ridicat capul, a nechezat, apoi s-a ridicat brusc de la pământ și a făcut câțiva pași stângaci. Și-a îndoit gâtul, și-a atins coapsele cu botul, a clătinat din cap, a scos aburi pe nări – de parcă nu avea încredere. A nechezat lung și pătrunzător, a lovit, și-a fluturat coada și s-a îndepărtat de foc.

– Te-am vindecat! a strigat Ciri cu mândrie. Te-am vindecat! Sunt magiciană! Am reușit să-mi iau forța din foc! Și am această forță! Pot face orice!

S-a întors. Focul ardea cu vâlvătăi, duduia și scânteia.

– Nu mai trebuie să căutăm izvoare! Nu mai trebuie să bem noroi de prin gropi! Acum am forță! Simt forța care este în acest foc! O să aduc ploaia în acest pustiu blestemat! O să storc apă din pietre! O să crească flori aici! Iarbă! Gulii! Pot să fac orice acum! Orice!

Și-a ridicat brusc ambele brațe, strigând incantații și țipând invocații. Nu le înțelegea, nu-și amintea când le învățase și nici măcar dacă le-ar fi învățat vreodată. Nu contează. Simțea forța, simțea puterea, ardea cu foc. Era foc. Puterea care o pătrundea o făcea să tremure.

Cerul nopții s-a vărgat ca din senin cu panglici de fulgere, printre roci și mărăcini vâjâia vântul. Inorogul a nechezat strident și a cabrat. Focul a erupt, a explodat. Bețele și vrejurile adunate arseseră de mult, acum ardeau rocile. Dar Ciri nu i-a acordat atenție. Ea simțea forța. Nu vedea decât focul. Nu auzea decât focul.

Poți face orice, îi șopteau flăcările, *ai puterea noastră, poți face orice. Lumea este la picioarele tale. Ești minunată. Ești puternică.*

Printre flăcări, o siluetă. O femeie înaltă, cu părul lung, drept și negru ca pana corbului. Femeia a început să râdă sălbatic, cu cruzime, focul se înfuria în jurul ei.

Ești puternică! Cei care ți-au făcut rău n-au știut cu cine au de-a face! Răzbună-te! Fă-i să plătească! Cu toții să plătească! Să tremure de frică la picioarele tale, să le clănțăne dinții, să nu îndrăznească să se uite în sus, la chipul tău! Să-ți cerșească mila! Dar tu nu știi ce-i mila! Fă-i să plătească! Fă-i pe toți să plătească pentru toate! Răzbunare!

În spatele brunetei erau văpăi și fum, prin fum șiruri întregi de spânzurători, de stâlpi, de țepe, de eșafoduri, munți de cadavre. Acestea nu sunt altceva decât leșurile nilfgaardienilor, cei care au cucerit și jefuit Cintra, care l-au ucis pe regele Eist și pe bunica ei, Calanthe, cei care au făcut vărsare de sânge pe ulițele târgului. Într-o spânzurătoare se bălăngănea cavalerul în armură neagră, lațul scârțâia, ciorile îi dădeau târcoale încercând să-i ciugulească ochii prin viziera coifului înaripat. O sumedenie de spânzurători se întindeau până la orizont, în ele atârnau Scoia'tael, cei care îl uciseseră pe Paulie Dahlberg în Kaedwen și cei care o urmăriseră pe insula Thanedd. Pe un stâlp înalt se zbătea magicianul Vilgefortz, cu chipul său fermecător, cu masca înșelătoare a nobleței, era acum livid, scofâlcit de la tortură, iar vârful ascuțit și însângerat al țepii îi ieșea din claviculă... Ceilalți magicieni din Thanedd erau îngenuncheați pe pământ, cu mâinile legate la spate, lângă țepele în așteptare...

Stâlpii împodobiți cu mănunchiuri de crengi de brad se întindeau până la orizontul aprins, brăzdat de dâre de fum. Pe stâlpul cel mai apropiat era legată cu lanțuri Triss Merigold... Următoarea, Margarita Laux-Antille... Maica Nenneke... Jarre... Fabio Sachs...

Nu. Nu. Nu.

Ba da, a strigat bruneta, *moarte tuturor, să plătească, disprețuiește-i pe toți! Toți te-au rănit sau au vrut să te rănească! Poate că într-o zi o să te rănească! Disprețuiește-i, pentru că în cele din urmă a venit vremea disprețului! Dispreț, răzbunare și moarte! Moarte tuturor! Moarte, pârjol și sânge!*

Ai sânge pe mâini, ai sânge pe rochie...

Te-au trădat! Te-au înșelat! Ți-au făcut rău! Acum ai putere, răzbună-te!

Yennefer avea buzele crăpate și zdrelite, sângele i se prelingea de pe ele, mâinile și picioarele erau legate cu lanțuri, lanțuri grele prinse de zidurile jilave și soioase ale unei temnițe. Mulțimea adunată în jurul eșafodului urla, poetul Jaskier își punea capul pe butuc, deasupra lucea tăișul toporului. Adunate sub podeaua eșafodului, desfrânatele își întind batistele ca să-i adune sângele... Țipetele mulțimii înăbușă zgomotul loviturii seci, care face eșafodajul să se zguduie...

Te-au trădat! Te-au mințit și te-au înșelat! Toți! N-ai fost decât o păpușă pentru ei, o marionetă pe care au tras-o de sfori! Te-au folosit! Te-au condamnat la foamete, la soarele arzător, la sete, la mizerie, la singurătate! A venit vremea disprețului și a răzbunării! Ai forță! Ești puternică! Să tremure toată lumea în fața ta! Să se dea de ceasul morții în fața Sângelui mai Vechi!

Vrăjitorii sunt duși la eșafod: Vesemir, Eskel, Coën, Lambert. Și Geralt... Geralt abia stă în picioare, e plin de sânge...

– Nu!

În jurul ei, focul, dincolo de zid, vâlvătăi înfricoșătoare, un nechezat sălbatic, inorogii cabrează, își scutură capetele, dau din copite. Coamele lor sunt ca stindardele flendurite în luptă, coarnele lor sunt lungi și ascuțite ca spadele. Inorogii sunt mari, mari precum caii de cavalerie, mult mai mari decât Călușul ei. De unde au venit? De unde au venit atâția? Vâlvătăile se înălțau spre cer duduind. Bruneta își ridica mâinile, pe mâini era pătată de sânge. Văpăile îi fluturau pletele.

Arzi, arzi, Falka!

– Du-te! Pleacă de-aici! Nu te vreau! Nu vreau nicio putere de la tine!

Arzi, Falka!

– Nu vreau!

Ba da, vrei! Vrei! Dorința și pofta ard în tine neostoit, ca o flacără, te înrobesc cu voluptate! Asta este puterea, este forța, este energia! Este cea mai delicioasă dintre plăcerile lumești!

Fulger. Tunet. Vânt. Ropot de copite și nechezat furios de inorog furios în jurul focului.

– Nu vreau această putere! N-o vreau! Renunț la ea!

Nu-și dădea seama dacă se stingea focul sau dacă i se întunecase vederea. A căzut, simțind pe față primele picături de ploaie.

Ființei îi trebuie luată existența. Nu i se poate permite ca să existe. Ființa este primejdioasă. Confirmare.

Negare. Ființa nu a chemat Forța pentru ea însăși. A făcut-o pentru a salva Ihuarraquax. Ființa este compasiune. Datorită Ființei, Ihuarraquax este din nou printre noi.

Dar Ființa are Forță. Dacă o să vrea s-o folosească...

N-o să poată s-o folosească. Niciodată. A renunțat la ea. A renunțat la Forță. Complet. Forța a dispărut. E foarte ciudat...

N-o să înțelegem niciodată Ființa.

Nici nu trebuie s-o înțelegi! Să-i luăm Ființei existența. Înainte de a fi prea târziu. Confirmare.

Negare. Să plecăm de-aici. Să lăsăm Ființa. S-o lăsăm în mâinile destinului.

Nu știa cât zăcuse pe pietre, dârdâind, privind cerul care-și schimba culorile. Era alternativ întuneric și lumină, cald și rece, iar ea zăcea neajutorată, uscată și goală ca acea blăniță, ca leșul acelui rozător supt și aruncat afară din buncăr.

Nu se gândea la nimic. Era singură, era golită. Nu-i mai rămăsese nimic și nu mai simțea nimic înlăuntrul ei. Nu-i era nici sete, nici foame, nici oboseală, nici teamă. Nu mai avea nimic, nici măcar voința de a supraviețui. Avea doar un gol imens, rece și înspăimântător. Simțea această goliciune în toată ființa ei, în fiecare celulă a trupului său.

Simțea sânge curgându-i pe părțile interioare ale coapselor. Nu-i păsa. Era golită. Nu mai avea nimic.

Cerul își schimba culorile. Ea nu se mișca. Oare mai avea vreun sens să se deplaseze în jurul goliciunii?

Nu se mișca, în timp ce copitele tropăiau în jurul ei, potcoavele zăngăneau. Nu a reacționat la strigăte și chemări, nici la vocile ridicate, nici la nechezatul de cal. Nu s-a clintit când au apucat-o mâinile puternice. Ridicată, atârna inertă. Nu a reacționat nici la smucituri, nici la zgâlțâiri, nici la întrebările aspre, violente. Nu le înțelegea și nici nu voia să le înțeleagă.

Era golită și indiferentă. A primit cu nepăsare apa, care-i stropea fața. Când i s-a pus plosca la gură, n-au trecut-o toate apele, a băut. Nepăsătoare.

Mai târziu era la fel de nepăsătoare. A fost urcată în șa. Perineul îi era sensibil și o durea. Tremura, așa că au învelit-o cu un valtrap. Era inertă și moale, cădea din șa, așa că au legat-o cu o curea de călărețul din spatele ei. Călărețul mirosea a transpirație și a urină. Îi era totuna.

În jur erau călăreți... Mulți călăreți. Ciri îi privea indiferentă. Era goală, pierduse totul. Nimic nu mai conta.

Nimic.

Nici măcar faptul că acela care îi comanda pe călăreți avea la coif aripi de pasăre de pradă.

Când s-a aprins rugul răufăcătoarei și au înconjurat-o vâlvătăile, aceasta a început să-i insulte pe cavalerii, baronii, magicienii și membrii consilieri adunați în piață cu cuvinte atât de dure, încât toată lumea a fost îngrozită. Cu toate că rugul fusese acoperit de la început cu lemne ude, așa încât blestemata să nu piară prea repede și să simtă chinurile focului cu vârf și-ndesat, acum se poruncise să se așeze vreascuri uscate ca să se pună mai iute capăt martiriului. Dar demonul sălășluia în blestemata aceea, pentru că, deși focul ardea vârtos, nu dădea niciun strigăt de durere, ci tot blestema întruna și făcea prorociri înfiorătoare. „Fi-va zămislit răzbunătorul din sângele meu“, urla ea în gura mare. „Fi-va zămislit din Sângele mai Vechi nimicitorul noroadelor și lumilor! El o să-mi răzbune slăbiciunea! Moarte, moarte și răzbunare vouă tuturor și neamului vostru!“ Atât de mult a răcnit, că a ars de tot. Așa a pierit Falka, așa pedeapsă a primit pentru vărsare de sânge nevinovat.

RODERICK DE NOVEMBRE, *Istoria lumii*, tomul II

7

– Uitați-vă și voi la ea! Arsă de soare, zdrelită, prăfuită. Bea tot timpu', ca un burete și e hămesită de foame, îi ceva de speriat. V-am spus eu, a venit dinspre răsărit. A trecut prin Korath. Prin Tigaie.

– Du-te de-aici! Nimeni nu mai iese viu din Tigaie. Din apus a venit, din munți, de-a lungul albiei Secului. Abia dacă a pus picioru' pe marginea Korathului și i-a fost de-ajuns. Când am găsit-o, era căzută la pământ, fără suflare.

– Da' și spre apus, pustiul se întinde pe mile întregi. De unde a putut ea să pornească?

– N-a mers ea pe jos. Cine știe de la ce depărtare vine. Erau urme de copite aproape de ea. O fi trântit-o calu' în Secu, de aceea e vânătă și zdrelită toată.

– Nu știu, zău, de ce-o fi așa de importantă pentru Nilfgaard? Când ne-a trimis prefectu' în căutarea ei, m-am întrebat ce duduie nobilă importantă s-o fi rătăcit. Și când colo... O slujnicuță ordinară, nu dai doi bani pe ea, fără prea multă minte și mută pe deasupra. Nu știu, zău, Skomlik, dacă asta-i fata care...

– Asta-i. Nu-i ordinară deloc. Dacă era, o găseam moartă.

– Nici mult nu mai avea. Noroc cu ploaia c-a salvat-o. La naiba, nici cei mai bătrâni nu-și amintesc să fi plouat în Tigaie de când se știu. Norii întotdeauna ocolesc Korathu'... Chiar ș-atunci când plouă în vale, nu cade nicio picătură!

– Ia uite la ea cum înfulecă! Parcă n-ar fi băgat nimic în gură de-o săptămână... Hei, tu, hei! Îi bună slănina, nu? Și pâinea uscată?

– Întreab-o pe elfește. Sau în nilfgaardiană. Nu pricepe graiu' comun. O fi v'o toantă elfă...

– E-o bleagă, ce mai tura-vura! Când am pus-o pe cal dimineață, stătea ca o păpușă de lemn.

– N-ai ochi de văz't, l-a străfulgerat cu dantura Skomlik, cel robust și chel. Ce mai căutători s'teți, dacă nu v-ați dat seama cu cine-aveți de-a face! Nu-i nici toantă și nici bleagă. Se preface numai. Îi o pasăre ciudată și vicleană.

– Da' de ce-o fi așa de importantă pentru Nilfgaard? Au făgăduit răsplăți, au trimis patrule de zor peste tot... De ce oare?

– Asta nu știu. Da' nu strică s-o-ntrebați... cu o ghioagă pe spinare... Ha! Ai băgat de seamă cum s-a uitat la mine? Pricepe tot, ascultă cu urechile pâlnie. Hei, fată! Sunt Skomlik, vânător, numit și Căutător. Și ioti la mine, aicișa, ăsta-i un bici, îi mai spunem și Sfântu' Neculai! Vrei să-ți ții pielea pe spinare? Dă-ți drumu' la gură, atunci...

– Gata! Liniște!

Ordinul a căzut dur, aspru, intolerant de la al doilea foc de tabără, la care stăteau un cavaler și scutierul său.

– Vă plictisiți, Căutătorilor? l-a întrebat ironic cavalerul. Atunci, valea, la muncă! Curățați caii! Curățați armura și armele! În pădure, după lemne! Și să nu cumva să v-atingeți de fată! Pricepeți, mârlanilor?

– Sigur, jupâne Sweers, a spus printre dinți Skomlik. Camarazii săi au lăsat capul în jos.

– La treabă! Urmați poruncile!

Căutătorii au pus mâna pe treabă.

– Soarta ne-a pedepsit cu tâmpitu' ăsta, a boscorodit unul. Și prefectu' n-a avut ce face și ni l-a pus șef pe cavaleru' ăsta nenorocit...

– O face pe grozavu', a murmurat încet altul, uitându-se pe furiș în jur. Și, la urma urmei, noi, Căutătorii, am găsit fata. Noi cu nasu' nostru am căutat-o în lunca Secului.

– Păi, sigur. Jupânu' o să primească răsplata și gloria pentru cum ne-a condus... iar nouă o să ne-arunce niște florini la picioare: luați de-aici, spuneți săru' mâna...

– Tacă-ți gura, a șuierat Skomlik, că ne-aude...

Ciri era singură lângă focul de tabără. Cavalerul și scutierul au scrutat-o brusc, dar nu i-au vorbit.

Cavalerul era mai în vârstă, dar voinic, cu o față severă, plin de cicatrici. Când călărea, purta întotdeauna un coif cu aripi de pasăre, dar nu erau aripile pe care Ciri le văzuse în coșmaruri și pe insula Thanedd. Acesta nu era Cavalerul Negru din Cintra. Dar era un cavaler nilfgaardian. Când dădea porunci, vorbea fluent în graiul comun, dar cu un accent ce aducea cu elfeasca. Cu scutierul lui însă, un băiat nu cu mult mai mare decât Ciri, vorbea o limbă asemănătoare cu Graiul mai Vechi, dar mai puțin melodioasă, mai aspră. Trebuie să fi fost limba nilfgaardiană. Ciri, familiarizată cu Graiul mai Vechi, înțelegea cele mai multe cuvinte. Dar nu s-a arătat că înțelege. La prima oprire, la marginea deșertului, denumit Tigaia sau Korath, cavalerul nilfgaardian și scutierul său au asaltat-o cu întrebările. Nu le-a răspuns, pentru că era indiferentă și doar pe jumătate conștientă. După câteva zile de deplasare, când au părăsit râurile seci, stâncoase și au coborât în văile înverzite, Ciri și-a revenit, a început să vadă lumea din jurul ei și să reacționeze în mod visător. Dar tot nu răspundea la întrebări, astfel încât cavalerul nu mai vorbea deloc cu ea. Nu părea să-i dea nicio atenție. Numai flăcăii care se autointitulau Căutători se ocupau de ea. Au încercat și să-i pună întrebări. Erau foarte agresivi.

Dar nilfgaardianul cu coiful cu aripi i-a chemat imediat la ordin. Era clar și evident cine stăpânea aici și cine îi slujea.

Ciri se prefăcea că e toantă și mută, dar avea antenele bine întinse. Încet-încet, și-a dat seama în ce situație se află. Căzuse în mâinile Nilfgaardului. Nilfgaardul o căutase și o găsise, fără îndoială că urmărise traseul pe care fusese proiectată de haoticul teleport Tor Lara. Ceea ce nu reușise Yennefer, nu reușise Geralt, reușiseră cavalerul înaripat și Căutătorii săi.

Ce s-o fi întâmplat în Thanedd cu Yennefer și Geralt? Unde se afla ea? Avea cele mai grave suspiciuni. Căutătorii și șeful lor, Skomlik, vorbeau o versiune primitivă a graiului comun, dar fără accent nilfgaardian. Căutătorii erau oameni obișnuiți, dar îi slujeau cavalerului din Nilfgaard. Căutătorii se bucurau de răsplata pe care le-ar plăti-o prefectul pentru că o găsiseră pe Ciri. În florini.

Singurele țări în care moneda era florinul, iar oamenii le slujeau nilfgaardienilor erau administrate de prefecții imperiali din Provinciile îndepărtate.

De la miazăzi.

A doua zi, la popasul de pe malul unui râu, lui Ciri i-a venit ideea să scape. Magia ar fi putut să o ajute. A încercat cu grijă cea mai simplă vrajă, o telechinezie ușoară. Dar temerile i-au fost confirmate. Nu avea nici cea mai mică scânteie de energie magică în ea. După joaca sa nechibzuită cu focul, își pierduse complet abilitățile magice.

Era din nou indiferentă. Total. Se închisese în sine și se prăbușise în apatie. Pentru o lungă perioadă de timp.

Până în ziua în care Cavalerul Albastru le-a tăiat calea prin mlaștini.

– Ai, ai... a murmurat Skomlik, uitându-se la caii care le tăiau calea. Vai ș-amar de noi! Varnhagenii din fortul Sarda...

Caii s-au apropiat. În frunte, pe un armăsar cenușiu puternic, mergea un uriaș într-o armură albastră strălucitoare. Imediat în spatele lui era un al doilea acoperit cu o cuirasă, urmat de doi călăreți în costume simple: valeți, fără îndoială.

Nilfgaardianul cu coiful înaripat i-a ieșit în întâmpinare, ținându-și calul în trot. Scutierul său și-a atins montura spadei, s-a întors în șa.

– Stai în spate și ai grijă de fată! a mârâit la Skomlik și la Căutătorii lui. Nu vă băgați!

– Doar nu s'tem tâmpiţi! a zis încetişor Skomlik, de cum s-a depărtat. Nu s'tem tâmpiţi să ne băgăm între jupânii Nilfgaardului...

– O să fie o bătălie, Skomlik?

– Sigur. Vrajbă şi răzbunare de sânge între Sweers şi Varnhagen. Descălecaţi. Ochii şi fata, că la ea ni-i nădejdea şi norocu' nost'. Dac-avem baftă, luăm noi toată răsplata pentru ea.

– Varnhagenii caută şi ei fata. Îs mai mulţi, ne-o iau... Noi s'tem patru...

– Cinci – dinţii lui Skomlik au sclipit. Unu' din ăia din Sarda îi un cumnat de-a' meu. O să vedeţi, încăierarea asta-i în folosu' nost', nu a cavalerilor...

Cavalerul în armură albastră a tras de hăţuri calul cenuşiu. Înaripatul s-a proţăpit în faţa lui. Un valet de-al Albastrului, cu calul la trot, s-a oprit în spate. Coiful său bizar era împodobit cu două benzi de piele agăţate de vizieră, ce arătau ca două mustăţi mari sau doi colţi de morsă. De-a lungul şeii Doi Colţi ţinea o armă ameninţătoare, care semăna oarecum cu suliţele purtate de gardienii din Cintra, cu coada mai scurtă şi cu fierul mai lung.

Albastrul şi Înaripatul au făcut un scurt schimb de cuvinte. Ciri nu le-a auzit, dar tonul celor doi cavaleri nu lăsa nicio umbră de îndoială. Nu erau cuvinte prietenoase. Albastrul s-a ridicat brusc în etrieri şi, arătând tăios spre Ciri, a zis ceva apăsat şi supărat. Înaripatul i-a răspuns la fel de furios, şi-a fluturat mâna în mănuşă în semn de luptă, părând că-i spune Albastrului să plece. Şi apoi a început.

Albastrul a dat pinteni armăsarului cenuşiu şi s-a aplecat în faţă, scoţându-şi barda prinsă de şa. Înaripatul şi-a cabrat calul, trăgându-şi spada din teacă. Însă, înainte ca cei doi bărbaţi înarmaţi să reuşească să se angajeze în luptă, a atacat Doi Colţi, ducându-şi calul la galop cu suliţa pregătită. Scutierul Înaripatului a sărit la el, tragându-şi spada, dar Doi Colţi s-a ridicat în şa şi i-a aruncat suliţa în piept. Fierul lung i-a străpuns cu un scrâşnet cuirasa şi armura, scutierul a gemut sfâşietor şi a căzut de pe cal ţinând cu ambele mâini mânerul suliţei împlântate până la plăsele.

Albastrul și Înaripatul s-au ciocnit cu un zbang și cu o lovitură. Barda era mai periculoasă, dar spada era mai rapidă. Albastrul a primit o lovitură în umăr, un fragment din apărătoarea metalică a zburat într-o parte, călărețul s-a clătinat în șa, pe armura albastră străluceau dâre carmin. Galopul cailor i-a despărțit pe luptători. Nilfgaardianul cu coif înaripat s-a întors în buclă pe cal, dar imediat Doi Colți s-a năpustit asupra lui, ridicând cu ambele mâini spada. Înaripatul a tras frâiele, Doi Colți, dirijându-și calul doar cu picioarele, a trecut printr-o parte în galop. Înaripatul, însă, a reușit să-l împiedice să treacă. În fața ochilor lui Ciri, cuirasa a crăpat și a țâșnit sângele.

Albastrul s-a și întors, scuturându-și barda și urlând. Cei doi cavaleri au făcut schimb de lovituri și s-au îndepărtat din nou. Doi Colți s-a năpustit iar asupra Înaripatului, caii s-au ciocnit, spadele au zăngănit. Doi Colți l-a spintecat pe Înaripat, crăpându-i armura și scutul. Înaripatul s-a îndreptat și l-a lovit din dreapta, tăindu-i cu putere partea laterală a pieptarului. Doi Colți s-a legănat în șa. Înaripatul s-a ridicat în etrieri și a tăiat din nou cu elan, între protecția spartă a umărului și coif. Lama lată a spadei sale i-a spart din nou cu un zbang metalul, rămânând prinsă în capcană. Doi Colți s-a încordat și s-a cutremurat. Caii s-au încleștat, fornăind și scrâșnindu-și dinții de zăbale. Înaripatul s-a răsucit, și-a smuls spada. Doi Colți a atârnat din șa și a căzut sub copite. Potcoavele zăngăneau pe cuirasa zdrobită.

Albastrul a pivotat pe calul cenușiu, era gata de atac, cu barda ridicată. Abia își strunea calul cu mâna rănită. Înaripatul l-a observat, a ieșit agil din dreapta, s-a ridicat în etrieri pentru lovitura fatală. Albastrul a parat lovitura cu barda și i-a smuls spada din mână. Caii s-au ciocnit din nou. Albastrul era un bărbat puternic, iar barda grea din mâna sa i-a zburat în aer și a căzut ca un par. S-a înfipt în armura Înaripatului cu un pocnet așa de puternic încât calul s-a prăbușit pe copite. Înaripatul s-a bălăngănit, dar a rămas în șa. Înainte ca barda să-l lovească a doua oară, a dat drumul hățurilor, și-a îndoit mâna stângă, apucând un buzdugan greu atârnat de o curelușă de piele, cu care l-a lovit din rever pe Albastru în coif. Acesta a sunat ca un clopot, iar acum era rândul Albastrului să se clatine în şa. Caii au nechezat, au încercat să muşte şi nu au vrut să se despartă.

Albastrul, ameţit de lovitura buzduganului, a reuşit totuşi să-l pocnească cu barda pe adversarul său în piept. Faptul că amândoi rezistau încă în şeile lor părea un miracol, dar era pur şi simplu meritul arcurilor înalte de susţinere. Pe crupele ambilor cai curgea sânge, vizibil mai ales pe cel cenuşiu. Ciri privea oripilată. În Kaer Morhen fusese învăţată să se lupte, dar nu-şi putea imagina cum s-ar putea confrunta cu unul dintre aceşti puternici. Sau dacă ar fi în stare să pareze măcar una dintre loviturile lor atât de puternice.

Albastrul a tras cu mâinile de coada bărzii înfipte şi înţepenite adânc în pieptarul Înaripatului, încercând să-l împingă pe adversar din şa. Înaripatul şi-a luat elan şi l-a lovit cu buzduganul pe Albastru o dată, de două ori, de trei ori. Sângele s-a strecurat de sub coif, stropindu-i armura albastră şi grumazul calului cenuşiu. Înaripatul i-a dat pinteni calului, iar saltul brusc al acestuia i-a smuls barda împlântată în pieptar; legănându-se în şa, Albastrul şi-a scăpat coada din mână. Înaripatul şi-a luat buzduganul în mâna dreaptă, l-a aruncat în aer şi, cu o lovitură teribilă, i-a strivit capul Albastrului pe grumazul calului. Apucând cu mâna liberă frâiele calului cenuşiu, nilfgaardianul lovea cu buzduganul, armura albastră răsuna ca un cazan de tablă, sângele curgea pe sub coiful zdrobit. Încă o lovitură, şi Albastrul a căzut cu capul înainte, sub copitele calului cenuşiu. Cenuşiul s-a dat înapoi, dar armăsarul Înaripatului, bine antrenat în acest scop din câte se vedea, l-a călcat în copite pe omul căzut. Albastrul era încă în viaţă, judecând după urletul disperat de durere. Armăsarul îl călca cu atâta ardoare încât Înaripatul, rănit, s-a răsturnat de pe şa şi a căzut cu un zbang.

– S-au omorât unu' pe altu', la naiba! s-a bâlbâit Căutătorul, care o ţinea pe Ciri.

– Cinstiţi cavaleri, moartea şi ciuma să-i ia! a scuipat altul. Valeţii Albastrului priveau de la distanţă. Unul şi-a întors calul.

– Stai aşa, Remiz! a strigat la el Skomlik. Încotro te duci? La Sarda? Te grăbeşti la spânzurătoare?

Valeții s-au oprit, unul privea, ținându-și mâna streașină la ochi.

– Tu ești, Skomlik?

– Eu! Fă-te-ncoa', Remiz, nu te speria! N-avem noi nicio treabă cu gâlcevile jupânilor cavaleri!

Ciri a rupt-o dintr-odată cu indiferența. S-a smucit din brațele Căutătorului care o ținea, a alergat până la cenușiul Albastrului și a sărit în șaua cu arcuri înalte.

Ar fi izbutit să fugă, dacă nu ar fi fost valeții din Sarda în șa, pe caii lor odihniți. Au ajuns-o fără prea multă osteneală, i-au smuls frâiele. A sărit de pe cal și s-a repezit spre pădure, dar călăreții au prins-o din nou. Unul a prins-o din mers de păr, a tras-o spre el și a târât-o în urma lui. Ciri răcnea, agățată de mâna lui. Călărețul a aruncat-o direct la picioarele lui Skomlik. Un bici a șuierat, Ciri a urlat și s-a ghemuit, acoperindu-și capul cu mâinile. Biciul a șuierat din nou și i-a șfichiuit mâinile. S-a îndepărtat, dar Skomlik a sărit, a trântit-o, apoi i-a pus bocancul pe spate.

– Ai vrut să fugi, viperă?

Biciul a șuierat. Ciri a țipat. Skomlik a șfichiuit-o din nou pe spate.

– Nu mai da! a țipat ea, încovoindu-se.

– Aha, vorbești, târfă! Ți s-a dezlegat limba? Că acuș te...

– Ai grijă, Skomlik! a strigat unul dintre Căutători. Vrei să-i iei viața sau ce? Face prea mult ca s-o pierzi!

– Fulger scânteietor! s-a minunat Remiz, descălecând. Asta-i aia pe care Nilfgaardu' o caută de-o săptămână?

– Ea-i.

– Ha! Toate garnizoanele o caută. Asta-i o persoană tare importantă pentru Nilfgaard! Un magician puternic, parcă, spunea cică trebuie să fie pe undeva pe-aici. Așa umblă vorba prin Sarda. Unde-ați dibuit-o?

– În tigaie.

– Nu se poate!

– Ba se poate, se poate, i-a spus Skomlik furios, schimonosindu-se. O avem, iar răsplata-i a noastră! Ce stați așa, ca momâile? Ia dați-o-ncoa' la mine și pe șa cu ea! S-o luăm din loc, flăcăi! Iute!

– Jupânu' Sweers, a spus unul dintre Căutători, parcă mai suflă...

– Nu mai suflă mult. Își dă duhu'! Ne ducem ață la Amarillo, flăcăi. La prefect. Lăsăm beleaua asta și ne luăm răsplata.

– La Amarillo? a întrebat Remiz, scărpinându-se la scăfârlie, plimbându-se cu privirea pe câmpul luptei recente. Acolo ne-așteaptă călău' cu brațele deschise! Ce-o să-i spui prefectului? Cavalerii bătuți și voi vii și nevătămați? Când o să iasă totu' la iveală, prefectu' o să poruncească să ne închidă într-o cușcă și-o să ne trimită la Sarda... Și apoi vin la rând Varnhagenii și ne jupoaie pielea. Dacă vreți, n-aveți decât să vă duceți la Amarillo, da' eu rămân pe-aici prin pădurile-astea...

– Tu ești cumnatu' meu, Remiz, i-a zis Skomlik. Chiar dacă ai fost golan ș-ai bătut-o pe sor-mea, ai rămas neam cu mine. O să-ți salvez eu pielea. Ne ducem la Amarillo, cum îți spun. Prefectu' știe bine că între Sweerși și Varnhageni sunt mereu zâzanii. S-au întâlnit, s-au bătut, s-au omorât unu' pe altu'. Ce puteam să facem noi? Iar fata, băgați bine la cap ce vă spun eu acum, am dibuit-o mai târziu. Noi, Căutătorii. Iar de-acu' și tu ești Căutător, Remiz. Ce, prefectu' știe cu câți s-a dus Sweers. Doar nu ne numără...

– N-ai uitat nimic, Skomlik? l-a întrebat rar Remiz, privind lung spre al doilea valet din Sarda.

Skomlik s-a întors încet, a scos fulgerător cuțitul și l-a înjunghiat în gât pe valet. Acesta s-a clătinat și a căzut la pământ.

– Nu uit niciodată nimic, a declarat Căutătorul cu răceală. Ei bine, acum suntem noi cu noi. Nu mai e niciun martor și nici prea multe capete ca să împărțim răsplata. Pe cai, flăcăi, la Amarillo! Avem drum lung de parcurs între noi și răsplată, să nu ne facem zăbavă!

Când au ieșit din făgetul întunecat și reavăn, au văzut la poalele muntelui un sat, o duzină de căsuțe de lemn în interiorul inelului unei palisade joase, care era înconjurată de cotul unui râuleț.

Vântul aducea miros de fum. Ciri își mișca degetele amorțite ale mâinilor, legate cu frânghii de mânerul șeii. Era amorțită toată, fesele o dureau de nesuportat, o stânjenea vezica plină. Era în șa de la răsăritul soarelui. Noaptea nu se odihnise, pentru că i se spusese să doarmă cu mâinile legate de încheieturile Căutătorilor, aflați de-o parte și de alta. La fiecare mișcare o înjurau și o amenințau cu bătaia.

– Sat, a remarcat unul.

– Văd, i-a răspuns Skomlik.

Au coborât, copitele cailor se încurcau printre ierburile înalte, arse de soare. Curând, se aflau pe un drum greoi care ducea direct în sat, spre un podeț de lemn și o poartă în palisadă.

Skomlik și-a oprit calul și s-a ridicat în etrieri.

– Ce sat îi ăsta? Niciodată n-am mai fost pe-aici. Remiz, știi zona?

– În trecut, a răspuns Remiz, satu' ăsta se chema Râuțu' Alb. Da' când au început revoltele, unii săteni li s-au alăturat rebelilor, apoi Varnhagenii din Sarda au pârjolit tot, i-au omorât pe unii, iar pe alții i-au făcut robi. Acum trăiesc aici nilfgaardienii, ei îs noii locuitori. Și acuma satu' se cheamă Glyswen. Da' ocupanții îs oameni răi, țâfnoși. Ascultă la mine ce-ți spun: să nu ne oprim aici. Să mergem mai departe.

– Să lăsăm caii să se odihnească, s-a împotrivit unul dintre Căutători, și să mănânce. Și mie îmi chiorăie mațele de zici că-mi cântă ceterași în burtă. Ce poa' să ne facă ocupanții ăștia, niște rahați în ploaie? Le băgăm sub nas ordinu' prefectului, prefectu-i nilfgaardian, ca și ei. O să vedeți cum o să facă plecăciuni dinaintea noastră.

– Ei, na! a zis printre dinți Skomlik. Unde-ai mai văz't tu nilfgaardian care să facă plecăciuni. Remiz, îi vreun han în glyswenu' ăsta?

– Îi. Varnhagenii n-au dat foc la han.

Skomlik s-a întors în șa, s-a uitat la Ciri.

– Dezlegați-o! a poruncit el. Nu cumva s-o recunoască... Dați-i o pelerină. Și gluga pe cap... Hopa! Încotro, păpușă?

– Trebuie să intru în tufișuri...

– Îți dau eu tufișuri, duduie! Te pișí din mers! Și bagă la cap ce-ți spun: în sat nu-ți iese nici aburul din bot. Să nu crezi că-ți merge cu mine! Nu spui nici pâs, că ţi-am şi luat gâtu'. Dacă nu iau eu florinii pe tine, nimeni n-o să-i ia.

Mergeau la pas, copitele cailor răsunau pe podeţ. Din spatele palisadei au apărut imediat câţiva ţărani înarmaţi cu suliţe.

– Păzesc poarta, a spus printre dinţi Remiz. Mă întreb de ce.

– Şi eu, a murmurat Skomlik, îndreptându-se în etrieri. Păzesc poarta, iar în dreptu' morii, palisada-i spartă, poţi intra cu caru'...

S-au apropiat şi-au oprit caii.

– Bun găsit, gospodari! le-a strigat jovial, deşi pentru Skomlik era ceva nefiresc. Ziua să vă fie bună!

– Cine s'teţi? l-a întrebat scurt cel mai voinic dintre săteni.

– De la armată, cumetre, a minţit Skomlik bine instalat în şa. În slujba jupânului prefect de Amarillo.

Săteanul şi-a plimbat mâna pe mânerul suliţei, neslăbindu-l din ochi pe Skomlik. Fără îndoială, nu-şi aducea aminte în ce împrejurări se încumetrise cu Căutătorul.

– El ne-a trimis aici, jupânu' prefect, a continuat să mintă Skomlik, să vedem cum se comportă compatrioţii săi, oamenii cumsecade din Glyswen. Vă trimite multe salutări şi întreabă dacă norodul din Glyswen n-are nevoie de ajutor?

– Ne descurcăm noi într-un fel, a spus săteanul. Ciri şi-a dat seama că vorbea ca Înaripatul, cu acelaşi accent, dar încerca să imite jargonul lui Skomlik. Ne-am obişnuit să ne descurcăm şi singuri.

– Prefectu' o să se bucure când o să-i spunem. Hanu-i deschis? Ni s-au uscat gâtlejurile...

– E, i-a răspuns săteanul sec. Deocamdată, mai e deschis.

– Deocamdată?

– Deocamdată. Nu mai durează mult şi demolăm hanu', căpriorii şi scândurile o să fie bune pentru hambar. Nu ni-i de niciun folos hanu' ăsta. Lucrăm cu sudoarea frunţii cât e ziua de lungă, din zori şi până-n seară şi n-avem vreme de han. Numa' trecătorii mai trag la el, da' de mulţi dintre ei nu suntem bucuroşi. Cum îs şi cei care au poposit acuma acolo.

– Cine?

Remiz a pălit un pic.

– Nu cumva, a întrebat, din fortul Sard din întâmplare? Oare nu-s jupânii Varnhagen?

Săteanul și-a încrețit o sprânceană, și-a mușcat buzele, ca și cum ar fi vrut să scuipe.

– Nu, din păcate. Îs gardienii jupânilor baroni. Nissirii.

– Nissirii? s-a încruntat Skomlik. De unde vin? Cine-i comandă?

– Unu' mai bătrân ca ei, înalt, negricios, mustăcios ca un somn.

– Hai! s-a întors Skomlik spre tovarășii săi. Ce bine! Măcar îl știm pe unu' dintre ei, nu? Tre' să fie vechiul nostru prieten Vercta „Crede-mă". V-aduceți aminte de el? Da' cu ce treabă pe-aici pe la voi, cumetre, nissirii ăștia?

– Jupânii nissiri, a explicat sobru săteanul, se îndreaptă spre Tyffi. Ne-au onorat cu vizita lor. Duc cu ei un prizonier. Au luat unul din haita Șobolanilor.

– Asta-i bună! a scuipat Remiz. Nu l-au luat și pe împăratu' Nilfgaardului?

Săteanul s-a încruntat și-a strâns mâinile pe mânerul suliței. Tovarășii lui au murmurat surd.

– Duceți-vă la han, jupânilor!

Săteanului au început brusc să-i tremure fălcile.

– Și trăncăniți acolo cu conii nissir, prietenii voștri, a adăugat el. Parcă spuneați că sunteți în slujba prefectului. Întrebați-i atunci pe nissirii ăștia de ce duc cu ei pe borfașu' ăla la Tyffi, în loc să-l lase aici, la fața locului, să-l legăm de un par și să-l spargem noi cu boii, cum poruncește prefectu'. Reamintiți-le, jupânilor, nissirilor, tovarășilor voștri, că prefectu 'poruncește aici, nu baronu' din Tyffi. Avem deja boi în jug și paru' ascuțit. Dacă nu-i înduplecați pe nissiri, avem noi grijă. Așa să le spuneți!

– O să le spunem, cum să nu? s-a uitat Skomlik cu subînțeles la tovarăși. Rămâneți cu bine, oameni buni!

Au continuat să meargă alene printre colibe. Satul părea pustiu, cât vedeai cu ochii nu era nici țipenie de om. Pe sub un gard râma un porc sfrijit, într-o băltoacă se bălăceau rațe murdare. Un motan mare, negru le-a tăiat calea călăreților.

– Ptiu, ptiu, cotoi împuțit!

Remiz s-a aplecat în șa, și-a scuipat în sân și-a adunat degetele într-un semn care îl proteja de rău.

– Ne-a tăiat calea, nenorocitu'!

– Sta-i-ar șoarecele în gât!

– Ce-i? s-a întors Skomlik.

– Cotoiu'. Negru ca smoala. Ne-a tăiat calea, ptiu, ptiu!

– Să se ducă naibii!

Skomlik a scrutat în jur:

– Ia uitați-vă ce pustiu! Cu coada ochiului am văz't cum pândesc de după perdele oamenii din colibe. Și din spatele porții ăsteia, am văz't cum scânteia o suliță.

– Își pândesc nevestele, a râs cel care-i urase motanului să aibă necazuri cu șoarecele. Nissirii îs în sat! Ai auz't cum a vorbit despre ei? E limpede că nu li-s dragi nissirii.

– Nici nu-i de mirare. „Crede-mă" și haita lui nu cruță poalele niciunei muieri. Ei, jupânii nissiri se distrează-ntruna. Baronii le spun „gardieni de ordine", că sunt plătiți pentru a proteja ordinea, pentru a păzi drumurile. Ia șoptește-i la ureche unui țăran „nissir"! Să vezi cum se cacă pe el de frică, dar asta e deocamdată. Să mai sacrifice ei câte-un vițel, să mai pună ei laba pe câte-o muiere, și să-i vezi pe țărani cum bagă furca-n ei, o să vezi... I-ați văz't la pândă? Ocupanții nilfgaardieni, nu-i de joacă cu ei... Ha, uite și hanu'...

Și-au strunit caii.

Hanul avea acoperișul ușor lăsat, plin din belșug cu mușchi. Era amplasat la o oarecare distanță de colibe și de anexele agricole, cu toate acestea, marca centrul zonei împrejmuite de palisada părăginită, la răspântia a două drumuri care treceau prin sat. La umbra aruncată de singurul copac mare din zonă era o fermă circulară, cu un sector pentru vite și unul separat pentru cai. Acesta din urmă avea cinci sau șase cai deșelați. În fața ușii, pe trepte, erau doi tipi cu jachete din piele și cu pălării țuguiate de blană. Amândoi aveau în mână, strânse precaut la piept, ulcele de lut, iar între ei era o strachină plină cu resturi de oase.

– Ce faceți? le-a strigat unul dintre tipi văzându-i pe Skomlik și trupa lui descălecând. Ce căutați aici? Plecați! Hanu-i închis în numele legii!

– Nu striga, nissir, nu striga! i-a spus Skomlik, ținând-o pe Ciri de șa. Și deschide larg ușa, că vrem să intrăm înăuntru. Comandantul tău, Vercta, e prietenul nostru.

– Nu vă cunosc!

– Pentru că ai caș la gură! Eu și „Crede-mă“ am slujit împreună din vremuri vechi, dinainte ca Nilfgaardul să vină aici.

– Ei bine, dacă-i pe-așa... a șovăit tipul, lăsând la o parte montura spadei. Hai... Mi-e totuna.

Skomlik a înghiontit-o pe Ciri scurt. Alt Căutător a apucat-o de guler și au intrat; era întuneric și apăsător, mirosea a fum și a prăjeală. Era aproape gol, era ocupată doar una dintre mese, deasupra căreia pătrundea prin ferestruica acoperită cu perdeaua decorată cu pești o dâră de lumină tristă. Stăteau la ea mai mulți bărbați. În partea din spate, lângă foc, își făcea de lucru hangiul, zăngănea oasele.

– Hei, respectele mele, jupânilor nissir! a tunat Skomlik.

– Pe noi nu ne salută orice bou, a bombănit unul din grup, așezat chiar lângă ferestruică, scuipând pe podea. Un altul l-a oprit cu un gest.

– Ușurel! i-a spus el. Sunt de-ai noștri, nu-i recunoști? Skomlik și Căutătorii lui. Bun venit, bun venit!

Skomlik s-a înseninat și s-a îndreptat spre masă, dar s-a oprit văzându-și tovarășii cu privirea fixată pe stâlpul care sprijinea șarpanta tavanului. Lângă stâlp era așezat pe un taburet un băietan cu părul blond, de până în douăzeci de ani, întins și răsucit într-un mod bizar. Ciri și-a dat seama că poziția nefirească se datora faptului că brațele băiatului erau legate la spate, iar gâtul îi era fixat cu o curea de piele de stâlp.

– Să mă umplu de bube, a oftat zgomotos unul dintre Căutători, cel care o ținea pe Ciri de guler. Uită-te la el, Skomlik! Ăsta-i Kayleigh!

– Kayleigh? a înclinat Skomlik capul. Kayleigh şobolanu'? Nu se poate!

Unul dintre nissiri, care stătea la masă, un bărbat grăsun, cu părul tuns cu o creastă pitorească, a râs din răsputeri.

– Ba se poate, a spus el, lingând o lingură. E Kayleigh, în propria persoană parşivă. A meritat să ne trezim în zori. Luăm pentru el pe puţin o jum' de duzină de florini în monedă imperială bună.

– L-aţi răpit pe Kayleigh! se minuna Skomlik. Aşadar n-a spus prostii ţăranoiu' nilfgaardian...

– Treizeci de florini, la naiba! a oftat Remiz. O nimica toată... Plăteşte baronu' Lutz din Tyffi?

– Aşa-i, a confirmat celălalt nissir, cu părul şi cu mustăţile negre. Preamărinimosu' baron Lutz din Tyffi, jupânu' şi binefăcătoru' nostru. Şobolanii l-au jefuit la drumul mare pe un valet de-ai săi, atunci s-a înfuriat şi a făgăduit o recompensă. Şi noi, Skomlik, o să luăm recompensa, crede-mă! Ha, ia uitaţi-vă la el, flăcăi, ce mutră a făcut! Nu-i convine că noi, şi nu el, l-am răpit pe Şobolan, deşi prefectu' lui l-a pus pe urmele haitei de Şobolani!

– Căutătoru' Skomlik – grăsunul cu creasta ascuţită a arătat spre Ciri cu lingura – a prins ceva. Vezi, Vercta? O fetiţă.

– Văd.

Bărbatului cu mustăţi negre i-au scânteiat dinţii:

– Ce, Skomlik, ai ajuns la sapă de lemn? Ai ajuns să răpeşti plozi pentru răscumpărare? Cine-i puicuţa?

– Nu-i treaba ta!

– Hai, nu te-aprinde! a râs cel cu creasta. Am vrut să ne asigurăm că nu-i fiică-ta.

– Fiică-sa? a izbucnit în râs Vercta, cel cu mustăţile negre. Asta-i bună! Ca să aduci pe lume o fiică, tre' să ai ouă.

Nissirii au izbucnit în râs.

– N-aveţi decât să vă hliziţi, berbecilor! a strigat Skomlik bosumflat. Şi tu, Vercta, bagă la cap ce-ţi spun: până duminică, vedem noi cine-i mai tare, voi cu Şobolanii voştri sau eu cu ale mele. Şi să vedem noi cine-i mai mărinimos: baronu' sau prefectu' imperial din Amarillo!

– Să mă pupi în cur! i-a spus disprețuitor Vercta și s-a întors la sorbitul supei, cu prefectu' tău cu tot, cu împăratu' tău și cu tot Nilfgaardu' tău, crede-mă! Și nu te mai umfla atât în pene! Până și la urechile mele a ajuns vestea că Nilfgaard caută o duduie de-o săptămână, de până și prafu' se ridică de pe drumuri, crede-mă. Știu că e o răsplată pentru ea. Dar nu-mi pasă nici cât negru sub unghie. Nici de prefect, nici de nilfgaardienii, crede-mă. Acum îl slujesc pe baronu' Lutz, sunt supusu' lui, al nimănui altcuiva.

– Baronu' tău, a perorat Skomlik, slujește Nilfgaardului, linge ciubotele nilfgaardienilor. Atunci nu mai trebuie să le lingi tu, de-aia ți-e lesne să vorbești.

– Nu te mânia! i-a spus nissir împăciuitor. N-am nimic cu tine, crede-mă. Dacă ai dibuit fata pe care-o caută Nilfgaardu', foarte bine, mă bucur ca poți să iei tu răsplata, și nu nilfgaardienii naibii. Cât despre asta, că slujești prefectului? Nimeni nu-și alege stăpânii, că ne-aleg ei pe noi, nu? Acum, stai cu noi, să bem pentru întâlnirea asta.

– Ei bine, cum să nu! a fost de acord Skomlik. Mai întâi, însă, dă-mi o frânghie. O să leg fata de stâlp, lângă Șobolanu' tău, bine?

Nissirii au izbucnit în hohote de râs.

– Ca să vezi, spaima de la frontieră! a râs grăsunul cu creastă. Brațu' înarmat al Nilfgaardului! Leag-o bine, Skomlik, leag-o strâns! Da' nu așa, cu lanțu' de fier, căci prizoniera asta importantă a ta e în stare să rupă frânghiile și să te lase lat înainte de a fugi. Arată așa de înfricoșător, că mi se face părul măciucă!

Până și tovarășii lui Skomlik au chicotit pe sub mustăți. Căutătorul s-a înroșit, și-a scos centura, s-a apropiat de masă.

– Am vrut să fiu sigur că nu...

– Nu-ți bate capu'! l-a întrerupt Vercta, rupând din pâine. Nu vrei să stai și tu de vorbă, apoi stai jos pe coada ta așa cum trebuie. Iar fata asta, dacă vrei, poți s-o atârni și de tavan cu picioarele, crede-mă. Nu-mi pasă nici cât negru sub unghie. Numai că e tare amuzant, Skomlik. Pentru tine și prefectu' tău poate fi o pradă însemnată, dar pentru mine, crede-mă, nu-i decât un copil sărman, speriat. Vrei s-o legi? Ea, crede-mă, abia se ține pe picioare, cum să fugă? De ce ți-e frică?

– Păi, să-ți spun de ce mă tem, și-a mușcat Skomlik buzele. Ăsta-i un sat nilfgaardian. N-am fost întâmpinați aici cu pâine și cu sare, iar pentru Șobolanu' tău au spus că au pregătit un par ascuțit. Și legea-i de partea lor, pentru că prefectu' le-a dat voie ca să-și pedepsească banditii prinși la fața locului. Iar dacă nu le dați prizonieru', ei îs gata să strângă pari pentru voi.

– Iaca na! a spus grăsunul cu creastă. Să-și bage parii în cur! Să facă bine și să nu se pună cu noi, că facem moarte de om.

– Nu le dăm Șobolanu', crede-mă! a spuse Vercta. E-al nost' și-l ducem la Tyffi. Iar baronu' Lutz o să se-nțeleagă cu prefectu'. Da' ce ne tot batem noi capu'? Stați jos cu noi aici!

Căutătorii, împingându-și spadele la spate, s-au așezat încântați la masa nissirilor, strigând la hangiu și arătându-i spre Skomlik că face cinste. Skomlik a tras un șut unui taburet de-a ajuns până la stâlp, a apucat-o pe Ciri de umeri și a împins-o astfel încât a căzut cu umărul în genunchiul băietanului legat de stâlp.

– Stai aici! i-a poruncit printre dinți. Și să nu mi te miști, că bat la tine ca la fasole!

– Împuțitule! a mârâit băietanul, privindu-l cu ochii mijiți. Câinele nai...

Ciri nu cunoștea majoritatea cuvintelor care zburau din gura răutăcioasă a băietanului, dar din schimbările de pe fața lui Skomlik a ajuns la concluzia că aceste cuvinte trebuiau să fie extrem de grele și ofensatoare. Căutătorul s-a albit la față de furie, și-a fluturat mâinile, l-a plesnit peste față, l-a apucat de părul lung, blond, l-a smucit și l-a lovit cu tâmpla de stâlp.

– Hei! a strigat Vercta, ridicându-se de la masă. Ce se-ntâmplă acolo?

– Îi sparg dinții Șobolanului ăstuia tâmpit! a răcnit Skomlik. Îi rup picioarele borfașului!

– Vino aici și nu-i mai da la bot!

Nissir s-a așezat, a băut o halbă de bere, și-a șters mustața.

– Pe prizoniera ta, i-a zis, n-ai decât s-o pocnești cât vrei, dar pe-al nost' să nu-l atingi nici c-un deget măcar. Și tu, Kayleigh, nu te mai juca cu focu'! Stai liniștit și gândește-te la eșafodu' pe care baronu' Lutz a poruncit să-l pregătească în târg. Lista chinurilor la care o să te supună pe eșafodu' ăla îi deja scrisă și, crede-mă, e lungă de vreo trei coți. Jumătate din oraș pune deja rămășaguri până la ce punct ai să poți îndura. Ține-ți puterile, Șobolanule! O să pun și eu o mică sumă și sper că n-o să mă dezamăgești, c-o să reziști cel puțin până ai să fii castrat.

Kayleigh a scuipat, întorcându-și capul cât îi permitea cureaua din jurul gâtului. Skomlik și-a tras centura, a măsurat-o cu o privire dușmănoasă pe Ciri, care era cocoțată pe taburet, apoi s-a alăturat companiei de la masă, înjurând de mama focului pentru că hangiul adusese un urcior care avea doar urme slabe de spumă.

– Ei, și cum l-ați dibuit pe Kayleigh? a întrebat el, semnalându-i hangiului dorința de a prelungi comanda. Și în viață, culmea? Cum de nu i-ați dibuit și pe ceilalți Șobolani nu pricep.

– Adevărul este, a vorbit Vercta, uitându-se critic la ceea ce tocmai scosese din nas, c-am avut noroc, asta-i tot. Era singur. A plecat din haită ca să-și petreacă noaptea la o fătucă la Noua Forjă. Primarul știa că eram prin preajmă și ne-a dat de știre. Am ajuns înainte de-a se zări de ziuă, am dat peste el în fân, nici n-a crâcnit.

– Iar fătuca lui s-a distrat cu noi, a chicotit grăsunul cu creastă. Dacă Kayleigh nu a mulțumit-o toată noaptea, nu s-a putut plânge de noi. Dimineața era așa de mulțumită, că nu mai putea să miște nici mâinile, nici picioarele!

– Păi, ce să vă spun? Sunteți niște tâmpiți și niște blegi, le-a zis Skomlik tare și batjocoritor. Ați prăpădit o groază de parale, idioților. În loc să vă pierdeți vremea cu fătuca, trebuia să bateți fieru' cât era cald, să-l luați la întrebări pe Șobolan, unde înnopta haita lui. Îi puteați avea pe toți, pe Giselher, pe Reef... Dădeau douăzeci de florini pentru Giselher Varnhagenii din Sarda acum un an. Iar pentru javra de Mistel sau cum o mai cheamă, pentru ea ar fi dat mai mult prefectu', mai cu seamă după ce i-au făcut nepotului său la Druigh, când Șobolanii au atacat convoiu'.

– Tu, Skomlik, a făcut o grimasă Vercta, ori te-a făcut mă-ta prost, ori viața asta grea ți-a scos creieru' din cap, crede-mă! S'tem șase la număr. Trebuia să mă iau la trântă de unu' singur cu toată haita sau cum? Cât despre răsplată, oricum ne-o primim. Baronu' Lutz o să-i încingă tălpile lui Kayleigh, n-o să dureze mult, crede-mă. Kayleigh o să scuipe tot, o să spună unde li-s ascunzătorile și cotloanele și atunci ne ducem mai mulți și în forță ca să-i încercuim ca pe niște raci în plasă.

– Da' cum să nu! O să vă aștepte pe voi. Dacă află că Kayleigh a fost prins, o să se ascundă în alte cotloane și ascunzători. Nu, Vercta, dă-mi voie să-ți spun adevăru-n față: ați luat țeapă. Ați dat răsplata pe-un cur de muiere. Așa sunteți, de când vă știu... numa' la muieri vă stă capu'.

– Da' ție la ce-ți stă capu', hă? a sărit Vercta din spatele mesei. Dacă-ți arde așa tare, n-ai decât să-i prinzi tu pe Șobolani, tu cu eroii tăi! Da', crede-mă, lacheu nilfgaardian, ca să-i ataci pe Șobolani nu-i la fel de lesne ca dibuirea unei mucoase!

Nissirii și Căutătorii au început să strige și să-și arunce tot soiul de insulte. Hangiul le-a dat repede bere, smulgând o ulcică goală din mâinile grăsunului cu creastă care se pregătea s-o arunce în Skomlik. Berea a aplanat rapid conflictele, a răcorit gâtlejurile și a liniștit spiritele.

– Mâncare adu-ne! a răcnit grăsunul cu creastă către hangiu. Omletă cu cârnați, fasole, pâine și brânză!

– Și bere!

– Ce faci, Skomlik? Astăzi s'tem noi în bani! L-am luat pe Kayleigh cu tot cu cal, cu desagă, cu halebardă, cu spadă, cu șa și cu o blană de oaie, toate vândute la piticani!

– Și pantofii roșii ai fătucii i-am vândut. Și mărgelele!

– Ho, ho, atunci avem ceva de băut, într-adevăr! Sunt bucuros!

– Da' de ce te bucuri atât? Noi avem ceva de băut, nu tu. Tu, cu prada ta importantă, n-ai decât să-i scoți mucii din nas sau să-i lingi puricii! Ce mai prizonieră, ce mai pradă, ha ha!

– Pungașilor!

– Ha, ha, stai jos, c-am glumit!

– Să bem pentru înțelegerea dintre noi! Noi facem cinste!

– Unde-i omleta, hangiule, mânca-te-ar ciuma să te mănânce! Mai repede!

– Mai adu-ne bere!

Ghemuită pe taburetul ei, Ciri și-a ridicat capul, întâlnind ochii verzi ai lui Kayleigh, vizibili de sub coama tunsă de păr blond. A străpuns-o un tremur. Fața lui Kayleigh, deși nu era urâtă, era răutăcioasă, înfricoșătoare. Ciri a înțeles imediat că acest băietan puțin mai mare ca ea era în stare de orice.

– Cred că zeii mi te-au trimis, i-a șoptit Șobolanul, fulgerând-o cu privirea verde. Închipuie-ți, nu cred în ei și ei mi te-au trimis. Nu te uita înapoi, tontuțo! Trebuie să mă ajuți... Dă urechea, la naiba...

Ciri s-a aplecat mai mult și a lăsat capul în jos.

– Uite ce e, i-a spus Kayleigh dezvelindu-și dinții ca de șobolan. Într-un minut, când hangiul trece pe-aici, îl chemi... Ascultă-mă, la naiba...

– Nu, a șoptit ea. O să mă bată...

Buzele lui Kayleigh s-au răsucit și Ciri a înțeles imediat că bătaia lui Skomlik nu era cel mai rău lucru care i se putea întâmpla. Deși Skomlik era mare și tare, iar Kayleigh, slab și legat, a simțit instinctiv de cine să se teamă mai mult.

– Dacă mă ajuți, i-a șoptit Șobolanul, o să te ajut. Nu sunt singur. Am o grămadă de oameni care nu mă lasă la greu... Pricepi? Dar când o să ajungă, când o să înceapă, nu pot să stau priponit de stâlpu' ăsta, pentru că bătăușii ăștia îmi iau gâtu'... Întoarce-ți urechea, la naiba. O să-ți spun ce să faci...

Ciri și-a coborât capul și mai jos. Buzele îi tremurau.

Căutătorii și nissirii mâncau omletă, rumegând ca mistreții. Hangiul a amestecat mâncarea într-un ceaun și aducea la masă următoarea ulcică de bere și o pâine dospită.

– Mi-e foame! a strigat ea ascultătoare, ușor palidă.

Hangiul s-a oprit, s-a uitat la ea prietenos, apoi s-a uitat înapoi la meseni.

– Poți să-i dau ceva, conașilor?

– Nimic! a strigat Skomlik molfăind, înroșindu-se și scuipând din omletă. Departe de ea, că-ți rup oasele! Nu-i voie! Iar tu stai liniștită, ai grijă, că altminteri...

– Hei, Skomlik, ce-i asta, te zgârcești sau cum? a intervenit Vercta, încercând să înghită pâinea cu ceapă. Ia uitați-vă la el, flăcăi, ce șmecher! El se îndoapă pe banii altuia, iar fetița înghite-n sec. Dă-i o strachină, hangiule! Plătesc eu și eu spun cui să-i dai și cui să nu-i dai. Iar cui nu-i place poate să-și ia un pumn de-al meu în râtu' de porc chiar acum.

Skomlik s-a înroșit și mai mult, dar a tăcut chitic.

– Mi-am amintit ceva, a adăugat Vercta. Trebuie să-i dau de mâncare Șobolanului ca să nu-mi crape de foame pe drum, că mă belește baronu', crede-mă. O să-l hrănească fata. Hei, hangiule! Adu ceva de mâncare pentru ei! Și tu, Skomlik, ce tot boscorodești? Ce nu-ți convine?

– Trebuie s-o veghez, a arătat Căutătorul spre Ciri, pentru că e o pasăre tare ciudată. Dacă ar fi fost o fată obișnuită, Nilfgaardu' n-ar fi dat-o în urmărire, prefectu' n-ar fi făgăduit...

– Obișnuită sau neobișnuită, a râs grăsunul cu creastă, se vede imediat, nu tre' decât să mă uit între picioarele ei! Ce ziceți? S-o duc până-n grajd?

– N-o atinge! i-a spus printre dinți Skomlik. Nu te las!

– I-auzi! Că te-oi întreba pe tine!

– Îi a mea și-i vai ș-amar de capu' meu dacă n-o duc întreagă și nevătămată! Prefectu' din Amarillo...

– Mă piș pe prefectu' tău! Ai băut pe banii noștri și nu ne dai voie? Zău, Skomlik, nu fi împuțit! Nici capu' tău n-o să cadă, nu-ți fie frică, nici răsplata nu se micșorează! O s-o iei pe toată. Fata nu-i ca o vezică de pește, nu pocnește dac-o apeși!

Nissirii au izbucnit în hohote de râs. Li s-au alăturat și tovarășii lui Skomlik.

Ciri s-a cutremurat, s-a albit la față, a ridicat capul. Kayleigh i-a zâmbi sarcastic.

– Acum ai priceput? i-a șoptit din spate zâmbind ușor. Când o să se îmbete criță, o să se ia de tine. O să te schingiuiască. Suntem în aceeași căruță. Fă cum ți-am zis. O să izbutesc, o să izbutești...

– Mâncarea-i gata! a strigat hangiul, care n-avea niciun accent nilfgaardian. Hai, duduie!

– Cuțit! i-a șoptit Ciri, luând strachina de la el.

– Ce?

– Cuțit! Repede!

– Dacă nu-i destul, mai aduc! a strigat hangiul, nefiresc, în direcția mesenilor, adăugând terci în strachină. Pleacă, te rog!

– Cuțit!

– Pleacă, altminteri te spun... Nu pot... O să-mi dea foc la han.

– Cuțit!

– Nu. Îmi pare rău pentru tine, copilă, dar nu pot. Nu pot, pricepe. Pleacă, te rog...

– Din acest han, ea a recitat cuvintele lui Kayleigh cu o voce tremurândă, nimeni nu va ieși în viață. Cuțit. Repede. Și când începe încăierarea, fugi!

– Ține strachina, o umplem! a strigat hangiul, întorcându-se s-o mascheze pe Ciri, palid și cu dinții clănțănindu-i ușor. Mai aproape de tigaie!

Ea a simțit atingerea rece a cuțitului de bucătărie, pe care i-l strecura la curea, acoperindu-i mânerul cu șorțul.

– Foarte bine! a murmurat Kayleigh. Stai așa ca să mă acoperi. Pune-ți strachina pe genunchi. Ia lingura în mâna stângă, cuțitul în dreapta. Și taie-mi frânghia. Nu aici, toanto! Sub nod, pe stâlp. Ai grijă, se uită.

Ciri și-a simțit gâtul uscat. A înclinat capul aproape de strachină.

– Mă hrănești și mănâncă și tu – ochii verzi o priveau pe sub pleoapele închise pe jumătate, o hipnotizau. Și taie, taie. Curaj, micuțo! Dacă izbutesc eu, izbutești și tu...

Într-adevăr, se gândea Ciri tăind frânghia. Cuțitul mirosea a fier și a ceapă, lama era cam tocită, fusese ascuțită de mai multe ori. *Are dreptate. Știu eu unde mă duc bandiții ăștia? Știu eu ce vrea prefectul din nilfgaardian de la mine? Poate mă așteaptă călăul în*

Amarillo, poate mă așteaptă roata, burghiele și cleștii, fierul încins... N-o să mă las dusă ca mielul la abator. Mai bine să risc...

Cu un zbang a zburat fereastra, cu tot cu cercevea și cu buturuga care servea pentru tăierea lemnelor, totul a aterizat pe masă, făcând ravagii printre străchini și ulcele. În urma acestora a sărit pe aceeași masă o fată blondă, tunsă scurt, într-o vestă roșie strălucitoare și cu cizme înalte, deasupra genunchiului. Îngenunchind pe masă, și-a răsucit spada. Unul dintre nissiri, cel mai lent, care nu a reușit să se îndepărteze și să sară, a căzut pe spate odată cu banca, cu sângele gâlgâindu-i din gâtul spintecat. Fata s-a rostogolit rapid de pe masă, făcându-i loc unui băiat într-un cojocel scurt, brodat, să sară de pe fereastră.

– Șobolaniiiiiii! a țipat Vercta, luptându-se cu spada încâlcită în centură.

Grăsunul cu creastă și-a apucat arma și a sărit spre fata îngenuncheată pe podea, și-a luat elan ca să execute o lovitură, dar fata, deși în genunchi, a parat-o cu dexteritate, s-a rostogolit, iar cel în cojocel, care sărise în urma ei, l-a tăiat pe nissir la tâmplă. Grăsunul a căzut pe podea brusc ca o saltea de paie întoarsă.

Ușa hanului s-a deschis dintr-un șut, încă doi Șobolani au țâșnit în sală. Primul era înalt și negricios, purta un caftan cu nasturi mari cusuți și o bandă stacojie la frunte. Din două lovituri rapide de spadă a trimis doi Căutători în colțuri opuse și apoi s-a confruntat cu Vercta. Un al doilea, lat în umeri și cu părul blond, cu o lovitură amplă de spadă l-a tăiat pe Remiz, cumnatul lui Skomlik. Ceilalți au zbughit-o spre ușa bucătăriei. Dar și Șobolanii intrau pe acolo – din spatele sălii, o fată cu părul brun, îmbrăcată viu colorat, a sărit brusc. L-a străpuns rapid pe unul dintre Căutători, cu o morișcă l-a trântit la pământ pe altul, și curând după aceea l-a lovit pe hangiu înainte de a putea spune cine este el.

Sala era toată un vacarm și un zăngănit de spade. Ciri se ascunsese în spatele stâlpului.

– Mistle!

Kayleigh sfâșia frânghiile despicate, se lupta cu cureaua care-i ținea încă gâtul legat de stâlp:

– Giselher! Reef. La mine!

Șobolanii erau într-o luptă – strigătul lui Kayleigh a fost auzit doar de Skomlik. Căutătorul s-a întors și s-a îndreptat spre Șobolan, orbit de dorința de a-l izbi de stâlp. Ciri a reacționat instantaneu și instinctiv – ca în bătălia cu vyvernul de la Gors Velen și ca în Thanedd, toate mișcările învățate la Kaer Morhen se derulau brusc, de la sine, aproape fără participarea ei. Ea a sărit din spatele stâlpului, s-a învârtit în piruetă, a căzut pe Skomlik și l-a lovit puternic cu șoldul. Era prea mică și prea slabă pentru a-l dărâma pe uriașul Căutător, dar a reușit să-i perturbe ritmul mișcării. Și să-i distragă atenția.

– Javra naibii!

Skomlik s-a răsucit, spada a șuierat în aer. Trupul lui Ciri a făcut din nou o eschivă lejeră, iar Căutătorul era să cadă, prins în elanul fierului său. Înjurând, a lovit din nou, punându-și toată forța în acea lovitură. Ciri a sărit rapid, a aterizat ferm pe piciorul stâng, s-a răsucit într-o piruetă inversă. El a mai lovit o dată, dar de data aceasta nu a mai putut ajunge la ea.

Vercta s-a prăbușit brusc între ei, împroșcându-i cu sângele lui. Căutătorul s-a întors și s-a uitat în jur. Numai cadavre îl înconjurau. Iar Șobolanii se apropiau din toate părțile cu spadele întinse înainte.

– Stai așa, a intervenit rece negriciosul cu banda stacojie, eliberându-l pe Kayleigh. Se pare că vrea cu adevărat să se bată cu fata. Nu știu de ce. Nu știu nici cum de n-a izbutit până acum. Dar să-i dăm șansa dacă vrea atât de mult.

– Hai să-i dăm o șansă și ei, Giselher! a fost de acord omul cu umerii largi. Să fie o luptă cinstită. Dă-i un fier, Scânteie!

Ciri a simțit montura spadei în mână. Un pic cam grea pentru ea.

Skomlik gâfâia furios, s-a aruncat spre ea, făcând cu spada o morișcă ireproșabilă. Era prea lent – Ciri a evitat tăieturile cu mișcări rapide și semipiruete, fără să încerce măcar să pareze loviturile care îi plouau. Spada îi servea doar drept contragreutate pentru executarea fentelor.

– Uimitor! a exclamat fata tunsă scurt râzând. E o acrobată!

– E iute, a spus cea viu colorată, care îi dăduse spada. Iute ca o elfă. Hei, tu, grasule! Poate ai prefera pe una dintre noi? Cu ea nu-ţi iese!

Skomlik s-a retras, s-a uitat în jur, a sărit pe neaşteptate, lansând vârful spadei spre Ciri ca un stârc cu ciocul întins. Ciri a evitat să fie împunsă cu o eschivă scurtă, s-a răsucit. Pentru o secundă i-a văzut o venă umflată pulsând pe gâtul lui. Ea ştia că, din poziţia în care se afla, nu putea să evite loviturile, nici să le pareze. Ştia unde şi cum să lovească.

Nu a lovit.

– Gata!

A simţit o mână pe umăr. Fata îmbrăcată colorat a împins-o, în acelaşi timp, alţi doi Şobolani – cel în cojocel din piele de oaie şi cea tunsă scurt – l-au împins pe Skomlik în colţul sălii, îndemnându-l cu spadele.

– Gata cu distracţia! a repetat colorata, îndreptându-se spre ea. Prea mult timp. Şi e vina ta, duduie. Poţi să ucizi, iar tu nu ucizi. Mi se pare că n-o să trăieşti prea mult.

Ciri s-a cutremurat, privind în ochii mari, întunecaţi, în formă de migdale, văzând dinţii dezvăluiţi de un zâmbet, atât de mărunţei încât zâmbetul părea uluitor. Nu erau ochi umani şi nici dinţi umani. Fata multicoloră era o elfă.

– E timpul s-o ştergem, a spus Giselher brusc, cel cu banda stacojie, aparent şeful. Durează prea mult! Mistle, lichidează zdreanţa.

Fata tunsă scurt s-a apropiat, ridicându-şi spada.

– Îndurare! a strigat Skomlik, căzând în genunchi. Ai milă de mine! Am copii mici... Foarte mici...

Fata a lovit abrupt, rotindu-se din şolduri. Sângele a ţâşnit pe peretele alb, vopsindu-l într-o formă amplă şi neregulată din puncte de carmin.

– Urăsc copiii mici, a zis cea tunsă scurt cu o mişcare rapidă, aruncând cu degetele sângele de pe spadă.

– Nu sta, Mistle! a zorit-o cel cu banda stacojie. Pe cai! S-o tulim! Ăsta-i un sat nilfgaardian, n-avem prieteni aici!

Șobolanii au ieșit rapid din han. Ciri nu știa ce să facă, dar nu avea timp să se gândească. Mistle, cea tunsă scurt, a împins-o spre ușă.

În fața hanului, printre cioburi de ulcele și resturi de oase, erau cadavrele nissirilor, care străjuiau intrarea. Dinspre marginea satului, coloniștii înarmați cu sulițe veneau în fugă, dar, la vederea Șobolanilor ieșind în curte, au dispărut imediat printre colibe.

– Știi să călărești? i-a strigat Mistle lui Ciri.

– Da...

– S-o întindem, ia unul și sari! Se dă o recompensă pentru capetele noastre și acesta este un sat nilfgaardian! Toată lumea trage cu arcul și cu sulița! La galop, după Giselher! Pe mijlocul ulițelor! Ține-te departe de colibe!

Ciri a zburat peste bariera scundă, a apucat frâiele unuia dintre caii Căutătorilor, a sărit în șa, și-a bătut calul pe crupă cu spada pe care nu o lăsase din mână. A intrat într-un galop furios, depășindu-i pe Kayleigh și pe elfa colorată, căreia îi spuneau Scânteie. Se grăbea în urma Șobolanilor, spre moară. A văzut un bărbat cu o arbaletă care ieșea de după colțul unei colibe, îndreptând-o spre spatele lui Giselher.

– Rade-l! a auzit din spate. Rade-l, fată!

Ciri s-a aplecat în șa, a tras frâiele și a lovit cu călcâiele, forțând calul în galop să-și schimbe direcția, și-a răsucit spada. Omul cu arbaleta s-a întors în ultimul moment și i-a văzut fața încremenită și schimonosită de spaimă. Mâna, ridicată pentru a lovi, a ezitat o clipă, suficient pentru a lăsa galopul să i-o abată. A auzit zbârnâitul unei coarde detensionate, calul a nechezat, a dat din cap, a cabrat. Ciri a sărit, scuturându-și picioarele din etrieri, a aterizat agil, căzând într-un genunchi. Scânteia, care se apropia din urmă, s-a strecurat într-o mișcare bruscă din șa, într-un balans, lovindu-l pe omul cu arbaleta în occiput. Arbaletierul a căzut în genunchi, s-a aplecat în față și a căzut cu capul într-o băltoacă, împroșcând noroi. Calul rănit necheza și se zbătea, în cele din urmă a luat-o printre colibe, călcând apăsat.

– Idioato! i-a strigat elfa, depășind-o pe Ciri. Idioata naibii!

– Sari! a strigat Kayleigh, venind spre ea. Ciri a alergat și a apucat mâna întinsă. Impulsul a ridicat-o, scârțâindu-i articulația umărului, dar ea a reușit să sară pe cal și să se agațe de spatele Șobolanului cu părul deschis. Au luat-o la galop, întrecând-o pe Scânteie. Elfa s-a întors, urmărind un alt arbaletist, care își aruncase arma și fugea spre porțile hambarului. Scânteia l-a ajuns cu ușurință. Ciri și-a întors capul.

A auzit cum arbaletistul a gemut scurt, sălbatic, ca o vită.

Mistle i-a ajuns din urmă trăgând după ea un cal de rezervă, înșeuat. A strigat ceva, Ciri nu a înțeles cuvintele, dar a prins ceva din zbor. Și-a luat mâinile de pe umerii lui Kayleigh, a sărit la pământ în plin galop, a alergat spre cal apropiindu-se periculos de colibe. Mistle i-a aruncat frâiele, s-a uitat în spate și i-a strigat un avertisment. Ciri s-a întors la timp într-o semipiruetă agilă, pentru a evita lovitura perfidă a unei sulițe lansate de un colonist ieșit dintr-o cocină.

Ceea ce s-a întâmplat mai târziu a bântuit-o în vise pentru mult timp. Își amintea totul, fiecare mișcare. Semipirueta agilă care o salvase de vârful lancei, o plasase într-o poziție perfectă. Pe de altă parte, colonistul, înclinându-se în față, nu putea să sară într-o parte și nici să se protejeze cu sulița ținută cu ambele mâini. Ciri l-a lovit din plin cu spada sa, răsucindu-se în semipiruetă inversă. Pentru o clipă i-a văzut gura deschisă într-un strigăt pe o față acoperită cu o barbă de câteva zile. A putut să-i vadă fruntea prelungită până la chelie, dincolo de linia deasupra căreia șapca sau pălăria îi protejaseră capul de arșița soarelui. Și apoi tot ce văzuse a fost acoperit de o fântână de sânge.

Încă mai ținea calul de frâie, iar acesta, speriat de chipul macabru, s-a agitat și a aruncat-o în genunchi. Ciri nu a dat drumul frâielor. Omul rănit răcnea și gemea agonizant, pendula convulsiv între paie și bălegar, cu sângele țâșnind din el ca dintr-un porc. Și-a simțit stomacul în gât.

Scânteia s-a oprit chiar lângă ea. Apucând frâiele calului lui Ciri, lipite încă de mâinile ei stângace, a tras de ele, forțând-o să se ridice în picioare.

– În șa! a țipat ea. Și tuleo!

Ciri și-a suprimat greața, a sărit în șa. Mai era sânge pe spada pe care încă o ținea în mână. Abia își stăpânea dorința de a arunca fierul cât mai departe de ea.

Mistle a ieșit dintre colibe, urmărind doi oameni. Unul dintre ei a reușit să fugă, sărind gardul, celălalt, cu o lovitură scurtă, a căzut în genunchi, și-a luat capul în mâini.

Amândouă, cu elfa, au sărit în galop, dar după un timp și-au oprit caii, și-au scos picioarele din etrieri, pentru că Giselher venea dinspre moară împreună cu alți Șobolani. Din urma lor, încurajându-se cu țipete, venea de zor un grup de coloniști înarmați.

– După noi! a țipat Giselher în galop. După noi, Mistle! La râu!

Mistle, înclinată într-o parte, a tras de hățuri, și-a întors calul și l-a urmat, sărind gardurile joase. Ciri și-a afundat fața în coama calului său și a pornit după ea. Scânteia galopa chiar lângă ea. Goana îi flutura părul frumos, întunecat, dezvelindu-i o ureche mică, arcuită, în vârf, decorată cu un cercel filigran.

Cel rănit de Mistle era tot îngenuncheat în mijlocul drumului, bălăngănindu-se, ținându-și capul însângerat cu ambele mâini. Scânteia l-a înconjurat călare pe calul său, a tăiat cu spada de sus, cu toată puterea ei. Rănitul a răcnit. Ciri i-a văzut degetele despicate sărind în toate direcțiile, ca așchiile dintr-o ciosvârtă, căzând pe pământ ca niște viermi albi, grași.

S-a abținut cu greu să nu vomite.

Mistle și Kayleigh le așteptau în fața unei găuri din palisadă, restul Șobolanilor erau departe. Cei patru au intrat într-un galop furios, întins, au trecut apa care îi ajungea calului până la bot. Aplecați în față, cu obrajii apăsați de coamele cailor, s-au năpustit pe un taluz nisipos, străbătând o luncă purpurie de lupin. Scânteia, având cel mai bun cal, a luat-o înainte.

Au intrat în pădurea umbroasă și reavănă, printre trunchiurile de fagi. I-au ajuns din urmă pe Giselher și pe ceilalți, dar n-au încetinit decât pentru o clipă. După ce au traversat pădurea și au intrat în landă, au reluat galopul. Curând, Ciri și Kayleigh au început să rămână în urmă, caii Căutătorilor nu erau în stare să țină cadența cu caii pursânge ai Șobolanilor. Ciri avea o problemă suplimentară: pe un cal așa de înalt, abia putea să ajungă cu picioarele la etrieri și nu putea să se adapteze din galop. Putea să călărească foarte bine și fără etrieri, dar știa că în această poziție nu ar mai fi putut rezista mult la galop.

Din fericire, după un scurt răstimp, Giselher a încetinit ritmul și s-a oprit în frunte, permițându-le ei și lui Kayleigh să li se alăture. Ciri a intrat într-un trot. Pentru că de-abia ajungea la etrieri, și curelele nu aveau suficiente găuri ca să le strângă. Fără să încetinească, și-a trecut piciorul drept peste șa și s-a așezat ca o amazoană.

Mistle, văzând poziția ecvestră a fetei, a pufnit în râs.

– Vezi, Giselher? Nu e o simplă acrobată, ci face acrobații și pe cal! Ei, Kayleigh, de unde ai luat diavolița asta?

Scânteia, reținându-și iapa frumoasă, încă uscată și grăbită pentru galop, s-a apropiat mai mult, împingându-se spre calul cenușiu al lui Ciri. Calul a fornăit și s-a întors, aruncându-și capul. Ciri a întins hățurile, s-a sprijinit în șa.

– Știi de ce mai ești în viață, cretino? a lătrat elfa suflându-și părul de pe frunte. Țăranul de care ți-a fost milă, a eliberat prea repede săgeata și a lovit calul, în loc să te lovească pe tine. Altminteri, ai fi avut o săgeată înfiptă în coaste până la pene! De ce, naiba, mai cari după tine spada aia?

– Lasă-o, Scânteie! i-a spus Mistle, palpând grumazul umflat de sudoare al iepei sale. Giselher, trebuie să încetinim, că altfel nenorocim caii! Nu ne mai urmărește nimeni, uite.

– Vreau să trecem Velda cât mai iute, a spus Giselher. Ne vom odihni dup-aia. Kayleigh, cum e calul tău?

– Rezistă. Nu-i de rasă, nu-i dus la curse, da'-i o bestie puternică.

– Bine. Să-i dăm bătăi!

– Așteaptă puțin! a spus Scânteia. Și mucoasa asta?

Giselher s-a uitat în spate, și-a ajustat banda stacojie pe frunte și a privit-o pe Ciri. Fața lui, expresia lui aduceau puțin cu

Kayleigh – aceeași grimasă malițioasă a gurii, aceiași ochi mijiți, aceeași mandibulă uscată și proeminentă. Era mai bătrân decât Șobolanul cu părul deschis; totuși, umbra albastră pe obraji arăta că se bărbierea în mod regulat.

– Exact, a spus el cu asprime. Ce-i cu tine, puștoaico?

Ciri a coborât capul.

– M-a ajutat, a intervenit Kayleigh. Dacă nu era ea, Căutătoru' ăla tâmpit mă lipea de stâlp...

– În sat, a zis Mistle, au văzut-o fugind cu noi. L-a spintecat pe unu', mă îndoiesc că ăla mai suflă. Sunt coloniști din Nilfgaard. Dacă fata încape în labele lor, o zăpăcesc în bătaie. Nu putem s-o lăsăm baltă.

Scânteia pufnea furioasă, dar Giselher a ridicat mâna.

– Până la Velda, a decis el, să vină cu noi. Dup-aia mai vedem. Da' călărește și tu ca lumea. Dacă rămâi în urmă, nu ne uităm după tine. Pricepi?

Ciri a dat din cap.

– Da' vorbește odată, fată! Ce faci de una singură? De unde ești? Cum te cheamă? De ce te-au luat cu japca?

Ciri și-a plecat capul. În timp ce călărea, a avut suficient timp să încerce să inventeze o poveste. Inventase mai multe. Dar șeful Șobolanilor nu arăta ca unul care s-o creadă pe oricare dintre ele.

– Ei bine, a îndemnat-o Giselher. Ai plecat cu noi de câteva ceasuri bune la drum. Ai făcut un popas cu noi și n-am avut ocazia să-ți aud glăscioru'. Ești mută?

Focul a lansat în sus flăcări și jerbe de scântei, inundând ruinele colibei păstorului cu un val de strălucire aurie. Ca și cum s-ar fi supus ordinului lui Giselher, focul a aprins fața persoanei interogate, astfel încât să fie posibil să se detecteze minciuna și impostura. *Nu le pot spune adevărul*, s-a gândit Ciri disperată. *Sunt tâlhari. Bandiți. Dacă vor afla despre nilfgaardieni, despre Căutătorii care m-au prins pentru răsplată, ar putea să râvnească și ei. În plus, adevărul este prea puțin credibil ca să mă creadă.*

– Te-am scos din sat, a continuat încet conducătorul haitei. Te-am adus aici într-una dintre ascunzătorile noastre. Ai primit de-ale gurii. Ai stat lângă focul nostru. Așadar, vorbește, cine ești?

– Dă-i o pauză! i-a spuse brusc Mistle. Când mă uit la tine, Giselher, văd brusc un nissir, un Căutător sau unul dintre nenorociții ăia din Nilfgaard. Și mă simt ca la un interogatoriu, legată de banca de tortură într-o temniță!

– Mistle are dreptate, a spus blondul cu cojocel de oaie. Ciri a tremurat când i-a auzit accentul. E clar că fata nu vrea să spună cine este și are tot dreptul s-o facă. Când m-am alăturat vouă, am fost și eu taciturn. Nu am vrut să vă dezvălui că eram unul dintre nenorociții nilfgaardieni...

– Nu-i același lucru, Reef, i-a făcut semn Giselher. Cu tine a fost altceva. Și tu, Mistle, prea exagerezi. Asta nu-i un interogatoriu. Vreau să spună cine este și de unde este. Când o să aflu, o să-i arăt drumul spre casă, asta-i tot. Cum aș putea să fac asta dacă nu știu...

– Nu știi nimic, a dat Mistle ochii peste cap. Nici măcar dacă are o casă. Ceea ce eu nu cred. Căutătorii au luat-o de pe drum, pentru că umbla singură. Te poți aștepta de la lașii ăia. Dacă îi spui să se ducă unde o vedea cu ochii, n-o să supraviețuiască de una singură în munți. Ori o devorează lupii, ori o să moară de foame.

– Și ce să facem atunci cu ea? a întrebat tânărul lat în umeri, răscolind cu un băț jarul focului. S-o lăsăm lângă un sat?

– O idee grozavă, Asse! i-a răspuns Mistle în zeflemea. Nu-i știi pe țărani? N-au cu cine lucra pământul. O s-o pună pe fată să le pască vitele, dar nu înainte de a-i rupe un picior ca să nu poată scăpa. Noaptea o să fie tratată ca a nimănui și, prin urmare, ca o proprietate comună. O să plătească pentru masă și casă până peste cap, știi în ce monedă. Și în primăvară o să aibă febra puerperală, dând naștere vreunui bastard al cine știe mai cui într-o cocină murdară.

– Dacă-i lăsăm calul și spada, a pronunțat Giselher tărăgănat, uitându-se la Ciri, n-aș vrea, zău, să fiu în pielea țăranului care ar dori să-i rupă piciorul. Sau să-i facă un bastard. Ai văzut zbenguiala din han, cum a dansat cu Căutătorul, căruia Mistle i-a venit de hac mai târziu? El tăia aerul; iar ea țopăia de mama focului...

Ha, nu-mi pasă de numele și familia ei, dar aș fi bucuros să știu de unde a învățat trucurile astea...

– Trucurile n-o s-o salveze, a spus brusc Scânteia, până atunci ocupată să ascută spada. Nu poate decât să danseze. Pentru a supraviețui, trebuie să poți să ucizi, și ea nu poate.

– O să poată, a zâmbit Kayleigh. În sat i-a tăiat gâtul țăranului de i-a țâșnit sângele de juma' de stânjen...

– Și când l-a văzut, era gata-gata să dea la rațe, a chicotit elfa.

– Pentru că e încă un copil, a explicat Mistle. Cred că știu cine e și de unde a învățat trucurile. Am mai văzut eu ca ea. Este dansatoare sau o acrobată de la o trupă ambulantă.

– Și de când, mă rog, a pufnit din nou Scânteia, ne pasă nouă de dansatori și acrobați? La naiba, e aproape miezul nopții, mă ia somnul. Să terminăm odată discuția asta fără noimă. Trebuie să dormim și să ne odihnim ca să ajungem mâine la Forja în amurg. Primarul de-acolo, n-ați uitat, l-a dat în primire pe Kayleigh nissirilor. Tot satul trebuie să vadă cum se face roșu noaptea. Iar fata? Are un cal, are o spadă. Amândouă câștigate cinstit. Să-i dăm de-ale gurii și niscaiva gologani. Pentru că l-a salvat pe Kayleigh. Las-o să meargă oriunde dorește, să-și ia soarta în mâini...

– Bine, a zis Ciri, apăsându-și buzele și ridicându-se în picioare.

Era o tăcere întreruptă doar de trosnetele focului. Șobolanii o priveau curios, așteptau.

– Bine, a repetat ea, uluită de timbrul bizar al vocii sale. N-am nevoie de voi, nu v-am cerut nimic... Nu vreau să stau cu voi! O să plec de îndată...

– Așa, deci, nu ești mută în cele din urmă, a constatat Giselher uimit. Poți să vorbești și chiar cu îndrăzneală.

– Uitați-vă la ochii ei! a scuipat Scânteia. Uitați-vă cum își ține capul. O pasăre de prada! Un pui de șoim!

– Vrei să pleci? a întrebat-o Kayleigh. Încotro, dacă nu ți-e cu supărare?

– Ce vă pasă? a strigat Ciri, cu ochii strălucind cu lumina lor verde. Eu vă întreb unde vă duceți? Nu-mi pasă! Și nici de voi nu-mi pasă! N-am nevoie de voi! Pot... Pot să mă descurc! Singură!

– Singură? a repetat Mistle zâmbind ciudat.

Ciri a tăcut, și-a lăsat capul în jos. Șobolanii tăceau și ei.

– E noapte, a spuse Giselher. Nu se călătorește noaptea. Nu umbli singură, fată. Cel care este singur, moare. Acolo, lângă cai, sunt valtrapuri și blănuri. Alege-ți ceva. Nopțile în munți sunt reci. De ce te uiți așa cu felinarele alea verzi? Fă-ți un pat și dormi. Trebuie să te odihnești.

După o clipă de reflecție, fata s-a supus. Când s-a întors, târând un valtrap și o blană, Șobolanii nu se mai aflau în jurul focului. Erau în semicerc și strălucirea roșiatică a focului se reflecta în ochii lor.

– Suntem Șobolanii de la frontieră, a anunțat Giselher cu mândrie. Mirosim prada de la mai multe mile depărtare. Nu ne temem de capcane. Și nu există niciun lucru pe care să nu-l roadem. Suntem Șobolani. Vino aici, fetiță.

Ea s-a supus.

– N-ai nimic, i-a zis Giselher, dându-i o centură de argint. Ia măcar asta!

– N-ai nimic și pe nimeni, i-a spus Mistle cu un zâmbet aruncându-i pe umeri o jachețică de satin verde și apăsându-i pe mâini o bluză de tafta.

– N-ai nimic, a adăugat și Kayleigh, iar darul de la el era un pumnal într-o teacă încrustată cu pietre scumpe. Ești singură.

– N-ai pe nimeni, a repetat după el Asse. Ciri a primit de la el un pandantiv decorativ.

– N-ai rude, i-a vorbit și Reef cu accent nilfgaardian, întinzându-i o pereche de mănuși de piele moale. N-ai pe nimeni aproape și...

– Peste tot ești o străină, a terminat nonșalant Scânteia și cu o mișcare rapidă și destul de neceremonioasă i-a pus lui Ciri pe cap o beretă garnisită cu pene de fazan. Peste tot o străină și întotdeauna diferită. Cum să-ți spunem, șoimulețule?

Ciri a privit-o în ochi.

– Gvalch'ca.

Elfa a pufnit în râs.

– Când îți dai drumul la gură, vorbești în mai multe limbi, șoimulețule! Ei, bine. O să porți numele Norodului mai Vechi, numele pe care singură ți l-ai ales. O să fii Falka.

Falka.

Nu putea să adoarmă. Caii tropăiau și fornăiau în beznă, vântul sufla coroanele brazilor. Cerul strălucea de stele. Ochiul, care atâtea zile îi fusese călăuză credincioasă în deșertul stâncos, se vedea strălucitor. Ochiul indica răsăritul. Dar Ciri nu era sigură dacă era direcția potrivită. Nu mai era sigură de nimic.

Nu putea să adoarmă, deși pentru prima oară după multe zile se simțea în siguranță. Nu mai era singură. Își aranjase patul din crengi într-o margine, departe de Șobolani, care dormeau pe prispa de lut încălzită de o sobă ruinată. Era departe de ei, dar simțea apropierea și prezența lor. Nu era singură.

Deodată a auzit pași ușori.

– Nu te teme!

Era Kayleigh.

– Nu le spun, i-a șoptit Șobolanul blond, în genunchi și aplecat peste ea că te caută Nilfgaardul. N-o să le spun despre răsplata pe care a făgăduit-o prefectul din Amarillo. Acolo, în han, mi-ai salvat viața. O să te răsplătesc. Cu ceva frumos. Chiar acum.

S-a așezat alături de ea încet și cu grijă. Ciri a încercat să se ridice, dar Kayleigh a împins-o în patul improvizat, cu o mișcare blândă, dar puternică și fermă. I-a pus delicat un deget pe buze. Nu era nevoie. Ciri era paralizată de frică și din gâtul său strâmt, dureros de uscat, nu ar fi scos niciun strigăt, chiar dacă ar fi vrut. Dar nu voia. Tăcerea și întunericul erau mai bune. Mai sigure. Mai intime. Îi ascundeau oroarea și rușinea. A icnit.

– Fii liniștită, micuțo! i-a șoptit Kayleigh, desfăcându-i încet cămașa.

Încet, cu mișcări blânde, i-a alunecat țesătura de pe umeri și i-a ridicat poalele cămășii deasupra șoldurilor:

– Să nu-ți fie frică! O să vezi cât de plăcut este.

Ciri s-a cutremurat la atingerea mâinii uscate, aspre și dure. Zăcea nemișcată, întinsă și încordată, plină de o teamă și de o silă dureroase, care o neutralizau, îi paralizau voința, îi atacau fruntea și obrajii cu valuri de căldură. Kayleigh și-a strecurat brațul stâng sub cap, a tras-o mai aproape de el, vrând să-i îndepărteze mâna încleștată convulsiv pe poalele cămășii, în încercarea zadarnică de a le trage în jos. A cuprins-o un frison.

În întunericul înconjurător a simțit o mișcare bruscă, a simțit un șoc, a auzit zgomotul unei izbituri.

– Ai înnebunit, Mistle? a mârâit Kayleigh ridicându-se ușor.

– Las-o, porcule!

– Pleacă! Du-te la culcare!

– Las-o în pace!

– Dar ce, n-o las în pace? Vezi că țipă sau se zbate? Vreau doar s-o mângâi ca să adoarmă. N-o deranja.

– Șterge-o de-aici, că-ți iau gâtul!

Ciri a auzit scrâșnetul unui pumnal în teaca sa metalică.

– Nu glumesc, a spuse Mistle, a cărei umbră se contura vag deasupra lor în întuneric.

– Întinde-o la băieți! Acum!

Kayleigh s-a conformat, înjurând în barbă. S-a ridicat fără niciun cuvânt și a plecat rapid.

Ciri simțea cum i se rostogoleau lacrimile pe obraji, repede, mai repede și mai repede, fofilându-se ca niște viermi agili în părul ei, lângă urechi. Mistle s-a așezat lângă ea, acoperind-o cu blana cu grijă. Dar nu i-a aranjat cămașa desfăcută. I-a lăsat-o așa cum era. Ciri a început să tremure din nou.

– Liniștește-te, Falka. Acum e totul bine.

Mistle era caldă, mirosea a rășină și a fum. Mâna îi era mai mică decât a lui Kayleigh, mai moale și mai delicată. Mai plăcută. Dar din nou contactul a făcut-o pe Ciri să se încordeze, întregul său corp inundându-se cu frică și silă, îi încleștase fălcile și îi sufoca gâtul. Mistle s-a lipit de ea, îmbrățișând-o ocrotitor și șoptindu-i cuvinte liniștitoare, dar în același timp mânuța ei fină se târa neobosită, ca un melc cald, liniștit, încrezător, hotărât, conștient de drumul și de țelul său. Ciri a simțit cum cleștii de fier ai silei și ai fricii se deschid, eliberând prada din strânsoare, a simțit-o alunecând din strânsoarea lor, scufundându-se în jos, adânc, mai adânc, în mlaștina frumoasă, caldă și umedă a resemnării și a supunerii neajutorate. O supunere dezgustătoare, umilitoare, plăcută.

A gemut surd, cu disperare. Respirația lui Mistle îi ardea gâtul, buzele catifelate și umede i-au gâdilat umărul, clavicula, alunecându-i încet. Ciri a gemut din nou.

– Șșșt, Șoimulețule! i-a șoptit Mistle, strecurându-i cu grijă brațul sub cap. N-o să mai fii singură. Niciodată.

A doua zi Ciri s-a trezit în zori. S-a strecurat din blană încet și cu grijă, fără s-o trezească pe Mistle, care dormea cu gura întredeschisă și cu antebrațul pe ochi. Pe mână avea pielea de găină. Ciri a acoperit-o cu atenție pe fată cu valtrapul. După un moment de ezitare, s-a aplecat înainte, a sărutat-o delicat pe părul tuns scurt ca o pensulă. Mistle a îngăimat ceva în somn. Ciri și-a șters o lacrimă de pe obraz.

Nu mai era singură.

Ceilalți Șobolani încă dormeau, unul sforăia zgomotos, altul a tras un pârț zgomotos. Scânteia își întinsese brațul peste pieptul lui Giselher, părul ei luxuriant era răsfirat în dezordine. Caii tropăiau și fornăiau, o ciocănitoare bătea darabana în serii scurte de ciocănituri într-un trunchi de pin.

A alergat la râu. S-a spălat mult timp tremurând de frig. Se spăla cu mișcări violente ale mâinilor țepene, încercând să îndepărteze ceea ce nu mai putea fi îndepărtat. Pe obraji i se prelingeau lacrimi.

Falka.

Apa spumega și susura printre pietre, se îndepărta în negură.

Totul se îndepărta. În negură.

Totul.

Erau proscriși. Formau un grup ciudat creat de război, nenorocire și dispreț. Războiul, nenorocirea și disprețul îi legase și-i aruncase pe un țărm, la fel cum un râu inundat aruncă și lasă pe plajă bucăți de lemn naufragiate, negre, șlefuite de pietre.

Kayleigh s-a trezit în fum, foc și sânge în castelul năruit, zăcea între cadavrele fraților și părinților adoptivi. În timp ce se târa prin curtea înțesată de cadavre, s-a întâlnit cu Reef. Reef era un soldat în expediția punitivă, pe care împăratul Emhyr var Emreis o trimisese să suprime rebeliunea din Ebbing. Era unul dintre cei care capturaseră și jefuiseră castelul după două zile de asediu. După cucerirea castelului, camarazii îl abandonaseră pe Reef, deși Reef mai trăia. Dar îngrijirea răniților nu era o obișnuință în detașamentele speciale nilfgaardiene.

La început, Kayleigh a vrut să-l ucidă pe Reef. Dar Kayleigh nu voia să fie singur. Iar Reef, ca și Kayleigh, avea doar șaisprezece ani.

Împreună și-au lins rănile. Împreună au ucis și au jefuit un perceptor, împreună s-au delectat cu bere într-o cârciumă și, mai târziu, călărind prin sate pe cai furați, au împrăștiat restul prăzii, râzând în hohote.

Împreună au fugit de persecuțiile patrulelor nissirilor și nilfgaardienilor.

Giselher a dezertat din armată. Probabil se înrolase în armata nobilului Geso, care se aliase cu insurgenții din Ebbing. Probabil. Giselher nu știa prea bine unde îl târâseră superiorii. Fusese beat criță. Când s-a răzvrătit și a primit primul ordin de la sergent, a fugit. La început a rătăcit singur, dar, când nilfgaardienii au zdrobit confederația rebelilor, pădurile s-au umplut de dezertori și fugari. Fugarii s-au unit rapid în bande. Giselher s-a alăturat uneia dintre ele.

Banda respectivă jefuia și pârjolea satele, ataca apoi convoaiele și transporturile, se refugia în sălbăticie din calea escadrilelor cavaleriei nilfgaardiene. În timpul unui refugiu, banda a încăput pe mâinile Elfilor de Pădure, fiind neputincioasă în fața acelor adversari invizibili, ale căror săgeți cu pene cenușii zburau din toate părțile. Una dintre săgeți i-a străpuns umărul lui Giselher și l-a lipit de un copac. Cea care i-a extras săgeata dimineața și i-a oblojit rana a fost Aenyeweddien.

Giselher nu a aflat niciodată de ce elfii o izgoniseră pe Aenyeweddien, pentru ce fărădelegi o condamnaseră la moarte – întrucât pentru o elfă liberă singurătatea în fâșia îngustă de pământ care separa Vechiul Norod Liber de oameni echivala cu moartea. O elfă singuratică trebuie să moară. Dacă nu-și găsește un tovarăș.

Aenyeweddien și-a găsit un tovarăș. Numele ei, care în traducere liberă înseamnă „Copilului Focului", era prea complicat și poetic pentru Giselher. I-a spus Scânteia.

Mistle venea dintr-o familie bogată de nobili din târgul Thurn, din Maechtul de Nord. Tatăl ei, vasalul prințului Rudiger, s-a alăturat armatei insurgente, a fost bătut și a dispărut fără urmă. Atunci când locuitorii Thurnului au fugit din târg la aflarea veștii despre expediția punitivă, cu faimoșii Pacificatori al Gemmerei, a fugit și familia lui Mistle, dar Mistle s-a rătăcit în mulțimea copleșită de panică. Fetița împopoțonată și delicată, care fusese purtată cu lectica de la o vârstă fragedă, n-a reușit să țină pasul cu fugarii. După trei zile de rătăcire de una singură, a căzut în ghearele vânătorilor de oameni care veneau din urma nilfgaardienilor. Fetele sub șaptesprezece ani erau la mare căutare. Dacă erau neprihănite. Vânătorii n-au prihănit-o pe Mistle, verificând în prealabil dacă era neprihănită. După acea verificare, Mistle a plâns toată noaptea.

În valea râului Velda, caravana vânătorilor a fost atacată și distrusă de o bandă de dezertori nilfgaardieni. Toți vânătorii și sclavii de sex masculin au fost uciși. Numai fetele au fost cruțate. Fetele nu știau de ce fuseseră cruțate. Această ignoranță nu a durat mult.

Mistle a fost singura care a supraviețuit. Din șanțul în care fusese aruncată, goală, plină de vânătăi, de mizerie, de noroi și de sânge uscat, a scos-o Asse, fiul potcovarului din sat, care umbla de trei zile după nilfgaardieni, însetat de răzbunare pentru cele ce-i făcuseră dezertorii tatălui său, mamei și surorilor sale și la care trebuise să se uite ascuns în cânepă.

Se întâlniseră cu toții într-o zi de sărbătoare a Lammasului, Sărbătoarea recoltei, într-unul dintre satele lui Geso. Războiul și sărăcia nu devastaseră pe-atunci prea mult ținutul Veldei de

Sus – sătenii sărbătoreau începutul lunii secerii, distrându-se în mod tradițional, cu cântece zgomotoase și dansuri.

Nu s-au căutat mult timp în mulțimea pusă pe distracție. Prea multe trăsături îi distingeau. Avuseseră parte de prea multe în comun. Îi unea apetitul pentru ținutele îndrăznețe, colorate, fanteziste, pentru accesorii lucioase furate, pentru cai frumoși, spade, de care nu se despărțeau nici la dans. Se distingeau prin aroganță și superbie, prin încredere în sine, prin zeflemea, prin turbulență și violență.

Și dispreț.

Erau copiii vremii disprețului. Și, ca atare, n-aveau decât dispreț pentru ceilalți. Numai puterea conta pentru ei. Agilitatea în mânuirea armelor, pe care o dobândiseră din mers, pe drumuri. Determinarea. Câte un cal rapid și o spadă bine ascuțită.

Și camarazi. Tovarăși. Prieteni. Întrucât cel care este singur, trebuie să moară – de foame, de spadă, de furcile țărănești, în ștreang, în foc. Cine este singur este ucis – înjunghiat, bătut, lovit, murdărit, ca o jucărie trecută din mână în mână.

S-au întâlnit la Sărbătoarea recoltei. Posomorâtul, negriciosul, deșiratul Giselher. Costelivul, pletosul Kayleigh, cu ochi răutăcioși și buze schimonosite într-o grimasă urâtă. Reef, care încă mai vorbea cu accent nilfgaardian. Vlăjganca Mistle, cu picioarele lungi, cu părul scurt, țepos ca o perie, de culoarea paiului. Scânteia cea viu colorată, cu ochii mari, grațioasă și vaporoasă la dans, rapidă și nemiloasă în luptă, cu buze înguste și dinți mici de elf. Asse, lat în umeri, cu puf blond și creț pe bărbie.

Giselher a devenit șeful. Și-au dat numele de Șobolani. Cineva le spusese așa odată și le-a plăcut.

Jefuiau și ucideau, iar cruzimea lor devenise proverbială.

Inițial, prefecții nilfgaardieni nu i-au băgat în seamă. Erau siguri că, la fel ca alte trupe, o să cadă în curând victimele acțiunilor concentrate ale țăranilor furioși, că se vor încăiera și se vor ucide unii pe alții, atunci când importanța prăzii va face să triumfe lăcomia fără scrupule asupra solidarității banditești. Prefecții au avut dreptate în privința altor bande, dar s-au înșelat în legătură cu Șobolanii. Deoarece Șobolanii, copiii disprețului, nu prețuiau prada. Ei atacau, tâlhăreau și ucideau de plăcere, iar caii, vitele, cerealele, fânul, sarea, smoala și pânzeturile furate de la transporturile militare le împărțeau prin sate. Ofereau aur cu nemiluita croitorilor și meșteșugarilor pentru ceea ce iubeau mai mult decât orice - arme, îmbrăcăminte și accesorii. Fiind atât de bine plătiți, oamenii le dădeau mâncare și băutură, îi găzduiau pe ascuns și, chiar dacă erau schingiuiți la sânge de nilfgaardieni și nissiri, nu le trădau itinerarele și ascunzătorile Șobolanilor.

Prefecții au oferit o răsplată consistentă, iar la început s-au găsit destui care au râvnit la aurul nilfgaardian. Dar, noaptea, colibele informatorilor ardeau ca niște torțe, iar cei care fugeau de flăcări erau străpunși de lamele strălucitoare ale călăreților fantomatici ce bântuiau prin fum. Șobolanii atacau ca șobolanii. Pe tăcute, mârșav, cu cruzime. Șobolanilor le plăceau să omoare.

Prefecții au recurs la metode care dăduseră rezultate în cazul altor bande - au încercat să infiltreze în mai multe rânduri trădători printre Șobolani. N-au reușit. Șobolanii nu au acceptat pe nimeni. Sextetul unit și fraternal zămislit în timpul disprețului nu accepta străini. Îi disprețuia.

Până în ziua în care a apărut o fetiță iscusită ca o acrobată, cu părul cenușiu, taciturnă, despre care Șobolanii nu știau nimic. În afară de faptul că era așa cum fuseseră ei odată, fiecare dintre ei. Singură și plină de regret, de regretul pentru ceea ce i se luase în vremea disprețului. Iar în vremea disprețului, cel care este singur trebuie să moară. Giselher, Kayleigh, Reef, Scânteia, Mistle, Asse și Falka. Prefectul din Amarillo a fost siderat când i s-a spus că Șobolanii erau de-acum șapte.

– Șapte? s-a mirat prefectul din Amarillo uitându-se sceptic la soldat. Șapte, nu șase? Ești sigur?

– Să fiu eu sănătos pe cât sunt de sigur! s-a bâlbâit singurul soldat supraviețuitor al masacrului.

Dorința era de înțeles – capul și jumătate din fața soldatului erau acoperite cu un bandaj murdar, îmbibat cu sânge. Prefectul, care fusese în multe bătălii, știa că soldatul fusese lovit de o spadă de sus, chiar de vârful lamei, din stânga, cu precizie, de iscusință și rapiditate, țintit între urechea dreaptă și obraz, în locul care nu era protejat nici de coif și nici de gulerul de fier.

– Vorbește!

– Mergeam pe malul Veldei, către Thurn, a început soldatul. Aveam poruncă să însoțim un transport de-al jupânului Evertsen, care se ducea spre miazăzi. Ne-au atacat lângă podul dărâmat, când treceam râul. Un car a rămas împotmolit, așa c-am dezlegat caii de la altul ca să-l putem scoate. Restul convoiului și-a văzut de drum, am rămas cu încă cinci și cu comornicul. Și atunci s-au năpustit asupra noastră. Comornicul, înainte de-a fi omorât, a reușit să strige că erau Șobolanii, apoi au tăbărât pe noi... I-au nimicit pe toți. Când am văzut așa...

– Când ai văzut, a zâmbit prefectul cu o grimasă, ai dat pinteni calului. Dar prea târziu pentru a-ți mai salva pielea.

– M-a prins – soldatul și-a lăsat capul în jos – al șaptelea, pe care nu l-am văzut de la început. O fătucă. O copiliță. M-am gândit, Șobolanii au lăsat-o în urmă pentru că era mai mică și fără experiență...

Oaspetele prefectului a ieșit din cotlonul întunecat în care stătuse până atunci.

– Era o fată? l-a întrebat. Cum arăta?

– Cum sunt toți. Sulemenită și pictată ca o elfă, colorată ca un papagal, cu haine sclipicioase, în catifea și brocart, cu o pălărie cu pene...

– Cu părul deschis?

– Poate, conașule. Când am văzut-o, am dat călcâie calului, gândindu-mă să-mi răzbun tovarășii, sânge pentru sânge... Am luat-o în dreapta, ca să pot s-o secer din spate... Cum naiba am făcut, nu mai știu. Dar am dat greș. De parcă era o nălucă sau o stafie... Nu știu cum a făcut diavolița aia... Conașule, am fost la Sodden, am fost la Aldersberg. Și vine zvârluga asta și mă nenorocește pe viață...

– Bucură-te că ești în viață! a tunat prefectul uitându-se la oaspetele său. Și bucură-te că ai fost găsit. O să fii erou acum, ce mai la deal, la vale. Dacă ai fi fugit fără să te lupți, dacă-mi raportai despre pierderea mărfurilor și a cailor și n-ai fi avut nicio amintire pe față, atârnai de mult în laț bătând călcâi de călcâi! Du-te, pleacă! La infirmerie!

Soldatul a plecat. Prefectul s-a întors spre oaspetele său.

– Vezi și dumneata, jupâne coroner, că nu-i lesne în slujba mea aici, că nu avem tihnă, că avem mult de lucru. Voi, acolo, în Capitală, credeți că în gubernie lumea bea bere și mănâncă pe săturate, stă cu muierile pe genunchi și primește tot felul de plocoane. Nimeni nu se gândește să ne trimită oameni sau un ban în plus, toată lumea ne poruncește: fă aia, găsește-o pe-aia, puneți toată lumea pe picior de război, din zori până-n amurg... Și mie-mi crapă capul de-atâtea probleme. Sunt vreo cinci sau șase bande precum cea a Șobolanilor pe-aici. E drept că Șobolanii sunt cei mai răi, dar nu-i lăsată zi...

– Destul, destul.... și-a țuguiat buzele Stefan Skellen. Știu unde bați cu văicăreala, conule prefect. Dar de pomană. Nimeni nu te iartă de porunci, nu conta pe asta. Șobolani, nešobolani, bande nebande, trebuie să continuați căutările. Cu toate mijloacele, până la noi ordine. Asta-i porunca de la împărăție.

– Căutăm de trei săptămâni, a replicat prefectul. Nici măcar nu știm bine pe cine sau ce căutăm, năluci, stafii sau acul din carul cu fân. Și care-i rezultatul? Doar atât: câțiva de-ai noștri și-au pierdut viața sau au fost bătuți de rebeli sau de vagabonzi. Îți spun încă o dată, jupâne coroner, dacă nu ți-am găsit fata până acum, n-o mai găsim. Chiar dacă a fost pe-aici, deși mă îndoiesc. Doar dacă...

Prefectul s-a oprit, a reflectat, uitându-se la curoner cu coada ochiului.

– Copila asta... N-o fi a șaptea, care umblă călare cu Șobolanii...

Curonerul și-a fluturat mâna dezinvolt, având grijă ca gestul și expresia să fie convingătoare.

– Nu, conașule prefect. Nu-mi veni cu soluții de-astea ușoare. Vreo semielfă sau altă vagaboandă în brocart nu este cu siguranță fata pe care o căutăm. Cu siguranță nu este ea. Continuați căutările! Este o poruncă.

Prefectul a mormăit, a privit pe fereastră.

– Și cu banda asta, a adăugat cu o voce aparent indiferentă curonerul împăratului Emhyr, Stefan Skellen, zis Huhurezul – cu Șobolanii ăștia sau ce-or mai fi ei... Fă ordine, conașule prefect! În gubernie trebuie să domnească ordinea. Puneți-vă pe treabă! Prindeți-i și atârnați-i în laț, fără mascarade și tam-tam. Pe toți!

– Ușor de spus! a murmurat prefectul. Dar o să fac tot ce-mi stă în putință, te rog să-l asiguri pe împărat. Totuși, cred că a șaptea fată a Șobolanilor trebuie prinsă vie...

– Nu, l-a întrerupt Huhurezul, având grijă ca vocea să nu-l trădeze. Fără nicio excepție, atârnă-i pe toți în laț! Pe toți cei șapte. Nu vrem să mai auzim de ei. Nu vrem să mai auzim niciun cuvânt despre ei!